云葭 著

上

四川文艺出版社

图书在版编目（CIP）数据

月光眼 / 云葭著 . -- 成都：四川文艺出版社，
2025.3. -- ISBN 978-7-5411-7093-5

Ⅰ . I247.5

中国国家版本馆 CIP 数据核字第 2024SH5815 号

YUEGUANG YAN

月光眼

云 葭 著

出 品 人	冯 静
出版统筹	吴兴元
选题策划	肖 恋
责任编辑	邓 敏
装帧设计	清 橘
营销推广	ONEBOOK

出版发行	四川文艺出版社（成都市锦江区三色路 238 号）
网 址	www.scwys.com
电 话	028-86361781（编辑部）

印 刷	天津中印联印务有限公司			
成品尺寸	143mm×210mm	开 本	32 开
印 张	16.5	字 数	400 千字
版 次	2025 年 3 月第一版	印 次	2025 年 3 月第一次印刷
书 号	ISBN 978-7-5411-7093-5	定 价	88.00 元（全二册）

后浪出版咨询(北京)有限责任公司　版权所有，侵权必究
投诉信箱：editor@hinabook.com　fawu@hinabook.com
未经许可，不得以任何方式复制或者抄袭本书部分或全部内容
本书若有印、装质量问题，请与本公司联系调换，电话 010-64072833

我曾在对的时间遇见了错的人,却又在错的时间遇见了对的人。他说没关系,我们一起修正时间。

推荐序

云葭说她写了本新书，邀我给她写个序。我说好呀，文呢？她说回家发给我。

然后她就忘记了。

然后我也忘记了。

……

又过了几天，云葭说：我写了本新书……我说哦！对！要给你写个序，然后文呢？她说我在外面呢，回家发给你。

然后她又忘记了。

然后我也又忘记了。

又过了几天，她说：我写了本新书……我说啊……哦……

她说不然你随便写点什么吧。

我说好啊。

我和云葭仿佛认识很多很多年了，但其实，在我许许多多的云闺密中，云葭和我认识还不到十年，对我来说，那就已经是很年轻的闺密了。她长得好看，浓眉大眼肤白貌美，还高，是精致的美少女，却一直在为懒惰的藤条奔波劳碌，一天到晚为我这个躺平的咸鱼的事业发愁。以至于好长一段时间她抛弃了自己的写作爱好和梦想，全心全意做起了一只咸鱼藤条的编辑。

那不该是美少女的青春。

所以后来她决定辞职，重新写自己的小说，重新写自己喜欢的社科图书，写中国古诗词文化，写唐宋民俗写古人遗风。我虽然很失落，但觉得她这样很美。

每个少女，都不该忘记最初的自己。

每个少年，都应该有重新开始的勇气，因为年轻，时光尚早，就可以随意奔跑。

由于这段时间云葭陪着我一起在乌镇看演唱会，我们每天都很忙，所以直到现在我也没看成这本书。她说这是一个带点科幻元素的都市奇幻故事，我其实很震惊，因为写古代社科的长发美人看起来和这个题材绝缘。在写这篇文之前我不知道这具体是个什么故事，就很好奇。

仿佛当年写了武侠言情的我，有一天决定写悬疑，又在写了许多稀奇古怪的悬疑之后，决定写科幻，而写了科幻之后，又决定写园艺小清新。

人不能永远站在原地不动，你不知道走出去是荒山野岭还是悬崖峭壁，但谁也不能不走，至少尝试本身，就很美丽。

你尝试做一件从来没做过的事，一件曾经以为不可能会的事，一些不相信自己能做好的事，一些和过去的自己完全不匹配的事，那不是"走出舒适圈"，那是跳出一个信息茧，去看看外面更广阔的世界。而我们的灵魂，会因为看见了更广阔的世界，而淬炼得更加精彩。

我希望本书会是云葭的这样一个尝试，任何突破自我的努力，都应当付之于诗。

藤萍

2023 年 9 月 18 日

目录

第六章	第五章	第四章	第三章	第二章	第一章
礼物	憾事	错位	交换	时空	失踪
209	157	119	081	047	001

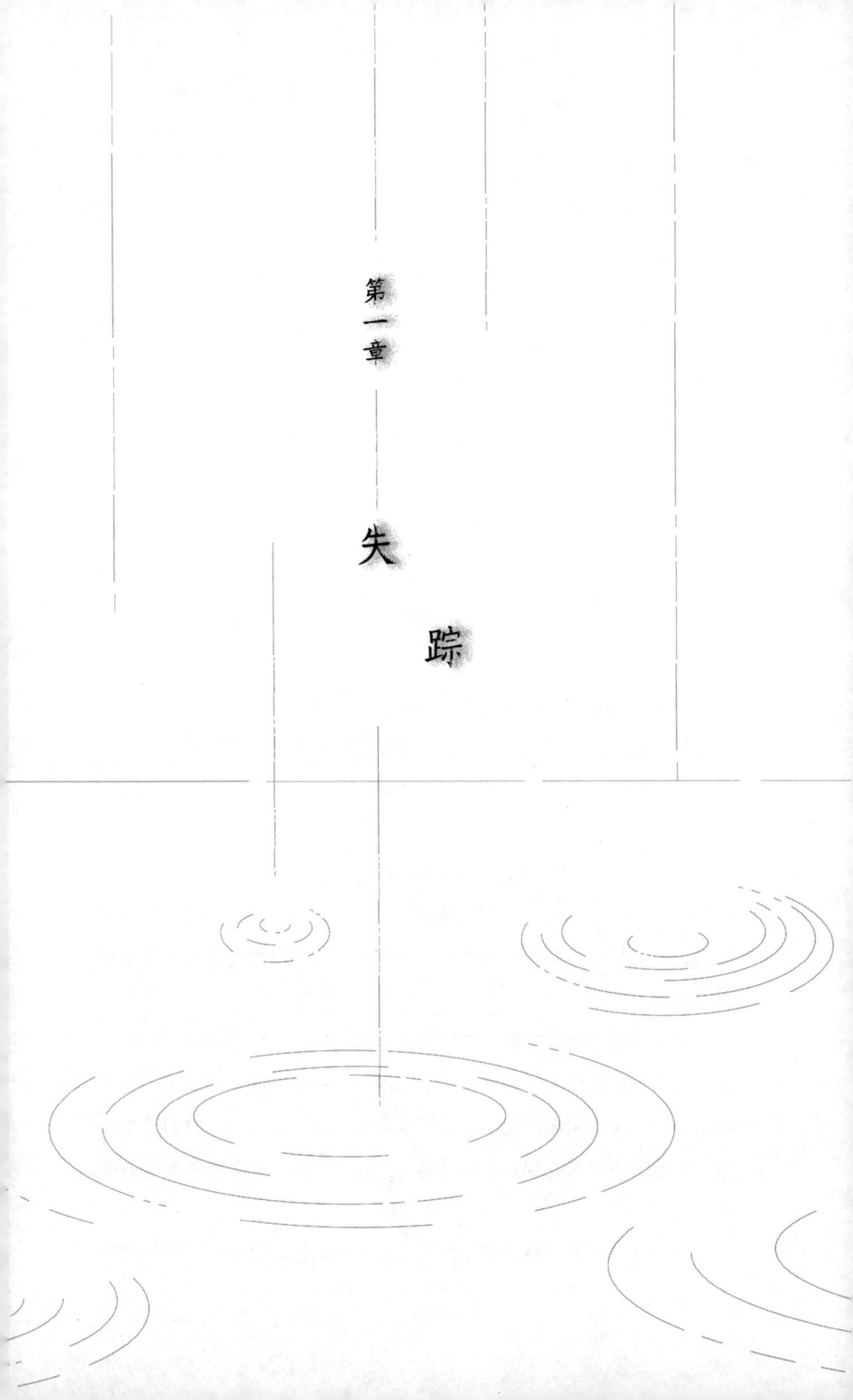

第一章

失 踪

01

  2021年10月17日，夜晚，多云，月色朦胧。
  烛火跳动，昏暗的房间内，这唯一的光源显得格外明亮。耳畔有酒杯的碰撞声、倒酒声、男人的说话声……
  "阿月？"
  南月一愣，所有感官瞬间聚集到面前的烛火上。烛火的另一边，韩榷周正不明所以地看着她，他手上端了两杯刚倒上的红酒。她松了口气，是她想工作想得太入神了，以至于韩榷周跟她说话她一个字都没听清。
  桌上摆着丰盛的晚餐，餐具精致得明眼人一看就能猜到价格不菲。如此排场，只是因为她和韩榷周很久没一起在家好好吃顿饭了。他们都太忙了，普通情侣间吃饭看电影这样的小事，对他们来说却弥足珍贵。用她闺密罗遇心的话来说就是，全公司没几个人会相信她是有未婚夫的人。
  南月仔细盯着韩榷周看了几眼，脑子里闪过罗遇心的评价。她愤愤不平地想，我不仅有另一半，而且另一半还高帅炫酷呢！她当即决定，过两天有必要带韩榷周去公司晃一圈，让他们睁大眼睛好好瞧瞧，看谁还敢质疑！

这么想着，南月心情舒畅多了，她接过韩榷周递来的酒杯，一口干掉了一半。

"对不起啊榷周，明天一早我要去公司主持剧本会，可我实在想不出该怎么构思剧情了，脑子里一片混乱。你刚才跟我说什么来着？"

"刚才……"韩榷周无奈，"没什么，想说你别一天到晚操心工作。你是创作者，适当的放松对你更有利。"

"我倒是想放松，工作太多我也没办法啊。何况你当年不是说，你之所以喜欢我是因为我的努力和认真吗？"

韩榷周抬眼看了看她，仔细回想，他确实这么说过。他笑了笑："三年前的话你还记这么清楚？你已经足够优秀了，再优秀的人也需要吃饭睡觉的。"

南月沉默，像是在思考什么。韩榷周以为她又走神了，伸手在她面前晃了晃。谁知她很快反应过来了，似探究又似求证般问他："你喜欢我，真不是因为我长得好看？我觉得你当年对我是一见钟情啊。"

韩榷周哭笑不得，不知该如何接话。他给她添上酒："这是上次罗遇心拿来的酒，她说是珍品。你觉得口感如何？"

"还不错。"酒是好酒，只可惜她现在的心情不适合品酒。她试图找话题跟韩榷周聊："你最近还在研究那块陨石？"

"陨石已经是三个月前的事了，你忘了？"

"哦，这样啊……"

"不过没发现有什么特殊的，至少目前没有。现在陨石就搁在我实验室的陈列柜里，你要是有兴趣可以再去看看。"

"不用，我就随口一问。"

她怎么可能会对陨石有兴趣？那么冰冷的东西，放在她面前她都懒得多看一眼。见过一次就够了。

说来也挺有意思的，像她这种满脑子天马行空的人，居然会找一个逻辑思维严密的天体物理学家做男朋友，说出去怕是没几个人会信吧。可谁让韩榷周长得帅呢，光凭这一点就足以让她沦陷。

不出道，可惜了。这是南月第一次见到韩榷周时的想法。韩榷周比她公司那些男明星还要帅，关键是他浑身充满禁欲的气息，谁能受得了？反正她受不了！

就是太刻板，可惜了。这是南月此时此刻的想法。她不禁感叹，罗遇心说得对，这大概就是他这种科研精英男唯一的美中不足吧。韩榷周就像他向往的宇宙一样神秘莫测，让她时刻都觉得自己游离在他的世界之外。

感叹之余，南月不忍破坏韩榷周精心营造的浪漫气氛，继续找话题："你最近在忙什么？"

"一个新议题，关于'暗物质'。"

"什么物质？"

说到这个，韩榷周眼中顿时有了神采："比较复杂。暗物质是构成宇宙的不可缺少的部分，它至今是未知的。在现有的科学领域，没有任何一种仪器能够探测到它，但它是真实存在的……"

南月脑子响起嗡嗡声。

"我们还是别聊工作了，你说的那些我完全听不懂。"南月指了指窗外的月亮，"这么美的月色，我们别错过了，要不你对着月亮说点浪漫的话给我听吧。"

韩榷周此时一身正装，斜倚着桌子，轻轻晃着红酒杯。烛光印在他的脸上，轮廓清晰可见。南月凝视着他，他的眉眼，他的鼻梁，她觉得，他站着不用说话，只要对她笑笑，那已经是最浪漫的事。可韩榷周如她所求，绞尽脑汁说了他认为很浪漫的话。

"是啊，月色很美。你知道这样的月相叫什么吗？多云的夜晚，圆月，嗯……其实不用很圆，像现在这样就行。它被云层包围着，光晕散出，就像宇宙睁开了一只眼睛。我师哥说，这叫月光眼。"韩榷周的眼神变得深邃，就像能容纳万千星河的宇宙。他放下酒杯，揽过南月的肩膀："你记不记得，今天是……"

"我知道了！"南月灵光一闪，她从椅子上弹起，"我知道后面的剧情怎么写了。月光眼，对，就是这样的一个有着月光眼的美妙夜晚，时空之门开启了，失意的女主回到了十年前，在那儿遇见了她命中注定的爱人。就这么写！"

韩榷周满脸无奈。

"你真是我的灵感之神！"南月开心地抱住韩榷周，在他的脸颊上亲了一下，"但是神，我现在必须去趟公司。我得立刻召开剧本会，把这个伟大的构思告诉大家。明天我补你一顿更美好的晚餐，说到做到，这次一定不食言！"

南月边说话边穿外套，迅速收拾好自己，拿着车钥匙出门了。钥匙扣上的串珠碰撞，声音清脆悦耳，像是在为她的好心情伴奏。这个创意简直太完美了，她要马上告诉罗遇心，让她也震撼一下！

一门之隔，门后的世界恢复了冷清。

烛火摇曳着，发出扑扑的声响。满桌子食物仍保持着原有的精致，仿佛主人从不曾回家，不曾企图对它们动刀叉。

韩榷周叹了口气。他和南月是2018年10月17日确定恋人关系的，今天是他们在一起三周年纪念日，他本想给她一个惊喜。他在市天文台工作，平日非常忙，南月又是一个那么热爱浪漫的人，因此他特地空出时间提前准备了这一切。但是他忽略了，南月同时也是一个工作狂，她经常像这样，一有灵感就会沉浸于剧本创作，乐此不疲。看她刚才的反应，估计今晚不到半夜是回不来了。

他实在不想独自在家度过这个属于他们两人的纪念日。他的研究议题正在关键时期，与其在家无所事事，不如回去工作。他毫不犹豫换上衣服，熄灭蜡烛，出了门。

…………

南月踩下油门，熟练地将车驶出地库。她戴上蓝牙耳机，拨通了罗遇心的电话："在哪儿呢？有时间回公司一趟吗？关于你的新剧我有个非常伟大的想法！我已经召集编剧来开会了，你要不要来旁听？"

电话那头，罗遇心声音慵懒："在棚里拍杂志封面呢。公司我就不去了，姐们儿，我好歹是个当红明星啊，也就只有你会在大晚上使唤我去旁听编剧会。求放过！"

"这能叫使唤？拜托啊，你可是我的合伙人，公司有你一份的。再说了，这部剧本来就是为你量身定制的，你要不来我就拍板让邹梨演了啊。"

一听邹梨的名字，罗遇心马上换了个态度："别别，我去还不行？不过我估计还得一小时才能结束，你等我。"

"行，公司等你，不见不散。"挂了电话，南月露出得意的笑。

邹梨是公司去年签的女演员，跟她算是有些渊源。邹梨的表姐叫孟晓璇，是她的大学校友。机缘巧合之下，她结识了邹梨，觉得这姑娘可塑性不错。邹梨也很争气，人美戏好，上升势头非常猛，虽然现阶段不如罗遇心红，但胜在年轻啊！罗遇心表面无所谓心里还是有危机感的，毕竟人家比她小五岁呢。南月每次使唤不动罗遇心就用邹梨当借口，屡试不爽。

…………

这一夜过得很快，剧本会进展相当顺利。

南月拖着疲倦的身子回到家。在家门口她看了一眼手表，已经凌晨1点了。她原以为11点之前能开完会，这样的话，她到家还可以陪韩榷周吃个夜宵。现在看来是她想多了，创作会怎么可能轻易结束。

南月轻手轻脚进门。韩榷周一向睡得早，她怕打扰他休息。可是出乎她的意料，家里没人，满桌的食物还是她出门前的样子，韩榷周竟然一口都没吃，大概是回单位加班了。

他这是生她气了？可他之前为了工作放她鸽子的时候，她不也没说什么嘛！都是工作狂，谁比谁空闲啊！

"这人真是的！"南月对韩榷周有些小怨念。她把包往沙发上一扔，洗漱睡觉去了。开了这么长时间的会，她浑身酸痛，多余的话一句也不想说。天塌下来，等塌下来再说吧。

第二天一早南月醒来，韩榷周还是没回来。他在实验室干通宵也不是一次两次了，南月并没觉得奇怪，不过她还是决定打电话问候一声。为这种小事闹矛盾，不值得。

南月刚找到手机，敲门声响了。她以为是韩榷周回来了，迅速整理好仪容，跑去开门。然而出现在她面前的人却是她的妈妈——南珂。

"妈，你怎么来了？"

"我怎么就不能来了？你这天天忙里忙外的，也不知道回家看看我和你爸。"南珂毫不客气地进屋，扫视一圈，问南月，"韩榷周呢，这么早上班去了？"

南月点头。她不敢说韩榷周整夜没回来,怕她妈瞎担心。

"这一桌吃的怎么也不收拾收拾,放了一晚上都坏了吧?多可惜啊。"南珂念了几句,系上围裙开始收拾,"你们这都没怎么吃啊,净浪费粮食!你可别学心心,我每次让她吃东西她都说减肥。她都那么瘦了,减什么肥啊!"

南珂口中的"心心"就是罗遇心。作为一名演员,罗遇心在饮食方面一向克制。

"你和心心不一样,你干的是幕后工作,又不用上镜。而且你已经很瘦了,我还指望你们早点结婚生孩子呢,太瘦了不好。"

得,又来。

果然,南珂的下一句是:"你和韩榷周准备什么时候结婚?你们在一起三年了,也该结了。你都过完二十七岁生日了,韩榷周好像有三十二岁了吧,都老大不小了。前阵子韩榷周他妈还跟我说呢,希望你们早点把终身大事办了。"

南月耳朵都快长茧了,她实在懒得听她妈继续数落,迅速收拾了一下自己,找了个借口出门:"我有个很重要的会,先走了,老妈你帮我把家里收拾一下。"

"我还没说完呢,你跑什么啊……你什么时候回来?"

"晚上回。不用等我了,收拾完就回去吧,我改天去看你们。"

出了门,世界清净。

南月松了口气,但是经她妈这么一打岔,她把给韩榷周打电话的事给忘了。她工作忙,到了公司连摸鱼的时间都没有,就这么一直忙到了天黑。

得了空,南月这才想起韩榷周一整天没跟她联系了,这实在有些反常。以往就算再忙,他们都会互相发微信的。

她打开韩榷周的对话框，下午发过的两条消息沉了底，就像没人认领的失物。她又连着拨了几次他的电话，每次都说不在服务区。

"不在服务区？他能去哪儿呢？"南月百思不得其解。

上一次遇到这种情况是韩榷周去青海出差，途经一片广袤的无人区，大半天没跟她联系。可他每次出差前必然会跟她打招呼，他是个极其稳重的人，不会做一言不发一走了之这么幼稚的事。昨晚她确实不该吃饭吃一半抛下他回公司加班，但是以她对韩榷周的了解，这点小事他不会放心上的，就算生气也早就气过了。

南月挨个问了一遍韩榷周平日来往比较密切的朋友，还有他在天文台的同事，都说没见着他。他父母前几天刚去国外，理论上应该不知道他在国内的行踪。最后，她又问了韩榷周的助理宋钦，宋钦说昨晚9点他下班回家的时候碰到了韩榷周来单位加班，再后来就不知道了。

南月不死心，拉着宋钦去调了天文台四周的监控，果然如他所说，9点15分韩榷周出现在天文台门口，进门之后就没出来。摄像头没拍到他离开，他却不见了。

南月觉得很奇怪，宋钦却不以为意："我们单位有后门，一般是内部人员进出，所以只装了一个摄像头，有监控死角。没准韩博士从后门出去了，没拍到而已。"

"那他总不可能无缘无故失踪吧？他今天没去单位，你们不觉得奇怪？就没找过他？"

宋钦扶了扶眼镜，很为难："韩博士确实不会无故缺勤，我联系过他的，但是联系不上，我也没办法，一直都是我听他的安排……小月姐你也别太担心，或许他有什么重要的事，明天就回来了呢。"

南月放弃了。宋钦是个沉迷于学术的愣头青，从他这里应该问不出什么，她还是靠自己吧。

第二天早上，南月醒来，韩榷周还是没出现，打电话依旧不在服务区。她沉不住气，去派出所报了案。警察按流程做完笔录，说会尽力帮忙找，有消息第一时间通知她。然后又是漫长的一天。南月创业这三年来，第一次在开会期间频频走神。同事们颇为惊讶，却也不敢多问。

第三天早上，南月是从梦中惊醒过来的。韩榷周没回来，但是她梦见了他。或者说，这不只是个梦。

她颤抖着拨通了罗遇心的电话："我想跟你说一件事，你可能会觉得我疯了，我也觉得我可能疯了。但是怎么说呢，又好像没疯。"

罗遇心的灵魂还在沉睡，她迷迷糊糊回道："什么疯不疯，你说人话，说完我得继续补觉呢。昨晚熬夜参加时尚之夜的活动，我好困的。"

"韩榷周已经失踪两天一夜了，我怎么都找不到他。昨晚他给我托梦……"

"你说什么？"罗遇心一个激灵，从床上惊坐而起，"姐姐你把话说明白，这事可不能乱开玩笑！前几天我还在你们家见着他了，活生生一个人，怎么可能说没就没了！他还给你托梦？"

南月知道她误会了，赶紧解释："不是不是，不是这个意思。我是想说我梦见他了，但是这个梦很奇怪，他好像去了时间后面的那个世界。我这样说，你明白了吗？"

"我……明、明白。"

她怎么会不明白呢，多么熟悉的剧情。

两天前的晚上，她被南月叫去开剧本会，南月写的新剧就叫《时间后面的世界》。那是一个关于平行时空的故事,女主角不小心打开了时间之门,去了十年前的世界。

"你的意思是,韩榷周去了平行时空,十年前的世界?"她小心求证。

"不是十年前,是五年前。"

"五年前?2016年啊?到底怎么回事?"

"我也说不清楚。要不你过来吧,我现在脑子很乱。你说他会不会……"

"你先别着急,我马上过来,等我!"

罗遇心风风火火出门,妆都懒得化了。原本今天她有一个采访,也让助理推了。

02

五年前,南月还不叫南月,她本名邱繁素,只因她妈妈姓南,她便随意取了这个笔名。谁又能想到呢,三年前她独立编剧的处女作《漂亮的爱情》一炮而红,还拿了好几个奖,南月这个名字也跟着发光发热了,以至于那之后认识她的人都管她叫南月,包括韩榷周,反倒是知道她本名的人寥寥无几。

南月之所以认定韩榷周在五年前的世界,是因为梦中的一切发生在国内热门旅游地——恒洲市垟曲古镇。而她为数不多的在垟曲古镇生活过的日子,就在五年前。那时候她独自去垟曲写生,在她朋友康哥开的民宿"朔月山居"住了几个月,那也是梦里面她和韩榷周见面的地方。

五年前的朔月山居也不叫这个名字，叫迷途客栈。南月一直觉得这个名字不好，出门旅行的人，谁愿意途中迷路？迷途迷途，越听越不吉利。后来客栈大整修，南月就帮着改了个名叫"朔月山居"。

南月毕业于国家美术学院，油画专业。她爸妈都是大学教授，标准的文化人，他们希望女儿能长成一位背着画架四处写生、开画展的优雅小公主。鬼知道她是怎么想的，半路出家搞剧本创作去了。

五年前的罗遇心也只是个寂寂无名的十八线小演员。她大学一毕业就游走在各个剧组，跑各种龙套，从女四女五到跑龙套演了个遍。罗遇心对南月写剧本一事非常不以为然，曾苦口婆心劝她："画画有什么不好的，又知性又文艺，还能培养气质，你听你爸妈的准没错。我是演员我知道，他们有句调侃话叫作'少壮不努力，老大当编剧'，你是有多想不开才来蹚这浑水？再说你也不是科班出身，你要是能写出名堂就见鬼了，就好比我能一夜爆红，这概率就跟中彩票一样。"

没想到真的见鬼了，南月真的写出了名堂，罗遇心也莫名其妙被合作过的制片人拉去救急，演了一部大家觉得必扑的小成本网剧，结果那部剧大火，她一夜爆红成了顶流小花。

合伙成立公司的那天，南月十分感慨，她问罗遇心："你的嘴是在哪里开过光吗？说什么中什么！"

历史总是有着惊人的相似。三年后的今天，罗遇心也这样问南月："你的嘴才是在哪儿开过光吧？开启时空之门……这种需要借助魔法才能做到的事，你张张嘴，韩榷周就真被弄过去了？你有魔仙堡血统吗？"

"你就别调侃我了，我也希望是我写剧本太投入把脑子写糊涂了，韩榷周只是工作上遇到了难题，想找个没人的地方清净几天。"南月嘴上这么说，心里却不这么认为，因为那个梦太真实了。

梦里，在迷途客栈 8408 号房间，韩榷周轻轻拍了下她的肩膀，用非常严肃的语气对她说："繁素，我现在说的每一句话，你务必要记住。有些事我说了你可能无法理解，因为对于现在的你来说，这些事确实挺荒谬的。为了以防万一，我都写下来了。"他拿出一封用火漆封好的信，指了指头顶的房梁，"我把信放在房梁上，五年后你如果发现我不见了，就亲自来这里取信。看了这封信你就知道发生了什么。"

南月，准确地说应该是邱繁素，一脸蒙地看着他："为什么要五年后来取？反正信是给我的，我现在看不一样吗？"

韩榷周莞尔："现在的你还看不懂。相信我，五年后一旦发现我失踪，就来这里取信。"

南月不明所以地点点头。

"这家客栈以后会改名叫朔月山居。记住了？"

"哦。"

"不要担心我，阿月。我一切都好，只是暂时还回不去。"

正是这句话让南月从梦中惊醒了。她仔细回忆了梦中韩榷周说过的每一句话，她能分辨出，一开始那番话是说给五年前的邱繁素听的，最后这句话却是说给现在的南月听的。他在五年前的垾曲，他很好，只是回不来了……

罗遇心听南月说完这一切，先是沉默，然后认真帮她分析："如果是这样，我觉得那不是梦，是你的记忆。"

"记忆？"

"对啊。你想啊，如果韩榷周真的去了五年前的世界，遇见了五年前的你，那么当时发生的一切，现在的你是不是应该会有相应的记忆？"

南月琢磨罗遇心的话，觉得有那么几分道理，没想到她平时不怎么爱动脑，关键时刻还是有点用的。罗遇心说得对，就好比她清楚地记得自己五年前在垾曲古镇写生，认识了很多朋友，发生了不少倒霉事。假如韩榷周真的回到了五年前的世界，他们提前相遇，她应该会产生相应的记忆。

"如果你说的是真的，那昨晚的梦就不是梦，是我新出现的记忆？"

罗遇心点头："是五年前的那个世界正在发生的事，你们在那儿相遇了。"说完她不忘自夸一番："啧，足以说明那天晚上剧本会我没滥竽充数，我才是听到了精髓的那一个！"

南月很难不认同罗遇心的猜测，可她总觉得哪里不对。她沉思了会儿，忽然明白哪里不对了："照你所说，韩榷周真的在五年前跟我提前相遇了，那为什么我没有别的记忆，只记得梦里的那些碎片？"

"这……不知道。"罗遇心也说不出个所以然来。她不知道是哪个环节出了问题，但她觉得自己的直觉是对的，"你现在准备怎么办？"

"还能怎么办，当然是去垾曲古镇取信啊。我是不是疯了，去看看就知道了。"

罗遇心思忖了一会儿，不太确定地开口："其实还有一个办法。"

"你说。"

"你要不再等一天，看看你今晚还会不会做类似的梦？如果没有，说明是巧合。如果有，你再去也不迟。"

有道理。不过南月等不了了，她迫切地想找到韩榷周，多等一天都不行。她拿出手机，迅速订票。垾曲古镇没有机场，需要飞到距离最近的恒洲市，再转高铁。

付款的那一刻，南月想起了什么，眼中闪过一丝不快。

"又怎么了？"

"昨天我刷到了康哥的朋友圈，他和陆江申在一起喝酒。"南月自嘲,"冤家路窄对吧?"

"哦——"罗遇心拖长尾音,语气中带着戏谑。

陆江申是南月的前男友,也是她的学长。他比南月高两届,设计系高才生,成绩好,长得帅,学校风云人物之一。南月大学时期就仰慕陆江申,可惜当时他们没什么交集。毕业那年她去垟曲写生,在阜宁山上的灵觉寺偶遇了陆江申。巧的是,陆江申就在南月住的迷途客栈,帮康哥做室内翻修方案。他们就像童话故事里那般,开始了一段花前月下的浪漫爱情。然而半年后,这段爱情以陆江申出轨告终。

以上都不是重点。重点是,他们分手时撕得很厉害。

罗遇心皱眉:"我没记错的话,你们当时闹分手,你好像扇了他一巴掌?"

南月纠正:"是两巴掌。"

"你厉害啊。"

"那时候不懂事,两巴掌哪够!"南月表示无奈,"不过现在完全不想再见到他,无关紧要的人罢了。"

"明白,前任见面分外眼红嘛。那你还去吗?"

"去啊。"

"勇士,受我一拜!"

"你倒是拜啊。"

"我这不是为了表达内心的惊叹嘛。"

"没什么好惊叹的,换作是你,你也会去的。因为根本没得选。"

若是不去,她怎么能弄清楚事情的真相。这是她目前找到韩榷周的唯一希望。

下午6点,南月抵达垟曲高铁站。

她公司恰好有个快开机的戏在垟曲古镇看景,同事提前安排好了车,接她去了朔月山居。

康哥完全没想过南月会突然出现在他面前。今天生意不错,他倚在前台旁的沙发上,边哼歌边刷手机,抬头就看见一个瘦瘦高高的女人拉着行李箱走进来。他没有第一时间认出是谁,以为是哪个订了房的客人。

来人戴着墨镜,穿了件米色短外套,紧身牛仔裤将身材勾勒得玲珑有致,配上一双牛皮小短靴,看上去精气神十足。康哥哼着的音符堵在嗓子眼,眯着眼上下打量了好几遍,才不太确定地开口:"繁……繁素啊?"

南月扬扬嘴角,摘下了墨镜:"好久不见,康哥。"

"真的是你啊!你怎么来了?"

"不欢迎?"她看得出康哥很局促。他双手不停地搓着,无处安放。

"哪能啊,我怎么可能不欢迎你。你这说笑呢,就是觉得挺突然的,哈哈。"

"给我开间房,我喜欢风景好点的,就8408吧。"

康哥面露难色:"8408有客人预订了。你知道的,现在是旺季,一大群来赏秋景的游客。"

他扭头问前台服务员哪间房还空着,听服务员说8410,他面露喜色,对南月说:"8410更好,是个观景套房,还带大露台呢!你可以在露台上一边喝茶一边欣赏阜宁山的漫山红叶。"

"不用了,我就想住8408。你跟客人沟通一下,就说免费给他升级成套房。"

"行吧。"

康哥叮嘱了服务员几句,让她马上去办。处理好这些,他去帮南月拉行李箱:"妹子,你坐这么久飞机一定辛苦了,要不去咖啡厅歇会儿?我刚进了款新豆子,口感特别好,你一定喜欢。"

"好啊。"

"来,这边,这边走。"

康哥浑身上下透着不自在。南月不傻,她知道康哥就是怕她碰见陆江申,当众撕起来。他真的多虑了,她心智没那么不成熟。只要陆江申不主动招惹她,她保证做到见面点头微笑,太平无事。

好巧不巧,他们还没离开客栈大堂,陆江申到了。他一进大门就看见了南月,万分惊讶:"繁素?这么巧。"

南月像陌生人初见一般对他露出礼貌的笑,然后拉着行李箱去咖啡厅了。

陆江申看着她的背影,站在原地忘了动。当年那两巴掌好像重新甩在了脸上,火辣辣地疼。他手足无措:"康哥,她怎么来了?"

"我哪知道,我比你还愁呢!你们这要是打起来,我帮谁?"

"你想多了,这都过去多少年了,我们又不是三岁小孩。"

"得,先不跟你说了,自便吧你。"康哥转身去了咖啡厅。他得想办法把南月安抚好,别到时候弄得对他也有意见。

南月进了房间,坐在沙发上发了会儿呆。几年没来,朔月山居变化很大,但这间房还是令她感到亲切。

古城一带的房子建得都不高,朔月山居总共四层,一楼是大堂,咖啡厅、公共区域和小花园,没有客房。南月住的8408号房位于顶层,属于楼房的"帽子"区域,带有房梁。在她的梦里,韩榷周就是站在桌上把信放上了房梁。

南月比韩榷周矮十五厘米,她在桌上又放了一张凳子,小心翼翼爬上去摸了许久,除了一手的灰尘,她什么都没摸到。

南月很受挫,尽管来垟曲古镇之前她就做好了一无所获的心理准备。她是真的疯了,连罗遇心这种满脑子都是不靠谱想法的人都说,回到五年前是需要借助魔法才能办到的事,她居然以为是真的!

"没有信,什么都没找到。真的只是一场梦。"她给罗遇心发了微信。

罗遇心秒回:"去都去了,你再问问呗。万一装修的时候有人收走了呢?"

"谢谢你保全我的面子,没说我是疯子。"

罗遇心回了一串"哈哈哈哈哈"。

南月起身,准备找康哥再问问。罗遇心说得没错,来都来了,彻底死了心再回去也好。

康哥不明白南月为什么要把东西放在房梁上,他仔细思考一番,很肯定:"当时装修是我亲自监工的,压根没动过房梁。前房东建这栋楼的时候花了不少心思,特地找专人设计的,我们也没想过要改变房屋布局。没必要的话,谁爬那么高去折腾啊?再说了,要真看到信,他们肯定会交给我的。"

南月眼睑低垂,看不出情绪。

康哥忍不住多了句嘴:"是什么信,你怎么会放在那儿?"

"很重要的信,没有就算了。我饿了,让厨房给我煮碗面吧。"

"吃面多寒碜啊!我请你出去吃吧,就当接风了。"

南月摆手:"不用,我今天飞机倒高铁,太累了,想歇歇。明天你再请我吧。"

见南月这么坚持,康哥不好再说什么。他看得出南月心情不太好,本来还想问问她这趟来垟曲做什么。很显然,她不是来旅行的。

夕阳来临时,南月坐在了一楼的咖啡厅。

咖啡厅的西面是落地大玻璃墙,她倚在沙发上想事情。十几分钟后,服务员端了一碗雪菜肉丝面过来。她尝了一口,觉得厨师水平还不错,是她喜欢的味道。慢慢地,一碗面见了底。

"繁素,吃晚饭呢?"意料之外的声音打破了夕阳带来的宁静,是陆江申。

南月没想到陆江申竟然会过来跟她打招呼,她心中厌恶,但在职场多年也学会了伸手不打笑脸人的道理,于是皮笑肉不笑地回应了一下。

"我知道你不想见到我,那我就说重点吧。"陆江申在南月对面的沙发坐下,"刚才我听你跟康哥说起信的事,我忽然想起来,那封信在我这里。"

南月瞪大眼睛。

"别误会,我可没故意拿走你的东西。当年酒店装修,到处乱糟糟,我是无意中看见的。信封上有你的名字,我就想着要不先收起来,没准哪天你会回来取呢。唉,记性不太好,后来我就忘了这回事。"

"你拆开看了?"

"私拆信件犯法的,我没那么不讲道德。"

南月心想,真是见了鬼的道德。她伸手:"拿来吧。"

陆江申笑着摇头:"你的脾气还是跟当年一样,一点都没变。放心,信我肯定会物归原主的,不过这么久没见,想顺便跟你叙叙旧。"

"有什么想说的,你说,我听着。"

"在这儿多没情调。"陆江申点了根烟,"你多年没回这儿来了,可能还不知道吧,天台现在改成了半露天的酒吧,调酒师手艺很不错。晚上一起去喝一杯?"

"你觉得有必要吗?"

"我觉得有必要啊!就快到十五了,月色很不错,我们可以边叙旧边赏月。"

南月按捺住极其不爽的心情,不停地说服自己:忍住忍住,找韩椎周要紧!

"行吧。不过有一点你没说对,我这几年变化最大的就是脾气。最好你能拿出我想要的东西,不然我一生气,我自己都不知道我会做什么事。"南月起身,看了眼手表,又轻飘飘瞥了陆江申一眼,"10 点,天台见。"

南月一离开,康哥赶紧走了过来。他隔了老远就看见陆江申在跟南月说话,心里七上八下的。他劈头盖脸数落陆江申:"你招惹她干吗?不知道她不想见到你吗,你还故意往上凑?"

陆江申嘴角噙笑,眼神中有一丝暧昧不明的光亮:"繁素还真是变得不一样了。这么突然一见到她吧,我这心跳莫名加快。你说这算不算余情未了?"

"我看你是疯了,可醒醒吧,别忘了当年她怎么扇你的!"康哥丝毫不给面子,"而且她有男朋友的,说实话啊,长得比你帅。"

"有男朋友怎么了,不还没结婚吗?!不过话说回来,康哥,你有没有发现繁素比以前更有魅力了?"

康哥懒得搭理他,心想不就是因为人家现在不搭理你吗?果然,得不到的永远在骚动。可他太了解南月了,这姐们最不爱吃的就是回头草,陆江申要是硬凑上去,被她羞辱几句那是轻的。

03

南月想起了她和韩榷周的初见,他是在她完全无暇顾及爱情的时候出现的。

三年前,南月迎来了人生中的第一个高光时刻。处女作爆红,她一连接了好几个大项目,未来两年的档期都被排满了。而她走红后的第一部作品就是跟她的好闺密、新晋顶流小花罗遇心合作的《风雪客》,还未播出就已万众瞩目。正好那时她和罗遇心商量要一起做公司,她的脑子被工作填得满满当当。虽然身边追求她的异性倒是有不少,但是她觉得,去他的爱情,她哪里有闲工夫考虑爱情!

在她成立公司的第六天,相熟的制片人邀请她去参加一场电影首映,她不好意思拒绝,处理完工作就匆忙开车直奔电影院。路上大堵车,她还是迟到了,进放映厅时电影已经开场十分钟。

时值夏日最炎热的午后,加上心里着急,她在座位上缓了许久才平复下来。没过几分钟,后座的人轻轻拍了拍她的肩膀。她一回头,银幕画面正好切换到白天的镜头,借着亮光,她看见韩榷周那张比电影男主角还俊朗的脸,刚平静下来的心又躁动了几下。

"不好意思,"韩榷周声音压得很低,他指了指南月的椅子底下,"我手机滑下去了,能帮我捡一下吗?"

即便他压着声音,南月还是能听出他略带烟嗓的声线,对她这个声控来说,她又被击中了。她对着韩榷周的脸愣了好几秒,木然点了点头。

归还了手机,他们再无交流,但南月已经没心思看电影了。她脑海中时不时冒出那张离她只有咫尺之遥的男人的脸,却又不好意思回头。

好不容易熬到电影散场，南月被制片人朋友拉着，让她从专业角度点评几句。天知道她根本没注意故事讲的什么，心不在焉地给了一通夸奖，把朋友哄得心花怒放。

在影院的电梯口，她又碰见了韩榷周。韩榷周也认出了她，冲她笑了笑："刚才谢谢你。"

"举手之劳。"南月的个子已经够高了，可她还是得仰着头才能和韩榷周对视上。她忍不住猜想，他得有 185 cm 吧，真高。

出了电梯，他们往不同的方向走。不知出于什么心态，走了几步，南月没忍住转身看了一眼。很巧，韩榷周也转身了。这次的对视似乎并没有那么意外，他们笑了笑，朝对方走去。

他们就这样认识，并开启了一段都市男女最常见的恋爱。

在一起这三年，南月不止一次感叹，她和韩榷周的这段感情是"在错误的时间遇见了对的人"，理智的人会选择放下，浪漫的人会继续追寻。可是她和他都一样，总是忙得连考虑未来的时间都没有，何以放下，又何以继续？不过是异性之间相互吸引的本能罢了。

如果能早几年认识就好了，说不定他们早就结婚生子，生活趋于正轨。她时常这样想。

她和韩榷周的相遇，其实一点都不浪漫，包括后来的恋爱、订婚，也一样稀松平常。没办法，他们都是大忙人，韩榷周一心侍奉科学和宇宙，而她将精力都献给了公司和剧本，两个人能正常约会的时间屈指可数。罗遇心评价，这一切似乎不怎么符合她国民女神编剧的身份。

当时罗遇心的原话是："艺术创作者不都应该有一段轰轰烈烈的爱情吗？比如浪漫的诗和远方什么的。"

南月假装不屑："你说的那种爱情我有，不过是在我的剧本里。"

其实，她曾经真真实实地拥有过。她和陆江申的爱情，就算够不上轰轰烈烈，那也绝对是浪漫的 N 次方。放在五年前，她绝对不会想到，未来的自己会用"脑子生锈，愚不可及"来形容她和陆江申的那段过往。

"确实愚不可及。"南月在心里重复了一遍这个评价。

她抬手看了眼腕表。10 点了，她得去见陆江申了，但愿他手里真的有那封信。

陆江申特地打扮了一番，他穿了双南月曾经评价很高的某牌子的登山鞋，上身套了件欧美潮牌夹克，头发还用发胶定了型。不过南月压根没正眼看他，往那儿一坐，颇有视死如归之意。

陆江申主动献殷勤："我给你点了杯这儿的招牌鸡尾酒，一会儿你试试。我觉得你会喜欢。"

"谢谢。"

"繁素，我们之间没必要这么客气。"

南月没说话，气氛一时有些冷场。不过陆江申的兴致并没有受影响，他一向对自己有信心，上楼前朋友还夸他今天格外帅。这不，斜对面那一桌，两个大学生模样的女孩时不时红着脸交头接耳，往这儿看。

服务员很快端上了酒，南月喝了一口，确实不错。她早就听康哥说楼顶的酒吧生意极好，白天是简餐厅，晚上则是不夜城。

陆江申见南月的神情有所缓和，继续找话聊："好几年没听到你的消息了，你过得好吗？还在学油画？"

"还行，挺忙。暂时没空画。"

"我还是老样子，做室内设计。不过付出的努力总算有了回报，情况比我们刚认识那几年好多了。这几年垟曲一带旅游发展迅速，相应的配套设施也在不停地更新换代。我主做民宿和酒吧的设计,在这个圈子算有了点小名气。"

南月大概能猜到陆江申为什么会在这里了,前不久康哥说想把一楼的咖啡厅改造一下,和小花园打通,做个阳光房。他请的设计师十有八九就是陆江申了。平心而论,陆江申在设计方面的天赋确实可圈可点,要不然她当年也不会那么孤注一掷迷恋他了。

她不得不对陆江申刚才那番委婉的自夸做出回复:"恭喜你。"

陆江申笑笑,语气尽显温柔:"我知道你对我怀有敌意。当年是我不对,辜负了你的感情。可人都是会变的,我一直在反省自己,努力变得更好。好像冥冥之中有个声音告诉我,我一定会再次遇见你的。今天我们能在垟曲重逢,说明我的直觉是对的,连老天都不想让我们失联。"

南月职业病犯了,好想把他这段台词抄下来用。她新剧有个渣男的角色,急缺素材。

陆江申没注意到南月走神,沉浸在自我感动中:"繁素,既然天意如此,我们能不能重新认识一下?"

"不用那么麻烦,我就是来拿东西而已。"

"我是认真的。"

"我也很认真,陆江申,你要怎样才肯把信给我?"

陆江申语塞,空气突然安静了。就在此时,一直在观察他的那两个女大学生从包里拿出了什么东西,羞涩地朝这边走来。他刚被打击到的自信立刻恢复,调整好微笑,准备迎接年轻女孩们的热情,让南月感受一下他日益攀升的魅力值。

女孩们很快走近了,其中一个扎马尾的女生像是鼓足勇气:"你好,你是南月吗?"

陆江申笑容僵住。嗯？怎么不是跟他搭讪？难不成这俩妹子喜欢女人？

南月脸上浮起了今晚第一抹真心的笑容，对她们优雅地点点头。

"啊啊啊啊啊！"另一个齐刘海的女生没忍住，激动地跺脚，"真的是你啊！你刚上来我们就觉得像，一直不敢认。你本人比照片更美！"

马尾女生拉了拉同伴的衣袖，示意她别丢人。她跟南月解释："我们是文学系的，我朋友是你的忠实粉丝，我是罗遇心的铁杆粉丝。没想到在这里能遇见你，我朋友太激动了，你别介意。"

"没事，谢谢你们喜欢。"

"可以给我们……签个名吗？"齐刘海女生怯弱地开口。

"可以啊。"

签完名，齐刘海女生再次鼓起勇气："我能跟你合个影吗？就一张。如果不方便也没关系的，能见到你已经很开心了。"

"好啊。"

两个女生都没想到南月竟然如此爽快，拿出手机，调到美颜模式，高高兴兴拍了张三人自拍。离开前，她们朝南月鞠了个躬："谢谢南总！我们会继续支持你和罗遇心的，期待你们合作的下一部作品！"

南月朝她们挥了挥手，脸上始终保持着无懈可击的微笑。等到她们走远，她立刻恢复了淡然。

短短两分钟，陆江申经历了自信、得意、意外、好奇、失落，心情像过山车一样。当然，受到的打击也不小。对他暗送秋波的女生他见多了，第一次有异性站在他面前却对他视若无睹的。

"她们刚才叫你什么？你现在是明星？"从两个女生的对话中，陆江申这样猜测。因为他知道罗遇心是国内当红女明星，也是他很多兄弟心中的女神。

"过奖了,我当然不是。"

陆江申还是好奇,不是明星为什么随便出个门就能遇见粉丝?不过这些都不是重点,当下他只想把话题绕回来,掌握主动权。

"你看那儿,熟悉吗?"陆江申指了指对面山上亮着灯的寺庙,"都说灵觉寺求姻缘是最灵验的,每年不知有多少游客不远千里慕名而来,祈求能遇见相守一生的人。当年我们也是坐在这里,一人一罐啤酒,在月下安静地看灵觉寺。你很虔诚,双手合十祈祷,说希望以后每年我们都能一起去看不同的风景。"

南月终于受不了了:"陆江申,旧也叙了,酒也喝了,你是不是该把信还给我了?"

"这么美好的夜晚,我觉得我们久别重逢,不适合争吵。"

"我觉得我今晚挺给你面子的,大家相识一场,就别挑战彼此的底线了。你也给我个面子,以后万一运气不好碰上了,还能免去尴尬。"

陆江申被她这么一呛,顿时陷入尴尬的沉默。是他低估了她的变化,她的脾气比以前大多了⋯⋯

南月本就对陆江申的话持怀疑态度,他这反应更加肯定了她的猜测。她问他:"你说信封上写了我的名字。写了什么名字?"

陆江申不知道她为什么有此一问,随口道:"你的名字,当然是邱繁素啊。"

OK,她明白了。

"信不在你那儿,别演了。"

"⋯⋯"

南月太了解韩榷周了,他习惯喊她南月,而且在那个梦里,信封上的名字也是"南月"。这意味着,假如这封信真的存在,信封上的字肯定是"南月"而非"邱繁素"。她暂时不清楚陆江申想干吗,但他坑她是没跑了。她不由得感慨,这么些年过去了,陆江申光长年纪不长心智,做事跟以前一样不靠谱。

陆江申从南月脸上看不出什么,被她这么一诈,索性不演了:"没错,信的确不在我这儿。当年酒店装修,我陪着康哥一起监工,根本没发现什么信。"

"你煞费苦心把我叫来这里,不光是想让我试试调酒师的手艺吧?"

"当然不是,我刚才说过了,只是想跟你重新认识一下而已。我没有恶意。"

"不好意思,我没这个兴趣。看在认识多年的分上我不为难你,你自己收拾东西离开酒店吧,我会跟康哥说清楚的,咖啡厅不用你设计了。"

陆江申被她激到,又意外又好笑:"邱繁素,咱凭良心说话,康哥是你的朋友,也是我的朋友,你一言不合就想让我滚蛋,过分了吧?而且我的身份除了是康哥的朋友,还是他请来的设计师,真要计较起来,我应该比你更有资格待在这里。"

南月懒得跟陆江申多费唇舌,直接拨了康哥的电话:"赵旭阳,你来天台酒吧一趟。有事。"

挂了电话,康哥心里直打鼓。赵旭阳是他的大名,相熟的人平时都喊他康哥,南月突然连名带姓叫他,他就知道出事了,陆江申这小子绝对给他惹了麻烦!他心中七上八下的。到了天台,只见南月和陆江申面对面坐着,气氛十分紧张。

南月见了康哥,表面功夫都懒得做了,她瞥了一眼陆江申:"一楼的咖啡厅挺好的,不用重装了。我不想看见他,你让他走吧。"

康哥试图做和事佬,冲陆江申说:"早跟你说别找事了,你偏不听！快跟繁素道个歉，繁素不是小肚鸡肠的人，你好好道歉她肯定不……"

"康哥你过誉了，我还真就是个小肚鸡肠的人。"南月打断他。

陆江申再次吃瘪，不过他不信康哥会真听一丫头片子的话。

孰料，康哥挤出个很难看的笑："江申，附近那家莲花客栈是我朋友开的，住宿条件挺不错。我跟他说说，你先搬过去住几天？"

"康哥你至于吗？咱俩多久的交情了。就因为她一句话，你赶我走？"

"兄弟，我就实话实说了吧，这朔月山居的老板是繁素，不是我。"

陆江申满脸震惊。

"你也知道，装修之前客栈的硬件设施并不好，生意越来越难做。差不多两年前吧，实在经营不下去了，我本来想转手回老家，是繁素把店保住的。"康哥看了南月一眼，继续对陆江申说，"繁素出钱买下了这里，重新装修，让我负责管理，除了工资她还给了我10%干股。如今酒店生意这么好，也是因为她找团队在各渠道做了不少宣传。作为朋友，繁素对我，对这个酒店，真的仁至义尽了。大家都是朋友，你和她的事我不方便掺和，也没理由站队。但既然她是老板，那就按她说的做吧。咱俩兄弟一场，这些事我一开始就不该瞒你，怪我虚荣，兄弟对不住你！"

陆江申目瞪口呆，到头来连他经常蹭住的好兄弟的酒店也是前女友的？他刚才还理直气壮呛她，不承想，竟然让他自己尴尬了。

南月起身，朝康哥笑笑，不急不缓开口："你们慢聊，我累了，先回去了。"

南月前脚刚走，陆江申抓住康哥的胳膊："不是……康哥你说明白点，到底什么情况？这酒店怎么就成她的了？"

"就是我刚说的情况，还不够明白吗？"康哥比他还糟心，"而且我早说让你别招惹她了，你偏不听！本来你们可以相安无事的，繁素并没打算与你计较，见了面不还是对你客客气气的吗？这下好了，你非得把我逼得里外不是人！"

"买下这里得不少钱吧？她哪来的钱？"

"她哪来的钱？哥们你这几年混酒吧圈混傻了吧，平日里新闻你也不看的？繁素现在是正儿八经的影视公司老板，合伙人是罗遇心。罗遇心你总知道吧？就是那个当红女明星。"

陆江申依旧没明白："可她哪来的钱啊？不是，我是说，她要做公司，要买酒店，总得有原始资金吧，她爸妈都是大学老师，哪有那么多钱给她创业？"

康哥懒得跟他解释了："你上网搜'南月'，她笔名。"

陆江申拿出手机一搜，脸色越来越复杂。

康哥补刀："人家现在可是大受欢迎的国民编剧，之前大火的《漂亮的爱情》《昼月》，还有让罗遇心拿了视后的那部《风雪客》，都是她写的。你说她哪来的钱？"

陆江申彻底蒙了，他是断网多久了？前女友混成大佬他却一无所知？遥想五六年前，他认识的邱繁素只是个天真单纯无知的小姑娘，生活对她做了啥，把她逼上了励志人生？

不过，他一点都不关心南月现在有没有名气，他关心的是，为什么他还是很在意南月对他的看法。难不成当年他们拜了灵觉寺，他们的姻缘被开了光？

真是一段孽缘。

陆江申认命："行吧，我不让你难做，一会儿我就搬去莲花客栈。"

康哥松了口气，拍拍他的肩膀："谢啦，兄弟。"

"你觉不觉得繁素脾气变化好大？有时候说话还阴阳怪气的，以前的她可不这样。当然，她也比以前漂亮多了。"陆江申思忖着，"分手的时候没觉得感情有多深，怎么几年没见，我这小心脏还是会被她牵着鼻子走？"

"你怕不是脑子坏了吧？"

"我可能真的脑子坏了。康哥你得帮帮兄弟，既然她要找那封信，我就帮她一起找呗，说不定她一感动就对我有所改观呢？"

"别做梦了，她不仅脾气变了，审美也变了。你不是她的菜。"

"她喜欢什么菜？"

韩榷周是国内颇有名气的天体物理学家，上过很多新闻，他的照片并不难找。康哥拿出手机，从网上搜了韩榷周的照片，把手机递给陆江申："繁素现在的男朋友，长得帅，还是个科学家。所以你就别惦记人家了，没戏！"

陆江申盯着照片看，眉头皱得很深，像是在努力思考什么。

康哥调侃他："想什么呢？这时候思考人生太迟了，醒醒吧。"

"照片上这个人……我好像在哪里见过。"

"拉倒吧！八竿子打不着的关系，你能在哪儿见过他？"

"没骗你，真见过。好像还是很多年前见过的。"

可是，在哪里见过呢？陆江申一时想不起来了。

04

南月很失望。她给罗遇心打了电话，吐槽了刚才在天台酒吧发生的事。

罗遇心的八卦之魂熊熊燃烧:"哇哦,看来这陆江申对你余情未了啊!"

"都什么时候了,你的关注点还在这种无关紧要的事上?"南月心情沉重,"他们都说房梁上没有信,这说明根本没有什么时间后面的世界。我就是写剧本把脑子写坏了才会相信这么离谱的梦!算了,明天一早我就飞回去,看看警察那儿有没有新进展吧。"

"行,那你注意安全,明天下午我没什么事,等你到家了我去找你。"

南月刚想婉拒,转念一想,她现在这种情况,有人陪着说说话总是好的,免得自己胡思乱想。以前她并没觉得自己有多依赖韩榷周,偶尔还会嫌他无趣。韩榷周这一失踪,她才意识到他在她心里并不只是一个长得挺帅的、可以一起生活的人。原来她在乎他,非常在乎。

她又想起了那个梦。尽管已经否定了那封信的存在,她还是忍不住去想,万一是真的呢?韩榷周如果真的在五年前的世界,他会不会很孤独?五年前她根本不认识他呀,他突然出现在她面前,她应该会手足无措吧……

南月往床上一躺,五年前在迷途客栈发生的种种像卷轴画一样在她面前铺陈开来。

那时候,她背着家里人偷偷写剧本,连最亲密的陆江申都毫不知情。她骨子里要强,不写出点名堂是不会告诉旁人的。适逢有新项目启动,她飞去北京参加剧本会,对外只说跟朋友去看画展。

原计划在北京待一周,但剧本会进展顺利,她比计划提前了两天回垾曲。临出发前她存了小心思,想突然出现,给陆江申一个惊喜。

因飞机延误,晚上 10 点她才回到客栈。一楼没什么人,前台的小姑娘珊珊和一岚正笑着聊天,看见她拉着行李箱进来,像见了鬼一样,吓了一跳。

"怎么了？"她满心疑惑，"康哥呢？"

一岚支支吾吾："出、出去办事了，还没回来。"

她觉着怪怪的。她在客栈住了有一阵子了，跟一岚和珊珊都很熟，她们见到她不该是这个反应。下一秒，咖啡厅传来一阵嬉闹声，是有人在过生日。他们唱着生日歌，还有人起哄告白，热闹非凡。

她下意识往咖啡厅走了几步。当她看清坐在那儿的人是谁，一股子凉意兜头而来。她总算知道一岚和珊珊为什么会是这种见了鬼的反应了，因为她的男朋友陆江申正搂着一个女孩，满脸宠溺地给人家唱生日歌。那女孩她见过，是隔壁阳光酒吧老板的表妹，叫安茹，之前来客栈玩过几次。

大概是她的眼神太过凌厉，陆江申察觉到什么，一回头，慌了。其他人也很快发现了她，包括安茹。

陆江申的脸色很难看："你怎么回来了？"

她努力张嘴，发现自己根本说不出话来。她看了一眼陆江申，又看了一眼安茹。安茹好整以暇，似乎并未把她当回事。

"繁素，我们出去说吧。"

她被陆江申拉到外面，半天才回过神来。难怪罗遇心总说她遇事懦弱，她真是一点长进都没有！男朋友出轨被她当场撞破，她却半天憋不出一句狠话，还指望着他跟她解释这都是误会。可她又不瞎，这能是误会吗？

"多久了？"她问。

"什么？"

"你们在一起多久了？"

陆江申心虚："不是你想的那样，我跟她就是逢场作戏，你不在的这几天，她一直来找我……"

"啪——"

陆江申捂着脸，万万没想到平日看着娇弱的女友会出手打他。

"你真无耻！"她眼眶红了，"我以为你会解释，哪怕骗我也行。可你却把责任推得一干二净，这是人会干出来的事？"

"是，我不是人。"陆江申索性不装了，大方承认，"你也不是第一天认识我了，我以前在学校就这样，人人都说我是风流才子，你应该也听说过。既然知道我是这样的人，你还是选择跟我在一起，我以为你会接受。你喜欢我，不应该喜欢我的一切吗？我有优点，自然会有缺点。谁又是完美的？你是吗？"

她没忍住，挥手又扇了他一耳光。

"你——"陆江申错愕，下意识想还手，伸到半空又放下了。他点点头："好，打得好！气消了吗？"

"到此为止吧，陆江申，以后见面我们就当不认识。"

"至于吗！"陆江申气上心头，"行，这可是你说的，分就分！现在就分！马上！"

"行。我借给你买车的五万块记得还我，我账户你知道的，一周内转给我。"丢下这句话，她扭头就走。

秋季的垟曲昼夜温差大，不知是风吹得人觉得冷还是人心里冷，她觉得自己浑身都在抖。她找了个咖啡厅坐着，过了好久才想起行李还在客栈。可她不想回去，她害怕再次面对陆江申。而且她眼睛已经哭得像核桃一样了，就这样回去，她丢不起这个人。

又过了一会儿，康哥的电话打来了。他说他事先并不知道陆江申和安茹的事，以为他们只是普通朋友，要不是珊珊告诉他，他还蒙在鼓里。

"回来吧妹子,大半夜你一个女孩子在外面不安全,你行李还在这儿呢。"

她抽噎:"康哥,我不想再看见他。"

"他不在。我让他去我朋友那儿住了,这几天他都不会出现的,你放心。"

康哥从不骗她。她擦干眼泪,顶着一对肿眼泡回去了。

要么说人要倒霉的时候,倒霉事会一波一波接茬赶来呢。走到半路她觉得肚子难受,这才想起生理期该到了。

她不记得那一晚她是在什么样的心情下度过的。最清晰的记忆是,康哥给她煮了红糖姜汤小汤圆。汤圆是黑芝麻馅儿的,一咬下去,芝麻流心溢出来,嘴里都是甜味。那或许是她一天中唯一的安慰了。她心想,原来甜食真的能减轻痛苦。

康哥安慰她:"要学会放下。女孩子嘛,要对自己好点,那些不值得的人哭一哭就过去了。"

她点头,像抓着救命稻草一样,紧紧捂着手里散着热气的碗。她喝了一口红糖姜汤,对康哥说:"我在垟曲断断续续待了大半年,认识了不少朋友。我以为只要我真心对他们,他们也会真心对我。到头来大家都把我当傻子呢,遇到这种事也只有你安慰我。"

那群陪陆江申给安茹过生日的人,她全都认识。有在迷途客栈常住的客人,有附近开店做生意的人。他们当中有跟她是泛泛之交的,也有跟她交情匪浅的,包括一岚和珊珊在内,他们早就知道陆江申和安茹的事了,可是没有一个人告诉她,哪怕委婉给她个暗示。而在她狼狈撞破那一幕的时候,也没有人站在她这边,甚至连一句安慰都吝啬施舍。

"康哥,谢谢了。在我这么狼狈不堪的时候,只有你雪中送炭。"

她自我调侃，苦涩一笑，"这一碗红糖姜汤小汤圆的恩情我会记住的，以后如果有需要我的地方，我一定报答。"

"说什么呢，都是朋友，你跟我客气什么，也不是什么大不了的事。"

"我说真的。"

"行，那我记下了。我看你画得那么好，以后一定会成为很厉害的画家。"康哥指着面前的白墙，给她比画了大小，"等你出名了，给我画一幅这么大的画吧，一定会很壮观。到时候我会告诉每个住店客人，这是我朋友画的。她是个大画家，开过画展的！"

她鼻子一酸，眼泪又吧嗒掉下来，她胡乱擦了擦，挤出微笑："好。"

不过是一句戏言而已，那时的康哥不会想到，南月报答他的方式不是为他画一幅墙面那么大的画，而是帮他保住了整个客栈。

想起那些不堪的往事，南月却没动容。大概她是真的变了吧，与她相识多年的好几个朋友都说过，她这些年变化很大，她也心安理得接受这些变化。每天又要忙项目又要管理公司，她几乎没有一刻是空闲的。经历这么些年负重前行的生活，谁能一成不变？她可再也不想当曾经那个出了问题只会祈祷奇迹出现的小姑娘了。如今的她，出了问题能解决问题，若实在解决不了问题，她也能想尽办法摆平制造问题的人。业内对她的评价无不是"果敢大胆，杀伐决断"，唯独罗遇心很清楚，她不过是假高冷罢了。

洗完澡，南月给宋钦打电话问了韩榷周的情况。宋钦说韩榷周还是没回来，警察那边也没什么进展。她暂时放弃了将希望寄托在别人身上的想法，无论韩榷周在哪，总得有个去处不是？她多希望一觉醒来，韩榷周毫发无损出现在她面前，告诉她别担心，他只是闭关研究议题去了。

但愿吧。

南月瘫在床上,心情沉重地打开航空公司的软件,买了明天最早一班回去的机票。临睡前她一直在回想罗遇心的话,没准她今晚能梦到什么?万一呢……

谁知一夜过去,南月失眠了,连一秒钟都没睡着。当窗帘缝隙的光亮透进来,她抬手看了一眼表,7点10分,她该去高铁站了。

康哥见南月拉着行李从电梯走出来,意外道:"这就回去了?"

"嗯,公司有急事,我得马上赶回去。"

"不是说今天让我给你接风的吗?我都订好餐厅了,要不你吃完中饭再走?"

"留着下次请我吧,不会给你省钱的。"

见南月坚持,康哥只好作罢,又说:"我开车送你去机场?"

"不用,我找好车了。"

说话间,一辆保姆车停在了酒店门口。还是昨天送南月来的那辆车,司机认识她,殷勤地帮她把行李放进了后备厢。

南月上车,和康哥道了别,然后把座椅往后调到最低。古镇到高铁站有半小时车程,够她补个觉了。创业这几年,她业务繁多,早已练就了用十分钟补觉回魂的本事。

不知睡了多久,南月被罗遇心的电话吵醒。罗遇心精力很充沛:"我今天下午休息,要不我去你家等你?顺便给你带点吃的。"

"行,反正你有我家的备用钥匙,随时过去。"

"你真这么快回来啊?垟曲古镇好歹是你和韩榷周初次相遇的地方,我以为你会流连两天追忆一下青春呢。"

"公司一堆事，我不管你管啊？而且我还得去警局问问进展。"南月打了个哈欠，"我补个觉，回去说吧。"

挂了电话，南月很快又睡了过去。迷迷糊糊中，她脑中突然闪过什么。她一个激灵，猛地坐直了身子。罗遇心刚才说什么？

她立刻给罗遇心回了电话："你刚才说，垟曲古镇是我和韩榷周初次相遇的地方？"

"对啊。不是你自己说的吗！"罗遇心莫名其妙。

南月更加莫名其妙："我什么时候说过这话？"她记得清清楚楚，她跟罗遇心描述过和韩榷周相识的过程，他们明明是三年前在电影院认识的。

"你没说过？难道我记错了？"罗遇心在电话那头说，"不对啊，我记得你说过的，五年前你在垟曲古镇遇见了韩榷周，就在你跟陆江申分手的几天后。"

南月浑身起了鸡皮疙瘩，一种强烈的预感涌上心头。

罗遇心也意识到了，她身躯一震："不是吧！他真的回到了五年前？"她也不知道自己怎么会有这段记忆，可她很肯定，她和南月有过这样的对话。

"师傅，掉头回刚才的酒店。"南月当机立断。

05

南月去而复返，康哥意外又惊喜，迎上去："不走了？正好，中午的餐厅我还没退订。"

南月没心思跟他纠结吃饭的事。她拿出手机，找到韩榷周的照片递给康哥看:"你见过他吗?"

"这不是你男朋友吗?"

"是。你以前有没有见过他?"

"还没见过本人,不过照片见过好几次。是你给我看的,你忘了?"

南月心里刚沸腾起来的情绪又被浇灭了。如果她们的猜测是对的,康哥五年前应该见过韩榷周才是。或许是时间太久,他不记得了?

"康哥你再仔细想想,"南月不死心,"他那个长相,见过了应该不容易忘记。你回忆一下?"

康哥盯着照片看了很久,确定自己没见过。不过——

"我是真不记得了。不过昨晚江申跟我说,他很多年前就见过你男朋友。"

南月的表情僵在脸上:"他有说在哪里见过吗?"

"没说,他就随口一提。"康哥有些捉摸不透南月的心思,见她问得这么一本正经,小心翼翼地提议,"要不……我把他喊来,你当面问问他?"

他发誓,他真的是只是随口提议,但没想到南月一口答应了:"好。"

康哥大为意外:"行吧。但是繁素啊,这个时候他应该还没起。要不你去咖啡厅坐会儿,我让人给你弄点吃的。"

"嗯。"

"有什么想吃的吗?"

"随意,给我来杯热美式吧。"南月揉揉太阳穴。她一夜没睡,急需黑咖啡提神续命。

南月简单吃了个早饭,手表上的指针指向8点半,她第一次觉得时间过得这么慢。她靠在座椅上发呆,照理说她应该回房间补个觉的,但她急于知道答案,根本无心睡觉。以她对陆江申不算全面的了解,不到11点他是不会起床的。既然如此,她决定出去走走。

她上一次来垟曲已经是两年多以前的事了,那会儿她工作忙,匆匆赶来跟康哥聊完客栈投资的事,待了一天又匆匆离去,并未来得及看一眼这个地方的变化。谁也没想到,不过几年光景,垟曲已经是时下最热门的旅游景区之一,也是很多影视剧的取景点,罗遇心去年就来这儿拍过一阵子戏。

康哥听南月说想出门逛逛,表情有些奇怪,主动提出陪同。南月以为他担心自己不熟悉路,笑着婉拒了。她不会走远,只是想晒晒太阳,消消食而已。

"好的,那你早些回来。有什么事记得给我打电话。"康哥再三叮嘱。

南月点头。

朔月山居的选址非常好,在正对着古镇的一处半山坡上。山脚下是环绕整个垟曲县城的乾河,乾河北岸是一大片稻田,再往北就是垟曲古镇。从乾河上的古石桥步行到古镇南门,不过几分钟的路程。

朔月山居靠北面的每间客房都能俯瞰古镇全景,南面则是被游客票选为垟曲第一热门景点的阜宁山,山上有以求姻缘灵验闻名全国的灵觉寺。南月住的8408号房就是一间山景房,观景位置绝佳,早上她还听到了寺庙的晨钟声。

南月沿着石板路往下坡的方向走,一边散步一边感慨,自己这几年财运是真的好。写剧本,剧红了;创业,公司成了;投资民宿,民宿火了……可为什么感情方面总是不顺,难不成这就是所谓钱场得意情场失意?

恰在此时,一道娇滴滴的女声打断了南月的思绪。

"邱繁素?"

南月抬头,只见离她不到十米远的地方,穿着灰色毛衣裙的女孩正一脸惊诧地看着她。那女孩留着栗色齐肩发,眼睛下面有颗痣,长得倒是挺好看的,只是眼神犀利,看着不太友善。

"你是?"南月皱眉。在她对垟曲为数不多的记忆中,似乎并没有这个女孩的身影。她仔细回想了一遍,一无所获。直到她看见女孩背后那家店的名字,阳光酒吧,她才想起来,那应该是酒吧老板的表妹安茹,也是当年陆江申出轨的对象。

难怪康哥听说她想出门走走,一脸欲说还休的神情,大概是怕她碰上安茹吧。可世界偏偏就这么小,还是被她碰到了。南月失笑,继续往前走去。她并不打算跟安茹多作交流。

安茹看到南月的反应,知道她一定想起自己是谁了。她追问:"你来垟曲是找陆江申的?"

南月轻笑:"你觉得呢?"

"你来找他也没用。他是不会吃回头草的。"

"是吗?那你可得加油了。"

安茹一时没反应过来,等她想清楚了,不由得气结。她和南月一样,对陆江申来说她们都是回头草。南月到底怎么想的她不知道,但她是真心想和陆江申破镜重圆的。当年陆江申和南月分手,没多久就跟她也撇清了关系,为此她耿耿于怀好些年。可就在前天,她和陆江申又相遇了,她觉得是注定的缘分。有位作家写过一句话,她一直很喜欢:相遇的人会再相遇,重逢的人会再重逢。

被南月这么一撑,安茹懒得再跟她说什么了,索性放了句狠话:

"既然我和他重逢了,就没你什么事了,死了这条心吧。"

南月哭笑不得,她不过来找封信而已,这都是些什么事,剧本她都不敢写得这么狗血。

"当然死心,我可不配。"她说得很真诚,"陆江申那样的人,得你这样的人才配得上。"

安茹没听懂,但她知道南月肯定没好话。她问:"你什么意思?"

"字面意思。你加油。"

"你这是在内涵我?"

南月不承认也不否认,冲安茹意味深长地笑笑,转身走了。她没走出几步,又听见有人喊她:"南月!"

南月脚步一滞。在垡曲,会叫她这个名字的人可不多。她隐约想到了什么,当她回头看清喊她的人是谁时,不由得一阵失望。是安茹的表哥,叶新刚。

叶新刚从酒吧匆匆走出,颇为激动:"真是你啊,好久不见!"

"好久不见。"

"你都不知道,你写的每一部电视剧我都看过,简直太好看了!罗遇心好漂亮,她本人是不是比电视上更美?我看娱乐新闻上说,你和罗遇心一起开了公司,她下一部还演你写的剧吧?你能不能帮我要个她的签名啊,我可喜欢她了!"

南月还没消化完他这一连串的话,安茹先一步打断了,她很不高兴:"哥,你什么时候跟她这么热络了?你知不知道她是来找陆江申……"

"陆什么江申!"叶新刚瞪她,"他根本不睬你,你上杆子往他面前凑干吗?而且他也不是什么好东西,是吧繁素?哦不,现在应该叫你南月了。南大编剧,你可一定记得帮忙转达我对遇心女神的喜爱之情啊。如果可以的话，签名照……"

"嗯。我让她经纪人寄给康哥，你问康哥要就行。"

"谢谢谢谢，还是你爽快，当年我就觉得你非池中之物，有朝一日一定会出人头地的。这不，还真被我说中了！"

"过奖了。"南月保持着礼貌的笑容，"没什么事的话我先走了，回聊啊叶哥。"

"回聊……嗯，回聊啊。你先忙。"

眼看着南月的身影消失在山脚，叶新刚仍旧美滋滋的。罗遇心可是他的偶像，能要到罗遇心的亲笔签名照，不知得羡慕死多少人呢！

安茹见她哥这样，更来气了："你不帮我也就罢了，怎么还胳膊肘往外拐！"

"帮你什么？她也没怎么着你嘛。倒是你，好好学学人家，又漂亮又知性，说话又有礼貌。"

"我学她？你刚才没听到，她说话可阴阳怪气了，她内涵我！"

"哟，你还能听懂内涵啊？"

"叶新刚！"

兄妹俩矛盾升级，顿时谁也不想理谁。

而这一切，南月自然无暇顾及。这次来垾曲本就不在她的计划内，她也不会想到自己会像南美洲热带雨林里扇动翅膀的那只蝴蝶，因为她的到来，这个原本平静的古镇会发生许多意料之外的事。

南月在乾河边游荡了一圈，顺手拍了几张风景照发给罗遇心。等她回到朔月山居，陆江申已经在了。

跟昨天晚上相比，他的态度收敛了许多，一本正经问了句："康哥说你找我有事？"

"嗯。"

"还是信的事？"

"不是。"

毕竟有求于人，南月尽量让自己看起来和颜悦色："我听康哥说你以前见过我未婚夫？能问问你是什么时候吗？"

陆江申没懂她的意思，愣住了。

南月以为他还在为昨晚的争执耿耿于怀，道了个歉："昨晚是我态度不好，抱歉，是我一时说了气话。等明天我走了你就搬回来住吧，这个咖啡厅是得重新装修的，具体事宜你跟康哥继续聊就行，我不会干涉的。如果可以的话，麻烦你告诉我，你什么时候见过我未婚夫，最好能细一点。这对我很重要，谢谢。"

南月这一百八十度大转变的态度，不仅陆江申惊着了，康哥也惊着了。两个人互相交换了个眼神，都没明白她这是怎么回事。不过陆江申没有摆谱，如实回答了她："就五年前那次啊，在这里。"

昨晚康哥给他看了照片后，他仔细回忆了好久才想起，那不就是他和繁素分手后，来客栈找繁素的人吗！而他之所以能想起来，是因为韩榷周确实长得很帅，一出现在客栈大厅就立刻吸引走了所有异性的目光。当时他心里还挺不是滋味的，谁乐意被人抢风头呢！

"他说是你哥的朋友，来垾曲出差，受你哥之托给你捎点东西。就在这个大厅，你不记得了？当时你还跟他走了。"

南月猛然怔住。她只有一个哥哥，便是她舅舅的独子南启明。韩榷周和南启明第一次见面是去年9月底，在她的生日聚会上。所以陆江申说的一切都是不成立的，她当然不会记得这些根本就不成立的事。但是她知道陆江申没有说谎，他和罗遇心都在一夜之间拥有了韩榷周五年前就认识她的记忆——那个荒唐的梦，竟是真的。

"只有那一次吗？"

陆江申犹豫了一下，点头。

"谢谢。"

南月心不在焉地离开了。陆江申和康哥看着她落寞的样子，面面相觑。

"康哥，她这是怎么了？"

"我哪知道。"

"她好像哭了……"

"你看错了吧，邱繁素是什么样的人你又不是不知道，她会当着你的面哭？逗我呢！"

"也对。"

可陆江申明明看到，南月的眼里亮晶晶的，像是有眼泪即将滚落。他心中五味杂陈。刚才对她说的那番话，他其实是有所保留的。他见过韩榷周可不止一次，但某些让他不堪的回忆，他不想提。南月既然忘了，那当然是最好。

第二章 时空

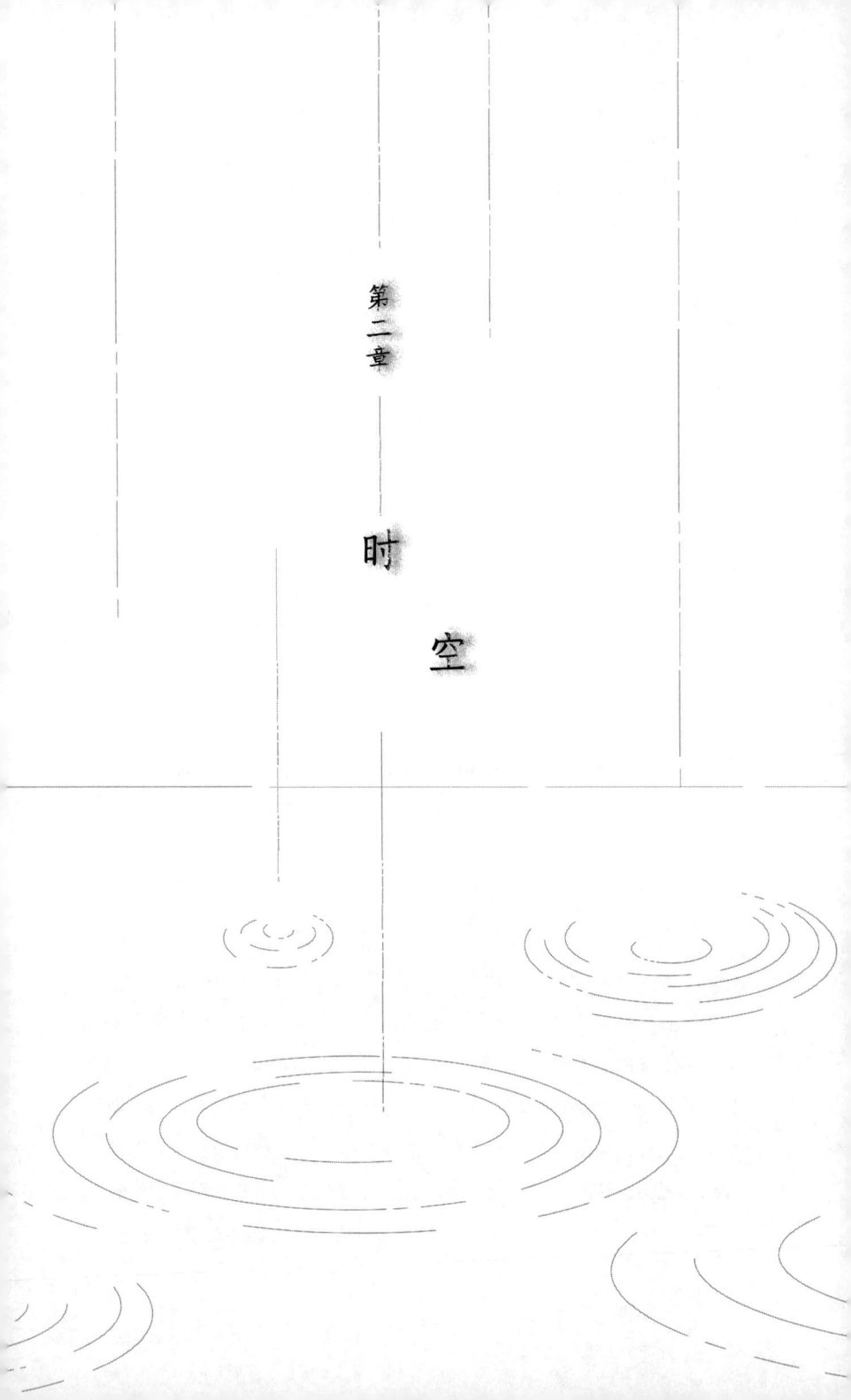

01

2016年10月18日，这是一个阴天。

秋风寒凉，银杏落了一地。本该萧瑟的季节，倒成就了眼前满目金黄的别样风景。韩榷周坐在街心公园的湖边，看着来往的游人三三两两打卡拍照，走了一批，又来了一批。他已经在这湖边的长椅上坐一上午了，因为无处可去。

这一切，皆源自昨晚的意外。

南月离开后，韩榷周独自回到了天文台的实验室加班。一切都和往常一样，但不知道是哪个环节出了错，他回到了五年前的同一天，同一地点。他是通过实验室陌生的陈设，还有桌上那本台历判断出来的。若非研究星系和宇宙多年，他可能会在那一刻崩溃。

作为一个严谨的物理学工作者，他和崇尚浪漫主义的南月有个唯一的共同点，那就是相信宇宙多维空间的存在。他是基于科学，因为他崇拜霍金，认同虫洞理论。南月则是相信奇迹，还有造物主创世的神话。可他万万没想到的是，有一天他会真的穿过连接时空的隧道，回到了过去。

他想起了南月脱口而出的故事剧情。

"就是这样一个有着月光眼的美妙夜晚，时空之门开启了，失意的女主回到了十年前，在那儿遇见了她命中注定的爱人。"她好像是这样说的。

南月是一个写故事的人，可她不会预料到自己写的故事会变成现实。这大概就是所谓一语成谶吧。等她发现他失踪了，一定会很着急。他也着急，但他和她已经相隔了五年时光，明知她会担心，他却什么都做不了。五年前的现在，他还在英国读博，而南月还不叫南月，她只是邱繁素，一个正在一边学画画一边写剧本，努力冲击自己的梦想的小女生。

韩榷周不禁苦笑。

昨晚离开天文台后，他回到了父母住的小区。隔着不远不近的距离，他看见他们正悠闲地遛着彼时才养了几个月的萨摩耶。恰在那时，远在英国的儿子"韩榷周"给他们打来了视频电话，一家三口隔着屏幕有说有笑。路过的邻居在一旁夸赞："榷周真孝顺，学业那么忙还总给你们打电话问候，哪像我儿子啊，公司事情一多就把我们抛在脑后了。"

韩榷周心里空荡荡的。他才意识到，隔着五年时间，他不仅失去了南月，连近在咫尺的父母都无法相认。他若贸然上前，不仅会吓到他们，而且极有可能会被当作"长得跟韩榷周很像的骗子"送进警察局。眼看着父母走近，他后退几步，迅速离开了。

万幸的是，他身上带着钱包和身份证，不至于流落街头。

他在附近酒店开了个房，研究了一晚上时空彼端这个世界的运行规律。比如，他那几张银行卡的数字都发生了变化，变成了五年前的数额；比如，他不久前买的手机在这里是可以用的，但只能用五年前就已经存在的功能，后来开发出的 App 全都无法打开；再比如，他手机号被认定是空号——这个号码是他从英国回来之后办的。因此他起了个大早，重新去办了一张电话卡。

看着手机屏幕右上角显示的 4G 信号，韩榷周勉强有了一丝安全感，尽管他不知自己还能联系谁。

和他同样孤独的还有坐在隔壁长椅上的一个男孩，约二十岁出头的年纪，长得很帅气，可惜是个盲人。他在这里坐了还不到十分钟，盲人男孩就拄着拐杖过来了，他呆呆地听着周遭的声音，一坐就是半天。

韩榷周觉得盲人男孩有些面熟，可他分明不认识他。大概正如南月常说的那样，长得好看的人都有相似之处，长得难看的人却各有各的难看……

他把目光从盲人男孩身上收回。虽然有着同样的孤独，但他并未觉得他和那个盲人男孩同是天涯沦落人，无论如何别人都有处可去，而他一无所有。

至于他为什么会出现在这个时空，他揣摩过无数种可能。他觉得，或许跟那块陨石有关。因为南月在饭桌上一句无关痛痒的提问，他鬼使神差地打开陈列柜，把三个月没被动过的陨石拿了出来。等他重新放回去，他就莫名其妙出现在这里了。

他和同在京州市天文台工作的师哥周文博曾经合写过一篇论文，是关于太空物质对地球磁场的影响分析。如果有这样一种可能性，或许是陨石改变了当时的磁场环境，把他带到了这个时空？

韩榷周凝眉沉思，隔壁长椅上的盲人男孩摸索着准备离开了。他动作笨拙，稍一不注意，风衣口袋里的手机滑了出来。韩榷周被这声音打断,他看见盲人男孩蹲下身子,艰难地在地上摸来摸去,但手机在他身后的长椅底下,他看不见。

"你好,我帮你捡吧。"韩榷周走过去,捡起手机交给了男孩。

男孩听到他的声音,露出爽朗的笑容,眼睛里透着光:"谢谢你啊,帅哥。"

韩榷周皱眉。

"我虽然看不见,但是听你的声音一定是个帅哥。"

"谢谢。"

"你也在这里坐了很久了吧?我一直没听到你站起来的声音。"

韩榷周下意识看了一眼地面,脚下全是干枯的落叶,踩上去确实会有声音,这个失去光明的男孩有着异于常人的听觉。

"帅哥,你是不是有什么烦心事?听你的声音好像闷闷不乐的。"

"韩榷周。"

"什么?"

"我的名字。你称呼我名字就行。"

"也是,叫帅哥太笼统了。那么,韩先生是心情不好吗?正好我闲着无聊,可以当你的树洞。"

"我烦心的事荒诞且离谱,你未必愿意听。"

"不会,就怕不离谱。"男孩笑着坐下,"那你说说看?"

韩榷周在男孩旁边坐下。他向来不喜欢跟陌生人交流,可能是因为盲人男孩看不见,给他一种天然的安全感,他竟然真的把自己的遭遇和盘托出了。

出乎他的意料,男孩一点都没感到惊讶,还很淡定地给他出主意:"你既然猜到自己是怎么来到这里的,那就把这些事写在信里,交给你最信任并且也信任你的朋友,让他五年后一发现你失踪就打开信。这样一来,他是不是就能找到办法,帮你回去?"

韩榷周对男孩的反应颇感意外,但是他不太赞同:"你忘了这个时空有一个年轻的我存在,我能信任的那个朋友正和年轻的我一起在国外上学。"他说的朋友,就是他的师哥周文博。

男孩思考了一会儿,应和他:"你说得对,是我疏忽了。就算你们联系上了,他估计会觉得你不是骗子就是神经病。毕竟时空穿梭这种事,脑子正常的人谁会相信?对吧。"

韩榷周:"……"

"还有一个办法。去找一个你在2016年还不认识,但是2021年跟你很熟悉并且你愿意信任的人。"

韩榷周心跳陡然快了一拍,他脑子里浮现了南月的脸。

"谢谢,我知道该怎么办了。"

韩榷周跟男孩道谢,大步离去。他本是心思极其缜密的人,若放在平时,他肯定能注意到男孩用的并非盲人专用手机,而是智能机。而韩榷周离开公园不到一分钟,男孩的手机就响了,屏幕上出现的是他很熟悉的名字,罗遇心。

"魏冲你在哪儿呢?明天就要试镜了,张副导说他联系不上你。"罗遇心的声音从电话里传出。

被称作魏冲的"盲人"男孩俨然换了个人,他把拐杖丢在一边,站起来伸了伸懒腰。他看了一眼四周,懒洋洋回答:"在玉湖公园呢,秋天到了,这儿的风景极好,我出来找找演戏的感觉。想演好盲人,我得学学怎么做个合格的盲人不是?"

"啧,还扮演盲人体验生活?你怎么跟邱繁素似的,她为了能拿到明年蓝天美术馆画展的入选资格,断断续续猫在垟曲古镇写生大半年了。前几天刘编剧还让我帮忙催她剧本呢,说《昼月》年底就要开机。"

"邱繁素可真是个狠人,一边铆足劲在画油画,一边还跟着刘编剧写剧本,两不耽误啊。"魏冲调侃,"对了,刚才我还碰见了她同行呢,应该是个写科幻或奇幻的编剧,长得特别帅,脑洞也挺大。不过这哥们卡文了,不知道该怎么往下编,在我隔壁的椅子上发了半天呆,最后还是我帮他把剧情圆回来的。"

"吹吧,你还有这本事呢?"

"我可没骗你啊,真是我帮他编的,剧情是经历了时空穿梭的男主角如何通知未来的朋友救他回去。"魏冲一本正经,"万一演员这碗饭我吃不香,我还能改行当编剧去呢。改天我跟邱繁素聊聊,看她能不能带带我。"

"别,你还是继续当演员吧,不然浪费了你这盛世美颜。"

"所言极是。罗遇心你真有眼光!"

邱繁素坐在小花园晒太阳。太阳马上就要下山了,她还是舍不得这点光亮,哪怕是这一天的最后一点暖意也足以令她贪恋。她心里太孤独了,需要找些慰藉来填上那片空白,阳光应该是可以的吧。

今天是她和陆江申分手的第五天,她以为自己可以豁达地放下,可身处这熟悉的环境,她的心情时不时会陷入一片冰凉中。她很想离开垟曲,罗遇心也催她尽快回去赶稿,她的老师刘编剧三天两头催着要《昼月》最后几集剧本。偏偏她走不了,她准备送选明年画展的那幅油画《在阜宁山》没有画完。她爸妈还不知道她写剧本的事,为了帮她争取送选画展的资格,她爸费了很多心思。她不想让爸妈失望,只能硬着头皮在垟曲待着,每天上午雷打不动地去阳台上画画,晚上熬夜写剧本。

"繁素，那个……你过来一下？"正在前台值班的一岚喊她。自从她撞破陆江申和安茹的事，一岚看见她总是眼神躲闪，跟她说话也没什么底气。

邱繁素懒洋洋起身。走到大厅，她总算明白为什么一岚的语气怪怪的了——陆江申来了，就坐在前台旁边的沙发上。前几天康哥从中调解，他怕她和陆江申见面起冲突，就让陆江申搬到阳光酒吧去住了。陆江申今天来找她，十有八九是为了还钱的事。

果不其然，陆江申看见邱繁素，直接表明来意："我最近手头有些紧，钱能不能下个月还你？"

"不好意思，不能。"

"我保证下个月还你。你知道的，我正在给汤沐温泉酒店做二楼酒吧区的设计，设计图一定稿，汤老板就会给我结算尾款。"

"那是你的事，说了一周就是一周。你还有两天时间。"

"你不能这么不讲理吧！"陆江申急了，"我又不是不还给你，你至于这样咄咄逼人？"

邱繁素瞥了他一眼，不想接话，低头欣赏着她刚做的星光美甲。陆江申跟邱繁素谈了这么久恋爱，多少是有些了解她的，她这个态度，摆明就是不想再聊了。

"半个月，再等半个月可以吗？我加紧赶图，过几天我再催催汤老板，拿到我第一时间还你。"说完，陆江申一脸希冀看着邱繁素。

谁知，邱繁素笑不露齿："两天。"

气氛顿时陷入冰点。原本坐在公共区域埋头看书刷手机的人，此刻都用余光往这边瞟，期待着发生点什么，为旅途增添乐趣。

站在门口等候的安茹再也按捺不住，她快步进屋，对邱繁素道："他是有对不起你的地方，但他为了能尽快还你钱，最近没日没夜在修改设计图,几天都没睡好觉了。感情和钱是两码事,不能因为你们分手了,你就这样逼他。哪怕只是萍水相逢的关系,最起码的恻隐之心也得有啊!"

邱繁素敏锐地捕捉到了重要信息:"你怎么知道他几天没睡好觉了?住一起?"

安茹脸一红,语塞。

这么一来,旁观者大致猜到了这三个人的关系。有好事者互相发微信讨论这劲爆的剧情,暗戳戳猜测接下来会发生什么。但是没有人猜到,即将爆发的硝烟被一个外来者打断。

"邱繁素。"

所有人齐刷刷往大门方向看去。

只见来人约三十岁的年纪,穿了件棕褐色羊毛开衫,内搭白色商务风衬衫,衬衫领子上别着精致的金属领扣。但这些都不是重点,重点是他长得很帅,鼻梁英挺,睫毛长而卷,五官比很多电影明星都好看,浑身上下透着一股禁欲的气息。在场的女孩都看得愣住了,一岚甚至红了脸,就连片刻前心心念念想帮陆江申出口气的安茹也都不说话了。

陆江申心里不是滋味,他从前在学校就是风云人物,只要是有女孩子的地方,他总能轻易成为焦点。可是眼下他不得不承认,自己的风头被抢了。

唯独邱繁素一脸疑惑地站在原地,她上下打量了那人几遍,确定自己不认识他。就他那个长相,只要见过一次她肯定不会忘记的,毕竟她是资深颜控。

她问:"你是?"

"韩榷周。"

"哦，没印象。"

"我是南启明的朋友。"

"我怎么没听南启明提过你？他让你来找我的？"

"嗯。"韩榷周顿了顿，说出了他酝酿好久的一句话，"我来垡曲出差，启明有东西托我转交给你。方便借一步说话吗？"

邱繁素颇感意外："南启明转性了吗，他还能有什么东西给我？"说着她拿出手机，想给南启明打电话核实情况。以她对南启明的了解，他能给她带东西才是见了鬼，谁不知道他那性子啊！

韩榷周自然不会让事情发展到那一步，电话一打通，他的谎言就穿帮了。他在邱繁素拨通南启明手机号之前叫了她一声："南月。"

啪——手机应声掉在地上。

邱繁素失了神，脑子里闪过一千种猜测，却忘了去捡手机。还是韩榷周帮她捡了起来，塞回她手中："幸好没摔坏，下次小心点。"

"你，你怎么知道……"

她不敢相信，眼前这个人竟然能叫出她刚想出来的名字。关于剧本《昼月》的署名一事，前几天刘老师跟她说，现在年轻人流行署笔名，问她是署本名还是想个笔名，她选择署笔名。而"南月"这个名字是她昨晚刚想好的，没告诉任何人，连罗遇心都不知道。

对于邱繁素这个反应，韩榷周似乎早有预料。他温柔地笑笑，低声道："我还知道你跟着知名编剧刘禹彤老师在写《昼月》，另外你还在独立创作剧本《漂亮的爱情》。"

邱繁素如化石一般，完全失去了言语。

"能聊聊吗？找个安静的地方。"韩榷周怕吓到她，尽量把语气放温和，"我没有恶意，希望你能相信我。"

邱繁素鬼使神差地点了点头，在所有人好奇的目光中，她跟着韩榷周走出了迷途客栈的大门。

在场的吃瓜群众更好奇了,因离得远,他们又刻意放低了声音,没人听清这两人到底说了什么,大家都看不懂这是一场怎样的多角恋。窗座的两个女孩十指翻飞,在手机键盘上打字聊着这一幕八卦。

离客栈大门最近的陆江申也只听到韩榷周说他是邱繁素哥哥的朋友,托他转交东西。起初他还揣测这个男人是不是邱繁素的新欢。他酸酸地想:长得虽然不错,但年纪貌似不小了,没想到邱繁素现在喜欢成熟款,口味变得也忒快了吧!上个月邱繁素还跟他说,想跟他一直走下去。这才多久啊,这就换菜了?

现在看来,似乎不是这么回事?陆江申再次回望了一眼客栈大门,皱眉沉思。

02

韩榷周说完事情的始末,邱繁素很兴奋,表示这个故事简直太有意思了!她职业病发作,马上掏出笔记本把主要情节记了下来。韩榷周见她如此,竟然一点都不意外。而他讲述的这件荒诞离奇的事,邱繁素也并没感到意外。

"所以,你相信我说的?"韩榷周问。

"相信啊。"邱繁素点头,"我看过可多穿越小说了,这种剧情会真实发生,也不是完全没可能的。你看过《世界未解之谜》系列纪录片吗?历史上有很多离奇失踪的人,我一直觉得他们是去了平行世界。"

"有科学家认为,宇宙中存在多维空间,虫洞就是连接两个不同时空的隧道。也有科学家认为,量子和量子之间会产生特殊的能量,而量子纠缠产生的能量在特定的磁场中可以改变时间和空间。目前人类还没能证实以上这几点,但维度空间的跨越不会永远是个谜的,我出现在这里就是最好的例子。"

"你说的这些东西太深奥了,我听不懂,也没什么兴趣。"

韩榷周咳嗽一声,用喝水掩饰自己的尴尬。他怎么就忘了呢,南月从来都不喜欢听他说那些宇宙星系之类的理论,五年后这样,五年前必定也是如此。

邱繁素又说:"听不懂归听不懂,但我相信你说的。不然你又不是我肚子里的蛔虫,怎么知道我想些什么?"

韩榷周不仅能说出她的笔名,还知道她尚在构思中的新故事《漂亮的爱情》。如果不是时空跨越,那就是见鬼了。正如罗遇心常说的那样,科学的尽头是玄学,有些事情当科学解释不了,就只能相信玄学了。

"你叫什么来着……韩榷周是吧?我能问你个问题吗?"

"当然。"

"你为什么大老远跑来找我啊?我都不认识你。"她很不解,"你不是南启明的朋友吗,找他不是更方便?"

"在这个世界上,只有你会相信我说的话。"

"为什么?"

"因为你是个创作者,你天马行空的想象力会让你相信多维空间的存在,但别人未必。"

邱繁素若有所思,好像是这么个道理。她假设了一下,韩榷周去找的人如果是南启明,南启明非打精神病院电话举报他不可。

"那你和南启明是什么样的朋友?我是说五年后。"

"普通朋友。"

"那我们呢?"创作者的直觉告诉她,除了南启明,她和韩榷周应该还有别的瓜葛。可惜,韩榷周回答得云淡风轻:"普通朋友的妹妹?也算普通朋友吧。"

"哦……"她有些小失落。不为别的,像她这样的颜控,未来的她若是跟韩榷周这么帅的天文物理学家有什么关系,那也是非常有面子的一件事。不过没事,现在不也认识了嘛。

趁着韩榷周去洗手间,邱繁素打开微信,把刚才发生的一切同步给了罗遇心,不过她略去了韩榷周的身份信息,只说是南启明的一个朋友。毕竟这事太离奇,解释起来麻烦不说,罗遇心也未必信。

直到韩榷周回到座位上,罗遇心还没回消息。

见她一直盯着手机看,韩榷周问:"有急事?"

"没有,回一下朋友的信息。"

"罗遇心?"

"你还知道罗遇心?"邱繁素意外。不是说他们不熟吗?

"见过几次。"他笑笑,"在2021年。"

"我们真的只是比普通朋友还普通的关系?"

他点点头。在来垟曲之前,他已经想好一切。对这个五年前的世界来说,他只是个过客,说不定哪天就突然消失了。因此他不想在任何人的记忆中留下过多印象——他不想改变任何事,也不想任何人因他而发生改变。

"可我怎么觉得……"

"没必要想那么多。"他打断她,"未来的你会过得很好,具体如何好,我不能跟你多说。你只要坚定自己的信念,用你喜欢的方式好好生活就行,一切顺其自然。"

邱繁素的话被堵在喉咙口。她确实有很多问题想问,比如,她写的剧本会不会真的能拍成电视剧,观众喜不喜欢?还有罗遇心,她会不会红?看这情形,韩榷周是不打算给她透露任何信息了。不过他能知道她写的《漂亮的爱情》,说明这部作品在将来肯定会播出,也说明她混得应该不差。

她心情顿时好了很多,笑着点头:"我会的。"

"什么?"

"坚定信念,好好生活。"她想了想,补充,"还有,顺其自然,不纠结,不好奇,不缠着让你剧透。"

韩榷周莞尔。

邱繁素带韩榷周去垟曲新城区逛了一圈,置办了日常衣物和日用品。既然来到了这个时空,一时间又回不去,他总归是要生活的。

"既来之则安之,作为你在这个世界唯一的朋友,我还是先帮你安顿下来吧。"邱繁素颇为无奈,"可惜我的写生还没结束,得在垟曲多留几天。不然我们可以回去找罗遇心一起想办法,她主意多,虽然不一定有用,但是人多力量大嘛。"

"没关系,没打扰你就行。"

"就我现在这种状况,也没什么事能再打扰我了。"邱繁素自嘲。

剧本没写完,油画没画完,且这两项工作都在紧要关头,偏偏这时候男朋友给她戴了绿帽……还有比这更糟糕的事吗?剧本她都不好意思这么写,怕观众嫌她渲染得太过了。

不过韩榷周并不知道邱繁素刚分手,他疑惑:"你现在什么状况?"

"没什么,走吧,回客栈订个房间。最近是垟曲的旅游旺季,晚点该没房了。"

二人回到迷途客栈,天已经黑了。

康哥一早出门了，去市里谈业务。临出门前他跟邱繁素提过一嘴，因客栈地理位置好，景观绝佳，市里有几家旅行社想长期合作，先后向他抛出了橄榄枝。

此刻，在前台值班的依然是一岚。她看见邱繁素和韩榷周进门，脸上立马涌现出笑容。邱繁素知道她什么心思，没给她说话的机会，直截了当说："给我朋友安排个房间吧，先订三天。"

一岚笑得如春风拂面，她看了邱繁素一眼，马上把目光投向韩榷周："先生好，我们客栈今天只剩一间房了，四楼的 8408 房。这是客栈最好的房间之一，阳台正对阜宁山。现在是看红叶的季节，您躺在床上就能欣赏阜宁山的秋色，夜晚还可以看到灵觉寺的灯光呢。您觉得怎么样？"

"都行。"韩榷周礼貌点头。

一岚继续提供微笑服务："您不用勉强，如果您不喜欢山景房，也可以跟我说。有位客人订了对面的 8407 房，但是还没入住，我可以帮您跟他沟通一下，给您换到 8407。在 8407 房的阳台可以俯瞰整个垟曲古镇哦。"

"谢谢，不用麻烦，就 8408 吧。"

"好的先生，那麻烦您出示一下身份证，我给您办理入住手续。"

韩榷周把证件递了过去。他很庆幸自己有随身带钱包的习惯，不然还真是寸步难行。

一岚热情地给韩榷周办理入住，她天天干这些工作，难得见到身份证照片都这么好看的人，她悄悄记住了他的名字。

邱繁素好整以暇地在一旁看好戏，不由称奇。她还是第一次见一岚这么"热情周到"，跟平日简直判若两人。大概这就是帅哥的魅力吧。

办理完手续,韩榷周拎着刚买的东西上楼,邱繁素则被一岚拉住了,说有事跟她说。邱繁素没办法,只得让韩榷周先上去收拾一下。

"有什么事?"

"繁素,你哥的这位朋友……"一岚脸红了,轻声问,"他是单身吗?"

"可能吧。"

"那他……"

"他眼光高着呢,你就别惦记了。"说完这句话,邱繁素不再理她,径直上楼。

一岚愣了会儿,总觉得邱繁素这话怪怪的。

韩榷周打量了房间一圈,他走到阳台,远望阜宁山上的灯火。那是灵觉寺,香火鼎盛,闻名遐迩。不知是寺庙的灯火带来了令人平静的力量,还是拥有了可以与他共享秘密的人,他心头的茫然终于平复了。

他打开超市购物袋,拿出了刚买的信纸和火漆工具,开始写信。如果说他这辈子还有可能回到属于自己的世界,那他所有的希望应该都在这封信上了吧——2016年没有那块陨石,此刻它还在浩瀚的宇宙中,与群星一同闪烁着光芒。

他回头望了一眼窗外的星空,打开信纸,落笔。

师哥:

见字如面。

现在是2016年10月18日的夜晚,此刻我正在遥远的垟曲古镇,以一种不知是什么样的心情给你写这封信,因为我穿过了连接时空的隧道，回到了五年前。不要怀疑你的眼睛，你没有看错，这也不是一个玩笑。至于我是如何来到这个时空的，或许跟我办公室那块陨石有关……

韩榷周把信折叠好塞进信封。这是写给他的师哥周文博的，他把昨晚在办公室的所有细节描述了一遍。五年后周文博如果有机会看到这封信，以他的学识或许能解开这个时空之谜。

然后，韩榷周摊开另一张信纸，给2021年的未婚妻南月写了封信。他心里很清楚，邱繁素是邱繁素，南月是南月，有些要说给南月听的话，只能是在五年后让她看到，而非此时的邱繁素。

整理好两封信，他在信封上写了三个字：南月收。

火漆一落，往事尘封。他抬头看了一眼房梁，这是他刚进门就选好的地方。迷途客栈在2021年已经是南月的产业，放在这里是最安全的。明天他会找个时机，跟邱繁素交代信的事。

做完这一切，他往床上一躺，沉沉地睡了过去。他已经整整两天没合眼了。

03

清早，韩榷周在灵觉寺的钟声中醒来。他有那么一瞬间的恍惚，全然忘了自己在哪儿。昨晚他睡得非常安稳，一夜无梦，弥补了前两天的疲惫。

他拉开窗帘，山间清透的空气扑面而来，伴随着的还有鸟鸣声、晨钟声。他深深吸了一口气。

"早啊,韩博士。"

韩榷周扭头,见邱繁素拿着画笔和颜料盘,正在对着她面前的画架描绘着。画架背对着他,他看不见内容,但是他知道这幅画是什么样的。

邱繁素住在8404,和他隔了一个房间。由于阳台是往外凸出的设计,他们现在离得很近。

邱繁素问他:"怎么不多睡会儿?"

"早起惯了,生物钟就这样。你呢,怎么也起这么早?"南月是个编剧,干她这行的全是夜猫子。他和她认识的三年中,她鲜有中午之前起来的时候。

邱繁素无奈一笑:"有工作任务啊。我得赶紧把这幅画画完,然后闭关改剧本。刘老师都催我好几次了。"

"嗯,你先忙,我去洗漱了。"

"等一下。"邱繁素又问,"你要不要看看我的画啊?我画了很久,再过两天应该就能搞定了,但是我不知道画得好不好。"没人能给她建议。康哥出差了,客栈的其他人……就算了吧。

"好,那你等我。"

邱繁素画的那幅画叫作《在阜宁山》,韩榷周再熟悉不过了。他还是第一次看到半成品的样子。画板上,秋季红绿黄三色错杂的山体已经完成了,云层间有光洒下,落在山和树,还有隐藏在半山腰的灵觉寺之间。

见韩榷周盯着出神,邱繁素问他:"怎么样?还可以吧?"

"挺好。"韩榷周指了指山脚比较突兀的几笔,"这里是准备画一条河吧。"

邱繁素愣住。画板上目前所描绘的，都是从她这个阳台望出去能看到的实景，但是垟曲最有名的乾河环绕全城，流经古镇，流经稻田，唯独没流经阜宁山。她也是刚突发奇想，想把最能代表垟曲的阜宁山和乾河装在一幅画中，于是即兴发挥，要勾勒一条河出来。

"你怎么知道我要画一条河？你见过这幅画？"

"嗯。"

"在哪里？不会是某个美术馆吧？"邱繁素更好奇了。她这幅画是在她爸的强烈要求下创作的，只为了明年能入选蓝天美术馆的画展。一旦选上，她等于拥有了这个行业的敲门砖。可是她本人对此没什么兴趣，她只想写她的剧本。

韩榷周笑笑，摇头："在你父母家的墙上。我也是跟南启明去蹭饭，偶然见到的。"

"这样啊。"邱繁素不知是开心还是失落。说实话，连她自己都不确定，她到底希不希望这幅画选上。选上固然很好，足以证明她的艺术天赋，可她爸妈要是以此为理由让她继续学画怎么办？

韩榷周不知道她内心的波澜，只安慰她说："用心把它画完就行了。至于其他事，以后再说。"

"也是，反正你也不愿意跟我剧透。"

"我并不知道有关这幅画的事，只是见过而已。"韩榷周忍不住笑了笑，"没骗你。"

"好吧，信你了。看你也不像是会骗人的人。"

"今天是晴天，阳光很好，你要继续画吗？"

邱繁素摇头："脑袋有些沉。你是第一次来这儿吧？要不我带你去阜宁山走走？正好我可以采采风，找找感觉。"

韩榷周欣然同意。

"你回房收拾一下吧，山上阳光比较强烈，记得涂防晒。我们十分钟后楼下大厅见。"

"好。"

韩榷周离开邱繁素的房间，松了口气。他其实还是骗了她，他当然见过这幅画，因为画就挂在他们家的客厅墙上——他和南月的家。去年订完婚，他们买了一套大平层作为婚房，搬新家的第一天南月就把画挂上去了，她说这有可能是她这辈子最后的画作，得挂在显眼处留作纪念。

"我还是第一次见你的画，你有这样的天赋，为什么不继续学画？"他这样问过南月。

南月自信满满地回了他一句："因为我的写作天赋比画画天赋更强啊。鱼和熊掌不可兼得，那就选我更喜欢的了。"

"你没有选错。"

"你都不知道当年我爸知道我要弃画从文，有多痛心疾首。他和我妈轮番劝我好几天，我铁了心要走自己选的路，他们没办法，放狠话说将来若是流落街头去讨饭，他们可不会往我的破碗丢硬币。"

"叔叔真幽默。"

"你脑补一下他的语气，就不会觉得幽默了。"

回忆旧事，韩榷周走神了。这番对话言犹在耳，仿佛是几天前发生的。可一眨眼，什么都变了。

太阳出来后，阜宁山上的光照很强烈。邱繁素戴着墨镜和遮阳帽，手里还撑了把遮阳伞。她从背包里掏出防晒喷雾递给韩榷周："你要不要来点？都跟你说了山上阳光强，你怎么不戴个帽子？别到时候晒脱皮了。"后半句话她没好意思说出口：这么帅的一张脸，晒伤了多可惜。

韩榷周接过，在暴露的皮肤上喷了几下。他心想，原来南月爱美的性子由来已久。

"前面就到灵觉寺了。"邱繁素指了指路，"你要不要拜拜？这里求姻缘很灵的。"

"可以进去参观一下，拜就不需要了。"

"不会是有女朋友了吧？"

韩榷周思考了几秒，不知该怎么回答她。

邱繁素并不是真想追问这些，她笑道："对哦，你都时空错乱了，万一在这里求来了正确的姻缘，该不该继续都是问题。还是别给自己找麻烦了。"

韩榷周被她这句话给整得又想笑又无奈。好在她对他的私事似乎并不感兴趣，调侃一句后，也就像个兼职导游一样，带着他在灵觉寺里里外外参观了一遍，还给他讲了一些寺庙的相关典故。

韩榷周抬头望了一眼寺庙的匾额，他把手机交给邱繁素："能帮我拍张照吗？"

"在这里？可以啊。"邱繁素照做。她拍了好几张，本来是想让韩榷周自己筛选好看的，不过她放大看了一眼，每张都很好看。她问他："怎么突然想拍照了？"

"没什么，留个纪念。"他说。

秋天的阜宁山游客很多，他们逛得比较慢，不知不觉几小时过去了。正午的太阳大，邱繁素找了块树下的大石头，招呼韩榷周一起坐着休息。

韩榷周递了一瓶水给她："喝吧。"

邱繁素毫不客气，接过喝了半瓶。她喘了口气："谢谢啊。你不渴吗？我们可是爬了半天山呢。"

"我平时会运动，体能还行。"

"你不是个博士吗？"邱繁素惊讶。

韩榷周忍俊不禁："谁规定博士不能运动了？"

"我以为你们每天待在实验室不出门呢。你都会些什么运动？"

"年轻的时候喜欢打篮球、登山。现在没那么多精力了，有时间一般会去滑雪。"

"年轻的时候？你不是才三十岁吗？三十岁很老？"

"三十二岁。"韩榷周纠正她。

邱繁素不以为然："三十二岁也很年轻啊。"

"是啊，很年轻。"韩榷周声音很轻，像是在说给自己听。他想起了过去，他和南月经常因为理念不一样，聊天聊不到一块儿去。那时候他总觉得，是因为他们相差五岁，有了年龄代沟。不承想，如今的他和邱繁素差十岁。可她却说，他很年轻。

他忽然有个奇怪的想法，如果 2016 年二十七岁的他能和 2021 年二十七岁的南月相遇会怎样？他们之间那些因为时间而产生的沟壑会被填平吗？

韩榷周出神，邱繁素也盯着灵觉寺发呆。两个人各沉思各的，相当和谐。

休息了约莫十分钟，有路过的年轻男女认出了邱繁素，隔着老远就朝她打招呼："邱繁素！"

"Hello！"邱繁素回应。那些都是她在垟曲认识的朋友，不算特别熟，但平时总能碰见。

"你怎么又来灵觉寺了？前几天才见你来过。"一个年轻男孩看了一眼韩榷周，暗自琢磨他们的关系。他们已经知道了邱繁素和陆江申分手的事。

邱繁素知道他们在想什么,她本来懒得解释,又怕韩榷周误会她对他有非分之想,只好说:"我哥的朋友来这里出差,我带他随便逛逛。"

"你朋友长得真帅。那你们慢慢逛,我们走了。"

"好嘞,再见。"

"再见啊。"

"邱繁素再见,改天来我家吃饭。"

他们热情地向邱繁素道别。

韩榷周心情微妙。他很久没听别人连名带姓这样叫过她了,他开始意识到,2016年的邱繁素和2021年的南月其实有很多不同之处。南月是个工作狂,从不喜欢做无用功,做事干脆果决,人狠话不多,对不熟的人不冷不热,对亲密的人才会嘻嘻哈哈。罗遇心经常吐槽她,说她假高冷,冒牌高岭之花。可邱繁素不是,她热情、开朗,哪怕对陌生人都习惯微笑以对,她似乎永远有用不完的时间和精力。

"你在想什么呢?"邱繁素伸手在他面前晃了晃,"饿了?"

韩榷周摇头:"听到他们叫你的名字,在想你爸妈给你取名'繁素',是因为'樱桃樊素口,杨柳小蛮腰',取其谐音?"

"可拉倒吧!真有这么文艺就好了。"邱繁素不以为意,"我一开始根本不叫繁素,叫繁星。"

韩榷周一点就透,他立刻明白了:"南启明,邱繁星?"

"对啊。就因为我有个优秀的表哥叫启明,启明星嘛。我外公希望我长大能像南启明一样聪明机灵,便给我取了繁星二字。可是这名字用了没多久,我爸就有意见了。他说,启明星才一颗星,繁星得多少颗啊,女孩子名字取得太浮夸了不好,还是简单一些、素一些吧。我妈说,素一些就素一些,那就叫繁素!"

"哈哈。"韩榷周没忍住笑了出来。他以前从没听南月提过,她的大名竟是这样来的。

邱繁素见他笑,也跟着笑。她也觉得奇怪,这个才认识一天的男人,她竟然莫名地信任他,她也能感受到他的善意。

可没过两分钟,她就笑不出了。她看见一对大学生模样的小情侣从灵觉寺正门走出,女生很羞涩,伸出小拇指和男生拉钩:"我们可是在全国求姻缘最灵的寺庙发过誓的,要一辈子在一起,拉钩。"

男生也伸出小拇指:"拉钩。"

"谁要是违背誓言,天打雷劈啊。"

"岂止天打雷劈,还要五雷轰顶!"

"哈哈哈。"

小情侣开心地笑着,浓情蜜意,慢悠悠从邱繁素身边经过。她猛然想起了曾经的自己,她和陆江申也是像这样,在灵觉寺求了生生世世在一起的姻缘。结果呢?就在六天前,她撞到他出轨的尴尬场面还历历在目。

邱繁素情绪变化非常快,眼眶一瞬间就红了,看得韩榷周一愣一愣。他慌了:"怎么了?"

"没什么,没管理好情绪,抱歉。"她蹭了下眼泪,"看到刚走过去的那对情侣,触景生情了。"

"感情上的事?"

"半年前我也跟前男友在这灵觉寺中拜过,还求了姻缘签。解签的人说,我在这里遇见的是能相守一生的人,结果没多久他就出轨了。都说这里灵验,看来也不尽然。"

韩榷周傻眼了,他从来都不知道南月还有这么个前男友。罗遇心也曾跟他调侃说:"我们家繁素在感情上跟白纸没什么两样,你可别欺负她,不然我要你好看。"

这个罗遇心……

韩榷周这才想起,昨天他刚到迷途客栈的时候,邱繁素正在跟一个男人起争执。至于那个男人的长相,他完全没注意。

"是昨天下午在客栈和你起争执的那个人?"他求证。

邱繁素毫不避讳,大方承认:"嗯。他是我大学的学长,上学的时候就挺仰慕他的,后来在垟曲遇见,就在一起了。"

"所以你是刚分手?"

"也就五六天吧。"

韩榷周终于明白为什么这两天邱繁素情绪不太稳定了,分手不到一周,她肯定还沉浸在悲痛中。他心里不是滋味,醋意浓郁。可仔细想想,这种醋也没什么好吃的,他们现在还什么都不是呢。

"不该跟你说这些的,都是负能量,该翻篇了。"邱繁素调整了心情,"我们下山吃饭去吧。我饿了。"

"正好,我也饿了。"

"那走吧。"

二人没走几步,迎面碰上了手挽着手亲密说笑的陆江申和安茹,他们刚从灵觉寺出来。

邱繁素尴尬至极,脸色瞬间不好看了。陆江申的表情也好不到哪儿去。

04

韩榷周之前三十多年的人生都非常简单,学生时期是简单的学霸,工作以后是简单的天文物理学家，人生鲜有曲折。他的感情生活也一样平静无波，认识南月之前，他也谈过两个女朋友。由于长相的优势，他从小就受女孩子欢迎。不过他那两段恋情的时间跨度都很短，分别是三个月和五个月，分手理由也如出一辙，她们嫌他太忙了，没时间陪自己。后来遇上南月，他们同样也是平静地恋爱，平静地订婚。

可就在这一刻，韩榷周觉得自己遇见的是前所未有的情感波澜。他跟他未来的未婚妻一起遇见了她的前男友以及前男友的现女友……

在尴尬的气氛中，安茹瞥了一眼邱繁素，出言讥讽："前几天还理直气壮指责别人出轨呢，自己不也一样吗！都已经有新欢了，哪来的底气恶人先告状。真好笑！"

"你胡说八道什么呢？不是所有人都像你一样。"邱繁素胸口堵得慌，反驳的语言也略显苍白。

"我怎么了？不被爱是你自己不够好，跟我有什么关系！就算没有我，也会有别人出现的。你还是反省一下自身问题吧。"

"安茹，别说了，走吧。"陆江申拉了拉女友的手臂。这种场合他也很为难，何况他还欠着邱繁素钱呢，真把邱繁素惹急了，他可一下子拿不出那么多钱来还她。他偷偷瞄了一眼邱繁素，见她确实像是憋了一口气要爆发的样子。

安茹不想惹陆江申不快，乖乖闭嘴，跟着他走了。

"等等。"韩榷周叫住了她，"安茹小姐是吧？"

安茹回头，一脸莫名其妙。邱繁素也诧异地看着韩榷周。

"你应该向繁素道歉。"

"我？"安茹仿佛听到天方夜谭。

韩榷周态度很好，语气温和："我想纠正一下你刚才的话。我不是繁素的男朋友，万一以后有这个可能，那也是以后的事。她没有做错什么，她问心无愧，当然有资格指责出轨的男朋友。抱歉，口误了，是前男友。"

陆江申："……"

安茹："……"

韩榷周又道："还有，不被爱不是她不够好，是她前男友德行有亏。不过有句话你说对了，没有你也会有别人。所以我有理由相信，繁素所经历的，将来你可能也会经历。比如像现在这样，在大庭广众之下被前男友的新女朋友轻视、诋毁。将心比心，你应该不希望自己遇到这种情况。"

"你瞎说！"安茹急了。她毕竟还年轻，韩榷周这几句话完全戳中了她的痛处，她气得大叫："我才不会像她一样！是她自己有问题，陆江申才会跟她分手的，凭什么赖我头上！"

"既然你这么认为，那就是吧。"

"这事跟你无关，你有什么资格替她出头！"

韩榷周始终保持着温和的态度："我不是替她出头，只是作为旁观者说句公道话而已。"

灵觉寺附近游客多，路过的都围过来吃瓜了，脑子优越的，已经听明白了是怎么回事。众人窃窃私语，眼神在陆江申和安茹之间来回。有人看热闹不嫌事大，说了句"原来是渣男出轨，小三插足的剧情啊"。

安茹只想挖个洞钻进去。陆江申更难堪，因为围观的人群中有他认识的人。在众人的嘀咕声中，他拉着安茹快速离开了。

"啧啧，出轨的都是垃圾。"

"当第三者还这么嚣张呢？这年头真是什么神奇的事都有。"

"长得还不错，没想到这么渣。"

大家吃了一手新鲜瓜，直到当事人离开很久，讨论声依然没有散去。神圣的灵觉寺矗立在山间，在烟火缭绕中，安静地俯瞰众生。

邱繁素感激韩榷周帮她解围，请他吃饭，她特地选了垟曲市区最豪华的云都酒店。陆江申这两天应该就会还她钱了，偶尔吃顿贵的她还是承受得起的。

菜肴很可口，邱繁素却没什么食欲。她可以在人前佯装洒脱，可她骗不了自己，失恋对她的打击很大。她和陆江申分手分得本来就不体面，再经过今天这么一闹……

"今天谢谢你啊。"她说。

"小事，过去的就让它过去吧。"韩榷周知道她指的是什么，他又说，"你的画不是还没画完吗，剧本也得接着写，要调整好心情。"

"我也想。"她吸了吸鼻子，"嗯，我努力吧。"

"先吃饭，吃饱了才有力气努力。"

邱繁素笑了笑，点头："还有件事，我想拜托你。"

"你说说看。"

"等哪天你回到了你的世界，千万别跟南启明说这些事，我不想在他面前这么丢人。"

韩榷周也笑了："嗯，不说。"

"你笑什么？"

"笑你一直喜欢跟你哥较劲。其实丢不丢人都没关系，启明不会笑话你的。他这个人虽然表面上冷冰冰的，但他很在意你。"

邱繁素没接话。她低着头，用筷子拨弄碗里的饭菜。韩榷周说的这些，她是相信的。只不过她从小就被长辈们要求向南启明看齐，难免会有逆反心理。谁让南启明那么优秀呢！从小是学霸不说，保送知名学府不说，如今年仅三十的他已经是国内有名的肿瘤科专家了。而她依旧偏安一隅，一事无成。

想到这些，邱繁素脑子更乱了，完全没心思吃饭。

"繁素？"

"嗯？"邱繁素抬头。

"你的手机在响。"韩榷周提醒她。

邱繁素这才反应过来。她从包里拿出手机一看，是罗遇心给她打了视频过来。酒店的餐厅人来人往，不太方便，她去了外面接电话。

"怎么半天才接啊！"视频中，罗遇心穿着宽松的睡衣，盘腿坐在沙发上吃草莓。她问："你在哪儿呢？怎么感觉不像是垟曲古镇？"

"是在垟曲，我在市区吃饭呢。你在干吗？一阵子没见你，我怎么觉得你又变好看了？"邱繁素由衷感叹，罗遇心真是个天生靠脸吃饭的人，即便素面朝天，她的美貌还是能从屏幕中溢出来。

对于闺密的夸奖，罗遇心很受用，得意道："我最近健身呢，瘦了好几斤，肌肉量也增加了。"

"看来你很悠闲啊，没进组？"

"快了。你什么时候回来啊？我怎么感觉你也瘦了。你把镜头拉远点，让我看看你。"

邱繁素照做，把手机往远处放了放，尽量让镜头照到她整个上半身。从视频中这么一看，她也觉得自己瘦了。想想也是，自从跟陆江申分手，她基本没什么胃口。

她正盯着手机屏幕看，有人从对面径直朝她走来，冷冰冰提醒她："小姐，可不可以不要拍视频。谢谢。"

邱繁素抬头，一脸问号。站在她面前的是个长相帅气的男人，穿了件卡其色风衣，个子很高，但看上去不太友好。她才意识到，风衣男应该是误以为她在偷拍他。她下意识翻转手机,伸到他面前。

视频中,罗遇心手里拿着吃了一半的草莓,一脸蒙地看着眼前的男人……

风衣男愣了愣,尴尬至极。他赶紧向邱繁素道歉:"不好意思,是我误会了。"

邱繁素不知道该说什么,也懒得说,对着镜头里的罗遇心露出无奈的表情。罗遇心后知后觉明白过来,忍不住吐槽:"这人谁啊?长得倒是挺帅,可惜脑子不太好使。"

"小声点!"邱繁素压低声音,"人还没走远呢!"

罗遇心无所谓,反正她又不认识他,听见就听见呗。她拿了颗草莓,气呼呼咬了一口。

邱繁素瞥了一眼风衣男的背影,她总觉得他听到了罗遇心骂他。不过无所谓了,今天她已经够倒霉了,不在乎多这一个小插曲。

可是最近这一天天的,她遇到的都是些什么事啊!想想都觉得脑壳疼。

邱繁素回到餐厅,菜已经上齐了。这家欢宴餐厅是云都酒店新推出的品牌,以创意菜为卖点,最近非常火。虽然价格偏高,但口碑也是极好的。邱繁素照着网友推荐的菜式随便点了几样,她尝了一口,觉得味道不错。她抬头问韩榷周:"怎么样,吃得惯吗?"

"挺好的。"

"你之前说你在英国留学好几年,我还担心你吃不惯中餐呢。"

"不会。"韩榷周笑着摇头。他在国外也经常自己动手做饭,后来和南月在一起,南月不忙的时候也会下厨。只可惜她不忙的时候太少太少了。

饭吃到一半,服务员端了一个蛋糕和两杯饮品过来。邱繁素纳闷:"这不是我们点的。"

服务员微笑:"女士您好,这是我们贺总让送的。"

"什么贺总?"

顺着服务员指着的方向,邱繁素看到了刚才在门口误会她偷拍的风衣男。风衣男没朝他们这边看,而是在跟餐厅员工聊天,看样子像是在视察工作,他身后还跟了几个穿酒店制服的工作人员。

服务员说:"蛋糕和饮品是我们餐厅的新品,还没上菜单。贺总说请二位尝尝鲜,口味如果有不合适的地方,欢迎给我们提意见。"

服务员离开后,韩榷周问邱繁素:"那位贺总,你朋友?"

邱繁素尝了一口蛋糕,摇头:"不认识,刚在门口发生点误会,估计想道个歉吧。你尝尝,这蛋糕很好吃。"

"我不爱吃甜食。"

"那算了,我自己吃。"

韩榷周拿出手机搜了一下。云都集团的董事长姓贺,没猜错的话,送蛋糕的贺总应该就是董事长唯一的儿子,贺峥。他把手机给邱繁素看了一眼,邱繁素还没消化完这个信息,贺峥就已经走到了他们这桌。他清了清嗓子,对邱繁素说:"刚才不好意思,是我弄错了。"

邱繁素抬头,笑靥如花:"贺总言重啦,我没往心里去。"她确实没往心里去。贺峥长得帅,还是酒店界赫赫有名的云都集团的太子爷,平日里围着他转和偷拍他的女生应该有不少,难怪他会误会。

"那就好,希望你们用餐愉快。"贺峥没跟他们多聊,道了歉就继续视察工作去了。

邱繁素看了一眼贺峥的背影,很羡慕他的底气。她要是有一天能拥有自己的事业,哪怕不能像贺峥一样前呼后拥,至少不用在这个小镇上苟且着消磨时光，还得受陆江申和安茹的气。陆江申为什么那么心安理得地出轨？因为他已经是垟曲小有人气的设计师了，不少新盖的民宿都找他做室内设计。再加上他长得不错，还是有很多年轻女孩往上贴的。安茹有句话说得很对，没有她，也会有别人。

"你怎么了？"

韩榷周发现邱繁素的表情不对，她的眼眶又开始发红了。

邱繁素不想说话，她摇摇头，吸了吸鼻子。一顿饭就这么不咸不淡地吃完，她心情始终不太好。他总算明白，为什么罗遇心总说女人要走出一段失败的恋情比男人难多了。

回到客栈，邱繁素还是闷闷不乐的，她借口说是爬山太累，仓促回房。房门一关上，她立马松懈下来，趴在床上蒙着被子大哭。

韩榷周在她房门外站了一会儿，里面的动静他都听到了。他自诩了解南月，可他完全不清楚五年前的她是个什么样的人。这两天跟邱繁素相处下来，她的情绪多变多少令他有些慌神。他想，换作是南月，冷哼一声也就过去了。哦不对，换作南月，安茹在她面前是占不到便宜的，此时放声大哭的人应该是安茹才对。

作为一个理科大直男，韩榷周不擅长安慰女孩。他以前听南月说，女孩子心情不好的时候喜欢吃甜食。于是他点了个外卖，是一份南月最爱吃的芋圆烧仙草。

外卖很快就到了，他怕邱繁素还在哭，不敢敲门，给她发了条消息。没想到五分钟后，邱繁素敲响了他的门。

"谢谢你啊。"她说，"不过我现在身体不太舒服，吃不了冰的。"她有点感冒征兆，吃冰的等于给自己找虐。

韩榷周请她进来，把外卖拿给她："你摸摸，是热的。趁热吃。"

"可我现在真的没胃口。谢谢。"邱繁素低着头,声音还是哽咽着。

韩榷周不知道该怎么安慰,他陪她说了会儿话,天南地北地瞎聊。过了会儿,她心情总算好点了。她再次向韩榷周道谢:"我知道你是想安慰我,韩博士,你是个很好的人,谢谢你帮我这么多。你如果有什么需要我帮的,尽管开口。虽然我不一定帮得上。"

"不,你帮得上。"韩榷周觉得现在是个好时机,趁机进入主题,"我这次来垟曲,确实是有很重要的事找你帮忙。"

"什么忙?你说吧,只要我能做到。"

"你心情不好,我本不该这个时候开口,但我没有更好的选择了。"他下意识拍了拍她的肩膀,"繁素,我现在说的每一句话,你务必要记住……"

第三章

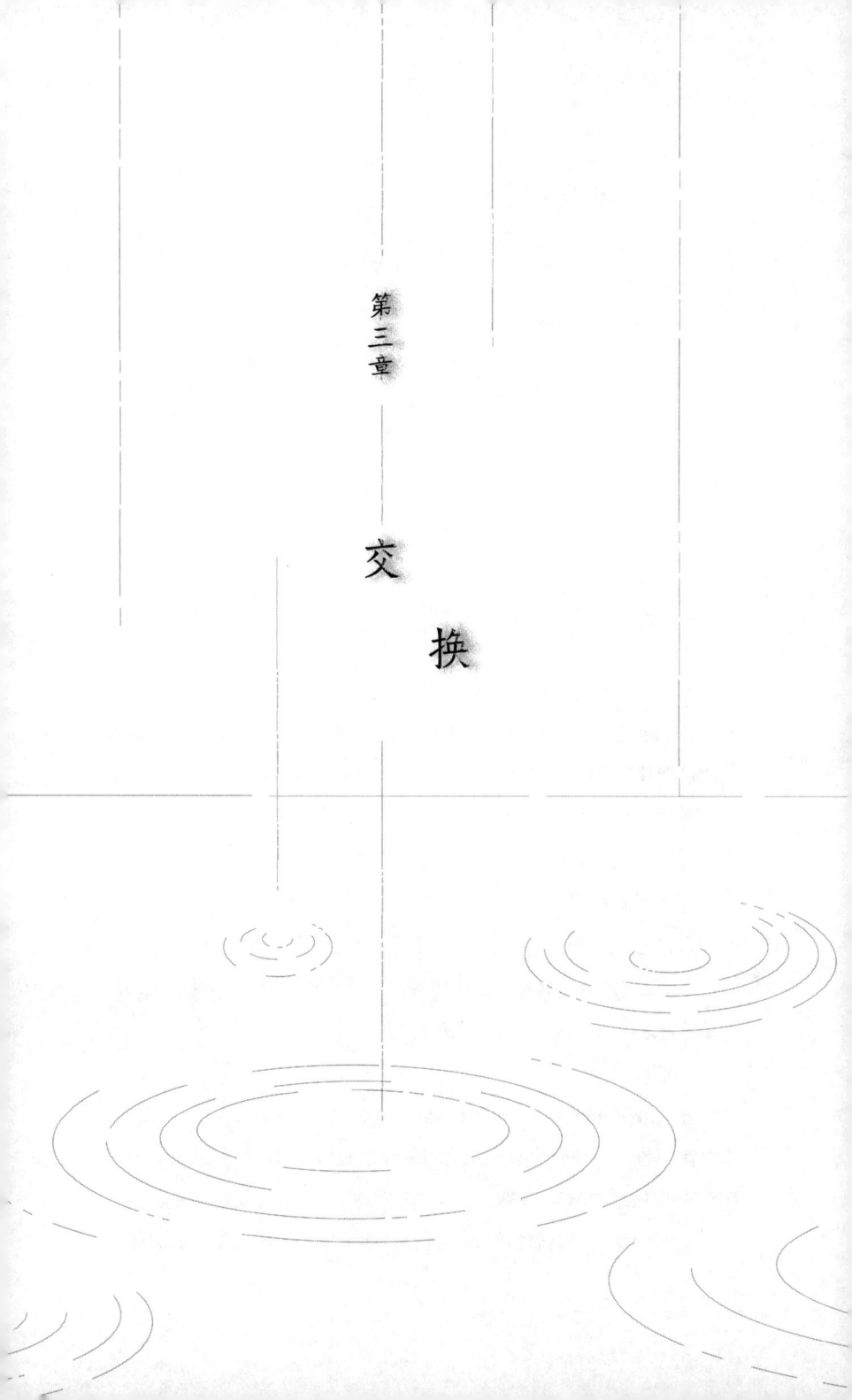

交换

01

2021年10月23日，午后，垟曲天气晴朗，万里无云。

南月坐在天台的咖啡厅，望着远处出神，身边放了一杯早就凉透了的黑咖啡。

康哥上楼来找她，老远就看见她一副心事重重的样子，而她目光正对着的，是对面山上的灵觉寺。他叹了口气，摇摇头。

服务员小哥看见老板来了，赶紧迎上去。康哥问他南月的情况，他说南月上午就过来了，在这里呆坐了半天了，什么都没干。

"也没吃东西，喝光三壶手冲咖啡了。"服务员低声提醒，"康哥，她是不是遇到什么事了，要不您劝劝？"

"我倒是想。"

康哥不知道该怎么劝，他甚至不清楚发生了什么，任他怎么问，南月都不肯说。结合这两天发生的种种，他猜南月应该是跟未婚夫吵架，未婚夫离家出走，失联了。可是这种事，旁人也说不上啥啊。

就在康哥一筹莫展的时候，南月的手机响了。电话是她的助理江昀打来的，催她回去处理工作。

"南总，您赶紧回来吧，法务那儿积了一堆合同等您签字。您要是不签字的话，合作方就不能按时给我们打款……"电话那头的江昀急得都快哭了，"视频平台的赵总刚来过，您上周让我约的他，可您又不在，我实在没办法了，找了遇心姐来救场。总之您快回来吧，我的祖宗。"

"知道了。我明天一早就回去。"南月语气平淡。公司的事情很多，很急，她知道，可现在什么事都无法在她心上掀起波澜。多离谱的事都被她遇见了，还能有更糟糕的事出现吗？不能了。

康哥听到了南月的话，他走上前："你明早走？订票了？"

"嗯。"

"回去也好，比你每天坐在这发呆强。事情总会解决的。"

"嗯。"

康哥见南月这样，酝酿好的话不知该怎么开口。

南月看出来了，问他："有事？"

"是这样的，繁素，你知道云都集团吧？就是酒店业很有名的那个云都，市区最好的酒店就是他们家的。"

"知道。"

"云都的人联系了我几次，一开始是想聊收购朔月山居，我拒绝了。最近他们的总经理在垟曲，想再跟我们聊聊，电话里说的是入股或者其他合作方式也行。我看他们还挺有诚意的，要不你去见见？"

南月没什么兴趣："朔月山居一直是你在经营，我不懂这行，也没精力去了解，还是算了吧。"

"你就去见见吧，不合作没关系，就当是吃顿便饭。云都在酒店行业的地位你也知道，我们既然想在垟曲把民宿经营下去，还是不要得罪人家的好。"

南月见康哥一脸为难，心软了，她明白朔月山居对康哥来说意味着什么。她点头："行吧。"

"好，那我去答复他们。"

下午6点，南月准时抵达云都酒店。服务员一听是和总经理约好的邱女士，直接带她去了包间。

来之前南月做了一些功课，云都集团的董事长姓贺，总经理贺峥是董事长的大儿子，他还有个妹妹是负责海外市场的。

进了包间，南月对贺峥的第一印象是比照片上要好看。照片上的贺峥帅是帅，就是稍微稚嫩了些，不像是传说中能一手撑起云都半壁江山的人，也许是老照片了。她斟酌着怎么礼貌拒绝贺峥，却见贺峥目不转睛地盯着她看。

贺峥意识到自己失礼，移开目光，轻咳了一声，问南月："邱小姐，我们以前见过？"

"也许吧。我也在新闻上见过贺总，果然和传说中的一样年轻有为啊。"南月没觉得奇怪，她和罗遇心合伙做公司以来，接受过不少采访，贺峥觉得她眼熟也正常。

贺峥笑笑，没再多说。

南月开门见山："听我合伙人说，贺总找我来是想聊合作的事。"

"是。赵先生应该向你转达过了，合作条件可以商量。"

"实不相瞒，我在这方面是外行，恐怕要辜负贺总的好意了。但是很高兴能跟贺总认识，没准以后可以有别的方面的合作。"

"先别忙着拒绝我。"贺峥说，"邱小姐不如先听听我的规划。"

"您说。"

"我是生意人,在商言商,之所以想跟朔月山居合作,想必你也猜得到原因。云都在国内的酒店大多是商务型的,未来我们有打造民宿风酒店的计划,垟曲是我选择的试水点。朔月山居占据垟曲最佳观景位,是本地民宿业的一块金字招牌,而云都是垟曲酒店业的 TOP,如果我们合作,效果肯定会是一加一大于二。

"我的想法很简单,希望你考虑让云都入股朔月山居,我们联手推出'云都·朔月山居'的民宿品牌。至于硬件装修、宣传营销,云都会全权负责。这一模式若是可行,未来我们可以在国内各大旅游商圈推出连锁店,比如杭州、丽江、成都……"

南月听进去了。她虽然不懂酒店行业的规则,但是做任何公司理念都是相通的,她能理解贺峥的野心。她说:"听上去很诱人,我相信这是个好项目。可是贺总应该也了解过我的背景,我的工作重心不在这上面。"

"我知道,邱小姐志不在此,因为你已经实现了财务自由,不想再给自己其他压力。但是邱小姐有为赵先生考虑过吗?他已近不惑之年,妻子是全职太太,家里有两个孩子,他肯定想给家人更好的生活。"

南月愣了愣。

"没关系,我不着急,邱小姐回去可以好好考虑,有什么想法我们随时沟通。"贺峥很绅士地将手机递过来,"方便的话扫个微信,保持联系。"

非常商务的一次会面,合作没聊成功,但用餐氛围很好。

很久之后,南月跟罗遇心聊起她对贺峥的第一印象,她的评价是,一个有野心也有智慧的商人。罗遇心却不以为然。

回家这两天,南月几乎把时间都耗在了工作上。最近积压了不少活，她不想因为自己的私事耽误工作进展，尽管她心里非常乱。这几十个小时，用焦头烂额来形容她也毫不夸张，以至于在那样复杂的心情下，她都能做到倒头就睡。

梦里，南月再次见到了韩榷周。这个梦很长，却一直在重复同样的片段。她一大清早惊醒过来，在床上翻来覆去半天，再也睡不着了。她试着给罗遇心打电话，没人接，大概率是没起床。

南月把手机扔在一边，靠在床头琢磨刚才的梦。她最近的这些经历，不论跟谁说可能都会被要求去看心理医生吧。对她而言，唯一值得庆幸的是有个脑回路不似常人的罗遇心愿意无条件相信她。

两个小时后，罗遇心终于回电话了。她今天没有通告，懒洋洋地跟南月约了中饭。

南月一边冲咖啡一边酝酿，见了面怎么跟罗遇心阐述这个梦。沉思间，手机弹出一条订座信息，是罗遇心的助理帮她们订好了中饭的餐厅。巧得很，是云都酒店内的欢宴餐厅，前几天她和贺峥就是在垟曲的欢宴见的面。正如康哥所说，云都集团在行业首屈一指，全国各大城市几乎都有云都旗下的餐饮和酒店。

看到这条订座信息，南月不禁又考虑起了贺峥的提议。她工作忙，加上韩榷周失踪的事时刻像一根紧绷的弦提醒着她，她一离开垟曲就忘了贺峥这回事。

临出门前，南月特地化了个浓妆，遮住了她的黑眼圈。见罗遇心无所谓，但她晚上还有个商务应酬，顶着黑眼圈去见人太没礼貌了。

到了云都酒店大堂，有人冲南月喊了一声"邱小姐"。南月回头，发现是几天前刚见过的贺峥。说巧也不巧，这里是他的地盘，遇见很正常。

贺峥仔细打量南月，诧异："真是你？差点没认出来。"

"贺总好，又见面了。"南月摘下墨镜，冲贺峥微微一笑。她穿得很正式，又破天荒化了个大浓妆，竟然还能被贺峥认出来。

"约了人？"

"是啊。"南月看了一眼手表，"不过还没到约定时间。我在餐厅订了包间，贺总有空聊两句吗？关于您那天的提议。"

"当然。"

服务员上了一壶茶，二人继续上次的话题，交换了一下彼此的心理预期。贺峥很满意，南月的反应完全在他的意料之中。他提出的条件对朔月山居而言利益远大于弊，南月是个聪明人，他相信她迟早会同意。

他们相谈甚欢，包间的门被人推开了。

罗遇心一股脑儿摘下墨镜、口罩和帽子，连声抱怨："烦死了，地库出来被狗仔跟了一路，还好甩掉了。"话说到一半，她看到了一旁的贺峥，愣了。

贺峥也愣了。

南月正要介绍，罗遇心抢先问贺峥："我们是不是在哪里见过？"

贺峥点头："好像是见过。"

"见过也不奇怪。"南月很淡定，"介绍一下，我朋友罗遇心，云都的总经理贺峥。"

贺峥起身，伸手："幸会。罗小姐正当红，满大街都是您的广告，每天都能见到。"

恭维意味这么强的一句话，罗遇心却置若罔闻，也没和贺峥握手。她盯着他仔细打量了一遍，更加确定，她以前见过这个人。

南月怕罗遇心失礼，赶紧拉她坐下，把菜单推到她面前："看看想吃什么。"

"你点吧。"罗遇心把菜单推回去,"我减肥,你给我点个水果拼盘或者蔬菜沙拉就行,再来杯热美式。"

"扫不扫兴啊你,难得跟你约个饭,你就光看着我吃?"

"我刚接了新戏,得控制口腹之欲。"

贺峥见她们聊得火热,抬眼看了看表:"你们聊,我一会儿还有事,就不打扰了。邱小姐,晚点我让助理把合同发你邮箱。随时联系。"

"贺总要不要一起午饭?"罗遇心说,"再忙也得吃饭的,我们就俩人,很方便。"

南月在桌子底下拼命拉罗遇心的衣服,罗遇心不动声色推开了她,笑靥如花地看向贺峥。贺峥点头应允。

点完菜,南月忙不迭给罗遇心发信息:"你干吗叫他一起吃饭?我还有重要的事要跟你说,他在不方便!"

"我知道。也不急于一时嘛。"

"你每年合作那么多男演员,帅哥见得还少?你至于吗?"

"别乱说啊,我不是见他帅才留他吃饭,我真的见过他!你让我好好回想一下。"

"他也算半个公众人物,上过新闻的,见过奇怪吗?"

罗遇心知道自己说服不了南月,就此打住,没有再回南月的消息,而是和贺峥客套了起来。

时间一分一秒过去,南月见这两位聊那么开心,心里更不是滋味了。她憋了一肚子话想说,且只能对罗遇心说,哪知道好姐妹这么重色轻友。

贺峥问:"邱小姐,罗小姐,饭菜还合胃口吗?有什么意见可以提。"

罗遇心喝了口咖啡，笑盈盈道："你们欢宴的菜都很好吃，我和朋友经常在这儿聚会。可惜我马上要进组了，不能吃太多。"说着，她拿了一颗草莓往嘴里送。

"等一下——"

罗遇心被贺峥打乱节奏，手一松，草莓掉在了桌上。南月也奇怪地看向贺峥。

贺峥重新拿起一颗草莓，放在罗遇心面前比了比。他猛然想起什么："是你？"

"什么？"罗遇心莫名其妙。

贺峥盯着手里的草莓，不知该从何解释。但是只过了那么一瞬间，罗遇心恍然大悟："哦，是……你啊？"

贺峥知道她想起来了，含笑点头。

南月莫名其妙，仿佛眼前这俩人故友重逢，而她是个多余的人。直到贺峥离开，罗遇心才跟她解释了事情的始末。

她像是听了个故事，摇头："没印象，我几天前才在垟曲第一次见他。"说完这话，她愣了，她猜到是怎么回事了。

南月夺门而出。

"繁素你去哪儿？"

"你等我一下，我马上回来。"

南月在酒店门口追上了贺峥，他在等助理开车来接他。

"贺总，稍等。"南月气喘吁吁，"有、有个事。罗遇心刚跟我说了，五年前，我们见过是吧？"

"嗯。"

"当时我是一个人吗？还是跟谁在一起？"

"好像是跟一位先生同桌吃饭。"

南月猜到了这个答案,她拿出手机,给贺峥看韩榷周的照片:"是他吗?"

贺峥想了想,不太确定:"抱歉,我没什么印象。"

南月有些失落。那么久以前的事,他不记得也正常。

她平复了情绪:"没事了,谢谢贺总。"

车很快到了,贺峥和南月告别离去。南月看着远去的车,心里像是开了一道口子,不知该怎么填上。她几乎可以肯定,贺峥看到的那个男人,就是闯入时间误区的韩榷周。

02

梦里的每一帧画面,南月都看得很清楚。

铺着青石板的小路上,韩榷周扶着邱繁素,经过石桥,走进巷子。邱繁素一瘸一拐,表情痛苦:"刚才下坡那儿太滑了,还好我穿的是运动鞋,不然肯定更严重。"

"要不要去医院看看?"韩榷周问她,"再过几天就是29号了,伤不养好你怎么坐高铁?"

"没事,不严重,回客栈擦点药就行。"

"真没事?"

"有事就不是你扶着我走了,得用轮椅推。"

韩榷周哭笑不得。他继续扶稳她,沿着小路一直往前走,往前走……

梦还在继续。

奇怪的是,两人的身影又出现在他们刚才经过的石桥上,再到巷子里，然后是同样的对话，然后消失在巷子尽头。几分钟后，画面循环，他们又出现在了石桥上。

描述完这一切，南月非常困惑地对罗遇心说："同样是做梦，这次就很奇怪。我不明白这个梦是想表达什么。"

罗遇心也不明白，摇头。

"你知道莫比乌斯环吗？"南月从随身携带的笔记本上撕下一张纸，扭转180度，把纸的两头搭在一起，示意罗遇心，"就是这样。"

罗遇心似懂非懂："然后呢？"

"这是德国数学家莫比乌斯提出来的一个关于无限的概念，沿着这样的区间往前走，永远都走不到尽头，路会一直循环。在我的梦里面，我和韩榷周就像在走莫比乌斯环，不仅路是重复的，我们的对话也是。"

罗遇心接过南月手中的莫比乌斯纸环，反复看了几眼，她很无奈："我以为你想表达什么呢，扯一堆正常人听不懂的科学定律，你怎么越来越像你们家韩榷周了！"

"我不这么说，你能懂我的意思？"

"你直接说鬼打墙不就完了吗！"

南月："……"

"像这种什么无限循环啊，走不到头的概念，我们老祖宗早就提出过了，不就是鬼打墙嘛。我早说过，科学的尽头是玄学，这下你信了吧！"

南月："……"

"我觉得吧，你就是做了个鬼打墙的梦而已。放宽心，没事儿！"

"那韩榷周怎么办？就这么放任不管了？"

"没说不管啊。可是我们怎么管？你总不能去五年前把他找回来吧？"

南月想起一个人，她问："你记得周文博吧，韩榷周的师哥，他们从读博的时候就一起做研究。如果我把这些事告诉周文博，他会不会信我？"

"从科学的角度，应该会的……吧？不过……"

罗遇心话还没说完，南月马上拨通了周文博的电话。周文博出差已经有一阵子了，今天他在上海参加学术讲座，后天能回来。南月跟他约了后天晚上见面聊。

罗遇心表示惊叹："我还没说完呢！你还真是速战速决，是个干大事的人。"

"死马当活马医吧，不然我能找谁？不会有人相信我的。"南月问她，"你刚才想说什么？"

"想说说贺峥。"

"他？"

"按照我们的推论，你在五年前见到贺峥这件事，原先并不存在，而是韩榷周到了那边以后才出现的。那既然如此，是不是会有其他的事情也发生了改变？"

"你说得很有道理，但并没什么用。我先回公司上班了，你好好减肥吧。祝你新剧拍摄顺利！"

南月款款出门。罗遇心坐着发呆，她觉得自己的推论不仅有道理，而且很有用。

这是南月第四次见周文博。

他比韩榷周大几岁，许是留了胡子的缘故，看上去比他实际年龄要沧桑。南月以前经常听韩榷周夸他这位师哥有多厉害，不仅人好，学术造诣在业内也是首屈一指。她还了解到，周文博比韩榷周还要痴迷于天体研究，平日总是沉默寡言，只有在他三岁的女儿面前才不吝啬笑容。

这也是南月和周文博说话最多的一次。她很平静地叙述完从韩榷周失踪到现在发生的一切，然后问周文博："我说的这些，你相信吗？"

"从科学的角度，不相信。"

南月有些失望，但她并不觉得意外，除了罗遇心，恐怕没人会信。

"不过，"周文博思考了几秒，"从朋友的角度，我信。"

南月眼神亮了几分："你愿意相信这些听上去很荒唐的事？"

"我和榷周认识十几年了，他一直笃信宇宙多维空间的存在，我大概是被他影响了吧。"

"那你觉得韩榷周还能回来吗？"

"不知道。"

周文博这种不合乎时宜的冷静令南月捉摸不透，她原本准备好的一番话，此刻却不知道该怎么开口。

过了会儿，周文博说："他是在办公室失踪的，我们去他办公室看看。"

南月不认为去韩榷周办公室能找到什么线索，她已经去过两次了，天文台的所有监控警察都逐一排查过。可既然是求人家帮忙，她没有理由拂了人家的好意。

周文博从南月的反应中猜出了她的心思，去天文台的路上，他给南月解释了磁场原理。按照他的认知，韩榷周如果真去了五年前，那一定和当晚办公室的磁场有关。

南月还是没听懂，她问："那天晚上是发生了什么吗？"

"不知道。榷周的办公室也是他的实验室，按照单位规定是不能装监控的。"周文博说，"不过，像这种现阶段科学无法解释的事，有监控也不一定能拍到什么。"

"您的意思是，监控会被当时的特殊磁场干扰？"这是她唯一能想到的理由。

谁知，周文博淡淡地回了她三个字："不知道。"

南月闭嘴了，韩榷周这个师哥比他更刻板。在周文博面前她甚至觉得手足无措，好像说什么都不对。

周文博带南月进了天文台，熟练地用密码打开了韩榷周办公室的门。南月不小心瞥见了周文博按下的密码，竟然是她的生日。那一瞬间，她的心情极其复杂。

"那天晚上榷周是几点来单位的，还记得吗？"

"监控显示，他是9点15分出现在天文台门口。"说完，南月抬头看了一眼墙上的挂钟，现在是晚上9点半。

周文博在办公室里里外外察看了一番，没发现有什么不对劲的。这间办公室他本来就很熟悉，哪怕是问他某件物品放在哪儿，他都能脱口而出。他思忖着，顺手推开窗户，深呼吸。

多云的夜晚，连夜空都很寂寞，只能看到残缺的月亮，还有零星的几颗星星。

"可能是我太乐观了吧。"周文博转身，对南月说，"抱歉，没能帮上你。"

南月摇头："您能相信我，已经是帮到我了。"这种时候，没有什么比认同更重要，她需要有人站在她的角度，给予她信任和支持。

"我再想想吧。"周文博掏出打火机，"出去抽根烟，一会儿回来。"

"好。"

办公室只剩下南月一个人。想到韩榷周设置的门锁密码，南月心里很不是滋味。她想，如果她平时能多了解了解韩榷周就好了，哪怕多听听他的话，给他一点认同感。虽然她完全听不懂他口中的宇宙理论、科学力量，还有他的暗物质，他的陨石……

南月站在陈列柜前，看着里面一排陨石标本。其中最大的那块颜色偏红，是三个月前韩榷周特地给她展示过的。她意兴阑珊，点到即止地摸了一下，不咸不淡说了句"哦，原来陨石是长这样的啊"，然后就没有然后了。韩榷周看出了她不感兴趣，也就没有再多说什么。

南月打开玻璃门，拿出那块陨石。和她想象中的一样，陨石冷冰冰的、粗糙、硌手，哪有她最感兴趣的玉石那么惹人喜爱。她又放了回去。

抽完一支烟，周文博还是有些忐忑。他没在南月面前表现出来，遇到这种事，她肯定比他更焦虑。他管不住自己的手，又从口袋里抽出了一支烟点燃。

周文博回到办公室，没看见南月，以为她去洗手间了。他等了十几分钟，还是没见到南月的人影。以他对南月的了解，她不是不打招呼就走的人。他给南月拨了两次电话，提示音却说不在服务区。

周文博心里一阵发毛，他好像猜到了什么。在过去的十几天里，他每次打韩榷周的电话，听到的都是这个提示音：您所拨打的电话不在服务区。

就在周文博恍惚的时候，他的手机响了，屏幕上显示的名字令他瞳孔一颤。他颤抖地按下了收听键。

办公室突然一片漆黑，南月立在原地，几秒之后才适应眼前的黑暗。借着窗外的月光，她慢慢走到门口，试着按了下开关。

灯亮了。刚才的黑暗不是因为停电，骤然而来的光明带给她的也不是安心，而是一种毛骨悚然的慌乱。她意识到这间办公室不是韩榷周的，从装修风格到摆设完全不一样。可她又认得那扇窗户，玻璃上有一个平安符金属贴。以前她还问过韩榷周这是谁贴的，韩榷周说他搬进这间办公室的时候就已经在了。

南月努力让自己平静下来。她已经猜到了答案，她跟韩榷周经历了同样的事——回到过去。

桌上摆了一本台历，南月拿起看了一眼，和她想的一样，今天是2016年10月28日，是她认知中的五年前。她有些紧张，却忍不住又有点小兴奋，这是不是意味着她可以很快见到韩榷周了？

南月关上灯，悄悄走出办公室，按照记忆中的路线从后门离开了天文台。这一年的京州天文台没人认识她，万一有人看到把她当成贼，她就百口莫辩了。

走到主街上，南月做的第一件事是给韩榷周打电话。她满怀希望，期待着韩榷周听到她的声音会是什么反应，会不会意外？震惊？还是相逢的喜悦？

孰料，提示音虽然不再重复那句不在服务区，但是……是空号。

南月内心一声长叹，她都走完九十九步了，最后竟然一脚踩空。这人为什么要换号码？就不能一个号码用到老吗！

她暴躁极了，坐在花坛边生闷气，心里把韩榷周骂了一万遍。包里的手机响了，她也没觉得有什么不对，顺手接了："妈，有事吗？"

"你什么时候从垟曲回来？你的画画完了吗？你爸生日快到了，没事你就早点回啊，听到没？"

南月被她妈这一连串的发问整蒙了，她后知后觉意识到，这可是五年前的妈啊！

"哦，我知道了，我尽快。我还有点事，先不跟你说啦。"南月怕说错话，找借口挂了电话。

接下来她该怎么办？韩榷周一定还在垟曲，不出意外的话应该是跟这个时空的"她"待在一起。她如果贸然前往垟曲，在大庭广众之下碰到"她"，那些人看到长得几乎一样的两个人……会不会出岔子？

南月赶紧翻了一下手机相册。现在的她比五年前瘦了不少，穿衣风格不一样，发型不一样，眉形也修过……这么看还是有蛮多区别的。她稍稍放心了些，万一被人撞见，她可以谎称是邱繁素的姐姐。

打定主意，南月马上下单了明天的早班机票，然后找了个酒店休息。令她绝望的是，刷完卡之后她的余额只剩三千多块了。她很快明白了是怎么回事，懊恼不已。这些年她大手大脚惯了，全然没想到五年前她是个穷光蛋，父母给她那几万块钱她全借给陆江申买车了。

"就这么点钱，我要怎么在这个世界活下去？"南月瘫在床上，一脸生无可恋。她瞄准了桌上的包，上个月生日她刚买的香奈儿经典款，九成九新，卖了应该能换点钱？

她把包里里外外检查了一遍，本想看看有没有划痕，好拿去估价，没想到有意外收获，她找到了一张银行卡。这张卡是之前买婚房的时候韩榷周给她的，密码是他身份证的后六位。曾经，她赚的钱完全够她花，她从没碰过这张卡，以至于忘了它的存在。万万没想到，及时雨啊！

韩榷周的父母是经营医疗器械公司的，他家住在本市最贵的小区，哪怕是在五年前，他的卡里应该也有不少钱。南月会心一笑，终于不用卖包了，这可是她最喜欢的包之一。

问题都解决了，可以睡个好觉了。

刚躺下五分钟，手机响了。南月扭头一看，是个眼熟的号码，但她想不起来是谁。

"你好。"

电话那头响起陆江申的声音:"繁素你在哪儿?我有事找你。"

南月:"……"

"喂?你在听吗?"

"跟你不熟,有事也别烦我。"

南月挂了电话,关机睡觉。

03

"我跟这个地方可能有孽缘。"南月站在迷途客栈的门口,感慨万千。她离开这里才没几天,兜兜转转竟然又回来了。

正在前台值班的是她好几年没见过的一岚。一岚长相平平,南月早已经忘了她长什么样,没认出来。一岚也差点没认出南月,她看见南月走进来,目瞪口呆:"繁素?你烫头发去了?"

南月没接这茬,问她:"康哥呢?"

"康哥去市里了,你不是知道吗?"

"什么时候回来?"

"他没说,应该要过两天吧。"

南月把手机里韩榷周的照片给一岚看:"见过他吗?"

"他不是一直跟你待在一起吗?昨晚我还见你们出门去吃烧烤了。"一岚更纳闷了,不禁怀疑眼前这个女人到底是不是邱繁素。看着是同一个人,可身形气质和言谈举止,怎么都不太像。她忍不住偷偷观察南月,半天没看出个所以然来。

南月当然发现了一岚的这些小动作,不咸不淡问了句:"我的头发很好看?"

"啊?"

"不然你一直偷偷看我?"

"没、没有啦,"一岚尴尬,"就是看你怎么突然换了个发型……还化妆了。"

"他退房了吗?"

"谁?"

"韩榷周。"

"没有,不过他的房间到期了,没办理续住。"

南月心里大概有数了。没退房,那就是还在垾曲,她可以在这里等他回来。

"那你今晚还续……"一岚的话戛然而止,她看到了刚进店的陆江申。这俩人前几天才在这个大厅吵过架,此时碰面,不会又要撕一次吧?

南月背对着陆江申,陆江申以为她是来住店的客人。他问一岚:"邱繁素在店里吗?"

一岚眼神怪异,指了指南月。陆江申这才注意到,吧台前一脸"生人勿近"的人还真是邱繁素。他诧异了几秒,问南月:"你烫头发去了?"

南月压根懒得抬眼看他。

陆江申从外套口袋里拿出一个信封:"这里是一万块,汤老板昨天给我结算的。昨晚找不到你人,打电话你也不接。"

南月莫名其妙:"给我干吗?"

陆江申更莫名其妙:"不是你催我还的吗?这是欠你的最后一万

了,还完我们就两清了。"

南月想起来了,她当年确实借了五万给陆江申买车。正好她现在缺钱,不要白不要。她毫不犹豫地接钱塞进包里。

陆江申觉得南月很不对劲,悄悄观察了她几眼。

"钱既然还完了,怎么还不走?"

"我们现在可没债务关系了啊,以后别再对我颐指气使,我也是要面子的。"

"好的。你可以离开了。"

陆江申吃了个瘪,却仍没有要走的意思。他也不知道为啥,总觉得眼前这位"邱繁素"不太对劲。

一岚见他们这架势,感觉下一秒就要爆发大战,赶紧打圆场:"好啦好啦,都少说两句啦——对了繁素,你的房也到时间了,今晚还住吗?"

"今天几号?"

"29啊。"

南月脑子里灵光一闪,幕地冒出一个画面。她记得梦里面韩榷周说过,29号他们要离开垟曲。糟了!

"你帮我找个司机,能马上出发的那种。"

一岚为难:"最近是旅游旺季,司机都得提前约,马上走的不一定能找到。你等会儿,我问问康哥。"

"来不及了,算了。"南月扭头看陆江申,"你车呢?"

"巷子口停着呢。干吗?"

"借用一下你的车,钥匙拿来。"

陆江申和邱繁素恋爱久了,听到这话条件反射一样就把钥匙掏出来递给了南月。等南月出门他才反应过来,他为什么要听她的?他们不是已经分手了吗！不对，她不会开车，也没驾照！

"喂，你等一下啊，邱繁素！没驾照你开什么车？"陆江申追了出去。

陆江申那辆红色的车非常惹眼，南月很快就找到了。陆江申追上来时，车已经被发动，他吓坏了，赶紧打开副驾车门，坐上去："你干什么？你会开车吗？"

"会开。不会白用你车的，按市场价计费，回来结算给你。"

"不是钱的事。"

"你还有事吗？没事可以走了。"南月心里着急，不想再跟陆江申废话。她四年前就拿到驾照了好吗！她不仅会开车，还会开跑车！罗遇心去年那辆超跑，她开的次数比罗遇心本人还多。

但是在陆江申的认知中，邱繁素是绝对不会开车的。他不敢放任南月发疯，任南月怎么说都不肯下车。南月懒得解释，一脚踩下油门，车子绝尘而去。

不巧的是，从阳光酒吧出来的安茹看见了陆江申和南月一起上车这一幕，她在车后面喊了半天没人理她，气得跺脚。

陆江申着实被南月的车速惊着了，手忙脚乱系安全带："不管你是从哪儿学的开车，没驾照也是不行的。你快找个地方停车，我来开。"

"不用，你安静坐着别吵就行。"

"你不能无证驾驶！"

"谁说我无证驾驶了？"

"你什么时候考的驾照，我怎么不知道？"

"你可以闭嘴吗？"

"我……"

南月一脚油门踩到底，陆江申没说完的话全卡在了嗓子眼，他终于闭嘴了。他怕自己再说下去，南月真把车当飞机开就完了，毕竟她已经拿出了开跑车的架势。他着实害怕，他惜命。

在这样的车速下，南月很快抵达高铁站，她把车钥匙扔给陆江申，头也不回进站了。陆江申当了半天工具人，心里有气无处发泄。

南月在高铁站找了好几圈，没发现韩榷周和"她"的身影。垾曲的高铁站不大，人流量小，南月心里大概有数了，她这般地毯式搜索都没找到，说明他们根本就不在这儿。她蹲坐在地上，失望且懊恼。她最近总是这样，棋差一步，满盘皆输。

"邱繁素，你干吗呢？"

陆江申走过来，下意识想拉南月起来。

南月条件反射般迅速躲开，脸上的厌恶藏都藏不住。她这一反应让陆江申很不舒服，但他知道自己理亏在先，没理由发作，硬生生憋了回去。

"你跟那个韩榷周到底什么关系？"陆江申很好奇，明明前几天这俩人看着还不太熟的样子。他原先也怀疑他们之间有点什么猫腻，可他太了解邱繁素了，她为人单纯，心思几乎都写在脸上。上次在灵觉寺外他悄悄观察过，邱繁素对韩榷周的态度不像是有暧昧。可现在南月的反应又在提醒他，这俩人之间分明有些什么。他不得不怀疑，他是不是早就被绿了。

"跟你有关系吗？"南月觉得好笑，她打开包，拿出两百块现金塞给陆江申，"这是车钱，来回的都给你。谢谢。"

"你这样有意思吗？"

陆江申把钱还给南月，南月不接，扭头就走。

"你去哪儿？不回古镇了？"

"我自己打车回。别跟着我了。"

"你以为我想跟着你啊！"

陆江申一肚子骂人的话，亟待发泄。尤其当他发现手机上有安茹的十几个未接来电后，心情更糟糕了。十有八九安茹是看到了什么，又在胡思乱想了。

出了高铁站，南月很容易就拦到了一辆出租车。她可是一秒钟都不想跟陆江申多待，古镇不好叫车，高铁站的车可是多得很，能花钱解决的事她用得着委曲求全吗？

南月靠在座椅上闭目养神。她仔细回想自己了解到的信息，能确定的是，韩榷周昨天晚上还在垟曲，他和"她"买了29号的票准备离开，他们今晚没续房就能佐证这一点。不过一岚也说了，他们没有退房，押金也没取走。他们会不会还没离开垟曲，只是外出有事没回来？

除了回去守株待兔，南月想不出别的办法。回到客栈，她让一岚给她开了个房先住下来。她特地提出了要住8408房，因为韩榷周之前就住在这个房间。

这一天一晃就过去了。直到睡觉前，南月都没等到韩榷周和"她"的任何消息。可她实在想不出韩榷周能去哪儿，他在这个世界根本无处可去，她也一样。这终归不是他们的世界。在这个世界上，有另一个"她"和"他"。她根本无法想象，若是复制粘贴般的两个人不小心碰面了，会发生什么荒诞的事。

早晨，南月在熟悉的钟声里醒来。

灵觉寺的钟声从深山传来，余音袅袅。她睁开眼睛，恍然如梦。十天前她和现在一样，也是住在这间8408房，躺在床上慵懒地听着钟声。同样的场景，却间隔了五年的时间。

就在昨天晚上，韩榷周还住在这里，他们差点就遇上了。

南月翻了个身，想着要不要再眯一会儿。这几天无一例外，她都没睡好。可是当她看到头顶的房梁，脑子里突然冒出一个想法。韩榷周写给她的那封信，虽然不知道是哪一年丢失的，但她现在是在2016年啊，距离韩榷周把信放到房梁上才过去没几天……

南月迅速从床上起来，搬来桌子和椅子，小心翼翼爬上去。这一次她总算猜对了，信就在上面。她迫不及待揭开了火漆印。

里面除了给她的信，还有一封是给周文博的。她把两封信看完才明白，即便是自己已经陷入孤立无援的地步，韩榷周还在为她着想——他生怕她一个人无法面对，特地留了信让周文博帮忙。在给周文博的信中，他描述了2021年10月17日的晚上，他在办公室经历的每一个细节。

南月回想前天晚上她在韩榷周办公室经历的一切。她发现，她和韩榷周唯一做过的相同的事就是摸了那块暗红色陨石。难道说，在特定的时间触碰那块陨石，就能开启时空之门？比如，晚上9点半之后？

不过，南月很快否定了这一猜测。刚采集到陨石那会儿，韩榷周沉浸式研究了一个多月，其中不乏晚上加班研究，也没见他回到过去啊。或许还需要其他辅助条件？

南月又把两封信逐字逐句看了一遍，没发现新线索。但没发现不代表没有，肯定有什么是她暂时没想到的。

两个小时过去了，南月拿着信在阳台研究了半天，又回到屋里来回踱步，最终放弃。以她对物理学那点浅薄的认知，想要破解这个时空之谜简直是天方夜谭，要不然韩榷周也不会让她去找周文博了。

"周文博？"南月灵光一闪，对，她可以去找周文博！这个世界也有个周文博！

床头柜上的座机突然响起,吓了南月一跳。她接起电话,那一头传来康哥的声音:"繁素你起来了吧?我已经到客栈了。买了些早点,要不要下来一起吃?"

南月鼻子有些发酸。哪怕是隔了五年,康哥还是康哥,是她最信赖的朋友。能在这个时候听到康哥的声音,对她来说无疑是最好的安慰。她控制好情绪,说:"好,我换件衣服就下来。"

临出门前,南月把信放回信封装好,塞进了包的最里层。她把包随手放在沙发上,出了房门却有些不放心,又回房把包背上了。对她来说,里面的信比包值钱,丢不得。

康哥看到南月,怀疑自己认错人了。他去出差才几天啊,怎么这丫头来了个从头到脚的大改造?不仅风格变了,还瘦了不少。

"一定是失恋的打击太大,吃不好睡不好,所以才会暴瘦。"康哥心想。他忍不住在心里谴责陆江申,没感情了就直说呗,体面点分手不行吗?干吗非得给人家戴绿帽子?!邱繁素也好,陆江申也罢,都是他的朋友,安茹的表哥叶新刚也是他朋友,这让他夹在中间怎么办?太难了!

南月见康哥走神,叫了他一声。康哥回过神,指着满满一桌吃食说:"古城口生意最好那家早餐店买来的,还热乎着呢。你多吃点,我可是排了好久的队!哦对,煎包是刚出锅的,你先吃那个吧。"

南月确实饿了。她还记得那家早餐店的味道,早些年在垟曲的时候,她只要能起早,必定会去光顾。只可惜,由于古城口规划改建,那家早餐店在2019年就停业了,后来成了一家旅游纪念品专卖店,生意依旧兴隆。

"真是久违的味道。很好吃。"南月说。

康哥看了她一眼，笑她："我出差前还给你买过一次，这就久违了？你要真那么喜欢，明天早点起来，我们直接去店里吃，味道更好。"

"好啊。"

南月没再多说，低头喝豆浆。

"繁素，你昨天……"康哥欲言又止，"算了，也没啥大事。先吃吧。"

南月猜康哥应该是想问她去高铁站找人的事。既然他没再问，她也就不想再提了。但康哥想问她的不止这些。

康哥买早餐的时候路过阳光酒吧，听到安茹和陆江申在吵架，安茹哭得可伤心了。看见康哥，安茹拉着他哭诉，说陆江申朝三暮四，吃着碗里看着锅里，话里话外还内涵了南月一把。

当时，安茹边说边啜泣："康哥你最近不在垟曲，你都不知道邱繁素又有新男朋友了吧？你回店里看看就知道了，她从头到脚都是名牌，包是香奈儿，风衣是博柏利，鞋子是迪奥，项链是蒂芙尼……不说加起来要多少钱了，随便拿出一件她也是买不起的，你说她不是傍上了大款是啥？她还有脸骂陆江申出轨！陆江申也是个不识好歹的，昨天竟然背着我和她开车出去约会……"

"你瞎说什么！这些都是你自己的臆想，我就把车借给她用了一下。"陆江申从屋里窜出来，都没来得及跟康哥打招呼，赶紧把安茹拉走了。前几天在灵觉寺门口，他出轨一事已经闹得沸沸扬扬，他可不想安茹再给他扣上一顶朝三暮四的帽子。

康哥看着这俩人，无奈摇头。

要说邱繁素出轨，康哥是绝对不相信的。可他面前的南月的确像是变了个人，他不认识她这一身行头是什么牌子，但是能分辨出不是她以往穿戴的风格，价格应该也很昂贵。

康哥委婉建议："如果心情还是不好，要不要去周边逛逛？附近几个小镇蛮有意思的，风景和建筑都很特别，你要是想去，我可以给你当司机。"

南月轻笑："我心情挺好啊。"

"可你……"

"不过我确实准备出趟门。"南月打断他。

"去哪里？"

"英国。"

康哥以为自己听错了："你去英国做什么？"

南月状似无事发生，撩了下耳边的头发："没什么，去见个老朋友。"

大老远去英国见朋友……康哥不太能理解。要知道一来一回得花不少钱，他眼中的邱繁素是个大学刚毕业的学生，平日里生活也很节俭，怎么突然为了见朋友跑出国？

"我吃饱了，康哥你慢慢吃。中午我请你去市区吃饭吧。"南月突发奇想，"云都酒店，欢宴怎么样？"

康哥还没反应过来，南月已经上楼了。他慢慢消化南月刚才的表情，她提到去云都酒店的欢宴餐厅吃饭，那轻描淡写的样子好似买个早餐一般。要知道，欢宴可是垾曲最贵的餐厅之一。难不成失恋真的会让人性情大变？

南月自然是没心思去管康哥是怎么想的，她满脑子盘算的是去了英国之后怎么接近周文博。据她了解，这一年，这个时空的韩权周和周文博都在牛津大学读博。

南月打开手机看机票。她决定在迷途客栈再续三天房。如果三天内韩榷周没有回到这里,她就飞英国去找周文博。她在这个世界耗不起,公司好几个项目等着她做决策,她的新剧本《时间后面的世界》连大纲都没完成。而且,她还指望罗遇心靠这个作品冲一冲下一届金鹏奖呢。

"都是浮云,不能被这里的任何人和事迷惑。不惜一切代价我也要回去!"她默默坚定自己的信念。

04

一入11月,冷空气袭来,气温骤降。南月下午去市区逛了半天商场,给自己买了几件厚衣服,又添置了一些护肤品。她来到2016年已经四天了,原想着找到韩榷周再做打算,所以一直没怎么买东西,谁知今天这么冷。

傍晚的露台更冷。南月将风衣的扣子系到最上面,她吸了吸鼻子,打了个寒战。

这一年,迷途客栈不是朔月山居,露台也不是人满为患的酒吧,一眼望去十分荒凉,只有两排晾衣竿,和几盆半死不活的绿植。就像这一年的她一样,穿了一身名牌,看似风光,可天知道她有多绝望。她不再是炙手可热的国民编剧,只是一个连男朋友出轨都没勇气面对的穷学生——这里的所有人都认定她就是,她百口莫辩,也不能辩。

从南月上露台那一刻,一岚和珊珊私下就没停止过揣测。她们嘀咕着,邱繁素那么爱面子的人,当众被戴绿帽的打击怎么可能轻易消化。邱繁素这两天老喜欢往露台跑,会不会想不开?

她们自以为说得很小声,其实南月早就听到了,懒得理她们而已。

但康哥当真了，他担心南月想不开，于是把珊珊拉到一旁，悄悄嘱咐她，一会儿等安茹出门就把陆江申叫过来，让他们俩好好谈谈。他比任何人都清楚邱繁素对陆江申的感情，这种时候只有陆江申劝得动她。

南月自然不知道这群人的计划，她正一本正经研究出行攻略。她都想好了，坐高铁去离这儿最近的恒洲机场，再从恒洲飞伦敦。2019年她跟罗遇心去英国度假，待了小半个月，她对那儿很熟悉。

刚盘算到在伦敦住一晚再去牛津，她连住哪个酒店都想好了，一个熟悉的声音打断了她的思路。

"邱繁素？"

南月回头，猛地站了起来。她没有看错，真的是韩榷周！

南月难以抑制自己的激动，几乎在看到韩榷周的那一瞬间就飞奔过去，扑进他的怀抱。韩榷周身子陡然一僵，本能地后退了一步，不知所措。

南月没心思关注这些细节，声音带着哽咽："你怎么才来，我在这里等你好几天了！你去哪里了？"

韩榷周推开她，脸上写着陌生："你在等我？我们认识吗？"

"什么叫'我们认识吗'？你不会在这里待傻了吧？"南月揶揄他。不过，她很快就明白过来了。她后退一步，警惕地看着眼前这个"韩榷周"。

他的神态……

南月当即确定，这个人不是她的未婚夫。他和韩榷周长得几乎一样，但细看还是有很多不同的。他看上去更年轻，眼神比韩榷周少了几分威严，气场也不太一样。他应该就是这个世界的韩榷周了，二十七岁的，略显青涩的，本该在牛津大学读博的韩榷周。

"你……"南月不知道怎么开口，犹豫了几秒，"韩榷周？"

"你认识我。"这一次,韩榷周说的是肯定句。

"认识。你呢,怎么知道我的名字?又是怎么找到这儿来的?你不是应该在英国吗?"

韩榷周笑:"你这么多问题,我先回答哪个比较好?"

"随意。"

"这里太冷了,我们换个地方聊?"

"好。"

伦敦时间2016年10月17日下午3点多,韩榷周给远在国内的父母打了视频电话,那会儿国内已经是晚上了,父母正在小区遛狗,他们边散步边跟他闲话家常。在路灯的光亮下,他看到父母暖心的笑容,还有他家的新成员,那只名叫"多肉"的萨摩耶。

挂了电话没多久,韩榷周莫名觉得非常困,很快就睡了过去。他一直睡到第二天下午3点才醒,并且觉得十分疲惫。谨慎起见,他去医院做了检查,医生说他没有大碍,可能是最近太累了。

起初,韩榷周也只当自己是太累了,近来有很多学术上的工作要忙,他熬夜很严重。可接下来的事让他匪夷所思,他每天嗜睡,精神恍惚,无法集中精力做任何事,有时候连刚发生的事他也会忘记。在周文博的陪同下,他又去了趟医院,医生给他做了全方面的检查,给出的结论跟上次一样,他身体无碍。

就这么昏昏沉沉十天,韩榷周突然清醒过来。奇怪的是,他竟然完全不记得这十天发生了什么,他的记忆还停留在跟父母打完视频。要不是他在手机里发现了一连串的扣款短信,这件事可能就不了了之了。在他昏迷的这段日子里,有人在刷他的卡消费,而且刷了不止一张。

韩榷周核对了消费记录，那人的消费地点集中在国内的垟曲古镇，包括机票、酒店、餐饮和日用。其中有一条扣款项目不是刷卡，是ATM取现。他通过多方核实，得知ATM监控拍到的取款人是他自己，但这是完全不可能的事！

联想到他这十天的异常，那一瞬间他毛骨悚然。所以，有一个长得跟他一模一样的人在用他的银行卡消费！他决定回国，弄清楚到底是怎么回事。

"我手机里的最后一条扣费信息，是一张我不怎么用到的信用卡，刷卡地点就在这家客栈。"韩榷周说，"我一进客栈，前台小姐就跟我说，邱繁素找了我好几天，让我来天台。"

听韩榷周说完这些，南月心下了然："所以你回国，是为了弄清楚谁盗刷了你的银行卡？好吧，我坦白，我只刷了一次信用卡，就在这儿的前台。之前那些可不是我刷的！"她逛商场花的是陆江申还她的现金。

"我知道不是你。"韩榷周莞尔，"我回国不只是为了银行卡的事，也是为了论证我的研究。"

"可真是有趣，你大老远跑这儿来做研究？"

"假如刷卡的真的是我本人呢？我这样说，你能明白吗？"

南月当然明白。恋爱多年，她很清楚韩榷周一直相信宇宙多维空间论，也就是普通人常说的平行空间。她笑了笑，从包里掏出"韩榷周"给她的信用卡拍在桌上："理论上来说这确实是你的卡，不过我不能给你，没有它我在这个世界寸步难行，我的钱已经花得差不多了。至于给我卡的人是谁，相信你也猜到了。"

还没等韩榷周开口，南月先揭晓了答案："是我的未婚夫，韩榷周。你的猜测是对的，他就是你，来自2021年的你。"

韩榷周并不意外,他点头:"明白了。"

"不觉得意外?没有什么问题想问我的吗?"

"当然有。我已经把我经历的事都告诉你了,现在该你说了。"

南月耸肩:"行啊。"

"等等——"韩榷周稍加思索,眉头不由得皱起,"照你刚才所说,你是我未来的未婚妻。那你是不是也……"

"没错,我也不属于这里。"

"也来自2021年?"

南月点头。

"你身上发生了什么?"

"发生了什么?呵,那可多了去了。"

南月想了想,该从哪里说起比较好呢?那就从"韩榷周"失踪那一晚吧。

陆江申听说邱繁素有轻生的念头,急坏了。他正在吃晚饭,二话不说放下碗筷,跟着珊珊走了。安茹从厨房端菜出来,餐厅已经没了陆江申的影子,她第一反应是,这事肯定跟邱繁素有关!这两天因为邱繁素,她和陆江申吵了好几次。

"真是晦气!"安茹把盘子重重地往桌上一放,汤汁溅了她一身,她浑然未觉。她想了想,还是追了出去。

陆江申到了迷途客栈,一岚说,邱繁素和韩榷周已经出去了。

"她去哪儿了?"陆江申没控制住,说话语气很重。这让珊珊和一岚都愣了,她们以为这俩人早闹掰了。不过想想也是,他们毕竟有过一段很深的感情,分手也分得太仓促。珊珊私下还跟一岚八卦说,要不是邱繁素正好撞见陆江申和安茹亲热,陆江申是绝不会分手的。

"问你话呢，邱繁素人呢？"

一岚指指对面："河对面，去袁姐的餐厅吃饭了。"

陆江申转身就走。

康哥从楼上下来，担心出状况，也跟了出去。他上楼前才听一岚说了他回垟曲之前发生的事，虽然不清楚韩榷周跟邱繁素是什么关系，但这么三个人凑在一起总归是有些微妙。

"真精彩。感觉又是一场大战。"一岚八卦道。

珊珊让她少说几句，又说："之前我们瞒着繁素，她已经对我们有意见了，你没看出来吗？"

"我能怎么办？横竖是要得罪一个人的，只能当什么都不知道咯。各安天命吧。"一岚表示也很无奈。

陆江申和康哥一前一后进入袁姐的餐厅。袁姐跟他们是老熟人了，经常互相介绍生意。她看见他们，以为他们也是来吃饭的，正要打招呼，只见陆江申径直走向窗边。

南月和韩榷周就坐在靠窗那一桌。

陆江申脸色很不好，心想这和珊珊说的不太一样，南月可一点都没有要轻生的样子。看她的神情，似乎跟韩榷周聊得很开心！他心底冒起一股无名之火，阴阳怪气来了句："看来我来得不是时候啊。"

南月在他进门那一刻就看见他了，视若无睹而已。听他这语气，她更是连搭话的欲望都没有。倒是韩榷周开口问了句："请问你是？"

"忘性这么大呢？"陆江申觉得好笑，"前几天才见过，跟这儿装傻？"

韩榷周明白了，陆江申说的人应该是来自五年后的"韩榷周"。他不知道"韩榷周"和南月以及跟陆江申之间发生过什么，最好的办法就是以不变应万变。

南月拿出几张现金放在桌上，提高声音："袁姐，饭钱我放这儿了。不用找，明天我还来吃呢。"她站起来，对韩榷周说："我吃饱了，走吧。"

"你什么意思啊，邱繁素？"陆江申更来气了，"分手才几天啊就翻脸不认人了？前天用我车的时候你可不是这态度。你是不是跟我分手之前就跟他好上了？亏我还担心你想不开做傻事，真是好心当作驴肝肺！"

"干吗呢你，别说了！"康哥恨不得把陆江申的嘴缝上，他悔得要死，他干吗非要蹚这浑水！

南月脚步陡然停住。她转身，好整以暇地看着陆江申，眼神似笑非笑，又像是带着极度的不耐烦。康哥和一旁吃瓜的袁姐都担心她会不会下一秒就从包里掏出一把刀，直接朝陆江申刺去……

南月当然不会动手，她一向自诩奉公守法好公民。只不过这些年当老板当得不容易，每每面对那些不省心的下属，她都会是这样的反应。确实是习惯了，改不过来了呢。

南月轻笑了几声："陆江申你是猪吗？跟你说了我的事你别管，我又不给你发工资，你非得这么兢兢业业？"

"……"

"成年人应该学会给彼此留点体面，见了面若不能保持微笑，当初次碰见的路人也行。少囔囔几句，几年后你会感谢我教会你这个道理的。"

话撂下，南月优雅地离开了。

陆江申后知后觉消化南月那番话，他总觉得这个"邱繁素"跟他印象中的不一样。

康哥也发现了，讷讷开口："你说，繁素这一分手，怎么像变了个人啊？这些话不太像能是从她口中说出来的。"没多久前她还因为分手的事哭得稀里哗啦的，还是他苦口婆心劝她想开点呢。

吃完瓜的袁姐加入讨论，附议："对对，你们这一说我也感觉到了，繁素是不太一样，她是不是突然中彩票了？"

"她那一身行头，有哪样是便宜的？她绝对是发财了！"袁姐很笃定。女人的关注点永远会停留在最吸引她的地方，南月一进餐厅，她就在打量她的包包和首饰了。

袁姐继续感叹："这人一有钱哪，就会变得有底气。你看繁素刚才撑人那样儿，她那眼神，那气场，我一吃瓜群众都有种被领导叫去谈话的感觉了。网友说得对，女人要想改变自己，首先得有钱！学到了，我也得努力赚钱，提升自我。"

袁姐念念有词地进了后厨，留下陆江申和康哥面面相觑。

从袁姐的餐厅到迷途客栈，要经过一条铺满青石板的小路。天已经完全暗下来了，南月和韩榷周并排走着，一开始谁都没说话，过了许久，韩榷周打破沉默："前男友？"

"跟你有关系？没事别瞎打听。"

韩榷周莞尔，不再去触她的逆鳞。

"我以前怎么不知道你这么八卦？"南月嘀咕一句后，望了眼四周，猛然停住脚步。青石板小路，石桥，乾河……前几天她做的那个莫比乌斯环一样的梦，好像就发生在这里。

韩榷周没发现南月的异样："好，不提私事，那我们来聊聊公事。知不知道为什么，你上次来埣曲没找到你未婚夫留给你的信？"

"为什么？"

"你不是把信拿走了吗,在这儿。"韩榷周指了指南月背着的包。在陆江申到来之前,南月已经把"韩榷周"失踪后发生的所有事告诉他了,包括那封信。

南月不以为然:"这信我前天才拿到。我上次找信是什么时候?是十天前好吗!压根就……"

等等——

电光石火间,南月想起了一些细节。她懂了,物理时间的确是十天前,但那是2021年啊!她可是在2016年就把信取走了!

"原来真是我自己拿走的。"南月懊恼。

韩榷周继续提示:"还有一件事。"

"你说。"

"你在这里应该是找不到你未婚夫的,就像当初找不到信一样。"

"这又是为什么?"南月很不喜欢这种被人牵着鼻子走的感觉,好像他什么都懂似的。瞧不起谁呢,她掌握的信息可比他多!

韩榷周抬头看了一眼夜空,其实他也不太确定:"他应该已经回去了。"

"回哪儿?"

"2021年。"

南月心里咯噔一下。她仔细想了想韩榷周的话,难以名状的赞同感慢慢涌上心头,她实在是没忍住,脱口而出一句国粹。

玩她呢这是!

第四章

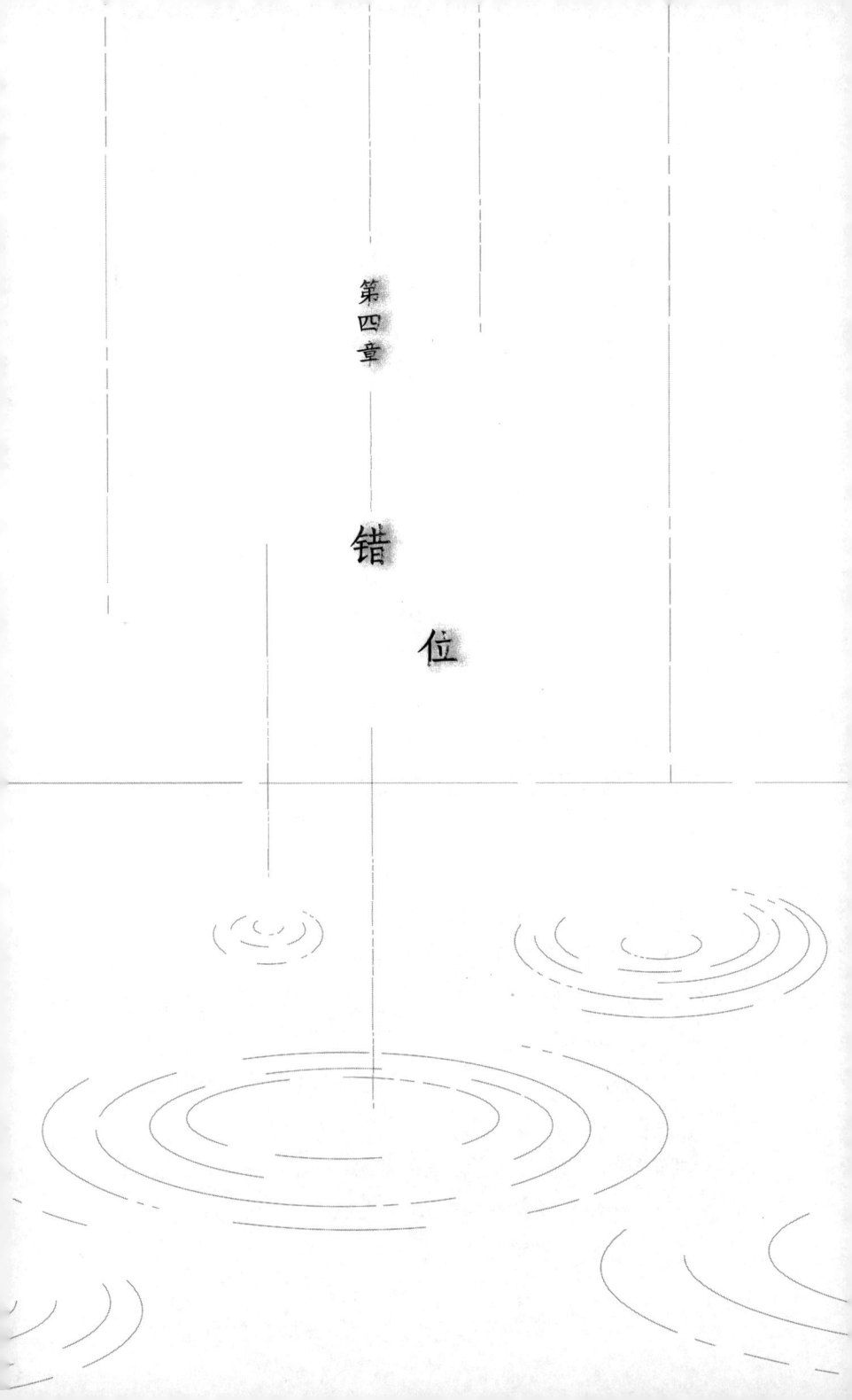

错位

01

2021年10月28日夜，京州市天文台。

周文博的手机不停地响，他盯着屏幕上的名字，眼神异样。他好几天不曾打通这个电话了，这些日子他在外地出差，听好多同事提到过韩榷周失踪的事——南月的说法更玄乎，不是失踪，是时空穿梭。从感性角度出发，他其实相信了南月的话，加上南月刚才也在那间办公室失踪了——前后不过五分钟，韩榷周的电话打来了。

饶是做好了心理准备，在听到韩榷周声音的那一瞬间，周文博的心跳还是加快了一拍。

"师哥，是我。"

"你在哪儿？"

"垟曲。"

"南月说你回到了五年前。是我想的那样吗？"

"我知道她一定会去找你的。她说得没错。"

"因为你办公室的陨石？"

"嗯。着急联系你是想让你帮我锁上柜子,别让其他人动它。"韩榷周看了眼四周,"我在外面,这里太吵了,电话里说不清。明天下午有空来我家一趟吗?"

"好。"

"我尽快赶回京州。明天见。"

周文博本来想告诉他,南月失踪了,极有可能跟他一样去了五年前的世界。可他冷静下来之后,按捺住了。如韩榷周所说,电话里几句话说不清。韩榷周刚回来,他还需要时间来消化这次惊心动魄的经历,就让他先安心度过这一夜吧。

周文博扶了扶眼镜,抬头望了一眼夜空。月亮穿过云层,月光洒在这座城市,静谧安详。可这样一个安逸的夜晚,注定是他的不眠之夜。

韩榷周回到京州的第一件事就是去公安局撤销南月的报案。

昨晚他从助理宋钦那儿得知了他失踪后发生的种种,他找了个合适的借口让宋钦帮他向单位补上假条。从警局回来后,他又给远在国外的父母打了电话。幸好他父母一门心思陪他的姐姐待产,还不知道他失踪的事。他稍感欣慰。

处理完这些,韩榷周还没来得及喘口气,门铃响了。他打开门,和站在门外的周文博四目相对,二人皆沉默了几秒。

"进来说吧。"

周文博直奔主题:"我从南月那里听了个大概。不可思议,也难以置信。但不得不说,你一直坚持的论点是对的,宇宙中存在多维空间,并且有时空隧道相通。"

"听上去是很荒诞,怕是只有你会信我了。"韩榷周给周文博倒了杯水,"师哥,我有必要详细跟你说一下从10月17日晚上到现在发生的事。"

"不忙,有件事我得先告诉你。昨晚南月失踪了,也是在你的办公室里,她……"

"韩榷周,饮水机在哪儿呀?"一个女声从卧室由远及近。

话被打断,周文博不由皱眉,这个声音非常熟悉,好像是……

当"南月"的脸出现在他面前,周文博着实愣住了。他盯着她上上下下打量:"你昨晚直接回家了?"

"南月"抱着水杯,不知所措。她不知道家里来客人了,刚午睡醒的她还穿着一身宽松的家居服。

韩榷周解释:"师哥,她不是南月。确切地说她不是2021年的南月,是2016年的邱繁素。"

周文博几乎立刻从沙发上站了起来:"你跟她一起回来的?"

韩榷周点头。这也是他始料未及的,他千辛万苦想瞒着邱繁素的那些事,在邱繁素踏入这个世界的那一刻就注定瞒不住了。别的且不说,他们家还摆了几张他们的亲密合影呢,还有墙上那幅《在阜宁山》,他不得不主动向邱繁素坦白他和南月的关系。

事情变得越来越复杂,周文博着实看不懂了。

韩榷周说:"南月失踪,其实我早就猜到了。我不可能无缘无故回来,一定是有人触碰了陨石,打开了连接时空隧道的那扇门,而且我尝试了各种办法都联系不上她。找你来也是希望你能帮我,只有把陨石的秘密弄清楚,我们才能让一切归位。让南月回来,繁素回去。"

接下来的一个小时,韩榷周把事情经过完完整整说了一遍。讲到他们如何回到2021年时,他事无巨细,生怕漏掉些什么。

2016年10月28日晚上10点左右,也就是大家概念中的昨天晚上，韩榷周和邱繁素在古镇一家蛮有名的烧烤店吃夜宵。回客栈的路上，邱繁素脚踝隐隐作痛，料想是旧伤复发了。韩榷周担心她再次扭伤，便帮她拿了包，扶着她往回走。

谁承想，走着走着，眼前的景象变了。原本只有路灯光亮的巷子里，几乎在瞬间变得灯火通明，来往的游人不断，人声鼎沸，热闹非凡。店家忙着做生意，游客忙着观光，没人注意到路边突然多出了两个人。

邱繁素慌了，紧紧攥住韩榷周的手臂："怎么……怎么回事？我们是不是闯进灵异世界了？那个，《千与千寻》里就是这样演的。"

"先别慌，你冷静点。"韩榷周掰开她的手，"至少先放开你的手，我都快被你掐破皮了。"

"哦，对不起对不起。"邱繁素站定，呼吸还是有些急促。她不敢大声说话，也不敢肆意打量四周，仿佛只要被人发现她就会像《千与千寻》中的设定那样，被抓去某家店做苦力。

经历过一次时空旅行的韩榷周比邱繁素淡然多了，他观察了一圈，觉得邱繁素想太多了。这根本不是什么灵异世界，很有可能是他生活的时空——2021年的垟曲古镇。

路边一家餐厅的壁挂电视正在重播某台的新闻，韩榷周走近看了眼新闻日期，他的猜测得到了印证。没错，他回来了。

"是2021年！"韩榷周有些许激动。

邱繁素更慌了："你是说我也到了2021年？"

对上邱繁素慌乱的眼神，韩榷周就像当头被泼了一盆冷水。是啊，他激动什么呢？他是回来了，可不属于这个时空的邱繁素也阴错阳差被他带回来了！

还有个问题，他为什么突然回来了？

韩榷周拿出手机，迅速换回了电话卡。他想打电话给南月，告诉她他已经回来了，让她别担心。电话通了，同时响起的是邱繁素的手机铃声。邱繁素拿出手机，屏幕显示的是一个不在她通讯录的号码——韩榷周在这个时空用的手机号。

韩榷周有种极不好的预感。他又拨给了南月的另一个手机号，那是她创业后才开的工作专用号。果不其然，他听到的是机械的女声：您所拨打的电话暂时不在服务区。

邱繁素猜到了，她舔舔干涩的嘴唇，弱弱发问："该不会是，2021年的我去了2016年吧？"她并不清楚陨石的事，只是出于创作者本能的思维发散：她来到了这个不属于自己的时空，不小心把这个时空的"她"换回去了。

韩榷周没有回答。他平复了情绪，拨通了周文博的电话。

周文博听得很仔细，他捕捉到了他觉得最关键的一处："也就是说，从2016年回到2021年的这个过程中，你正扶着她走路？"说着，他看了邱繁素一眼。

"是。"韩榷周知道周文博是怎么想的，"这点我也考虑过，任何物理上的东西应该都能随我一起跨越时间，包括人。除了繁素，我带回来的还有随身背着的包。"

邱繁素指给周文博看："就是这两个。"

周文博回头，沙发上有一个黑色双肩男士包，看上去做工比较粗糙，像是临时买来用的。还有一个淑女款的白色手拎包，上面挂了一个兔子公仔，应该是邱繁素的。

"这些是我最近的笔记，你看看有没有补充的。"韩榷周拿出一本布面的软皮笔记本，这是他在古镇的工艺品铺子买的。最近他一直在思考平行空间的问题，想到什么他会顺手记录下来。

周文博翻开，上面零零散散记了一些信息。

2021年晚上9点半到10点之间，阴天，触碰了暗红色陨石。

陨石＋？＝时空之门

随身物品：手机、钱包、身份证、驾照，三张银行卡，一张信用卡

银行卡余额有变化，和五年前一致。

原手机号无法使用（2016年未开通）。

……………

诸如此类，详细记录了整整五页。

周文博把笔记本还给韩榷周："我的推测跟你基本一致，时空穿梭和陨石有关。昨晚南月失踪之前，我去外面抽烟了，我不清楚她在你的办公室具体做了些什么，但应该是动了那块陨石，无意间开启了连接两个时空的门。她被卷入了那个时空，而你，被换了回来。

"还有就是，物理上的东西可以随你一起穿过时间之门，在某种程度上繁素不算是穿梭过来的'人'，她和你的背包一样，属于被你带过来的物品。"

韩榷周脑中闪过火花，他皱起眉头："你刚才说，我是被南月换回来？"

"我不知道这么说准不准确，但从结果来看，应该算吧。"

"南月去了2016年，我就必须得回来……"韩榷周喃喃几句，眼神从迷茫到肯定。他翻开笔记本，龙飞凤舞记上了一条：身处同一时空的人，只能有一人穿过时空隧道。

邱繁素眯着眼睛看，她不清楚前因后果，没完全看懂。

不过周文博懂了，他说："现在有两个问题。第一，陨石加上什么

特殊条件，才能开启时空隧道？第二，如果说条件之一是需要有人去触碰陨石，那要怎么才能避免开启时空隧道的人被卷入另一个时空？"

"第二个问题我知道！"邱繁素抢答，"答案就是我啊。我来触摸陨石，回到2016年的不就是我了吗？正好我和这个时空的'我'可以各归各位。"

周文博点头："倒是可以一试。"

韩榷周持保留态度。不知为何，他总觉得事情没这么简单。他问："你们有没有想过，万一这次时空之门对上的不是2016年呢？"

邱繁素一惊，周文博也愣住了。确实，既然时空之门真的存在，那要怎么才能确定，打开的门一定是通向五年前，而不是六年前，七年前？

韩榷周把这个疑问也记录在了笔记本上。他安抚邱繁素："没事，我就随便一说。只要能确定南月在2016年，我们就基本可以下结论，陨石所开启的门，对应的时间线是五年。"

邱繁素疑惑："怎么确定？"

"等信。"

"信？"

"南月应该会给我留信。"就像他在迷途客栈的房梁上给她留了信一样。

周文博说："南月跟我提到过，她梦见你跟她说，你在她五年前写生住过的客栈给她留了一封信。她去找过了，但是没找到。"

没找到？韩榷周有些意外。他记得南月说过，装修后的朔月山居没改变房屋格局，照理说不会有人爬到房梁上去。难道真的是装修的时候遗失了？

邱繁素不以为意："反正你已经回来了，有没有找到信都不重要了。"

"信没有丢失。"韩榷周豁然开朗,"是她自己取走了。她去了那个时空,肯定会第一时间去垟曲找我。哪怕没找到我,她也一定会去找信的。"

周文博赞同这个推论,又问:"那你要怎么才能知道,南月是在哪里给你留了信?"

这个问题难住了韩榷周。毕竟,那一年的"韩榷周"还在国外,南月见不到"他",也就没办法依法炮制他用过的方法。

"要不这样,"邱繁素想出了一个办法,"我给康哥打个电话,让他帮忙找找房梁上有没有信。有的话快递给我。"

"过几天再问吧。南月真要写信,也需要时间。"

"也对。"

"繁素,我和师哥回单位处理一些事。你在家休息吧,晚饭我给你点外卖。"

"你俩今天都休息吧。"周文博说,"陨石我已经收好了,明天再去也不迟。"

韩榷周想了想,点头。他确实需要好好睡一觉了,昨晚他几乎失眠到天亮。

02

第二天一大早,邱繁素自然醒了。

实在是这高床软枕太舒服,舒服得她都找不着北了,以至于根本无法踏实安睡。搁五年前,她怎么都不会想到未来的自己能有这么奢侈的生活。她住的是主卧，卧室的一应物品规格都很高，不是知名设计师品牌就是国外大牌，床品是全套真丝，像睡在云上一般。韩榷周说这些都是南月布置的，平时他不怎么操心家里的事。他把主卧让给了她，自己睡客卧去了。

一想到她和韩榷周的关系，邱繁素心情有些许微妙，耳朵开始发烫。但细想来，却又在情理之中。他们在垟曲相处了那么多天，很多细节是瞒不住的。她早就猜到了他和"南月"不是普通朋友那么简单，普通朋友能那么了解她的喜好？知道她最讨厌吃糖醋，爱吃酸辣，不爱吃姜，爱吃折耳根……折耳根这玩意儿，按照京州人的口味是避之不及的。

屋外有声响，邱繁素一看床头的闹钟，才7点多。她整理了下衣服，慢悠悠出门。

韩榷周正在厨房煮小馄饨，他看到邱繁素，道了声早安，问她："起这么早啊，要不要一起吃点？"

"好啊。"

"南月平时工作忙，我们很少做饭，冰箱里只有速冻食品了。"

"没事，馄饨挺好，我都行。"邱繁素有些拘束，说话的时候不停搅着袖子，"我能帮你干点什么吗？"

"不用，你收拾一下就行，早饭很快。"

邱繁素点头，回房间洗漱。她几天前就把行李寄回家了，带到这个时空的只有一个随身拎包。她现在穿的衣服，用的护肤品，全都是南月的。按照韩榷周的说法，她是过去的南月，南月是未来的她，既然是一个人，也就不用分彼此了，她可以把这里当自己家，想用什么都可以。

邱繁素有种一夜暴富的感觉，但也不敢太放肆，挑了日常的衬衫和牛仔裤换上就出来了。她刚到客厅,门铃响了,韩榷周喊她开门。

"我?"邱繁素下意识想拒绝。转念一想,她和南月不分彼此,对外人不需要避嫌,怕什么!她快步向玄关走去。

门开了,南珂笑盈盈地进来,把保温盒往餐桌上一放,问邱繁素:"榷周还没去上班吧?我做了些点心,让他趁热吃啊。"

邱繁素沉浸在她妈突然出现的震惊中,听南珂这话,立马不乐意了:"你到底是谁妈啊?见了我你不问候我,开口问别人,有好吃的就不能想着点我吗?"

"谁知道你起这么早?我还真没准备你的份呢。"

"我一向起得很早好吗!"

南珂嗤之以鼻:"你可拉倒吧。就你那工作性质,白天不睡到日上三竿你能起来?"

"我……"邱繁素闭嘴了。她在这里是南月,南月睡懒觉就是她睡懒觉,不容辩驳。

韩榷周端着馄饨从厨房出来:"阿姨,下次不用特地送吃的过来,太麻烦。"

"不麻烦,我和你叔叔准备去附近的海鲜市场买菜,顺路呢。他在车里等我,我先下去了。你们慢慢吃。"走到门口,南珂回头补了一句,"繁素,我上次跟你说的话你好好考虑一下。"

邱繁素茫然。上次跟她说什么了?哦不对,肯定是跟南月说的。她不敢接话。

南珂走后,韩榷周朝邱繁素伸手:"手机给我。"

"做什么?"

"阿姨这一来倒是提醒了我。"韩榷周接过手机,设置成了飞行模式,"自从你来到这里,接了几次电话都含糊其词,很显然你还不习惯这个身份。与其不知道怎么答复人家,不如屏蔽外界,等你适应了再说。"

"应该也没什么人会找我吧?"昨天接到的电话,无非就是她爸和罗遇心,唯一意外的也就是她高中的班长尹朱照约她去参加同学会。她全都应付过去了,人家也没怀疑,毕竟她是如假包换的邱繁素本人。

韩榷周不这么认为:"你应该庆幸南月的工作号和私人号是分开的。不然公司一堆事找你,你能应付?"

邱繁素哑口无言,半天才嘀咕了一句:"昨天不是周末嘛,应该没什么工作电话。"

"南月没有绝对的周末。只要有工作,她半夜都会起来处理的。"

邱繁素:"……"

果然钱不好赚,她还当自己真的是一夜暴富呢,原来都是血汗钱啊!

韩榷周给了她另一个手机:"这是我的备用机,你先用着。无聊就出去逛街,吃饭看电影都行,别去见朋友,万一露馅了不好解释。"他又给了她车钥匙:"这是南月那辆奔驰的钥匙,黑色的,停在地下车库B2-198车位,不难找。"

"我没驾照。"

"那你打车吧,家里地址我一会儿发到这个微信上。不想出去吃就叫外卖,现在叫餐很方便。"

韩榷周又叮嘱了一些别的,这才放心去上班。

四周突然安静下来。

邱繁素在家里溜达了一圈,四处打量,最后停在客厅那幅画前面。《在阜宁山》——这是她几天前刚画完的油画,她打包寄回父母家了。

万万没想到，几天后她能在这里看见。怪不得她还没落笔韩榷周就知道她要画一条河呢。

没过几分钟，开门声响了。邱繁素以为韩榷周去而复返，头也没回地问了句："你是忘带什么东西了？"

"渴死我了。"罗遇心熟门熟路进屋，边去饮水机接水喝边问，"你手机怎么打不通啊？江昀到处找你，都托人找到我这里来了，肯定是急事。"

邱繁素还在震惊中，大脑飞速运转：罗遇心怎么会突然来这里？罗遇心为什么会有她家的钥匙？江昀又是谁？

"你怎么了？傻了啊？"

"心心，你真的是越长越好看了。"邱繁素半天才吐出一句话。这句夸赞是发自真心的，她以前就觉得罗遇心美得不像话，没想到二十七岁的她更是明艳动人，说是人间尤物也不为过。

罗遇心"喊"了一声："你是又给我接了什么违心的商务，还是有求于我？"

"什么商务？"

"不然你突然说这么好听的话？这可不像你啊，南总。"

这句"南总"把邱繁素叫蒙了。韩榷周没跟她说过2021年的南月具体是做什么的，她以为她只是个普通编剧。但是她知道罗遇心成了大明星，高铁站、机场、电梯间……到处都是她的广告，想不知道都难。

罗遇心突然察觉出不对劲："你刚才说谁落东西了？你不会以为开门进来的人是韩榷周吧？"

"对啊。"

"难不成他回来了？"

"嗯。"

"天哪!"罗遇心震惊万分,"他从2016年回来了?"

"你也知道这事?"

"不是你自己跟我说的吗?"

这下轮到邱繁素震惊了。就在一秒之前,她还纠结怎么瞒过罗遇心自己不是"南月"。万万没想到,罗遇心什么都知道。既然如此,那——

"心心,这个事比较复杂。我可以全都告诉你,但你要做好心理准备。"

"你说吧。连时空穿梭这种魔法事件我都见识过了,我就不信还有更离谱的事。"

"其实,我是和韩榷周一起从2016年过来的。在物理时间的概念里,我的年龄是二十二岁。十二天前,韩榷周突然闯入我的世界,我莫名其妙被他带到了这里,连韩榷周自己都不清楚我们是怎么跨过时空的。我这样说,你能听懂吗?"

"你该不会是写剧本写糊涂了吧?"罗遇心想伸手摸摸邱繁素的额头,但是很快,她的手在半空中停住了。因为她凑近了才发现,眼前的邱繁素跟她前几天见到的不太一样。

"心心?"

罗遇心深呼吸一下:"那,那另一个'你'呢?二十七岁的你呢?"

"韩榷周和周文博都推测,她去了2016年。"

罗遇心:"……"

"你相信我说的吗?"邱繁素小心翼翼问道。

罗遇心点头。

信啊,为什么不信。她和邱繁素从高中开始就是形影不离的好朋友，邱繁素哪怕一丁点的变化都瞒不过她。她深深叹了口气，扶额道："这下问题大了。你不是这个世界的繁素，可有些事只能她来解决……"

话说到一半，罗遇心眼前一亮。不对，不论是2016年的邱繁素还是2021年的南月，她们本来就是同一个人。谈合同这种事，临时抱佛脚恶补一下还是能凑合应付的。

"繁素，南月就是你，你就是南月，对吧？在我们眼里你们是同一个人，既然她回到了过去，她的工作你也是可以处理的。"

"什么工作？"

罗遇心会心一笑："其实很简单。"

这笑看得邱繁素有些心慌。她怎么觉得，其实很不简单呢……

03

在公司业务方面，罗遇心是个半吊子。她平时只负责演戏和看自己参演的剧本，其他事都是南月一手打理的。让她来给邱繁素安排工作，她还真有点不适应。

"我长话短说吧。你助理江昀电话里说，有几份合同在走流程，需要你本人签字按手印，这是第一件事。还有一件很重要的事，视频平台的赵总对我们的新项目《时间后面的世界》有很强的合作意向，需要你再接再厉，给他吃一颗定心丸，争取项目早日过会。"罗遇心清了清嗓子，补充，"你一会儿给江昀发消息，让她把项目相关资料发给你，你今晚恶补一下。至于合同，之前你亲自确认过，法务财务也都审核签完字了，没什么问题，直接签字就行。"

"我有一个疑问……2021年的我到底是做什么工作的？难道我没成为一名优秀的编剧？"

罗遇心扑哧笑出声来。她记得很清楚，成为一名优秀的编剧是邱繁素多年以来的梦想。如今又看到了青涩时期的邱繁素，那么执着，那么天真。她想起了她们撞过南墙的那些曾经，真是有些好笑，却又非常怀念。

"韩榷周竟然没告诉你？好吧，那我就发发慈悲，给你讲讲这五年间发生的事吧。"

她讲到了邱繁素是怎么以"南月"这个笔名被大家认识，又是怎么接连写出数部爆款作品，再到她们不想总是给别人打工，想有底气做自己的主，于是初生牛犊不怕虎的她们一冲动，成立了公司"繁心文化"。公司成立三年来，效益非常不错，加上南月长得好看，被网友称为"国民女神编剧"。

邱繁素听傻了。她幻想过自己写的作品能被搬上银幕，但万万没想到她能创立一家公司。要知道她最大的毛病就是不想上班，当初想当编剧，除了热爱写作之外，很大一部分原因是这个工作自由，不用朝九晚五。

"我都写了什么剧？我去看看。"邱繁素急匆匆找遥控器。可电视刚一打开她就犹豫了，她记得韩榷周说过，她只要坚定信念，用自己认定的方式前行，未来一定会是很美好的。她如果现在把"南月"写的作品都看了，等她回到2016年，写出来的作品是不是会受影响？那还能算是她写的吗？

算了，不看了！

邱繁素狠狠心，关了电视。

罗遇心道："怎么又关了？"

"反正迟早都是我写出来的，看不看都一样。等我回到我的世界，我可以继续写。"

"确实是这个理。"

"心心，我也有件事要跟你说。你还记得我们高中班长尹朱照吗？"

罗遇心想了想，点头。她当然有印象，那会儿他们班学习成绩最好的就是尹朱照了，连名字都取得很有文化，据说来自苏轼的词"转朱阁，低绮户，照无眠"。高中时期的罗遇心不是老师眼中的好学生，她涂指甲、染头发，被尹朱照说过好几次。她心里不爽，给他取了个外号，叫"尹猪叫"。由于尹朱照平时作风高调，得罪过不少同学，这个外号很快就传遍了学校，一举成名。

"你怎么突然提到他了？好久没联系了吧。"

"前天他给我打电话，说是5号晚上举办同学聚会，问我去不去。我当时没想那么多，没有明确拒绝，他说就当我答应了。"邱繁素有些懊悔，"早知道拒绝彻底些了，我是怕说多了露馅儿。"

"多大点事啊，告诉他你有事去不了不就完了嘛。他们每年都聚，也不会因为你的缺席就不办了。"

"我早上起来看到他给我发的信息，说高校长听说我要去，一高兴决定亲自参加。她老人家都出山了，同学会的规格自然也就升级了，改在了瑰宁酒店举行。我本来还想这是怎么回事呢，怎么我要去，高校长还亲自来？可她老人家都说要来了，我哪好意思放鸽子。"

"……"

罗遇心想拍死邱繁素。高校长在她们毕业没多久就退休了，她老人家德高望重，很受学生们敬重。据说这些年她一直在老家调养身体，很少回城里。现在可好，把她都炸出来了，不去是不可能的。

邱繁素弱弱问："我是不是闯祸了？"

"你说呢？高校长愿意来，肯定是因为她一直看好的学生不负众望混出名堂了，她老人家倍感欣慰，想拉着你的手跟你展望一下美好未来。你到时候要是一问三不知，不露馅儿才怪呢！说不定被拉去什么研究所关起来，做个一年半载的实验。"

邱繁素一哆嗦："那怎么办？"

"我哪知道啊。都怪那个尹猪叫，他肯定是想在高校长面前表现一下呗。都毕业多少年了，还是一副班长做派。服了！"

听到罗遇心叫尹朱照的外号，邱繁素前一秒还在心慌，下一秒马上笑出声来。

"你还笑得出来？"

"要不你陪我去？关键时刻帮我遮掩遮掩。"

"我？"罗遇心像是听了个笑话，"别逗了姐姐，我到哪儿都有狗仔跟着，我才不给自己找麻烦呢！而且我出场费很贵的，你给啊？"

"闺密一场，你可不能见死不救。你出场费多少，我给你。"

"谁要你的钱，少来这套啊。"

"当然不是钱的问题，是为闺密两肋插刀！"邱繁素继续说服她，"而且你想啊，红了以后不忘本，探望年迈的高中老师，这事要是传出去，你的形象是不是一下子就高大起来了？人们肯定会说，罗遇心人美心善，明星中的楷模，楷模中的战斗机……"

"行了，我都不记得以前的你这么会耍赖啊。"

邱繁素见她态度软下来，知道这事成了十之八九了，悬着的心也就放了下来。她仔细回忆了一遍自己的高中生活，说："那时候光顾着学习了，关系真正好的同学其实不多。除了你，尹朱照勉强算半个吧。还有就是……"

说到这里，邱繁素突然卡住了。

罗遇心心一沉，她知道邱繁素要说的是谁，可她并不想接话。

下一秒，那个名字还是从邱繁素嘴里说了出来："还有于媛媛。不过，她应该不想再见到我们了吧。不然那么多年过去了，她也不至于一直躲着我们，不跟我们联系。"

罗遇心的脸色很不好看，有些事，来自五年前的邱繁素还不知道，她也不想诉她。

"别想那么多了。"她说，"时间还早，要不我带你去做个美容吧？再弄个时尚点的造型。"虽说外人看不出邱繁素的变化，但气场这种东西，有时候还是得靠外形来撑的。她有必要对邱繁素来个从头到脚的大改造，自信的人不容易怯场。

邱繁素觉得有道理，点头道："走。"

两人拎着大包小包回到家，已经是下午3点。

邱繁素看着镜子里自己光鲜亮丽的模样，不太适应，却又很兴奋。罗遇心说得没错，气质改变气场，气场改变信心。

"嗯，我要自信点。"邱繁素给自己鼓劲。明天是一场硬仗，她不能怯场。

罗遇心宽慰她："别紧张，肯定没问题的。2017年的你就有了飞跃般的成长，《昼月》就是2017年播的。算算时间，离你的物理时间也就差一年。"

"2017年就播了吗？这么快啊！"

"对啊，意外吧？要不怎么说离开渣男是幸运的开始呢，你得感谢陆江申的不娶之恩。"

邱繁素眼神一暗。自从来到这个时空，她已经很少想起陆江申了。事情太多，顾不上。乍一听罗遇心提起陆江申，她多少有些落寞。其实掰掰手指头算日子,他们分手还不到一个月呢。

"繁素?"

"嗯?"

"你不会还在想陆江申吧?"罗遇心恨铁不成钢,"你都知道自己的真命天子是谁了,怎么还留恋渣男?韩榷周比他强百倍好吗!人家又帅又有学识,对你也一直关怀备至的。"

"你想哪儿去了,就是突然想起以前的事,有些失落而已。我真没留恋他。"

"这样最好。"

"不过我现在对韩榷周也没有那个意思。"邱繁素尴尬道,"对于我来说,他只是一个刚认识没多久的朋友而已。我也是前天晚上才知道他和……和未来的我是未婚夫妻。"

罗遇心感叹:"唉,时间真是个神奇的东西,区区三年时间,你的审美变化竟然这么大。二十二岁的你可能就钟爱陆江申那样的文艺范渣男吧。我可是记得很清楚,2018年你第一次见韩榷周的时候,兴奋地跟我打了一小时电话,你说你要恋爱了,你一见钟情了。"

邱繁素内心:我不是,我没有!但她不敢开这个口,怕罗遇心取笑她。

她只好转移话题:"时间不早了,你不是说晚上有事吗?要不先回吧,明天晚上我跟赵总见面,你记得来助我一臂之力。"

罗遇心看了眼时间,她确实该走了,晚上她有个很重要的采访。临走前她叮嘱邱繁素:"江昀应该把资料发你邮箱了,你书房的电脑可以自动登录邮箱。你先看看,有问题给我打电话。哦对了,你手机记得继续开飞行模式啊,别乱接电话。"

"知道,韩榷周叮嘱过。而且我也交代了江昀,见赵总之前我要认真做项目策划案,其他大小事能推的都帮我推掉。"邱繁素很骄傲,"靠谱吧?"

"靠谱靠谱。再见。"

门一关,世界又恢复了宁静。

邱繁素回到书房,打开了"她"的邮箱。

她以前喜欢用QQ邮箱,随着QQ被盗,邮箱也找不回来了。罗遇心说,这个邮箱是"她"成立公司后新开的,里面全是工作邮件。也难怪她看着眼生,就像在偷窥别人的秘密一样。而这个别人,却是五年后的她自己。

最新一封邮件是江昀发的,邮件名:《时间后面的世界》资料汇总。

一想到这是"她"创作的最新作品,邱繁素有些微妙的兴奋。她事先没听罗遇心提过这是个什么样的故事,开文档的心情犹如开盲盒。可当她看完前两集剧本,吓了一跳,手中水杯差点掉地上。

这个故事……为什么跟她正在经历的事情这么像?

04

《时间后面的世界》是南月一时兴起创作的都市奇幻剧。

女主叫姚一宁,是个富裕家庭出生的大小姐,有着人人艳羡的家世和美貌。故事开篇,三十一岁的姚一宁跟未婚夫正在筹备婚礼,而她父亲的公司遭遇商业窃密,一落千丈,在破产边缘徘徊。姚一宁的人生随之发生了翻天覆地的改变,平日最好的朋友和她划清界限,口口声声说爱她的未婚夫一夕之间悔婚……公主坠入泥潭,生活一地鸡毛。

姚一宁的父母为了还债，不得不入职前下属的公司，成了基层员工。姚一宁无法接受现实，开始逃避一切。渐渐地，她患上了焦虑症。姚母爱女心切，劝说姚一宁回她老家住一段日子，调整好心情再回来。

姚母的老家在东南方的海滨小城，滨川，这里经济不发达，却有着油画一般美丽的风景。姚一宁抵达滨川，住进了一家临海客栈，叫"海声"。很早之前外婆还在世的时候，她每逢寒暑假都会回来，那时候她住的就是海声客栈。久而久之，客栈的老板和老板娘也和她成了熟人。

回到滨川后，姚一宁的心态慢慢好起来了。她闲来无事喜欢背着画架去海边写生，看日出，生活平静如水。然而在某个有着"月光眼"的夜晚，姚一宁在梦里回到了十年前。

地点还是滨川的这家客栈，二十一岁的姚一宁刚从英国留学回来，她来滨川是看外婆的。这一年，她的外婆还在世。三十一岁的姚一宁在自己二十一岁的身体中醒来，她经历了惊恐、不可思议，到恢复冷静，分析时空穿梭的原因，想办法回去。最终，她慢慢接受了二十一岁的自己。

第二天，海声客栈入住了一位新客人，二十七岁的男主路远。路远是地理杂志的摄影师，他每年这个时候都会来海声客栈。他喜欢拍海上日出、海上蓝眼泪、海上生明月……姚一宁和路远相识后，结伴乘船出海游玩，他们在海上遭遇风浪，九死一生，而后互生情愫。

可是渐渐地，姚一宁发现了不对劲的地方。自从留学回国，她每年这个时候都会来滨川看外婆，住的地方无一例外都是海声客栈，可她以前从没见过路远。姚一宁开始搜集跟路远有关的信息，她想知道，在她原本生活的那个时空，是不是也有路远的存在。

就在姚一宁发现一些端倪的时候，梦醒了。她睁开眼睛，发现自己回到现实世界。

故事就在这里，戛然而止。

邱繁素心情起伏不定。按理说这个故事创作于韩榷周回到2016年之前，南月是不可能未卜先知预测到这么离奇的事的。可是为什么，姚一宁经历的事情仿佛就是她和韩榷周经历的结合版？

难道只是巧合？

邱繁素仔细翻阅了项目的其他信息。在邮件中，江昀特地提到，明天晚上赵总会带平台的策划一起赴约，他们对后面的剧情很感兴趣。南月给出的剧本只有前五集，内容有限。也就是说，她必须得帮未来的自己把这个坑给填上。

邱繁素苦笑。难怪罗遇心总是调侃她，少壮不努力老大当编剧。她在自己的时空还没享受到编剧带给她的光环，来到这个时空却要继续填坑，看来她命中注定是要当编剧的啊。

"算了，那就写吧。"邱繁素认命。她给自己冲了一杯浓浓的冰美式，做好了奋斗到天明的准备。

夜晚韩榷周加完班回家，见邱繁素还在电脑前奋笔疾书着，时不时打个哈欠。

他好奇："你这是跨时空写剧本呢？"

邱繁素调侃："我这是在帮你的未婚妻写剧本。"

"南月的剧本？"

"她的就是我的，反正都是债，谁还都一样。"

韩榷周很快猜到："是罗遇心来过了？"

"嗯。"邱繁素点头。她三言两语解释了事情经过，然后委婉地把韩榷周支了出去："韩博士，我极有可能要写到后半夜，就不跟你多说了,毕竟这关系到我能不能在天亮之前睡觉。如果手头空的话,帮我打一杯冰美式?"

"好,稍等。"

韩榷周端了杯咖啡过来,邱繁素道了谢,说放一边就行。然后二人再无交流,只余下敲键盘的声音。韩榷周见她这么专注,就没再打扰她。原本他还想跟他聊聊关于陨石的事。他今天在单位跟周文博交换了一些信息,有些新发现。

恍惚中,韩榷周觉得在他身边的还是之前的南月。一忙起来,邱繁素也就成了南月。

他莞尔,离开了书房。

第二天,韩榷周照例很早就醒了,他特地去书房看了一眼,见邱繁素趴在电脑前,已是熟睡的状态。电脑屏幕黑着,看样子她是完成了工作。

入秋之后,清晨的气温骤然降低。他怕她这样睡会感冒,从卧室拿了条羊毛毯子给她盖上。哪知道她一向睡得浅,一有人靠近,立刻惊醒过来。

"是你啊?"邱繁素揉了揉眼睛,她还在半梦半醒的状态。

韩榷周反问:"不然你以为是谁?"

邱繁素语塞。

好在韩榷周没有刨根问底:"书房冷,回房间睡吧。"

"嗯。"

邱繁素起身,惊觉自己腿麻了,小腿酸得厉害。要不是她及时扶着桌子,怕是要摔个趔趄。

韩榷周:"怎么了?"

"没事没事,"邱繁素掩饰不住自己的痛苦,"腿麻了,我缓一缓就好。"

半分钟后,她动了动右腿:"好些了。不过……你能扶我一下吗?"

韩榷周不动声色打量了她几眼,直接上手将她横抱了起来。邱繁素一个激灵,想拒绝却不知道该怎么开口。毕竟她和韩榷周的关系委实太奇怪,奇怪得好似她说什么都显得矫情。

"你不用紧张,我没别的意思。"韩榷周把她放在床上,"睡吧。"

邱繁素眼巴巴看着韩榷周走出房间,心跳直奔一百三。她脸色发烫,脑子里一团乱,回想韩榷周刚才的表情,他似乎全然没当回事,更不会想到自己有可能是一只轻轻扇动翅膀就会引起风暴的蝴蝶。

邱繁素连耳根都是烫的。他说什么来着?睡吧?睡什么睡!她本来很困的,这下完全被他弄清醒了!她努力说服自己,她不是随便的人,不会做出分手没多久就轻易喜欢上另一个人的事,虽然这位的长相是她的菜。可这个问题有些复杂啊。

不想了!邱繁素将被子往上一拉,蒙上了脑袋。

邱繁素一觉睡到下午2点,还是罗遇心把她从床上摇醒的。在罗遇心的掩护下,她顺利去公司签完了合同,没有被人发现任何破绽,就连"她"的贴身助理江昀都没看出端倪。

不过,邱繁素不知道的是,江昀其实还是察觉到了异样。邱繁素离开后,她盯着合同上的字迹看了许久,心里嘀咕:老板的字竟然没有以前好看了,一定是跟男朋友吵架影响了心情。

邱繁素心情可好得很,她坐在副驾哼着歌,想为自己的随机应变能力拍案叫绝。罗遇心不忍心打击她,但不得不出言提醒:"刚才那只是前菜,赵总才是你要攻克的碉堡。你记住了啊,这项目可千万不能黄!"

"我当然知道。这剧是为你量身定制的嘛,黄了你肯定会弄死我。"

"少来这套。为了给你收拾烂摊子,我连今天的活动都推了。而且我还给你当司机呢!你赶紧给我考驾照去啊。"

"不考,我方向感贼差。你们这个时代叫车软件不是很流行吗,出行这么方便,还学车干吗?"

罗遇心冷笑一声:"打赌吗?不出两年,你肯定会去学的。"

邱繁素:"……"

她才不赌呢,跟一个了解自己未来的人赌这些,她又不傻!

说话间,目的地近在咫尺。罗遇心熟练地打方向盘,下地库,一系列动作行云流水。邱繁素看得心生羡慕,要知道当初罗遇心跟她一样,也是打死不愿意学车的。这才过了多久啊!她偷偷想,要不等她回到自己的世界,也去考个驾照?反正她迟早是要学的。韩榷周不还说这个时空的南月开车比他还溜嘛,开跑车也不在话下。

罗遇心不清楚邱繁素的心理活动,一心想着怎么把自己裹得更严实。她近期有新剧要上,舆论话题比较多,狗仔盯得紧,稍微有点风吹草动就能给她编出花来。她戴上墨镜、口罩、鸭舌帽,还嫌不够,恨不得再加一层罩子。

"你这样反而更引起注意好吗,"邱繁素取笑她,"正常人谁包成这样啊。"

"你是站着说话不腰疼,我要不这样武装起来,一眼就能被人看穿。谁让我辨识度高呢。"

"真是三十年河东三十年河西,五年前我可没想到你会有这一天。我服气的。"

二人一边开玩笑,一边往电梯走去。

刚走到电梯门口,有人喊了一声:"邱小姐,这么巧。"

邱繁素抬头看了一眼叫她的人,好像有些眼熟,但她怎么也想不起来在哪里见过这张脸了。好在罗遇心先一步开口:"贺先生,好巧。"

贺先生?哦,是云都集团的贺峥。邱繁素想起来了,之前她和韩榷周在酒店吃饭碰到过他,还发生过一个不愉快的小插曲。可是贺峥什么时候跟她这么熟了?见了面还主动打招呼。

等等,为什么罗遇心也认识他?

邱繁素内心天人交战,贺峥和罗遇心已经寒暄上了。即便罗遇心全副武装,他还是认出了她:"原来是罗小姐,幸会。您打扮成这样,我差点没认出来。"

"贺先生也来这儿吃饭?我还以为你一般只约在自家酒店呢。"

贺峥微笑:"这家餐厅也是我们云都旗下的。还得感谢罗小姐和邱小姐赏脸。"

"这样啊,哈哈。"

邱繁素依旧闭口不言。她还在揣测这两人到底是什么关系,怎么就这么热络地聊上了。她正纠结要不要插句话,手机响了,是韩榷周打来的。

"我接个电话哈。你们聊。"

邱繁素去旁边接电话,电梯口只剩下罗遇心和贺峥。他们聊得很投入,完全没注意到停车场暗处,有人正拿着相机记录下这一幕。

05

邱繁素觉得,她这几日的人生仿佛是一觉醒来发现自己突然失去五年记忆，她需要用最快的速度去适应这个世界，不仅要熬夜赶稿，还得恶补很多生存知识，高考都不带这么累人的。罗遇心对她说，幸好现在的她对创作怀着最澎湃的热情，她可以不厌其烦去修正，去完善剧本。换作是2021年的南月，或许都不一定能做到。

看来，时间真的会磨去热情。而此时此刻，她正坐在"她"的办公室，盯着手里的一沓合同出神。有影视项目的、商务的、综艺的……简直生无可恋。

江昀笑着向她汇报："南总，这些都是各部门选出来的比较好的合作项目，需要您最终拍板。"

邱繁素想哭，她完全不懂这些，她只看得懂剧本。当初签《昼月》的项目，合同都是带她写剧本的刘禹彤老师帮她参谋的。

"一会儿的策划会，照例是您来主持。"江昀继续汇报，"安排在2点可以吗？"

"……"

"然后，下午5点是管理层例会。"

"……"

邱繁素发誓，她从没想过要当女强人。她的人生目标很简单，游山玩水，搞搞创作，有点小钱过日子就行。可是未来的她为什么要扛这么多事，说好的我命由我不由天呢！

她给罗遇心发了一个"小朋友你是否有很多问号"的表情。完了她觉得还不够，又给韩榷周发了求助信息。这俩人可能都在忙，没有回复她。

于是，邱繁素被赶鸭子上架，生生开了一下午会。

第一场会还好，剧本内容她已经熟悉了，后半段全是她写的，应付起来游刃有余；第二场是管理层会，她连人都认不全，连蒙带猜混了过去。直到下班,她才收到罗遇心的消息,说最近忙着跑通告,拍摄时间手机静音。

"你都不知道我有多忐忑,我好想回2016年啊。要应对这种局面,我必须得回炉重造才行。"邱繁素抱怨。

信息发出去后,她看见对话框上面显示了半天的"对方正在输入……",却又一直没有信息过来。过了会儿,罗遇心直接打电话过来了。

"懒得打字了,我一会儿还有个活动,长话短说。"罗遇心说,"我觉得吧,你别老想着回2016年,你连你是怎么来到的2021年都不知道,想回去不是一句话就能解决的,所谓希望越大失望越大。当务之急你还是得学着怎么当好南月,公司没了你是不行的,你也不希望你自己的心血付诸东流对吧。总之你放心,有我在呢,我会帮你的,姐们儿!"

"信了你的邪!我给你和韩榷周都发了消息,没一个人理我的!你懂我内心的万马奔腾吗?"

"我这不忙着吗?我的工作性质你又不是不知道,身不由己啊。至于韩榷周,人家那个级别的科学家只会比我更忙,他肯定不是故意不回你消息的。"

"行,他很忙,你们都很忙。不过我真的很好奇,韩榷周那么忙,这个时空的'我'也那么忙,那'我'之前跟他是怎么相处的?不会是靠电话联络感情吧?"

说到这个,罗遇心也是一声叹息。南月曾不止一次跟她抱怨,她和韩榷周成天忙得像陀螺,加上工作性质相差太大,为数不多的交流也是鸡同鸭讲。南月还说,她觉得他们已经渐行渐远,甚至有可能走不到最后。

可是谁能料到呢，就在他们感情即将出问题的时候，韩榷周突然去了另一个时空，好不容易韩榷周回来了，南月又失踪了。罗遇心原本认定这是坏事，现在又隐约觉得，或许是老天要给他们创造一个新的机会。

这些旧事，罗遇心是绝不会跟邱繁素讲的。她不过是个二十出头的小丫头，哪里懂这些？

罗遇心笑了笑。

邱繁素问她笑什么，她说："我在想，年轻真好啊，无忧无虑的。"

"什么意思？"

"下次再说吧。我要开工啦，回聊哈。"

电话那头一阵忙音。邱繁素莫名其妙，罗遇心根本就没回答她的问题。这跟年轻有什么关系？

她倒杯水的时间，电话又响了，但这次不是罗遇心，是韩榷周。

"你没有在忙？"邱繁素意外。正常情况下，韩榷周不回她消息，说明工作很忙没空看手机。

韩榷周说："今天事情不多。我想你应该需要车。"

"什么车？我不会开车。"

"接你的车。你昨天不是说想去看电影吗？"韩榷周轻笑，"下楼吧，我在你公司楼下。"

邱繁素迅速跑去窗边。果然，韩榷周的车停在楼下的小花坛边，正打着双闪。他似乎料到她会往外看，朝她挥了挥手。

"我马上下来。"

邱繁素一阵风似的下楼了。天知道她有多想离开公司，这憋屈的一天总算结束了！她不禁有些同情未来的自己，简直是陀螺。可她哪里知道，实际上"她"比这更忙，到点下班的次数一只手数得过来。

随着她走出公司大门,大厅办公区的小伙伴们惊讶不已,议论纷纷。

"南总竟然准点下班了?"

"我大半年没见她准时下班过了。偶尔早走也是去应酬。"

"那你怎么知道她今天不是去应酬?"

"我刚下楼买奶茶,楼下停的那辆奥迪我之前见过,是南总未婚夫的。估计是接南总下班来了。"

"什么?她真的有未婚夫啊?我以为只是个传说呢。"

"走,看看去。"

公司窗户边很快聚集了一群人。不过邱繁素不知道同事们在楼上看她,她心情极好,笑盈盈上了韩榷周的车。车子离开好一会儿,窗边的吃瓜群众还没散去,众人表示,真是吃了好大一口狗粮。

韩榷周已经忘了有多久没跟南月一起看过电影了,他能回忆起来的,最清晰的不过是他们在电影院的初见。

此刻,二十二岁的南月坐在他隔壁的座椅上,聚精会神地盯着大银幕。她似乎很喜欢这部外国文艺片,而他意兴阑珊,看得昏昏欲睡。

几分钟后,韩榷周睡着了。邱繁素低头拿水喝,见他安静地靠在椅子上,呼吸均匀。她失笑,早知道就不选文艺片了。他这样的人,应该喜欢隔壁厅正在放的那部悬疑推理片吧。其实她也不是很喜欢这部文艺片,只因男主太帅女主太美,她没办法拒绝。

离电影结束还有半个小时。邱繁素饿了,她边看片边想着晚餐吃什么。这个时空有很多创意餐厅是她以前没见过的,罗遇心之前给她推荐过几家,每家她都想试试。

时间慢慢过去,当片尾曲响起,放映厅的灯亮起,韩榷周忽然坐直了身子，瞳孔放大，呼吸也变得急促。

"怎么了？不会是做噩梦了吧？"邱繁素问他。

"走，出去再说。"

邱繁素还没明白过来，韩榷周已经拉着她的手快步离开电影院。回到地下车库，她以为他着急带她去什么地方，可他没有发动车。

"我梦见南月了，她在垟曲。"他说。

梦里面，"他"从英国跋涉千里去垟曲寻找南月。就在迷途客栈的天台上，南月坐在椅子上发呆，看到"他"出现，非常激动，几乎是飞奔过来扑向了"他"的怀中。她哽咽着对"他"说："你怎么才来，我在这里等你好几天了！你去哪里了？"

"他"却冷冰冰地推开了南月，问她："你在等我？我们认识吗？"

梦在这里结束。

韩榷周知道，梦里那个是过去的他。他现在可以肯定，南月就在2016年的垟曲，在迷途客栈。

邱繁素听他说完，讷讷接话："原来真的会做这样的梦啊。那我还需要给康哥打电话问信的事吗？"

"没必要了。"

"罗遇心跟我说过，你去到2016年的时候，2021年的'我'做过能窥见过去的梦。没想到你也……"

韩榷周皱眉："罗遇心怎么说的？"

"她说……"

"我直接问她吧。"

韩榷周给罗遇心打电话，提示已关机。

邱繁素想起来了："哦对了，罗遇心今天要飞上海录制一期综艺，她现在应该在飞机上。"

韩榷周沉默。

"要不我们先去吃饭吧？我饿了。"

"也行。"

但是邱繁素看得出来，韩榷周显然没心情吃饭。

晚上8点半，罗遇心的手机终于开机了。她接了电话，慵懒地打哈欠："怎么了？"

"心心，长话短说，是很重要的事。我让韩榷周直接跟你说吧。"说着，邱繁素打开了免提。

韩榷周言简意赅："南月之前跟你提过，她梦见了我回到2016年的一些事。你能重复一下她的梦境吗？越详细越好。"

罗遇心被他问得困意消失了一半。她仔细回想后，把她能回忆起来的细节都说了。她一边说，韩榷周一边在笔记本上记录，着重标出了时间、地点，还有他们当时在做什么。

"只有两个梦？"

"嗯，就两次。第一次还算正常，第二次她说梦里面一直循环，我也纳闷呢。"

韩榷周眉头紧锁。他仔细核对了他的梦和南月的梦，然后用红笔圈出了纸上的两处。一处是南月抱了"他"，"他"推开南月；一处是"她"脚受伤，他扶着"她"走路。

他推测出一个结论："我和南月会梦见过去，应该是在2016年的时空，我们有肢体接触。"

"好像是欸。"邱繁素附和，"所以说，2016年的我们有肢体接触，2021年的我们就会有感应，从而做梦？"

罗遇心听得迷糊，提出了异议："可是在南月的第一个梦里，你们没有肢体接触啊。她只说你告诉她，五年后去垾曲找信。"

"应该是有的，可能是不重要的细节，所以她没提。"韩榷周很肯定，"我不认为这些都是巧合，肢体接触一定是梦中窥见过去的关键因素。"

罗遇心："我还有个问题。当初你回到2016年，有些事情是被改变了的。比如你和南月的初遇，从原本2018年的电影院变成了2016年的垾曲古镇。而发生这一系列改变，我的记忆也会出现相应的变化。但是南月跟我说，她没有这些记忆变化，她只有在为数不多的梦里能窥探一二。"

韩榷周缄默不言，陷入了沉思。

邱繁素问："会不会跟陨石有关？"

"有可能。我和南月都摸过那块陨石，而我跟她一样，对过去发生的改变都没有产生相应记忆。"

"不对啊。"邱繁素说，"周文博师哥不也摸过陨石吗？"

"或许是因为，师哥他没有进入过时空隧道，陨石对他的记忆不产生影响。"

罗遇心还是有疑问："可上一次你回到2016年的时候，南月不也没进入时空隧道吗？"

"不，她去过了。"

邱繁素和罗遇心异口同声："什么？"

韩榷周解释："南月现在人在2016年。从时间逻辑上来说，在我进入时空隧道之前，她已经去过那边了。"

邱繁素完全晕了，罗遇心同样晕了。两个文科生表示不想再就此事跟韩榷周这个理科生继续分析了。这种头脑风暴的事，还是交给专业的人吧。

挂了电话,韩榷周在房间来回踱步。他抬起手腕看了看表,对邱繁素说:"我们可以试一试。"

"你的意思是?"

"我在想,既然已经确定南月在2016年,由你去拿那块陨石,你们是不是就能换回来。"

邱繁素求之不得:"那还等什么,我们快去啊!"

晚上9点,韩榷周和邱繁素抵达天文台。周文博接到韩榷周的电话,先一步到了。

"周师哥你也来啦?"邱繁素抑制不住激动,"那我们开始吧,陨石呢?"

韩榷周犹豫了几秒:"我们要不要再商量一下?"

"不用商量了吧。行不行得通,试试就知道了。"

虽说韩榷周不是很确定这个方法到底对不对,邱繁素却是怀揣着十万分期待去对待的。对她来说,来到2021年是时间跟她开的一个玩笑,她很喜欢这里,可她知道这里不是她的家。

他们依次穿过走廊,进入韩榷周的办公室。自从南月意外失踪,韩榷周就把陨石锁在了柜子里,再没取出来过。此刻他再次拿出装了陨石的盒子,内心的忐忑愈加强烈,他害怕结果不是他想要的。

邱繁素想去接盒子,韩榷周出言阻止:"等一会儿。"

"还有什么顾虑吗?"

韩榷周摇头,看了一眼墙上的钟:"时间还没到。"

邱繁素想起来了,之前两次时空穿梭,都发生在晚上9点半以后。

办公室突然安静下来,三人各怀心思,慢慢等待着。

时间一分一秒过去。好不容易熬到9点半,邱繁素深呼吸一下,问他们:"那我开始了?"

"嗯。"

邱繁素很紧张,屏住呼吸,小心翼翼取出了陨石。她不敢睁眼看,怕发生什么奇怪的事情。挂钟的声音在安静的气氛下尤为突出,她甚至能感觉到时间的流逝。最好是快一点,再快一点……快让她回到属于自己的世界吧!

不知道过了多久,邱繁素睁开眼睛。出乎她的意料,她眼前的场景没有任何变化。韩榷周和周文博看着她,三个人面面相觑,她能从韩榷周脸上看出失望。

邱繁素丧气:"失败了。可是,这是为什么?"

"不知道。"

"是不是漏了什么?"

"也许。"

周文博觉得自己有些多余,他拿出烟盒:"你们先聊,我出去抽根烟。"他也希望能跟上次一样,抽根烟的工夫,南月就回来了。

天文台位于半山上,立冬的夜晚,这里凉飕飕的。周文博感觉到领口有些湿,他抬头,空中飘起了牛毛细雨,在路灯的照耀下,眼前一片雾蒙蒙。

第五章 憾事

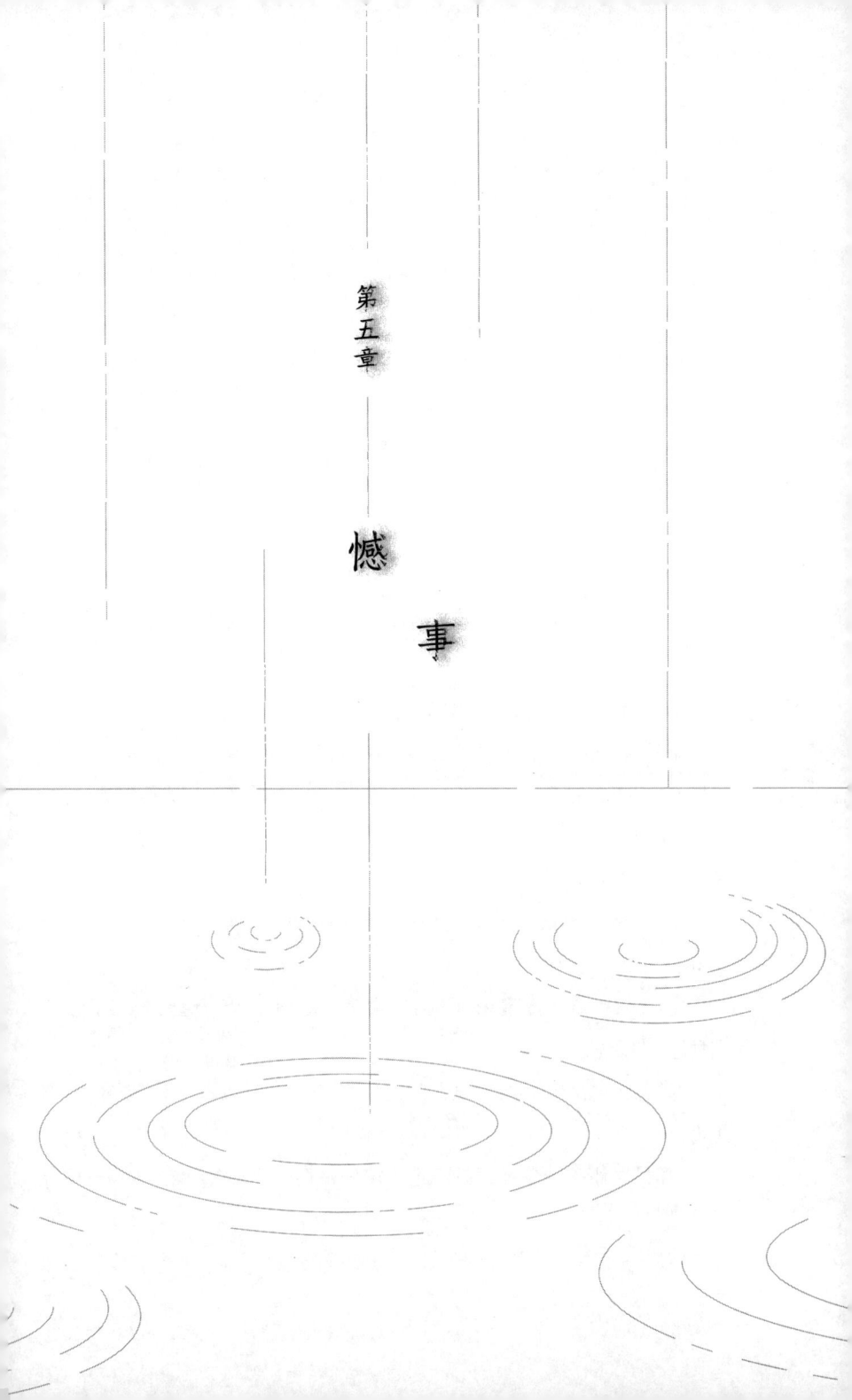

01

2016年11月2日，埉曲的天气很好，晴空万里，蓝天白云。

南月靠在客栈门口的椅子上晒太阳，戴着墨镜，双腿架在一旁的栏杆上，身侧的茶几上还放了一杯冒着热气的肉桂拿铁。阳光照得她浑身暖洋洋的，她很享受。自从做了公司，她几乎与这种悠闲时光绝缘了。真是好怀念啊！

南月端起咖啡抿了一口，好喝。她觉得浑身上下每一个毛孔都放松了。

客栈前台，一岚和珊珊时不时偷偷看一眼南月。南月这状态，她们觉得匪夷所思。

"她怎么一点都不像个刚失恋的人？"珊珊问，"昨天不是还说要轻生吗？"

"那只是康哥的猜测，说不定人家好得很，巴不得跟陆江申分手呢。"

"难道安茹说的是真的，她真跟韩榷周好上了？"

一岚思考了几秒,不禁恼恨:"十有八九是的。怪不得那天她让我别惦记韩榷周,敢情自己惦记上了。"

"速度够快,完全没有空窗期。太羡慕了!唉,我的正缘什么时候能来啊。"

"你可醒醒吧!"

…………

南月正享受着,不知道珊珊和一岚正在聊她的小八卦。她抬起手腕看了一眼表,扭头问前台:"珊珊,韩榷周什么时候出去的?"

珊珊想了想:"一早就走了,好像7点多吧。说是去爬山,逛逛灵觉寺。"

南月一听韩榷周爬山去了,猜他不会太早回来。于是把遮阳帽往脸上一扣,继续闭目养神。

一岚压低声音,对珊珊嘀咕:"韩榷周怎么又去灵觉寺啊?他前几天才去过的。"

"也许人家喜欢吧。"

"有钱人就是闲的。"一岚忽然想起了什么,凑到珊珊耳边悄悄说,"邱繁素手腕上那块表,看见了吗?价值十多万呢。"

"什么?"珊珊抑制不住惊讶,叫出声来。

一岚迅速捂住她的嘴:"别大惊小怪的。"

"你怎么知道的?"

"上周住店那个有钱的女客人就戴了这款,叫什么蓝气球,我也是听她说的。就是住套间的那个大姐。"

"哦,那位啊。有印象,确实珠光宝气的。"

"所以我肯定,韩榷周一定很有钱。邱繁素运气好,陆江申出轨也出得太是时候了,给她提供了天时地利人和。这种好运气,羡慕不来啊！"

许是因为聊得太投入，从珊珊叫出声开始，她们的聊天声就不自觉变大了。后面那几句南月都听见了，她觉得好笑，忍不住回了句："我跟韩榷周还没好上，以后好了也不是没可能。他家呢，确实是有些钱，不过这手表是我自己买的。"

珊珊脸涨得通红，尴尬得脚指头能抠出一间客栈来。一岚的脸色也好不到哪儿去。这种背后说人家被抓个现行的情况，她也是第一次遇见。

南月倒是没生气，冲她们笑笑："衣服首饰和包也是我买的，花的我自己的钱。你们还有什么问题吗？好奇的话直接问我就行。"

"没、没了……"

社死的前台二人组大眼瞪小眼，双双想搬离地球。然而今天白天她们俩都有排班，没法避着南月，南月也丝毫没有要走的意思，她晒太阳晒得正舒服。

空气就这么安静了许久之后，结束这场尴尬的人出现了。

珊珊推了推一岚的手臂，示意她往外看。安茹红着眼从阳光酒吧跑了出来，气呼呼地跟南月理论。她说话带着哭腔，质问南月为什么分了手还跟陆江申纠缠不清，话里话外的意思是，她和陆江申吵架都是南月的锅。

南月可不想背这个锅，更不想跟安茹纠缠下去。这个时候的安茹刚满二十岁，正是为爱昏了头的年纪，跟她讲道理是行不通的。但是南月并没有生气，看到安茹她不禁想起当年的自己，也是一样地无知、冲动。

南月笑了笑，摘下墨镜，给安茹报了一串数字。

安茹愣了愣："什么？"

"我的闲鱼账号。"南月喝了一口咖啡,不急不缓,"你不是很喜欢我不要的东西吗?我所有淘汰的二手都会挂在上面卖,你可以淘淘看,按需购买。我敢保证,每一样都比陆江申有用。"

珊珊和一岚绷不住了,直接笑出声来。

安茹面红耳赤,她像是被点燃的柴火,彻底爆发了,哭喊着说南月不要脸,抢她男朋友云云。隔壁客栈和酒吧的人都跑出来看热闹。

安茹的表哥叶新刚赶紧过来劝:"繁素,对不住啊,小茹她瞎说的,你别往心里去。"安茹和陆江申之间发生了什么,他一清二楚,这种事完全没理由怪到别人头上。

安茹可不这么想,她推开叶新刚:"哥你怎么这样?这种时候你还跟她道歉,明明是她的错!"

"别闹了好吗?平白无故让人看笑话,还嫌不够丢人呢!"

"我不管,要不是她纠缠不清,陆江申也不会跟我分手。"

南月眉头一皱。陆江申竟然现在就和安茹分手了?不对啊,在她的记忆中,此时他们应该处于热恋期才对。大概是在三四个月之后,陆江申会认识一个学跳舞的女孩,移情别恋,这才顺势和安茹分了。

难道说……

南月细思极恐。

这兄妹二人后面的对话,南月没怎么听进去。她在思考,会不会因为她突然出现在这个时空,很多事情也偏离了原来的轨道?

"繁素,我们先回去了,我会好好跟小茹说的。实在是不好意思,给你添麻烦了。"叶新刚打断了南月的思绪。

南月笑笑,说没事。她走神这会儿,只听见叶新刚对安茹说了句"分了拉倒,陆江申不值得"。看来叶新刚还算是个有脑子的,只是他这个妹妹太不争气了。

安茹看南月的眼神依旧充满敌意。

南月看了她一眼，心平气和道："这么年轻漂亮，何必跟自己过不去呢？当全世界都在阻止你跟某个人在一起，总有一天你会明白，全世界都是来救你的。"

"你什么意思？"

"以后你就懂了。"

南月不想再坐在这儿被围观，起身准备进屋。恰在这时，韩榷周爬山回来了，他穿了身灰白双色的运动服，背了个单肩运动包，头顶还架了副蓝色墨镜，看上去朝气蓬勃。南月忍不住上下打量他，在她印象中，韩榷周从未做过这样的打扮，她觉得还挺新鲜。

"阿月？"韩榷周喊她。

南月没反应。

韩榷周又叫了一声。这次她终于听见了，假装看别处："没什么，走吧，进去聊。"

当事人都走了，围观的人也很快散去，只留下前台二人组继续吃瓜。根据刚才的情形，一岚大胆猜测，陆江申和安茹已经分手了。

"这才几天啊！啧啧。"珊珊一脸鄙夷，"男人果然靠不住。"

"也别一棒子打死所有男人。也许就是陆江申靠不住呢。"

"也对！"

韩榷周洗了澡，换了身干净的衣服，去找南月吃中饭。

南月看了看表，说："再等会儿，等罗遇心到了我们一起去吃。"她之前有跟韩榷周提过，罗遇心是她最好的朋友，也是未来的公司合伙人。

韩榷周纳闷："你叫她来的？"

"嗯，她刚到高铁站。"

"可你现在的情况，不方便见熟人，万一……"

"没有万一，我叫她来就是想告诉她真相的。"

"嗯？"

南月说出计划："我想给 2021 年的韩榷周写一封信，当着罗遇心的面放在房梁上。这样就能联系上他了。"

韩榷周懂了，南月是想依葫芦画瓢。他失笑："不需要那么复杂，你写完信给我就行了。"

"你没有时空穿梭的经验，你不懂。"南月很有信心，跟他说了自己的经验。

"韩榷周"上次回到 2016 年，他跟"邱繁素"经历的种种，作为当事人的她并没有更新记忆，就连做梦也是随机，毫无规律可言。但罗遇心就不一样了，她这样的旁观者会产生相应记忆。

"所以说，告诉罗遇心是最保险的。等五年后的罗遇心想起这些事，肯定会告诉同一时空的韩榷周。"

"我明白，这些你跟我说过。"韩榷周好整以暇，"我的意思是，你可以把信给我，我拍照发到周文博的邮箱，再跟他说明事情经过就行。你不是说过吗，2021 年的周文博也是这件事的知情者。"

南月："……"

为什么她没想到邮箱这个东西？等等——如果可以发邮件的话，为什么上一次"韩榷周"不给她发？

哦，她想起来了。一来是"韩榷周"不知道她邮箱号，二来她当年的 QQ 邮箱早就废弃了，后期固定用的邮箱是成立公司后才开通的。"韩榷周"肯定把所有可能性都考虑过，最终采用了在房梁上放信这个看似最笨的办法。她不得不承认，无论是哪个时空的韩榷周，脑子都比她好使。

"好吧，你是对的。"

南月按照韩榷周的建议写完了信。韩榷周给周文博发完邮件，安慰南月："该做的我们都做了。英国现在还没天亮，下午我会找时间给师哥打电话说明一下情况。这下你放心了吧？"

南月点头。她想起了昨晚韩榷周的推论：他开始失忆恍惚的时间跟2021年的"韩榷周"来到这里的时间是一致的，说明"同一个人"的意识没办法在同一时空共存，而他突然醒来，意味着"韩榷周"已经回去了。

"韩榷周"回去了，那么"她"呢？"她"又在哪里？

许久没见"韩榷周"，她有些想"他"了。眼前这个韩榷周，跟"他"几乎一模一样，可南月心里明白，他还不是她当初一眼就爱上的"韩榷周"。

十几分钟后，南月的手机响了。

她一看是罗遇心打来的，招呼韩榷周："我们下楼吧，罗遇心到了。"

02

为了给罗遇心接风，南月提前在欢宴餐厅预订了位，亲自开车带罗遇心出来吃饭。

这时候的罗遇心还只是个寂寂无名的小演员，积蓄不多。站在云都酒店的门口，她心里没底："你确定我们要在这里吃？不便宜吧？"

"你放心，不会让你买单的。"南月笑了笑，把钥匙给了韩榷周，让他帮忙停车，然后挽着罗遇心，"走吧，我们先去点菜。"

"我怎么觉得，你突然变奢侈了？"

"是你的错觉。"

罗遇心停住脚步，打量着闺密。要说变化大嘛，其实也还好，无非就是瘦了些，穿衣服简洁了些；要说没变化嘛，南月给人的感觉好像是另一个人……

"你是不是瞒着我偷偷发财了？你身上人民币的味道变重了啊。"罗遇心瞥了眼南月的包，眼神狐疑。

"高仿啦，不贵。你想要我也给你搞一个。"

"等你发财了给我买正版吧。"

没走几步，罗遇心又发现了问题："你什么时候考的驾照？我怎么不知道。"

"就最近，闲着没事加急学的。车也是刚租的，想练练手。"南月打哈哈遮掩过去。

她们坐着点完菜，韩榷周正好停车回来。

对于韩榷周的身份，南月解释说韩榷周是她哥的朋友，刚从国外留学回来。可罗遇心怎么看怎么不对，这俩人的关系不太像是刚认识的普通朋友。她没忍住："你们俩到底是什么关系？"

"朋友啊。不是跟你说了吗。"

罗遇心扭头看韩榷周。韩榷周嘴角扬起，半开玩笑道："其实吧，我是她的……"

南月赶紧去捂韩榷周的嘴，但没来得及阻止，"未婚夫"三个字还是从他嘴里蹦出来了。她拿眼横他："别瞎说啊！"

罗遇心瞠目结舌。她顶多以为这俩人互相有好感，没想到韩榷周直接自曝是未婚夫。这就不对了啊，邱繁素不是刚失恋吗，怎么就冒出来个未婚夫了?

"真的假的?"罗遇心表示不信。

南月:"当然是假的,他开玩笑的。"

韩榷周笑得耐人玩味:"现在还不是,以后就不知道了。"

南月:"……"

"不逗你们了,开玩笑的。"韩榷周伸手去拿菜单,"点完菜了?再加几个吧,我请。"

"那我就不客气了。"罗遇心埋头点菜。

南月悄悄用眼神暗示韩榷周,不要再乱说话。她内心是震惊的,照理说她很了解韩榷周,毕竟两个人已经在一起生活了一年多,可眼前这个韩榷周跟她认识的似乎不太一样。他热爱运动,热爱生活,精力无限。而且,还爱开不合时宜的玩笑。

这时,南月看见一个熟悉的身影,站起来打招呼:"贺总。"

贺峥停住脚步:"你是?"

南月猛地想起,这个时候的贺峥应该不认识她。她想着怎么找台阶下,贺峥却先一步想起来了:"是你啊。"

是前不久打视频电话却被他误以为在偷拍他的女生,他有印象。他又看了一眼坐在同一张桌子的另外两人,男士应该是上次打过照面的,至于女士……好像是骂他脑子不太好使的那位。

贺峥走了过来,对罗遇心说:"我们是不是见过?"

罗遇心看了他几眼,想起来了,勉强挤出一个微笑。原以为是这辈子都不会见面的人,没想到这么快就遇见了,但愿他没听见她骂他的那句话,不然多尴尬啊。

"贺总最近是常在垟曲吗?"南月在这里遇见贺峥,倍感亲切,仿佛千里之外遇见老乡一般。

"嗯，我们刚在几家试点酒店推出欢宴餐厅，最近会多实地考察几次。"

"相逢就是缘，贺总要不要坐下一起用餐？"

贺峥想了想，没有拒绝。

从贺峥口中，南月得知他最近正在为餐厅未来的经营模式发愁，团队给了几种不同的发展意见，各有利弊。南月看似无意地提了几个建议，贺峥表示非常认可。他不知道的是，南月所说的那些建议全都是欢宴在2021年已经运行得非常成熟了的模式。

贺峥很好奇："邱小姐，没想到你在酒店经营方面还这么有见地。能问问你是做什么工作的吗？"

"编剧。"

贺峥倍感意外："倒是稀奇了。希望将来我们能有机会在某些领域合作。"

"应该会的。"

罗遇心见这两人聊得开心，给南月发了条微信："你觉得，他上次有没有听到我骂他？"

南月回她："听见就听见呗，反正你们是八竿子打不着的关系。"几年后罗遇心就是当红炸子鸡了，需要看贺峥的脸色？完全不需要！而且这两人也不会有什么交集。

罗遇心："也对，爱咋咋吧。"

吃完饭大家又闲聊了会儿，气氛不错，直到韩榷周的手机响起。他把手机屏幕给南月看了一眼，南月心领神会。

来电人是周文博。

"贺总，我们出去接个工作电话。回聊。"

贺峥颔首："好。"

韩榷周和南月出了餐厅,贺峥却没有要走的意思。罗遇心坐立不安,差点想问他有没有吃完,吃完就该干吗干吗去吧。

"罗小姐,上次的事很抱歉。"

"嗯?"罗遇心沉默几秒才反应过来,贺峥应该是为上次的事道歉。他看上去很真诚,但她也很快意识到,他应该是听到她骂他了。

罗遇心更尴尬了,不知道该怎么回应他的道歉。

贺峥似乎能看懂她的心思,又说:"你不用答复什么,我只是表达了我想表达的。"

罗遇心尴尬地笑了笑。

这时,一蓝裙女孩走到桌前,打招呼:"贺峥,你果然在这儿。"

贺峥抬头,神色立马变了:"姚星之,你怎么来了?"

"来找你啊。"

贺峥感到头疼。姚星之是他爸的老同学的女儿,最近他爸妈有意撮合他俩,他婉拒了几次,不承想她竟然亲自来了。

"我能坐这儿吗?"姚星之问罗遇心。

罗遇心没弄清楚是怎么回事,但她肯定是不希望跟陌生人坐一起的。头疼的是,这女孩显然认识贺峥,她要怎么不露痕迹拒绝,才能显得她没那么不近人情呢?

就在罗遇心脑子里飞速闪过"拒绝别人的一千个理由"时,贺峥当机立断道:"当然可以,姚小姐请坐。我来介绍一下,这位是我的女朋友,罗遇心。"

罗遇心一脸蒙。

贺峥拼命给罗遇心使眼色,罗遇心懂了,很配合地摆出端庄女主人的姿态。这种秒入戏的状态,完全对得起她演员的身份。

贺峥很满意,笑着对罗遇心说:"宝贝,这位是我爸爸的同学的女儿，姚星之姚小姐。"

"姚小姐好啊。"罗遇心依偎着贺峥，演出了热恋中男女的甜蜜。

只是"爸爸的同学的女儿"的姚星之此刻内心十分绝望，来这儿之前可没人跟她说过贺峥有女朋友。她长得漂亮，家世好，再加上长辈的撮合，因此她自认为跟贺峥十有八九能成，万万没想到贺峥突然从哪儿冒出个女朋友来。她不得不怀疑，这是贺峥拒绝她的借口。

姚星之调整好心态，挤出笑容面对这一切。趁着贺峥和罗遇心不注意，她偷偷拍了一张两人的照片，准备让人查查这位罗小姐到底什么来头。

为了保证通话的私密性，韩榷周和南月回到了车上。通话过程中他一直开着免提，三人聊了大约十分钟，把事情来龙去脉说了一遍。而后，电话那头的周文博陷入了沉思。

周文博今天起得很早，他看了韩榷周发来的邮件，再经过刚才一番通话，大致明白了是怎么回事。韩榷周坚信宇宙多维空间论，这点他一直都知道。可乍一听说这样的事情成真了，他一时半会儿没法消化。但是他了解韩榷周，出于对韩榷周的信任，他愿意相信他们所说的一切。

末了，周文博问："所以你需要我做的，是保留这封邮件，五年后将这一切告诉你？"

"是的，师哥。"韩榷周说，"其实你只需要保留邮件就行。你本来就是这件事的知情者，我相信2021年的你想起这件事，一定会第一时间告诉同一时空的我。"

"我明白了，你在那边……"他顿了顿，又把话咽了回去，只说了两个字，"保重。"

"我会的，谢谢师哥。"

结束通话，韩榷周和南月看了彼此一眼，同时沉默了。事情明明很顺利，可他们还是觉得心里空空的，因为不确定这样做到底有没有用。就算真的有用，2021年的"韩榷周"能不能帮南月回去也是个未知数。

"你师哥很信任你。"南月说，"无论在哪个时空，他对你都百分之百信任。真的很羡慕你们这种友情。"

"罗遇心对你应该也是一样的。"

"这倒是。不过我想好了，暂时不告诉她这些。说了不能改变什么，反而徒增她的烦恼。她的未来有无限可能，她应该把心思都放在自己的事业上。"

听她这么说，韩榷周猜到了几分，罗遇心未来必定有很好的前程。

"你刚才对贺峥说的那些，也是2021年欢宴餐厅原本的经营思路吧？"

南月笑了笑："被你猜到了。不过我很纳闷，在2021年我就知道这些模式是贺峥一手策划的，可到了2016年，又成了我给贺峥的建议，好像是个悖论啊。那么，这些经营模式到底是谁最先提出来的呢？"

韩榷周思考了几秒，摇头："不知道，就好像莫比乌斯环，哪里是开始，哪里是结束，没人能说得清楚。"

"先回去吧，这个时空的罗遇心跟贺峥还不认识，他们待一起太久估计尴尬。"

南月没料到，尴尬是不存在的。这俩人联手演了一出好戏之后，热络地聊上了。

罗遇心眉飞色舞地给南月讲了一遍刚才发生的事："贺总一给我使

眼色，我心领神会，秒入戏。只可惜你没看到我炉火纯青的演技。"

南月心里咯噔一声，问："你在外人面前承认你和贺峥是男女朋友？你们还有亲密动作？"

"演戏而已啦。"

"罗遇心，我有理由认为你给自己惹了大麻烦。"南月很严肃，她很少连名带姓称呼罗遇心。

"不至于吧？那位姚小姐还能报复我不成？"

贺峥立刻保证："不会，罗小姐放心。我回去会跟家里人说清楚，绝不会波及你。邱小姐，也请你放心。"

南月不知道该怎么向这二位解释，根本不是姚星之会不会报复的问题，而是几年后罗遇心爆红，这段八卦有可能会被挖出来的问题。

南月感到心累，要真出了问题还得她去解决。简直了！老天爷能不能行行好，赶紧放她回去。

03

自从干了编剧这一行，南月养成了晚睡晚起的习惯。可最近她经常伴随着灵觉寺的钟声一早醒来，并且再难入睡。此刻，她看着一旁睡得正香的罗遇心，有些羡慕，又生出些忧虑，因为昨晚罗遇心无意间跟她提了一件事。

"前阵子魏冲跟我说，他在街心公园遇见个奇怪的人。那人应该跟你同行，是个编剧。

"魏冲说他头一次见搞文字工作的人长这么帅。应该是个科幻片编剧，他说自己来自未来，不知道该怎么回去。你说，这不是剧本里才会出现的事吗?"

"十有八九也是去采风的,跟你一样。你不也喜欢到处走,收集好玩的故事吗?而且你也总把自己代入剧情。你们搞创作都这样吧?"

罗遇心像聊八卦一样,绘声绘色把魏冲在公园采风扮演盲人的经历说给了南月听。南月听完,几乎确定魏冲遇见的人就是来自 2021 年的"韩榷周"。她不放心,特地打电话让魏冲描述了一下那人的长相。

果不其然,世界说大不大,说小不小,到头来竟是魏冲给"韩榷周"出的主意,让他去垟曲找"她"。

正当南月沉浸在昨晚的回忆中,手机响了。韩榷周给她发了消息,问她醒了没有,有没有兴趣一起吃早餐,他刚从古城口打包了一些吃的回来。

南月回复:在一楼的咖啡厅吃吧,我换了衣服就来。

韩榷周:好,等你。

南月本想叫罗遇心一起,看她那熟睡的样子,不忍心搅了她的美梦,遂放弃。

大早上咖啡厅没什么人,住店的客人们要么还没起床,要么已经出门爬山去了。韩榷周把吃的摆满一桌,等南月下楼。

南月没有化妆,穿了件纯色真丝衬衫,扎了个简单的丸子头。韩榷周还是第一次见她做这么素净的打扮,脸上微妙的神情一闪而过。但这一细节没逃过南月的眼睛,她坐下,开玩笑道:"怎么,又对我一见钟情了?"

韩榷周敏锐地注意到了,她说的是"又"。他干咳两声,笑着回敬:"那要不你别回去了,反正这里都是同样的人和事,你也熟悉。"

"那可不行。"南月端起桌上的热豆浆,吹了吹,喝了一口,才说,

"我好不容易练到满级号，你让我回新手村从头再来，我不甘心。"

"你在这里可以预知未来，想重新练到满级不是轻而易举吗？"

"话是没错，可没人愿意多走冤枉路不是？"

"也对。"

"有咖啡吗？给我来杯美式，提提神。"

"OK。"

二人边吃边闲聊，约莫过了半小时，康哥也起床了。韩榷周买的吃食足够多，南月邀请康哥一起用餐，康哥欣然应允。

又过了没多久，陆江申意外出现在这里。南月、韩榷周、康哥，三人均是一愣。

陆江申看上去有些疲惫，他看向南月，声音低沉沙哑："听说安茹昨天来找你闹了一场。这本来是我跟她的事，没想到会波及你。我代她向你道歉。"

南月觉得新鲜，陆江申竟然会主动低头认错，而且是在2016年。她可是记得很清楚，这个时候的陆江申嚣张得很，仿佛全世界的女生都该喜欢他。

她不冷不热回了句："不是分手了吗，你以什么立场替她道歉？"

陆江申："……"

"我没怪她。同样瞎眼过，不互相为难。你已经道完歉了，可以走了。"

"繁素，有些话我想单独跟你聊聊。"

"就在这儿说吧，没外人。"

陆江申犹豫，似乎不太乐意开口。

"那就算了，反正我也没兴趣听。"南月慵懒地喝了一口咖啡，对韩榷周说，"今天天气不错，吃撑了，出去走走？"

"好，正有此意。"

"等一下——"陆江申脱口而出，他自己也觉得尴尬，想了想还是开口了，"答应跟你分手是我一时冲动，你也知道我的脾气，当时我在气头上。你如果不提分手，我没想过我们会走到这一步的。"

对面三人又是一愣，等着他的下文。出乎他们的意料，陆江申真的说出了那句话："我和安茹已经没关系了。繁素，你能再给我一次机会吗？"

南月没忍住笑了出来，即将三十岁的她实在不明白，这些二十出头的小年轻为何身在离谱中不知离谱："这话我就当没听见，你也当没说过，免去一场尴尬。"

"我没开玩笑。"

"你最好是在开玩笑。"

"我知道我有很多地方做得不对，但是请你相信我，我以后绝不会犯这样的错误。我会一心一意对你的。"

"你以后少出现在我面前，就是对我最大的善意。"南月已经不耐烦了，起身走了几步，又回头对陆江申说了句，"谢谢惦记，这事就到此为止吧。"

陆江申条件反射一般迅速拦在南月面前："繁素，你听我把话说完，我……"

韩榷周不动声色地把南月挡在身后，淡淡开口："她为什么要听你把话说完？"

"这事跟你无关。"

"你可能还不知道我跟她的关系。"韩榷周嘴角上扬。

看他这样子，南月有些心慌，生怕他脱口就说他是她未婚夫。虽说这么说也没什么不对，但总觉得哪里怪怪的。

于是，南月选择在韩榷周之前开口："既然这样，我就实话实说了吧。韩榷周先生最近在追我。他是牛津大学在读博士，家大业大，巨有钱！长相嘛，你也看得到。我又没有生理性失明，你们俩之间，你觉得我会选谁？"

陆江申一脸土色，眼睁睁看着南月不耐烦地跨出了门槛。

康哥全程安静吃瓜，等到南月和韩榷周都离开，他才把陆江申拉到一旁坐下。作为朋友，他好言相劝："你这又是何必？早跟你说了，既然分了就别再招惹她了。"

"她说的是真的？"陆江申还在回忆刚才南月那番话，他不太信，"前不久在灵觉寺碰见，他们还保持着距离，看着不像有什么暧昧。"

"是不是真的重要吗？你就是跟一个讽刺学家讲道理。"

"讽刺学家？"

"你不觉得邱繁素变了吗？"

"觉得。"

"跟你分了手之后，她就像拿到了讽刺学从业资格证书，你以后见了她还是绕道吧。"

陆江申："……"

冬意渐浓，阜宁山的红叶开始飘落，但走在古镇的小路上，抬头还是能看见大片深红、浅红、金黄交错的林子，在香火气息中如油画般明媚、斑斓。

南月深呼吸一下，觉得身心舒畅。在她的意识里，她和陆江申的旧事已经压箱底积灰多少年了，无论是在哪个时空，她完全没把陆江申当回事。因此她也没想过，撑他竟然还能让她有这么痛快的感觉。

"刚才谢谢你了。"她向韩榷周道谢，"不过你以后可别随便跟人说你是我未婚夫了,你和'他'之间还差了五年的光阴呢。你们学理科的人不是很讲逻辑的吗?"

"我也没想说这个。"

"那你想说什么?"

"追求者?其实没想好。"韩榷周说得坦然,"你不就是想让他别烦你吗,总得找个由头让他知难而退吧。"

南月"喊"了一声,继续往前走。

走过石桥,在袁姐餐厅的那个巷子口,南月看见一个七八岁的小女孩蹲在地上哭。她边啜泣边抹泪,似是发生了极度伤心的事。

南月停下脚步,眉头不自觉地皱起,对韩榷周说:"那个女孩子我见过。"

"什么时候?"

"我记忆中的五年前,也就是2016年,此刻。"

同样的事情,在同样的时间和同样的地点,再次发生了。

南月记得,她曾经问过小女孩为什么哭,小女孩说她妹妹生了很严重的病,已经虚弱得不能站起来了,她觉得妹妹可能快撑不住了。可是她家条件不好,父母准备放弃妹妹。

"听她说了这些,我挺难受的。可当时我大学毕业没多久,自己还没独立呢,根本没能力干涉别人的家事。我拿了些钱给她,那已经是我唯一能做的了。没过几天,刘老师召我去北京开编剧会,我连着两个月忙得焦头烂额,久而久之就忘了这件事。"南月叹了口气,"想来也是遗憾,我并不知道她和她的妹妹后来怎么样了。"

韩榷周嘴角动了动,想说些什么,又咽了回去。她说得很平静,但他知道,那应该是她的憾事。

南月走上前,像上次一样亲切地安抚小女孩,问她为什么哭。小女孩的答案如出一辙。

"你妹妹现在在哪里?"南月追问。

小女孩抽泣着:"我妈妈早上起来把她放在了山脚的菜地里,我不敢带她回家,怕我妈妈骂我。"

南月:"菜地里?"

小女孩抹眼泪,点头。

韩榷周听到这个答案也急了,他伸手拉小女孩起来:"我们现在就去找你妹妹,马上送她去医院。"

"谢谢叔叔。"小女孩带着哭腔。她喜极而泣,一路小跑着带他们去了菜地。

十几分钟后,南月在菜地里看见了一只蜷缩着瑟瑟发抖的小灰猫。她满脸不解。

"这是你说的……你的妹妹?"

小女孩点头。

"猫?"

"她就是我的妹妹,她很小的时候我就带她回家了,我们是一起长大的。"

南月有些哭笑不得,但她赞同小女孩的话,只要彼此之间有感情,猫也可以是妹妹,是家人。

"好的。那你抱上你妹妹,我们现在去开车,一起送她去医院。"

"嗯!谢谢阿姨!"

"叫姐姐。"南月纠正她,"想让我们帮忙给妹妹治病,得叫我姐姐。"

"谢谢姐姐!"

韩榷周一脸蒙:"她是姐姐,我是叔叔?"

小女孩也一脸蒙。

04

罗遇心睡到 11 点才悠悠转醒。垟曲四周都是山，空气好。她昨晚一夜无梦，睡得十分踏实。

起床后，罗遇心做的第一件事就是拿手机给南月发信息，想问她在哪儿。不过一打开对话框她就看见了两条来自南月的消息。

南月早就料到罗遇心醒来会找她，提前给她发消息说有点事要去市区，让她饿了自己解决午饭。

"自己解决……"罗遇心想了半天，没特别想吃的。她刚起床，还不到饿的时候。

没有南月陪着，罗遇心放慢了节奏，磨蹭到 12 点才慢腾腾出门。她准备在古镇随便走走，看到哪家顺眼就进去吃点。

过了石桥，罗遇心在巷子口看见了一个熟人，贺峥。他今天穿了身休闲服，戴着鸭舌帽，打扮很随意。他身后跟着的男人，罗遇心也有印象，好像是他的秘书，姓周，之前她在云都酒店见过一次。

贺峥看见罗遇心，笑了笑："罗小姐，这么巧。"

"贺总这是出来散心？"

"随便逛逛，考察一下酒店周边环境。"

"哦，那你慢慢逛。回见。"

罗遇心正准备走，贺峥叫住了她："罗小姐吃过中饭了吗？如果没有，我想请你吃顿便饭，算是谢谢你之前的帮忙。"

"呃……"罗遇心犹豫。昨晚南月跟她说过，和这位贺总保持点距离比较好。他家大业大，身边时不时会蹿出个豪门大小姐，万一这些女人都把她当假想敌，那就头疼了。于是，罗遇心微笑："我吃过了，还不饿。谢谢贺总好意。"

贺峥点头："好的，那就不打扰罗小姐了，你先忙。"

二人告别，拐进了不同的巷子。

半小时后，罗遇心走累了，也饿了。她就近走进一家面馆，点了碗面。恰巧从面馆门口经过的贺峥看到这一幕，为避免尴尬，快速离开了。跟在他身后的周秘书东张西望，假装什么都没看见。

真是太尴尬了！

罗遇心回到迷途客栈，已经是下午2点，南月和韩榷周也回来了。和他们一起回来的，还有一个七八岁的小女孩。罗遇心进屋的时候，恰巧听到南月跟康哥在聊养猫什么的。

"繁素，你上午去哪儿了，怎么才回来？"

南月指了指小女孩，轻描淡写道："帮她带猫去看病了。"

"猫呢？"

"在医院呢，过几天才能接回来。"

南月耐着性子把刚才对康哥解释的关于猫的事，又跟罗遇心说了一遍。小猫已经脱离危险了，不过小女孩的父母不同意她继续把猫养在家里，等小猫出院了，南月准备把它接到客栈，在客栈安置一个猫舍。康哥欣然同意，小女孩也很开心。

完了南月又叮嘱康哥："缺什么记得跟我说，我会准备好的。"

"你就放心吧，我能照顾好的。"康哥很有信心。他转头对小女孩说："冰冰啊，你如果想小猫了，可以随时来看她。"

叫冰冰的小女孩眨巴着大眼睛，用力点头。

送走冰冰,罗遇心把她碰见贺峥的事跟南月说了。南月没当回事,应了声:"我知道,他给我发过消息了,他说明天要离开垟曲。"

"哎,我可是都听你的,尽量跟他保持距离了。"

"确实应该这样。"南月很满意。她神神秘秘地看着罗遇心:"将来你就会知道,我的建议是有多明智了。"

"将来?"罗遇心被她勾起了好奇心,"你好像话里有话啊。"

"我这是善意提醒,以后你会明白的。"

韩榷周干咳两声,打断了她们的对话。他担心南月一不小心说漏嘴,平行时空这种事,越少人知道越好。尤其这一年的罗遇心还是个单纯的小姑娘,难保她不会说漏给别人知道。

韩榷周假装自己是因为口渴才咳嗽,冲南月使了个眼色:"我对这儿不熟,哪里有冰矿泉水卖?"

罗遇心:"大冷天你要喝冰的?"

"火气旺,想喝。"

南月知道韩榷周想喝冰水是借口,站起来说带他去小卖部。她让罗遇心休息会儿,等她回来。

出了客栈,韩榷周语重心长道:"个人建议,既然你决定对她保密,还是越少透露越好,说多了她只会更好奇。"

"我明白你的意思,知道得越少就会活得越轻松。如果可以的话,我宁愿不知道时空隧道的存在,活在我的世界享受荣誉和掌声。"

他们沿着稻田的小路慢慢散步,阳光从云层中透出来,在天边形成了很好看的云霞。南月抬头看向远方,心情复杂。

"也不尽然都是烦恼。"韩榷周说,"你帮冰冰救了她的猫,这对你而言应该算是弥补了一个遗憾吧。"

"我曾经以为她的妹妹会因得不到治疗而……"她顿了顿,没有把后面的话说出来。

"还有别的憾事吗?"

"什么?"

韩榷周话语中颇有深意:"毕竟,你回到了可以弥补遗憾的时候。"

南月表情一愣。对于这次意外的时空之旅,她一直抱着随遇而安的心态,最想做的事无非是找到她的未婚夫。如今知道了她要找的人不在这里,而她也回不去,她对这个地方本能地抱着排斥心理。可是现在,韩榷周告诉她,她可以去弥补自己的遗憾。

"遗憾……嗯,确实有。"她说,"可惜弥补不了了。"

"为什么?"

"该发生的已经发生了,而且我未必能改变什么。"

"这样啊。"

"是一件对我来说并不光彩的事,你想听吗?"

"愿闻其详。"

"我和罗遇心在上高中的时候有过一个好朋友,她是我们同班同学,叫于媛媛。但是所有人都不赞同我们跟她交朋友,包括我们的父母、班主任。因为大家都觉得于媛媛是个'坏学生',她会带坏我们。"

南月娓娓道来。

于媛媛长得很美,完完全全遗传了她妈妈于莉的美貌,于莉在他们家那一带就是出了名的美人。只可惜,于莉的名声非常不好,她初中辍学,纵情风花雪月,有过很多男朋友,于媛媛至今不知道自己的生父是谁。

于莉沉迷于夜场和棋牌室,基本不管女儿,导致于媛媛从小性格扭曲,不爱学习,老师和同学都对她很头疼。要不是于莉的表妹经常帮忙照看,于媛媛可能早就退学了。

上了初中后，于媛媛愈发叛逆，逃课、泡吧这些对她来说是家常便饭。不仅如此，她还喜欢跟外面的小混混一起玩，十足的小太妹架势。到了高中，老师基本上放弃她了，因为劝说无数次都不管用，越说她还越来劲，非得跟人对着干。

一次课外大扫除，几个班的男生在操场后面的林荫道一边扫地一边说于媛媛的八卦。

八班一位高个子男生甚至出言嘲讽："于媛媛这样的女生，长得再漂亮有啥用？她跟校外很多男生不清不楚的，以后谁敢娶她啊！"

二班的班长尹朱照提醒他："你别这样说啊，让人听见了不好。"

"听见就听见呗，怕什么！事实如此。"

恰巧经过的罗遇心忍不住大笑。她和邱繁素是值日的卫生监督员，本想检查一下打扫的情况，不承想撞见这么一出烂戏。

高个子男生不乐意了，问她："你笑什么？"

"笑你心里没数啊。"罗遇心面不改色，"背后说女生坏话，你这样的男生，以后谁敢嫁你啊！管好自己再说别人吧！"

"我说错了吗？全校谁不知道于媛媛名声臭，你问问哪个男生敢娶她？有人应就算我输！"

邱繁素反唇相讥："人家长得漂亮，需要你操这心？退一万步说，再没人娶也轮不到你。酸一酸就完了，少搬弄是非，有这工夫不如回去背元素周期表。"

这群人都认识邱繁素，她是二班的学习委员，成绩排名全校前三，是老师面前的大红人。他们不敢跟邱繁素杠上，万一吵起来把老师引来了，吃亏的只会是他们，于是灰溜溜散了。

对于邱繁素和罗遇心而言，这不过是一时看不下去顺口辩驳两句的事。可对于媛媛来说，这却是她十几年来为数不多感受到的温暖——发生这一幕的时候,她恰好在旁边的林子里发呆。男生们的议论她早就听到了,她懒得理会而已,这样的言论她这些年听得多了。连她自己都不在意的事,她没想到有人会为她说话。

因为这个插曲,于媛媛开始亲近邱繁素和罗遇心。渐渐地,她们成了朋友。女生的友情很单纯,性格好,有共同爱好,这些都会拉近彼此关系。

起初,对于邱繁素、罗遇心和于媛媛交朋友的举动,老师们是支持的。他们当然希望有人能把于媛媛拉回正途,哪怕她能考个大专也行。可于媛媛还是那个于媛媛,喜欢逃课,喜欢跟社会小混混玩,喜欢挑衅老师。随着高考一天天逼近,班主任找邱繁素和罗遇心约谈,甚至她们的家长也被请到了学校。

听完这些,韩榷周能猜到大概:"高考在即,你们又是老师看重的学生,他们不希望你们和于媛媛有过多接触,免得影响学习,所以你和罗遇心只好选择妥协?"

"差不多吧。"南月说,"我们不是真的想跟于媛媛保持距离,只是高考越来越近,我们的心思都放在了学习上,没精力再像以前一样玩闹,而且我们也不希望总是被叫家长。"

"她感受到了,开始疏远你们?"

南月点点头,神情落寞:"高考结束后,我们约过她几次,想跟她解释的,可她总是躲着我们。再后来,我和罗遇心都在本地上大学,于媛媛去了外地上中专。我听同学说,她读了不到一年就辍学了,跟她当时的男朋友去了广州打工。"

大学暑假,南月遇见过几次于媛媛,不知是不是因为心里有疙瘩,于媛媛对她始终态度冷漠。再后来,她和罗遇心功成名就,于媛媛却只是个制衣厂的打杂小妹,内心感到自卑却又要强的她更加不愿意跟这两位昔日好友联系。

韩榷周听了，觉得唏嘘："现在呢，于媛媛在哪儿？"

"2014年左右，我听说她结婚了，和老公一起回到了他的老家，西南边陲的一座小县城。她老公家里条件差，她过得非常不好，怀孕期间还熬夜上班。后来她生下孩子，落了一身病。她这辈子最大的劫难也许就是所托非人吧。婆婆日常苛待她，老公好赌，输了钱就打她。这些负担令她疲惫不堪，身体也越来越差。"

韩榷周沉默。

"2016年，也就是这个时空的几个月前，她从家里逃了出来，在离家很远的某个县城租了小房子，靠打零工为生。"南月补充，"这些我也是后来才听高中班长说的，她故意躲着我们，我们有心无力。五年前找过她的，可是……"

南月心情明显低落了。她往前走了几步，背对着韩榷周，一言不发。

韩榷周知道，她说的五年前，就是现在。在她意识中的五年前，她找过于媛媛的，可因为种种原因，没联系上。

"或许，你现在可以给她打个电话？"他提议。

南月摇头："她手机停机了。可能是为了躲她老公，没人能联系上她。"

"你知道她在哪里吗？"

南月再次摇头。

"跳出时间范畴呢？"韩榷周说，"即便是在五年后的2021年，你也不知道她当时的任何信息？"

他的这句话点醒了南月。南月豁然想起，于媛媛最亲近的那个表姨是在2015年生病过世的，那一年她回过老家，处理表姨的后事。表姨离异多年，无儿无女，一直把于媛媛当亲女儿养，她的遗物都在于媛媛那儿，包括手机。"

南月翻出手机通讯录。这么多年来她一直没换过手机号，她的手机系统默认储存着以往所有联系人的号码，包括于媛媛的表姨。她们高中时是亲密无间的好友，她去于媛媛家吃过饭，存过她表姨的号码。

当那个熟悉的名字出现在眼前，南月手指有些颤，一股密密匝匝的不适感充斥着她整个身体。

"怎么了？"韩榷周问。

"没、没什么……"南月期期艾艾，"我只是，只是不知道我应不应该打给她。"

"为什么不呢？"

"或许，她还讨厌我。"

"你不试试怎么知道？"

"我不知道……"

"就当是成全自己。"

南月看了一眼韩榷周，他坚定地冲她点头："打吧。"

是啊，打吧，就当成全自己。

南月咬咬牙，拨通了那个号码。

几秒钟后，熟悉的声音从电话那头传来："繁素？是你吗？"

南月嗓子一痒，眼泪扑簌簌往下掉。

05

窗外雨声不断，伴随着不甚清晰的雷鸣。韩榷周靠在沙发上看雨，他今天还没收到南月的信息，理所当然认为她应该没起床，阴雨天总是会让人的困意加强。

韩榷周之所以起得很早，是因为他有心事，他还沉浸在昨晚和周文博的那通电话中。

周文博觉得，"未婚妻"南月的到来对韩榷周来说是计划外的事，他们口中的能打开时空之门的钥匙——陨石，也不在这个时空。所以他做什么都是徒劳的，他根本无法在这个时空帮南月回到未来。

"你在垟曲待多久都于事无补，这事超出你的能力范围了。榷周，你还打算继续留在那儿吗？"周文博当时这样问他。

他沉思了几秒，回答："师哥你应该明白，不论我愿不愿意，我已经不是局外人了。"

不过，周文博有一点说对了，坐以待毙是没用的。韩榷周觉得，或许他能从这个时空的京州市天文台找到什么线索。天文台的星系和宇宙学研究中心主任唐教授是他在国内读本科时的导师，他可以借着拜访之名去探知一二。而且，他也该寻个时机回家看看父母了，他们不知道他回国的事。

下了楼，韩榷周在花园旁的餐厅看见了南月，他低头看了一眼表，还不到10点。本该在床上享受睡眠的南月正一边喝咖啡一边听着雨声，她想事情想得出神了，他走到她身边不到半米的距离，她才反应过来。

"你来啦。"南月嘴角扬起，看上去心情很好。

"怎么起这么早？"韩榷周问她。

"明天就要走了，有些事得安排清楚啊。"

"票买了？"

"还没，等罗遇心起床再说吧。"

南月明天离开垟曲的这一安排，韩榷周是清楚的。昨天她和于媛媛通了电话，于媛媛提到了她目前的情况，南月想去探望她，于媛媛同意了，给了南月她现在的住址。那一通电话令南月心情大好，连带着胃口也变好了，晚上还破天荒吃了碗米饭——她消化系统不太好，这些年来养成了晚上不吃主食的习惯。

"一会儿跟康哥商量商量收养冰冰那只猫的事。"南月说，"还有就是，今天是康哥的生日，我刚在云都酒店预订了个蛋糕，罗遇心起床我们就去市区取，还得给康哥挑个礼物。你跟我们一起去吗？"

"好。"

"康哥以前过生日都凑合吃顿饭就完事了。那时候我没什么钱，也不能给他准备什么像样的礼物。"南月回忆往昔，"但现在不一样了，我有能力给他补过一个让他难忘的生日。离开垟曲之前，能让他开心开心也是好的。"

"想好给他买什么礼物了吗？"

"不知道。除了我爸和你……"南月顿了顿，纠正道，"和五年后的你，我还没特地给男人买过礼物。要不说需要你陪我一起去呢，你帮我挑吧。"

"没给男人买过礼物？"韩榷周不信，"你哥呢？南启明。"

"南启明值得我费那劲儿？"

韩榷周声音低了些，看似无意追问了句："没给前男友买过？"

"哈哈哈哈。"南月没忍住。

"这个问题很好笑？"

"没有没有。"南月脸上的笑意仍未退去，"就觉得现在的你跟五年后的你差别挺大的。"

康哥在大厅喊了南月几声，让她去吃早饭。南月起身，走了几步才轻飘飘对韩榷周说了句："跟前男友不到一年就分了，还没熬到他生日呢，能买什么礼物？我这人呢，学不会撒谎，说了没买过就是没买过。"

韩榷周状似无所谓，随便应了一声。

南月又问："我怎么觉得你今天怪怪的？你是不是有话想对我说？"

"我可能需要回家一趟。"

南月眼神骤然变了，但很快调整过来："嗯，是该回去看看你爸妈了。准备什么时候走？"

"明天吧。"

"哦，挺好，可以一起去高铁站。"

"我回去是想……"

"哎呀，今天好多好吃的啊。"南月快步走到了前厅，从餐桌上拿了杯豆浆喝。她边吃早饭边和康哥聊天，已经岔开了话题。

韩榷周硬生生把没说完的话咽了回去。这种滋味似乎不太好受，可他和南月不是还没什么关系吗？普通朋友而已，来去自由，互不干涉才是硬道理。

到了中午，罗遇心千呼万唤始出来。她随便吃了几口，兴致勃勃地拉着南月要跟她一起去市区取蛋糕。

南月开车，韩榷周坐后排，罗遇心倚靠在副驾的座椅上，悠闲地跟他们聊天。南月有一搭没一搭回她几句，看着不太想说话的样子。韩榷周戴着墨镜，看不清表情，但似乎比平时严肃些。

罗遇心感觉不太对劲，问南月："你俩是不是有什么事？"

南月反问她："什么事？"

"那为什么你们都不说话啊。"她扭头看了一眼韩榷周，"吵架了？"

"我们能吵什么架!你没睡醒吧?"南月不屑。

"我……"罗遇心话到嘴边,想想还是算了。她从第一次见韩榷周就觉得他跟南月的关系很奇怪,不太像恋人但又有点像恋人,时而流动暧昧气氛,时而像不熟似的。

罗遇心只好换了个话题:"我们明天什么时候去于媛媛那儿?我看了下高铁票和机票,估计需要四五个小时才能到呢。"

"那就订最早的航班吧。一会儿我订票。"

到了云都酒店,南月停好车,问韩榷周:"韩博士准备买几点的票?拼个车去高铁站呗。"

"我的行程安排出了点小状况。"

"什么状况?你不是要回京州吗?"

"延迟了。"

"哈?"

韩榷周的回答一本正经:"这次回去主要是想去天文台拜访我的老师唐教授,向他了解一些关于宇宙物质的知识。可惜他老人家去外地出差,我也只得晚些回去了。"

"唉,那真是太遗憾了。"南月夸张地配合,"只能委屈你在垟曲多待几天了。正好,你可以帮忙照顾冰冰的猫。"

"我在垟曲没什么事,需不需要我陪你们一起去于媛媛家?"

"我们女孩子的事,你一个大男人掺和进来,不太好吧。"

"怎么不好了!"罗遇心想马上终结这个话题,她早就看出来了,这俩人就是有问题,说话都在打太极呢。她当机立断:"我决定了,韩博士跟我们一起去。毕竟我们俩长得美,单独出门不安全,有个男人在也是好的。是吧,繁素?"

"他……"

"订票吧,赶紧的。取完蛋糕就订。"

南月和韩榷周看了彼此一眼,没接话。罗遇心懒得理他们,风姿绰约地走进了云都酒店。她长得漂亮,连门童都忍不住多看她几眼。

车里只剩下两个人了,气氛顿时诡异起来。

南月装作若无其事:"韩博士什么时候回京州?"

"你在你们那个世界,也这样?"

南月满脸不解。

"正常情况叫名字,心情别扭了叫韩博士?"

南月否认:"不啊。"

"所以是来这儿之后,针对我的私人定制?"

"不叫韩博士,叫韩教授。"

韩榷周:"……"

"你看,我不仅给你透露了你将来的未婚妻是谁,还透露了你将会成为一名教授。这份恩情你不铭记在心、感恩戴德,有点说不过去吧。"

"你的恩情,我难道不是一直在还?"

"哦?"

"你每天刷的卡,好像是我的吧。"

南月可不这么认为:"那是我未婚夫给我的卡,不是你。"

"但钱是从我的账户里扣的。"

南月:"……"

罗遇心拎着蛋糕出来,见两人聊得不错,猜到之前的不开心应该过去了。她问南月:"接下来我们是要去商场给康哥买礼物对吧?"

南月:"我改主意了,去附近的ATM吧。康哥对我这么好,给他准备个大点的红包才是。"

韩榷周："……"

晚饭前，康哥收到南月的大红包。

他拒绝好几次不成，最终忐忑地收下了。按照他的经验，一摸红包的厚度就知道，得上万。这令他不得不怀疑，难不成袁姐那个离谱的猜测是对的？邱繁素真的中彩票了？且不说这红包，今天的客栈也布置得非常讲究，看得出花了心思，也花了不少钱。

为了保证菜品能上得了台面，南月还特地请了两个厨师过来。一个是康哥的老邻居，在附近开私房菜馆的袁姐；另一个则是在欢宴掌勺的厨师，她问贺峥借来帮忙。贺峥答应得很痛快，并拒绝收费，说是报答罗遇心那天帮他忙。南月过意不去，偷偷给厨师塞了个红包，以示感谢。

对于南月安排的这一切，康哥感动万分，就差没当场流泪了。他一贯过得糙，生日最多也就是跟朋友吃个饭，喝几口小酒，从来没人这么费心思帮他准备过。桌上每一道菜都深得他意，他听罗遇心说，菜单是繁素亲自拟定的。

饭菜吃得差不多了，南月举起红酒杯，轻轻碰了一下康哥的杯子："明天我就走了，就当是临走前的一点小心意吧，你不用太放在心上。一直以来，是我受你的照顾更多。"

"你什么时候再回来？"康哥有些失落，"这次回去，应该很久见不着了吧？"

南月想都没想，脱口而出："那可不一定。"

"你不回家？"

"还有点事，再说吧。"南月随意掩饰过去。她不知道自己能去哪儿，尤其不能回家。万一"邱繁素"在家，她贸然回去岂不是穿帮了！去看完于嫒嫒之后，她有可能还得回垾曲。

好在康哥没多问。在晚餐之后，南月安排了一个小型派对，她下午就让珊珊在客栈门口的黑板上写了一行字：今天老板生日，晚上8点，欢迎住店客人到餐厅参加派对，吃喝不收费。

这一噱头很足，8点还没到，餐厅就已经聚集了很多人。大部分面孔南月眼熟，都是本店的客人，有的已经住了好几天了。唯一不该出现却出现在这里的人是陆江申，或许是提前看到了黑板上的字，他拎了礼物过来，说是来给康哥过生日。

南月还没说什么，康哥先尴尬上了，眼神在陆江申和南月之间来回。南月不想让他为难，在他开口前，不以为意地说了句："康哥，来者是客。都是你的朋友，应该请人入座。"

"好，那好吧。"康哥回头，给了陆江申一个眼神。陆江申生怕南月反悔，赶紧找了个地方坐下。

这下换罗遇心不乐意了，她悄悄看了一眼韩榷周，还好韩榷周没什么反应。她把南月拉到一边，低声耳语："你就这样让你前男友入席了？"

"他今晚出现在这里，身份不是我的前男友，只是康哥的朋友而已。"

"你就不怕韩榷周不高兴？"

"韩榷周为什么不高兴？"

"你说为什么？"

南月假装听不懂。而且，现在的韩榷周跟她还没关系呢，他有什么好不高兴的！

康哥喊她："繁素，我们准备玩游戏了。快过来啊。"

南月应了一声，走去韩榷周身边坐下。她扭头看向韩榷周，韩榷周轻轻点头,给了她一个"放心"的眼神。

举办这个派对是韩榷周的提议,包括请客人们参加。关于今晚派对的主题,他们有一个荒诞的想法。

南月和韩榷周酝酿计划的同时,长桌的另一边,康哥已经开始组织游戏了。客人们情绪高涨,玩得非常开心。

紧挨着康哥坐的是陆江申,他没什么心思参加游戏,时不时往南月的方向看,几次想开口跟她搭话,奈何没找到合适的机会。他这么频频往这边看,南月被他盯得很不自在,就连一旁的罗遇心都感受到了,忍不住朝陆江申翻了个白眼。

这一幕没逃过韩榷周的眼睛,他不动声色地拉过南月的手,十指相扣。南月早就习惯了和"韩榷周"的亲密动作,没有在第一时间反应过来。等她意识到这一层,同时也明白了韩榷周是想帮她解围,便由着他了。横竖都是她未婚夫,早一点晚一点无所谓。她这样说服自己。

可是,为什么眼前的韩榷周给她的感觉不太一样?南月心跳加快,很紧张,真是见鬼了……

游戏进行到高潮,康哥宣布:"我们换一个玩法吧,从下一轮开始,输的人讲一个自己遇到的离奇经历。越离奇越好,最好是科学无法解释的。"

"这个好!"有人附议,"我就喜欢听离奇的故事!"

有人提问:"如果没有离奇的经历怎么办?"

"听说过的也算。"韩榷周说,"如果都没有,就干了杯中酒。"

"好,这样有趣。开始吧,我等不及了!"

"开始开始!"

韩榷周放开南月的手,对她说:"一会儿你来开头?"

南月点头。

几个小时前，韩榷周对她说："时空隧道既然存在，千万年来，不可能只有你遇到过。"

"你能肯定？"

"不能。但我们同样也不能肯定，你是唯一遇到的人。或许曾经有人遇见了，或许现在有人正在经历。"

"所以你想把这些客人聚在一起？"

"嗯。这些客人来自天南海北，他们或许遇见，或许听说过类似的事。其实可以把隔壁酒吧的客人也叫来，人越多越好。世界之大，总有概率一说。哪怕大海捞针，试一试又何妨？"

是啊，万一呢。她了解他，无论是过去还是未来，他始终坚信宇宙多维空间论。甚至他还说过，他觉得陨石并非打开时空隧道的唯一途径。

南月迟疑地开口："其实在2021年，我正在创作剧本，讲的就是一个这样的故事。"

"什么故事？"

"时空之门的故事。关于……月光眼。"

06

韩榷周的本意是想引导大家讲离奇的事，越离奇越好，希望万一有人遇见过类似的事。然而在珊珊开了一个诡异的头之后，这场派对竟然发展成了讲鬼故事。尽管室内燃着壁炉，大家都觉得凉飕飕的……

南月担心话题跑偏，故意输了游戏，状似不经意道："真没劲，既然输了，而我也没听过什么离奇的鬼故事，要不我讲点跟大家不一样的？"

康哥附和："好啊，不一样的好。"

"也是，老讲鬼故事，我都担心今晚睡不着呢。"

南月含笑："那我讲啦？我有一个朋友，老家在一座海滨小县城。她小时候的邻居做生意赚到了大钱，一家老小都搬家去了城里。二十多年后，邻居家的女儿Ａ小姐回到了小县城。我朋友听说，这家人家道中落，已经不复往日光景了。

"Ａ小姐回老家后，住在海边一家酒店散心。她不喜欢跟陌生人接触，每天除了出门购物、散步，只跟酒店老板有交流。有一天，她一觉醒来发现自己回到了十年前，她还住在这家酒店，老板也没变。不同的是，十年前的她还是二十出头的千金小姐，年轻、富有、养尊处优。她以为这是在做梦，却也很享受这个梦。

"几天后，Ｂ先生入住了这家酒店，跟Ａ小姐认识了。Ａ小姐喜欢上Ｂ先生之后，察觉到了不对劲，因为她最近遇见的事都是她十年前经历过的，唯独这个Ｂ先生是个例外。十年前她来过这家酒店，可她根本没遇见过Ｂ先生。那么，Ｂ先生到底是不是真实存在的人？这到底是不是她在做梦？Ａ小姐很疑惑。"

南月停在了这里。一群人翘首等着后续，却见她没有继续说下去的意思。罗遇心急了，催她："然后呢然后呢？是做梦还是时空穿梭？这个Ｂ先生到底什么来头啊？"

南月耸耸肩："我也不知道。就在Ａ小姐察觉端倪的时候，她醒了过来，发现自己又回到了十年后。"

"没了？"

"没了。"南月回答得理所当然。剧本她就写到了这里,后面剧情怎么编她还没想好呢。可不就是没了吗!

"所以这个故事原来是个坑啊?那你还拿出来讲。"

"话不能这么说。"一位扎着短马尾的男客人反驳,"我倒是觉得这个故事很有意思,A小姐遇到的怪事,其实是现在很热门的平行空间概念吧?"

"好像还真是!"珊珊表示赞同。

南月趁热打铁:"我觉得这比鬼故事有意思多了,晚上听了也不会觉得害怕。大家有听过这样的事也可以讲讲,我很有兴趣。"

大家围绕着平行空间话题各抒己见,几分钟后就翻篇了。游戏继续进行。没有人注意到,陆江申的表情变得十分怪异。自从听南月说了这个故事,他的眉头再也没放松过。

也正是因为心里有事,陆江申游戏玩得心不在焉,很快就输了。一群人起哄,问他罚酒还是讲故事,他犹豫半天,有些艰难地开口:"那我也讲个离奇的故事吧。

"我有个朋友,从小跟着单亲妈妈长大,他没见过自己的生父,小时候问多了爸爸是谁的问题还会被妈妈骂。他妈妈性格孤僻,每天除了上下班,基本没别的爱好,跟我朋友的交流也是少之又少。我朋友对妈妈最深的记忆点是,每次下大雨妈妈都会出门,雨停之前不会回来。他觉得奇怪,问了又怕被骂,就没有再多嘴。后来,我朋友去外地上大学,他觉得解脱了,外面的花花世界那么精彩,他不想再回到那片屋檐下。

"大二那年暑假,我朋友回老家办护照,在家住了几天,他不小心发现了妈妈的秘密。他妈妈经常神神秘秘出门,他跟踪了几次,总是不了了之。有一天他在书房睡觉,听见开门声马上跟了上去。他跟着走了很远的路,最后尾随他妈妈上了一艘邮轮。

"我朋友老家临海,码头有很多接送旅客的邮轮,他见怪不怪,以为他妈妈只是去散心的。可是船一出海,他察觉到四周的环境变了,他所在的地方好像不是他见到的那艘邮轮。通过船舱的挂历,还有旁边经过的游客的聊天,他不可思议地发现自己回到了二十年前。而那一年,他还没出生。

"在人群中,我朋友看见他年轻时候的妈妈。他以前在相册中看到过妈妈年轻时的照片,所以一眼就认出来了。不过他妈妈好像并不认识他,眼神从他身上掠过都没有做停留。和他妈妈待在一起的是一个年轻帅气的男人,他们表现得很亲密,像是一对情侣。那个男人戴着一副黑框眼镜,手里还拿了一本书,应该是个知识青年。我朋友很好奇,他找了一个妈妈不在的机会,跟那个男人搭话。那个男人对他很友善,他们聊了好一会儿。

"三天后,船回到了岸边,游客们也都下船了。我朋友悄悄尾随他妈妈上了岸,岸上的建筑也是二十年前的,古老、陈旧,跟他记忆中的如出一辙。他妈妈跟那个男人进了一座老式红砖建筑,那座建筑我朋友从没见过。他仔细观察了一番,发现那是一座图书馆,外墙上还有一个很大的钟,非常醒目。我朋友出于好奇,盯着那个钟看了好久。谁知道钟突然响了,他一愣,发现自己跟丢了人。等他再想进图书馆的时候,眼前突然一黑,他失去了意识。"

说到这里,陆江申顿了顿,看向南月。果然,南月听得聚精会神,她问他:"然后呢?"

"然后我朋友醒了过来,发现自己趴在书房的桌上。他想,刚才的一切只是他的一场梦,一场很真实的梦。"

"真的只是梦?"

"我朋友是这样认为的,直到几年后,他在发小家的相册里看见了那座红砖图书馆。照片上的图书馆跟他梦里看见过的一模一样,尤其是外墙上的钟。他问了朋友的父母,他们说,那座红砖图书馆在二十年前发生过火灾,被烧得面目全非了,第二年市里拨款翻修,改成了百货商场。"

在座的人都听得入了神。康哥说:"或许图书馆只是巧合?说不定你朋友以前在别的照片上见过,留有印象,所以梦里面出现了一样的建筑。"

陆江申嘴角动了动,笑得勉强:"大学毕业后,我朋友搬家收拾行李,他在某个柜子的角落找到了一本书,就是他梦里那个戴眼镜的男人手里拿的书。书上写了一个名字,他看到那个名字就想起来了。梦里面那个男人说过他的名字。"

"妈呀!"扎马尾的男客人发出惊呼,"说得我鸡皮疙瘩都起来了。你这个故事跟刚才那位小姐说的一样,肯定是平行空间!你朋友上的那艘船,绝对是把他带去了一个平行空间!"

"不知道,也许吧。"陆江申不想继续这个话题,他冲康哥道,"来,继续游戏吧,别扫兴。"

客人们兴致很足,对他们来说,无非是听了个有意思的故事而已,可有些却没有心思玩游戏了。南月拉了拉韩榷周的袖子,示意他借一步说话。

这个夜晚有星星。

南月站在客栈门外,面向古城的方向,她没说话,内心却是风起云涌。韩榷周自然猜到了她的意图,她叫他出来是因为陆江申刚才说的那个故事。如果那不只是个故事……

"以你对他的了解,你觉得这个故事是他编的吗?"韩榷周问。

南月摇摇头:"他没这个脑子。要真是编的,我都想推荐他去当编剧了。"

"如果不是编的……"

"那么,他说的朋友应该不是他朋友。"

"不是朋友?"

"无中生'友'啊,你没听过?"南月给他解释,"一般像这种以'我朋友'开头的,大多说的是自己。陆江申说的应该是他的亲身经历。"

"所以你刚才说的故事,也是你的亲身经历吗?"一个声音打断了他们的对话。

南月回头,门口站着陆江申。她完全不意外,摇头道:"不是,是听来的故事。没骗你。"

陆江申颇为失望。他跟出来是因为,他以为南月经历过同样的事,他以为能找到解开这个谜的线索。

"但你说的是你的亲身经历,对吧?"南月很确定,"我记得你跟我提过,你是单亲家庭长大,你跟你妈妈关系不太好。"

"你想问什么?"

"你妈妈她……"

"她三年前生病去世了。"陆江申打断她。

南月诧异,陆江申并未跟身边的人提过他妈妈去世的事。怪不得这些年他一直在外面游荡,原来他老家已经没有亲人了。

"关于你的梦,你能跟我说说细节吗?越详细越好。"

陆江申眼神在南月和韩榷周身上走了个来回,有些迟疑:"你问这个做什么?"

"哦,我有个朋友是编剧,她对这些离奇的故事感兴趣,你如果不介意就跟我说说。"她又补充了一句,"当然,你要是介意就算了,这种事不好强人所难。"

南月等他的下文。

空气突然安静,除了客栈里面传来的嬉闹声,只能听到路边稻田里的虫鸣。几分钟过去了,三个人还是这么傻傻地站着。南月见陆江申没有要开口的意思,有些失落,回头对韩榷周说:"进去吧,我有点冷。"

"繁素,你等一下。"陆江申叫住她。

南月重新燃起了希望,看向陆江申。

"我能单独跟你聊聊吗?"他抬头看了一眼天台的方向,"去楼上坐会儿吧,我想喝点酒再说。"

"好。"

韩榷周很识趣,拍了拍南月的肩膀:"我回房休息了。你们聊。"

07

于媛媛现在生活的地方叫翟远县,是川渝一带一座不起眼的小城。

2016 年的翟远县还没有通火车,更别说高铁了,交通特别不方便。韩榷周提前在网上租好了车,会有人把车开到机场交给他们。以他对南月的了解,这位大小姐是接受不了县城大巴的条件的。他查了下,驾车需要五小时,他和南月换着开,减去路上休息的时间,天黑之前应该能赶到目的地。

这里路况不比大城市,开车会更消耗精力。南月开了两个小时,眼睛发酸，看见路边有服务站就赶紧停下来休息。韩榷周下车去服务区买水，罗遇心则睡得不省人事。

"要叫她起来吗？"韩榷周买水回来，递了一瓶给南月，"如果饿了，你们可以进去吃点东西。"

"不用了，让她睡吧。我下车走走。"

这里的气温比垟曲低了好几度，南月手指发凉，没力气，半天没拧开瓶盖。她有些生气，脸色不太好看。

韩榷周从她手里接过瓶子，拧开后递给她："你跟它较什么劲？打不开换一瓶就是了。"

南月默默喝水，不说话。

韩榷周从兜里掏出烟和打火机，问南月："抽吗？"

"不抽，谢谢。"

"那你介意我抽吗？"

"抽吧。"

韩榷周刚点燃烟抽了一口，南月突然反应过来："你抽烟？"

韩榷周被她问住了，很快明白了是怎么回事："他不抽？"

南月摇头。韩榷周说的"他"，是2021年的他。

"戒了也好。总归不是什么好东西。"韩榷周边抽边说，"你心情烦躁，是害怕见到于媛媛，还是因为陆江申那条线索断了？"

"不知道，我很少这样。"

哪怕是创业这些年，公司遇到各种奇葩的合作方，她也总能坦然面对、冷静处理。江昀时常对人夸她："我们南总脾气好，沉得住气，基本不骂我们，是个做大事的人。"可为什么回到五年前的她，心智也跟着降了呢？然后她又很快说服自己，来到一个陌生的时空，她没失去理智已经很不错了。换谁不得崩溃啊！

韩榷周也是这样想的:"你突然来到这个不属于你的世界,一时半会儿又想不到办法回去,觉得累是正常的。别想太多,车到山前必有路。而且你还有我……我们呢,我和师哥都会帮你的。"

"谢谢你安慰我。"

"实话而已。"

南月想起他刚才的问题,说:"陆江申的事原本就没在我意料中,线索断了就断了,没什么大不了的。"

昨天晚上陆江申在天台跟她交谈的内容,她睡前就已经全部转达给韩榷周了。

陆江申至今无法确定,那些事是他梦中遇见的还是真实经历的。他给南月看了手机里存着的两张照片,一张是红砖图书馆,一张是他在家里找到的那本书,书封上用圆珠笔工工整整写了一个名字——陆航。

"这个陆航,应该就是我爸爸。"陆江申喝了一口酒,带着微醺喃喃开口,"我妈去世一年后,我才听她一个朋友说起,我爸生前就在这座红砖图书馆上班,火灾的时候他没能逃出来。"

"你妈妈为什么不告诉你这件事?"

"我爸去世后,她得了躁郁症,脾气阴晴不定。她不愿意跟任何人提起我爸,一有人说这事她就会暴怒,砸东西。她朋友本来就少,有些人还因此跟她疏远。久而久之,再也没人敢在她面前提陆航这个名字了。"

"你其他亲人也没跟你说过?"

陆江申无奈地笑笑:"我爸是孤儿,我妈跟家里关系不好,她说她爸妈重男轻女,她一点都不想跟老家的人往来。"

"所以梦中见到你爸爸的事,你没有再求证过?"

"上哪儿求证?"陆江申醉意渐浓,"时空穿梭这种离谱的事,电视上看看还行,没有人相信现实生活中会发生的。"

"我信。"

"谢谢。刚才听你说的故事,我以为有人跟我经历了同样的事。看来是我想多了。"

南月心中五味杂陈。她不可能告诉陆江申,她就是从五年后来的,并且不是在梦里,是她的身体真真实实穿越了时空隧道。

休息了大概十分钟,南月看了一眼手表。

"走吧,天黑之前要赶到翟远,尽量别走夜路。"

"我来开吧,你去后座歇会儿。"

"你车技怎样?"

韩榷周反问:"我车技怎样你不知道?"

"我哪知道现在的你是不是'菜鸡'。"

"我高中毕业就考了驾照,已经快十年驾龄了。你不知道?"

南月不说话了,她确实没细问过。她才四年驾龄,输了输了。

两人回到车上,罗遇心已经醒了,正一本正经刷手机。看到南月开了后车门,她也换到了后座。她们一路聊着天,时间很快就过去了。

接下来的路段隧道多,山路不好走,韩榷周开了近四个小时车,才抵达此行的目的地。小县城人不多,烟火气却很浓。

透过车窗,南月看见了站在约定地点等他们的于媛媛。她差点没认出来,于媛媛苍老了很多,在2016年才二十二岁的她竟然有了饱经风霜的样子。

罗遇心也发现了这点,拽着南月的衣袖:"真的是于媛媛?她怎么变成这样了？感觉沧桑了好多啊。"

南月冲罗遇心摇了摇头，罗遇心立刻懂了，这些话不能在于媛媛面前说。她是那么要强的人，高中时就自负美貌，像只骄傲的孔雀，从来不屑多看那些诋毁她的男生一眼。一别几年，曾经的灵气和美丽被生活磨得所剩无几，这恐怕是她最不想看到的结果。

于媛媛看清了车牌号，她很紧张，下意识攥住了衣袖。高中毕业后她就再也没见过老同学，如今她过得一地鸡毛，说不自卑是假的。

罗遇心先下的车，朝于媛媛挥了挥手，叫了声她的名字。于媛媛一听，紧绷的心弦瞬间断了，她也不知道是什么样的情绪涌上了心头，眼睛一热，掩面哭了起来。

"欸？你怎么了？"罗遇心慌了。

于媛媛想说她没事，可她什么话都说不出来，一张嘴就不停地抽噎。她知道这样很不好，久别重逢，她应该开心才对，而且她不希望让曾经最亲密的朋友看到自己烂泥扶不上墙的样子。

南月拉过于媛媛的手，抽了张纸巾塞到她手心："想哭就哭个够，哭完了我们再说。现在我们又见面了，我们有的是时间。"

她所经历的苦难，她都知道。这一次来翟远，不正是为了弥补另一时空的遗憾吗？

于媛媛大概是许久没这么酣畅淋漓地发泄了，她把脸靠在南月肩上，越哭越大声，像是要把这些年受的委屈一股脑儿倾吐出来。罗遇心被她这阵势吓着了，不敢多说一个字，生怕又触动到她的伤心点。两个人就这么不声不响站着，看她哭。

韩榷周很识时务，知道这种时候自己不该掺和。他把车停好，远远地站在路灯下抽烟。

许久之后，于媛媛终于缓过劲了。她使劲擦了擦眼周的泪水，抽噎道:"我没想到你们能来,我以为……我这辈子也就这样了,什么都没了……"

"对不起,媛媛。我欠你一句道歉。"

于媛媛不明所以。她不知道,对南月而言,这句道歉隔着的又何止是五年的光阴。她的一声对不起不仅是因高中时期疏远她的愧疚,更多的是因迟到的这五年的遗憾。

南月握住于媛媛的手:"现在你有我们了。我们会一直站在你身后的,只要你需要。"

于媛媛哽咽,又无声地掉起了眼泪。

天渐渐黑了,气温也逐渐下降。南月看她穿得单薄,解下围巾裹住了她的脖颈:"你还没吃饭吧?我们找个地方吃东西,边吃边说好吗?"

"嗯。"她还真饿了。

韩榷周就近找了一家看上去装修不错的餐厅,他跟老板要了个包间,点了几个菜。小地方下馆子的人不多,菜很快上来了,冒着热气,看上去很好吃。

"吃吧,多吃点。"南月把筷子递给于媛媛。

一开始于媛媛还算克制,细嚼慢咽。可她似乎很饿,渐渐地不再顾及形象,加快频率拨动着碗里的饭。她不敢说出口,她已经很久没吃过一顿像样的饭菜了。有谁能想到,在这样一个年代,她会过着饭都吃不饱的日子。

她是逃出来的。为了躲她老公,她不敢用真名找工作,只能干一些零碎小活。只要是给钱的,再脏再累的活她都干。比如扫街道、看仓库、去餐厅洗碗。

她每个月花六百块租着最破旧的筒子楼，但这六百已经是她省吃俭用抠出来的巨款了。有个遮风挡雨的地方是最重要的，只有先生存下来，她才能考虑下温饱问题。

所幸，她的房东是个善良的本地阿姨。看她过得那么寒碜，房东阿姨给她安排了个稳定的活——在地下通道的铺子里摆摊。铺子是房东阿姨自己家的，阿姨没有收租金，分了一个角落给她，又帮她凑钱收了一台二手的老式缝纫机。她这一年全靠以前在制衣厂学来的手艺维持生计，平日里她会替人修改衣服、缝扣子、做鞋垫。

在这个闭塞的小县城，与其说是生活，不如说是躲藏更为贴切。为了不让她老公一家人找到她，她断绝了和所有人的往来。她觉得自己就像下水道里的老鼠，未来暗无天日，可她又很想活下去，哪怕她的生命中充满了贫穷、孤独、卑微和恐惧。

于媛媛麻木地诉说着。

南月听得压抑极了，尽管她早就知道了这一切。倒是罗遇心全程惊呆，想了解更多却又不敢刨根问底，怕说错了话伤害于媛媛。

不知不觉，他们在餐厅坐到了9点半。南月不停地打哈欠，他们今天一大早就起床赶高铁，接着又是赶飞机、开车，折腾了一路。

韩榷周见南月一脸菜色，便向于媛媛提议："于小姐，天色不早了，要不我们先送你回家，等休息好了明天再说吧？"

"好。"于媛媛点点头，"你们晚上住哪里？"

"翟远大酒店，离这里不远。"

"你们……"于媛媛咬咬嘴唇，还是问出了那个难以启齿的问题，"会在这里待多久？"

南月被问住了。她事先没考虑过这个问题，她来这里的最初目的无非是弥补遗憾。那么，于媛媛最担心最害怕的是什么？是怕她老公找过来吧?她刚才也说了,她老公一直在找她,还发过寻人启事。她似乎时刻紧绷着神经,像一只在猎人射程范围内的、时刻处于防御状态的猎物。

韩榷周给于媛媛吃了颗定心丸:"放心,我们暂时不走。阿月……咳咳,繁素说她这次来就是想帮你的,你不用再害怕了。"

于媛媛很感激,一个劲地道谢。除了道谢,她也不知道还能说些什么。她们曾经是最亲密的朋友,可她心里清楚,几年不见,她们已经不在同一世界了。

韩榷周把车开到了于媛媛家楼下,南月才发现,于媛媛的生活环境比她想象中要糟糕得多。这栋楼只有五层,没有电梯,甚至楼梯间都没有灯,一片漆黑,光是看着就让人觉得害怕。于媛媛说她住在二楼,楼梯口那间开着窗的就是她的临时落脚点。她说的是落脚点,因为她从不曾把这里当作她的家。

南月问她:"今晚要不要跟我们一起去住酒店?这么久没见了,想多跟你待会儿。"

"不用不用,我还是在自己家住得惯。"于媛媛连连拒绝。她知道翟远大酒店,在那里住一晚的价格抵得上她一个月的房租了,她哪里好意思花人家的钱。

南月只好作罢。

他们目送于媛媛上了二楼,看见二楼的房间亮了灯,才放心离开。可没走几步,二楼传来一声咣当巨响,紧接着是女人的尖叫声,还有男人的咒骂声。

韩榷周反应过来,第一个冲了上去。南月也跟着上楼,她忽然想起什么,拦住罗遇心说:"你别上楼,快报警!"

第六章

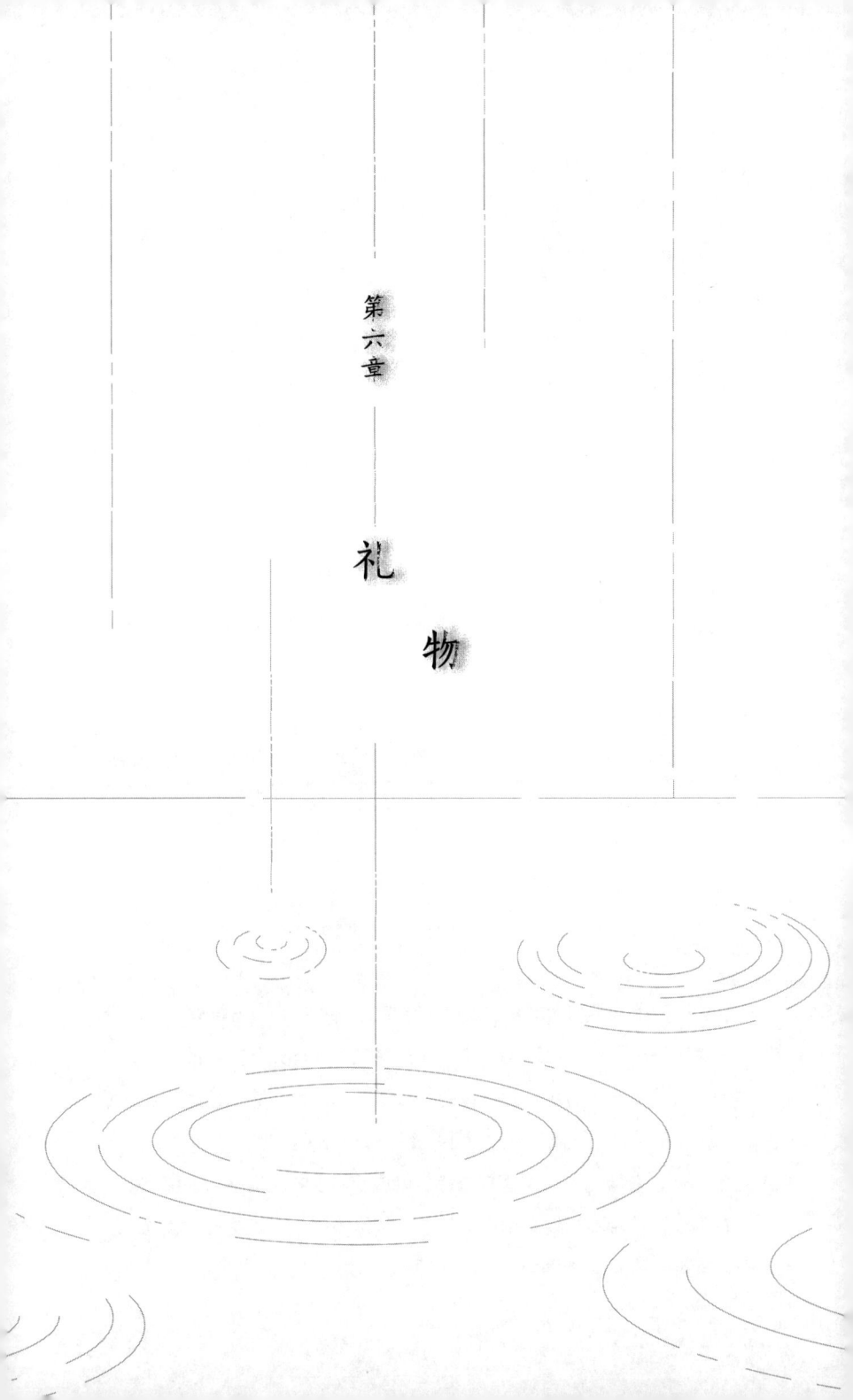

礼物

01

2021年11月2日，京州市美术馆。

许是昨夜下了雨的缘故，今天碧空如洗，万里无云。阳光透过厚厚的树叶，洒在花园一栋两层白色建筑上，斑斑驳驳，平添了几分慵懒。大约两年前，美术馆花园区建起了这栋小白楼，有偿提供简餐和咖啡，给参观累了的人歇脚。由于这栋建筑设计别致，拍照极其出片，久而久之风头竟盖过了美术馆本身，客人络绎不绝。

邱繁素此刻正坐在小白楼二楼的窗边晒太阳。工作日的上午这里客人少，她能得到片刻安宁。自从昨晚试图回2016年的计划失败，她一直苦恼到现在。她不是不喜欢这个时空，这样光环加身的日子，谁能不喜欢呢？可她更希望错位的关系能回到原点，哪怕让她从零开始积攒，至少这样她能心安理得地享受荣耀和奢华。

楼下花园内，一位戴着墨镜、口罩、鸭舌帽的瘦高男人穿过鹅卵石小径，不紧不慢地朝小白楼走去。与他擦肩而过的两位女孩原本有说有笑，其中穿牛仔裤的女生突然回头，脱口叫住了他。

"魏冲？你是魏冲！"牛仔裤女生很激动。

瘦高男人回头，假装没听清："啊？你是在叫我吗？"

"真的是你啊，魏冲！没想到在这里能见到你，能给我签个名吗？"

"小姐你认错人了，我姓张。不好意思。"瘦高男人微笑着说完这句话，很自然地转身走了，没有一丁点儿像在说谎的样子。以至于两个女生在原地讨论了很久，真怀疑自己认错人了。

邱繁素在楼上看到了这一幕，忍不住笑了出来。

魏冲还是那个魏冲，五年过去了，即便已经小有名气，他身上很多特质仍然保留着。在她的时空，魏冲的境遇还不如罗遇心好，他在横店跑各种龙套，偶尔运气好才能演个台词多的角色。他长得确实好看，眸中带星，气质独特，可偏偏娱乐圈最不缺的就是帅哥。她曾猜测，罗遇心应该会有不错的发展，但她没想到魏冲也能混得像模像样。

魏冲一上楼，邱繁素就调侃他："走在路上被女孩围绕的感觉怎样？是不是很快乐？"

魏冲莞尔，在她对面坐下："别人调侃我也就罢了，你就别了吧！知根知底的，谁不知道谁啊。"

魏冲这么说自然是有道理的。他早年和罗遇心一起演戏，从而认识了邱繁素。后来罗遇心红了，给他介绍了不少资源，他自己也争气，逐渐混到了能演热门剧男二男三和小网剧男主的位置。在"南月"写的热播剧《风雪客》中，魏冲演的就是颇受观众喜爱的美强惨男三。

"怎么约在这里见啊？"魏冲问她。

"公司事情太多了，看着心烦。"

"哟，大名鼎鼎的工作狂南总竟然会嫌工作烦。奇事啊！"

邱繁素瞪他："别阴阳怪气啊，有事说事，不说我走了。"

"别别别，我说。"魏冲摘下墨镜口罩，喝了一口水，"其实电话里也说得清，这不好久没见你了吗，想顺便约你喝喝咖啡。我听罗遇心说你们公司的新剧已经和平台签约了，之前我听你说过大概剧情，我很喜欢这个故事，想问问有没有适合我的角色。"

邱繁素语塞。除了罗遇心是铁打的女主之外，她对此中利害关系一无所知，也不知道他们公司有没有定演员的权利。

"你容我想想……"

"不急，就跟你打个招呼。你慢慢想，慢慢写。"

两人边喝咖啡边闲聊，从魏冲的话里，邱繁素大致了解了他这些年的经历。老友相见总是有说不完的话，时间一晃就到了 12 点，韩榷周也到了。美术馆离他单位不远，他昨晚跟邱繁素约了在这里一起吃中饭。

韩榷周走到二楼，没来得及和邱繁素打招呼，先被魏冲吸引了注意力。他思考了两秒，马上认出魏冲："是你？"

"我？"魏冲以为韩榷周认出他是明星，准备否认。

邱繁素先他一步开口，对韩榷周说："哦，忘了介绍，这位是知名演员魏冲，也是我和罗遇心的好朋友。你应该在电视剧中看过他演的角色。"

韩榷周顿时了然，难怪他在 2016 年的街心公园见到魏冲时，莫名觉得他眼熟。

魏冲没搞清楚情况："这位帅哥是？"

"他是……"邱繁素顿了顿，不太好意思地说了几个字，"我的、我的未婚夫。"

"哦哦，市天文台的韩博士，之前听繁素提过，久闻大名。只是没想到韩博士这么帅，不出道真是可惜了。"

韩榷周完全没在意魏冲的恭维，他盯着魏冲的脸看了几眼，确定他没认错人，坦然说出了心中的疑惑："你不是盲人？"

"盲人？对，我演过盲人，哈哈。韩博士是不是看过我演的那部……"说到这里，魏冲脑子里突然灵光一闪。他想起来了，他知道眼前这个男人是谁了！

"你、你是那个科幻编剧？"

韩榷周不解地看向他。

"哦不对，你不是编剧，那你当时问我那些奇怪的问题干吗？"魏冲语言混乱了，"什么穿梭了时空，没人认识你……"

邱繁素听得云里雾里，直到魏冲给她解释了一遍，她才明白是怎么回事。她强行打圆场："你说的是当年那事啊，他是帮我找灵感呢。"

"原来是这样。欸？你们五年前就认识了？"

"对啊。"这句话邱繁素没乱说，她确实在2016年就认识韩榷周了。

魏冲思考了一会儿，觉得这个解释很合理："怪不得《时间后面的世界》是个双时空故事。你竟然五年前就想写这样的题材了，不错啊邱繁素，脑洞挺大。"

"是啊，是啊。"邱繁素强行附和。

此事总算揭过。

可惜，他们的这顿饭并未因此而吃得清净，没过多久周文博打来电话。邱繁素看到韩榷周接电话那一刹那的脸色，就知道事情不简单。事实上周文博只说了一句话：榷周，我忽然想起来，五年前我收到过一封邮件。

韩榷周神情复杂，从惊讶到疑惑到了然，他冷静地开口："是我发给你的邮件，还是南月？"

"是你。"周文博说，"不过邮件的内容是南月写给你的一封信，外加五年前的韩榷周对五年前的我的一些叮嘱。这些原本不存在的记忆，一夜之间我竟然全想起来了。第一次经历这么神奇的事。"

"明白了，师哥。我这就回天文台，繁素跟我一起过去。"

韩榷周明白的，周文博也明白，他不是一夜之间全都想起来了，而是这些事在2016年的这一天，同步发生了。正如他们所料，南月一定会想办法通知他们，他们等了很久的信，出现了。

十几分钟后，韩榷周和邱繁素抵达天文台。他们进办公室的时候，周文博已经坐在那儿，看他的样子似乎在这里等了好一会儿。

"长话短说。"周文博把电脑转了个方向，推到韩榷周面前，"这是南月写给你的信，你自己看吧。"

邱繁素赶紧凑过去一起看。她比他们更迫切地想要知道，要怎么做她才能回到五年前。不过跟她期待的不太一样，这封信中没提到时空隧道的关键信息，南月只是把"她"那天晚上经历的事情描述了一遍，并强调了一点，"她"和2016年的"韩榷周"相遇了，他们也在一起想办法破解陨石之谜，有任何发现他们会给那个时空的"周文博"发邮件备份，2021年的他们就能同步看到。

在一堆看似无用的信息中，韩榷周敏锐地捕捉到了一点。他问周文博："我和南月交换时空的那一天，是10月28日？"

"嗯。"

"2021年10月28日，京州市的天气是多云转晴，可昨晚下雨了。"

周文博反应过来了："你的意思是，天气？"

"对，虽然还不能肯定，但我猜测，昨晚我们实验失败跟天气有关。"

说完，他在笔记本上写下一行字：陨石 + 天气 = 时空之门？

他加了一个问号，因为他并不确定。或许还有别的原因，或许……

邱繁素却很兴奋。她听懂了韩榷周和周文博的对话，提议："今天是晴天，要不我们晚上再试一下？"

周文博有些犹豫，韩榷周却表示赞同："总归是个办法。南月还在异时空，我们不能一直干等着。"

然后他在本子上又加了一条：未曾踏入时空之门的人，记忆会根据2016年发生的改变产生同样的变化，覆盖原有记忆。

这一点他之前就有猜测，今天周文博想起了邮件的事，更加肯定了他的推断。无论是先前的南月，还是现在的他，都不会对另一时空发生的事产生任何新的记忆，除了梦里窥见的零星片段。

02

午间，韩榷周百忙之中抽空回了趟家。邱繁素的状态实在太差了，他没办法丢下她不管。而她那沮丧的状态源自昨晚的再次失败，他们又试了一次陨石，结果如出一辙，她没能回去。时空隧道的说法仿佛是个笑话。

邱繁素闷闷不乐了一整晚，她像呓语般问了韩榷周好几次重复的问题："时空隧道是不是再也不能开启了？我是不是再也回不去了？我真的要永远留在这里吗？"

这些问题，韩榷周没法回答。他连时空隧道开启的方法都不知道，能误打误撞一次，第二次呢，第三次呢？今天上午他和周文博商量了很久。他认为，毫无逻辑章法地尝试是没有用的，说不定还会影响陨石的磁场。因此，在找到正确的方法之前，绝不能再轻易尝试了。

周文博表示赞同。深思熟虑之后，他们把陨石重新锁进了柜子。

回到家中，韩榷周把他给邱繁素买的吃的拿出来，一一摆放好，然后去敲了卧室的门："繁素，你还好吧？"

邱繁素声音蔫蔫的："活着。进来吧。"

韩榷周推门进去。邱繁素靠在床上，双目无神，意兴阑珊。诚然，是还活着，却是一副生无可恋的样子。

"你是准备一直在床上这么待着？不去上班吗？"

"不想去，没意思。"

韩榷周无奈："那起来吃点东西总行吧？"

"没什么胃口。"

"我知道你心里难受。"韩榷周在床边坐下，从桌上拿了瓶矿泉水，拧开瓶盖递给邱繁素，"先喝口水。"

邱繁素面无表情地接过。

"你的脾气和五年后差不多，我了解阿月，所以我能明白你的心情。这个世界纵使再好，你觉得不属于你，太不真实，你迫切地想回去。但是连续试了两次之后，你以为再也回不去了，所以做什么都提不起兴致？"

邱繁素承认："是啊，这里很好，可我觉得现在的我配不上这样的好。"

就拿繁心文化这家公司来说，那是未来的南月创立的，眼下还是邱繁素的她根本没有能力掌控，又何来资格拥有？如果这一切将来会属于她，那她必须得从头来过。不然这些对她来说不是收获，而是负担。

再比如，韩榷周……

邱繁素悄悄抬眼看了看韩榷周，咬了咬嘴唇。韩榷周这样的男人，若是在她的世界里，她连遐想都不敢，他们遥远得不像一个世界的人。

"没有配得上配不上一说，只有你想不想。"韩榷周拍拍她的肩膀，安慰她，"放心吧，我和师哥都会帮你的。时空隧道一定可以再次开启，你也一定能回去。"

"你是在安慰我吧。"邱繁素笑了笑。不过，这样的安慰她喜欢听。

谁知，韩榷周摇头："这话不只是说给你听的，也是说给我自己。我又何尝不希望阿月回来。"

"你……"邱繁素犹豫了会儿，还是问出了那个问题，"是不是很爱她？你别误会啊，我说的是说南月，她……"

"不然呢？"

"嗯？"

"阿月是我最珍视的人。"

邱繁素脸一红。尽管知道韩榷周说的不是现在的她，但未来的南月不也是她吗？她们不是同一个人吗？

"先不说了，去吃点东西吧。"韩榷周伸手扶她。

邱繁素脸更红了，她完全说不出拒绝的话。她傻愣愣看着韩榷周帮她把随意脱在角落的家居拖鞋拿过来，端端正正摆在她的脚下。她非常震惊，她无论如何也不能想到，韩榷周这个天文台的科学家、这个工作狂，私下会是这样！

"吃、吃什么？有什么吃的？"她语无伦次。

"楼下餐厅随便买了点。"

"哦，好，那随便吃点……"

邱繁素走到餐厅，只见桌上摆了各种吃的。有银耳羹、生煎包、炒时蔬、蟹粉豆腐……竟然都是她爱吃的。

"你没吃早饭,怕你消化不好就没买肉类。凑合着吃吧。"

"不凑合,很好了。我先去刷个牙。"

邱繁素紧张地转身。去洗手间的路上,她忍不住想:陆江申真是个垃圾!

没有对比就没有伤害。韩榷周这一系列关心对她来说不是宽慰,而是一万点暴击。她之前过的都是什么烂日子?她可不敢跟这里的任何人说,平时她都是怎么迁就陆江申的。谁让她喜欢他呢,她会给他做饭,帮他洗衣服,还有给赖床的他拿拖鞋……

真是羡慕死2021年的她自己!

邱繁素坐在餐桌前,边喝汤边感叹:"南月真是幸福。"

"你这么认为吗?"

"当然啊,难道她不这么认为?"

韩榷周苦笑:"应该不吧。"

"真的?"

"我也是后来才想明白,我和阿月的问题存在不是一天两天了。"他声音变得低沉,"如果没有回到2016年这一插曲,我跟她或许散了也不一定。"

邱繁素停下了手中的筷子。这着实令人震惊,她一直以为韩榷周和南月的感情很稳定,还是情比金坚难舍难分那种。

"我们都太忙了,忙得根本没时间冷静下来想想,我们的问题出在哪里。其实我一直都知道,阿月是个浪漫的人,她那样感性的创作者,必定需要一个同样浪漫的另一半。可我不是,我太刻板了。我的世界只有在她看来非常无聊的宇宙、行星、暗物质……我每天都在跟枯燥的公式打交道,我还经常忽略她的感受。和这样的我在一起,她必定觉得非常辛苦。"

"怎么会呢!"邱繁素打断他,"你忽略了一点,正因为她是个感性的人,如果没有爱,她怎么能跟你走到现在?估计开始没多久就结束了。"

韩榷周没有回答。邱繁素说的,他当然懂。她就是南月,南月就是她,她所说的必定是对的。可他心里没有底。他不知道,如果仅靠那一点岌岌可危的爱,他和南月能撑多久。

"你看,下雪了!"邱繁素突然很兴奋,指着窗外,"好大的雪。"

窗外,雪花正一片一片飘落。

韩榷周觉得她像个小孩子,轻笑道:"你才看见?一早就断断续续开始下了,看天气预报,现在应该快停了吧。"

邱繁素放下碗筷,兴冲冲跑去窗边看。不过这雪跟她想象中的不太一样,远看飘得挺大,细看就这么回事儿,地上也没积起来,车轮一碾,脏兮兮地全化了。

"我还以为外面全白了呢,唉……"邱繁素觉得没劲。

"你喜欢下雪?"

"是啊,很久没看到雪了。这是今年的第一场雪吧?可惜没积起来。"

"你若是想看,可以去西山滑雪场。"

邱繁素眼前一亮,马上又恢复淡然:"可我不会滑雪,去了也没意思。"

"我会。"

"我知道你会,你会跟我又没啥关系。"

"我可以教你。"

"你不上班啊?"

"请假了。"

"你竟然请假?"邱繁素震惊。韩榷周的脾气性格,她从罗遇心口中多少了解过一些。业内著名工作狂韩榷周博士,竟然请假了?

韩榷周起身,状若无事:"今天不忙,天文台那边有师哥看着。"

"你该不会是怕我自暴自弃,所以请假回来看着我吧?"

"算是吧。"韩榷周语气变得严肃,"繁素,开心点。你这么消沉,我看着很难受。给我和师哥一点时间,只要陨石还在,我们还是有希望的,你也一定可以回到2016年。"

邱繁素怔在原地。窗外雪已经停了,就那么短短几分钟,快得不可思议。可她已经没心思再想下雪的事了,她还在想韩榷周刚才的话。他希望她能开心一点,她消沉,他会……难受?

"韩博士,你……"

"还是叫我韩榷周吧。"

"啊?"

"看着阿月的脸,却听你天天叫我韩博士,不太习惯。"

邱繁素心里又是一阵异样。

"不早了,你赶紧吃几口,收拾一下去滑雪场。"

一听要去看雪,邱繁素立刻把杂念抛之脑后,回房收拾东西去了。

西山雪场离市区约一个半小时车程,抵达目的地时,邱繁素差不多把她起床后胡吃海塞的东西消化完了。她跟在韩榷周身后,眼睛东瞄西看,一路问各种问题。韩榷周陪她租完滑雪装备,耐心地回答。

"不是没下多久雪吗,为什么雪场的雪这么厚?"

"有没有一种可能,这是造雪机造出来的。"

"单板容易还是双板容易?"

"都不容易。"

"练这玩意儿会不会一直摔跤?"

"你学游泳呛过水吗?概率差不多。"

……………

邱繁素知道她问的大多数问题没啥技术含量,但是韩榷周竟然一一回答她,也是挺不容易的。换作是陆江申,肯定会来一句"哪来那么多问题,直接滑两圈不就知道了吗"。想到这些,她不禁为自己这突如其来的对比感到诧异,最近她总是会不自觉地拿韩榷周和陆江申做对比,她知道这样不好。

"发什么呆?"韩榷周叫她,"繁素?"

"哦哦,来了。"

邱繁素把滑雪板放在雪地上,按照韩榷周教她的,把鞋卡了上去。她选的是双板,理由很简单,双板有滑雪撑杆辅助,她觉得摔跤的概率应该会小一些。

"你是初学者,今天就在这条初级道上慢慢滑吧。要是感兴趣,下周末我们再来。"

"OK,那开始吧,韩老师。"邱繁素格外小心地系好护臀垫,同时不忘叮嘱,"务必看好我,让我少摔几次。我很不禁摔的,一摔就瘀青。"

"放心。"

韩榷周给她讲了大概要领,然后带她从初级道的一头慢慢滑到另一头,一遍又一遍,不厌其烦。邱繁素倒是比他想象中的有天赋,她平衡感好,几个来回之后,竟然可以控制速度和方向了。大概是尝到了甜头,她执意要去中级道试试。韩榷周观察了一眼中级道的坡度,感觉也不是很陡,就随了她。

"好像也不是很难嘛。"邱繁素在中级道匀速滑行着，心里乐开了花。她以前怎么就没发现，她还有这类天赋呢！

韩榷周紧跟在她身侧，防止她拐弯的时候撞到人。他和南月认识这么些年，南月从没来过滑雪场，显然她不会，也不感兴趣。

巧得很，邱繁素也想到了这一点："你以前是不是经常跟她一起滑雪？"

"阿月吗？她不会。"

"我这样的天赋型选手，竟然没学？开车这么复杂的事她倒是学得挺快。罗遇心说她车开得可好了！"

"可能太忙了吧。"

不只是忙，更多的是意兴阑珊。他认识的南月已经是个波澜不惊的人了，她对这些户外运动没什么兴趣，有这时间她宁愿在家刷剧，或是跟朋友约个下午茶。不过他不太想跟邱繁素说这些，未来的她会变成什么样的人，交给她自己选择更好。

滑至半道，邱繁素看见了头顶的缆车，停了下来，问韩榷周："这些缆车是去山顶观光用的？"

"会有一些人上去看日落，不过大多数人是为了上高级道。"

"缆车上去，滑下来？"

"嗯。"

"高级道很难滑吧？"

"弯道很多，有些道口风大。你悟性高，再学几个月应该能去试试。"

"我对高级道不太感兴趣。"邱繁素狡黠一笑，"但是我对日落感兴趣啊！时间也不早了，要不我们也坐缆车上去吧。"

韩榷周答应："行。你看着点时间，缆车5点半停，在那之前你得坐上下山的缆车。"

"那你呢？从高级道滑下来？"

"是这样打算的。"

"行。走吧走吧，我们抓紧时间。"

和邱繁素想象中的寒风瑟瑟不太一样，山顶竟然有占地几百平米的服务区，其中朝西的一面墙是落地玻璃，可以无死角观看日落。她兴致高昂，点了一杯热饮，坐在玻璃前再也不肯起来了。在缆车上说好的要迎着风雪拍照之类的话，全都被她抛在了脑后。

她对韩榷周说："这里风景真好！虽然比真正的雪山逊色了点，但可以坐下来一边喝热茶一边赏景，这种感觉真的太爽了。"

"你还爬过雪山？"

"几年前跟罗遇心去云南旅游，上过玉龙雪山。"

"你喜欢旅行吗？"

"对啊。"邱繁素好奇他为何有此一问，反问："南月不喜欢？"

"不知道。但她很少去旅行。她太忙了。"

"你们该不会还没一起旅行过吧？"

韩榷周："我也太忙了。"

邱繁素："……"

她很震惊。这是一对什么样的情侣啊，还未婚夫妻呢！她怎么觉得他们比朋友还生分呢？

"应该是我的问题。阿月其实有小女生的一面，有时候她会提出一块看电影、唱歌、爬山……但我总是没时间陪她。"

"那你现在怎么有时间陪我了？"

韩榷周被问住了。他之前从未想到过这一层。是啊，为什么现在又有时间了？

"可能是因为，一旦她不在身边了，才意识到不能失去吧。"他抬头看了一眼窗外，太阳就要落山了。他忍不住想，2016年的这一刻，南月是不是也在和那个时空的他一起看日落？

邱繁素陷入沉默，呆呆地低头喝了一口热茶，好烫啊！

"你等我会儿，我去趟洗手间。"

"好，快一点，不然就赶不上缆车了。"

"放心，我很快。"

邱繁素有些心不在焉，差点走进男厕所。她还在想韩榷周刚才的话，他这样的人最不会撒谎了，他总是会无意间透露出南月对他的重要性。所以她想不明白，这俩人是怎么把感情经营得一团糟的。抛开韩榷周的处事方式不说，她邱繁素也不是这样的人啊！

滑雪服的口袋里传来一阵铃声。邱繁素以为是韩榷周催她，一看，是个陌生号码。她纳闷，这个世界竟然有陌生号码找她，应该是找南月的吧？

犹豫了几秒，她还是接了起来："您好？"

"繁素，是我。"是陆江申的声音。

邱繁素手一僵，她语气不太好："找我干吗？"

"想知道你有没有换号码，没想到真的打通了。"

"你很空吗？没事我挂了。"

"等等！我想起了一些事，我觉得应该告诉你。"

邱繁素敏锐地捕捉到了关键信息。他想起了一些事，难道2016年的这一天发生了什么？

邱繁素和陆江申掰扯了半天才从洗手间出来。

韩榷周站在门口等她，他很无奈："邱小姐，5点半了。"

"啊？那我们快走吧，是要来不及了吗？"

"是已经来不及了。"

"对不起啊，我刚接了个电话，一时没注意耽搁了。我就说怎么听到有人叫我，刚才是你喊我名字？"

"给你打电话一直占线。"韩榷周觉得不太对劲。邱繁素不是冒失的人，说好了5点半之前，她不该耽误时间的。他问她："是不是有什么重要的事？"

"是陆江申的电话。不过不重要，眼下最重要的是我们怎么下山。"

韩榷周指了指南边："高级道，滑下去。"

"我？不，我不行，我怎么可能从高级道滑下去！"邱繁素头摇得飞快。她可是在缆车上看到了那些人是怎么滑高级道的，那速度，那弯道，让她这样滑下去，这不是要她命吗！

"我会在后面扶着你，慢点下去。"

"那样的坡度，再慢也慢不到哪儿去吧！"

"相信我，没事的。"

以她对韩榷周现有的了解，他是个比较靠谱的人，他说没事那就一定没事。邱繁素勉强放心些了。

她观察了一眼四周："这服务区还有不少人呢，他们都准备滑下去？"

"不然呢？"

"那几个工作人员呢？"

"留下的几个都是值班的人，这里有员工宿舍。"

邱繁素彻底放弃，看来她没有别的选择了。既然如此——

"那我们再去窗边坐会儿吧，太阳不是还没下山吗？"

韩榷周："……"

邱繁素恢复了悠闲状态，她往落地窗边一坐，对韩榷周说："你知道陆江申跟我说了什么吗？今天下午他居然厚着脸皮找我复合。"

韩榷周正在喝水，一口气卡在喉咙，呛到了。

"哎，你别急！不是你想的那样！我说的是在我那个时空，2016年的11月3日，他找的是南月。"邱繁素安慰他，"你放心，我了解我自己，连我都不想搭理他，南月更不会理他的。"

"你怎么知道是11月3日下午？"

"他说的啊，康哥生日前一天。康哥的生日是11月4日。"说到这里，邱繁素眼前一亮，"对哦，明天康哥生日了，我忘记给他准备礼物了。他那么照顾我，我得表示一下才对。我想想送他什么好。"

邱繁素拿出手机，开始认真在淘宝搜"适合送男性朋友的生日礼物"。

"繁素。"

"啊？"

韩榷周语重心长："你先把话说完。康哥生日礼物的事，我会想办法的。"

邱繁素跑偏的脑回路被他带回，她抱歉地笑笑："大概是这么回事，陆江申他说……"

陆江申在电话里对邱繁素说，不久前"她"特地回了趟垟曲，跟他打听过有没有见过"她"的未婚夫韩榷周，他当时说只在迷途客栈见过韩榷周一次，这话其实不准确。

"我今天突然想起来，我们见过不止一次。你应该也有印象，就在我们分手之后不久，我去客栈找你复合。当时你跟我说，韩榷周也在追你，在我和他之间，你会选他。"

邱繁素猜到，应该是之前韩榷周失踪，南月去垟曲找了陆江申，跟他打听过一些事。

"然后呢，还发生过什么？"

"这些事你都不记得了？我见他的每一次你都在，为什么在五年后问我有没有见过他？"

"都过去五年了，我哪知道。你刚才说的想找我复合这事，具体发生在哪一天？"

"康哥生日前一天。"

"那不就是今天嘛……"

"是五年前的今天。"

"知道了。没别的事我挂了。"

"等一下！"

"又怎么了？"

"韩榷周发生什么事了吗？他现在……"

"他现在好得很，就不用你操心了。"邱繁素没好气道，"当然，还是谢谢你特地打电话来告诉我这些。"

虽然这些事对她而言没什么用。陆江申在2016年求复合的对象不是邱繁素，是从2021年回去的南月，南月能给他好脸色就怪了！若换作是她，如果没有韩榷周的突然出现，她会不会心软？也许……会吧？

邱繁素挂了电话，捂着胸口，有些后怕："还好我在2021年。去他的陆江申，这些事就让南月头疼去吧。我帮她写剧本，算两清了！"

韩榷周听完，也觉得没什么关键信息。但是能得知南月在那个时空的蛛丝马迹，他还是感到欣慰。她在那边有"他"陪着，她过得很好。

太阳已经落至半山腰，韩榷周起身，把头盔和滑雪镜给邱繁素戴上："下山吧，再不走天黑了。"

邱繁素叹气，该来的逃不掉。

刚走出服务区，一股冷风迎面而来，冻得人一哆嗦。邱繁素看了眼高级道，望而却步。雪道旁的巨型温度计显示，此时山顶的温度是零下23度，比他们上来的时候足足低了10度。

韩榷周抬头看了看云，皱眉："变天了，看样子一会儿还会起风。"

听到要起风，邱繁素更紧张了："那我们赶紧走吧。"

太阳即将落山，服务区的人也三三两两走了出来。他们似乎并没有因为温度低或是变天而发愁，反而非常淡定，头盔一戴，脚下一使力，像飞鸟一样从雪道滑了下去。一个，两个，三个，一群……可能对这些资深玩家来说，这点风根本不算什么。

邱繁素心生羡慕，她手心全是汗。韩榷周站在她身后，双手扶着她的肩膀："别怕，深呼吸，走。"

"慢点，慢点慢点……"邱繁素吓得够呛，没说完的话全被风堵了回去。她没心情再说一个多余的字了，因为她和旁边的人一样，正在雪道飞速滑行——至少对她来说这是飞速。有韩榷周护着她，她目前身体还是稳的，心却要从胸口蹿出来了。

太刺激了，这个高级道也太陡了吧！目测斜坡有六七十度，而且一会儿一个弯道，一会儿又一个弯道……她根本来不及反应，全靠韩榷周推着她向前。其中有两个弯拐得急，她吓得闭上眼睛。更糟糕的是，她发现她的脚指头完全僵硬了，没有一点知觉。

"不行了韩榷周，我真的不行，我好冷……"邱繁素牙齿直打哆嗦。

她身体太僵硬了，一分心说话，双腿也开始不听使唤。恰好弯道口一阵疾风扑来，她一紧张，整个人朝着雪道旁的围栏冲去。韩榷周拼命拉她，奈何滑行速度太快，他被她带偏方向，两人的雪板绊在了一起，狠狠朝雪地摔去，又往下坡滚了几圈。若不是韩榷周有足够经验，及时用雪板稳住身体，他们绝对会被甩出去很远。

"你怎么样了？"韩榷周爬起来，伸手去拉邱繁素。

邱繁素摆手："别、别拉我。我胳膊疼，让我躺会儿。"

她只想躺着，什么都不想干，也不想再动了。刚才那一摔太疼了，她有理由怀疑自己骨头是不是断了。

"不能躺着，快起来。一会儿风会更大，我们必须马上下山。"

"我真的没力气了，我的脚已经冻成冰了。"邱繁素带着哭腔，"我坚持不了了，韩榷周，我们能不能叫救援？"

"听我说，繁素。"韩榷周拼命拉她起来。他抱着她，想让她尽量感到暖和一些，虽然这么做用处不大。他很冷静地告诉她："就算叫了救援，他们过来至少要半个小时。这里温度太低了，我们绝对坚持不了半小时。我知道你冷，但我们必须自救。相信我，等到了酒店就不冷了。酒店里有暖气，还有很好的汤泉，你可以泡在温泉池里，想待多久都行。"

想到温泉的热气，邱繁素动容了："可是我很饿，我没力气。"

"只要你坚持到酒店，我们马上去吃饭。餐厅有你爱吃的九宫格火锅，你可以吃完再去泡温泉。现在已经是晚饭时间了，我们到了正好能赶上开餐。你振作起来。"

邱繁素越听越饿，眼泪哗哗往外流。就算到了这样的境地，她心里想的还是幸好有头盔挡着脸，不然她这没出息的样子被韩榷周看了去，他肯定会失望。他说过，南月是个独立要强的人。如果是南月遇到这样的事，她哪怕咬碎牙也会坚持的。

"那好吧。我还想吃烤肠、鸡汤馄饨……"

"你想吃什么都行，但是你得先起来。"

"嗯。"她哭着点头。

韩榷周先起身，他把手伸给她："来，别怕，还有一半路我们就到山下了。"

邱繁素强忍着痛，挣扎着站了起来。韩榷周像之前一样，护着她继续往下滑行。她咬牙坚持着，在这种极端的环境下，她能依靠的只有他，他是她最大的安全感。后半段路她忘了自己是怎么忍过来的，只记得她冻僵的身体，不听使唤的大脑，耳边嘶吼的风声，还有近在咫尺的、韩榷周的呼吸声和心跳声。她仅有的意识提醒她，她和未来的自己一样，陷入了韩榷周掀起的这场风雪中。

二十二岁的邱繁素没有像二十五岁的南月那样对韩榷周一见钟情，但命运是逃不过的，哪怕没有在正确的时间相遇，她还是避免不了对他的沦陷。她必须对自己坦诚，她已经在这段时间的相处中爱上他了。

04

水汽蒸腾，氤氲了整个温泉池。邱繁素泡在池子里闭目养神，她在山上被冻得不听使唤的身体终于慢慢恢复了正常。想到韩榷周带着她从山顶滑行下来的场景,她思绪开始飘忽。一个想法忽然从脑子里冒出,她迅速离开了池子。

回到更衣室,她从柜子里翻出手机,给罗遇心发了条微信:"我发现,我好像喜欢上韩榷周了。"

几分钟后,罗遇心回了她一个字:"哦。"

"你就这反应?不该震惊一下吗?"

"有什么好震惊的?我的日历比你快进了五年,历史早就得到了验证,他是你的菜,你喜欢他是迟早的事。"

"那我现在应该怎么办?"

"该怎么办怎么办呗,反正他迟早都是你的人。"

"什么叫我的人?"

"字面意思。"

"……"

邱繁素想了想,找了个安静的地方,直接拨通了罗遇心的电话:"还有件事。下午陆江申给我打电话了,确切地说,这个电话是打给南月的。"

她把陆江申电话里跟她说的话,跟罗遇心复述了一遍,然后总结:"确实是一些没什么用的废话。但我总觉得,陆江申好像察觉到什么了。他问了我好几遍,为什么要在五年后找他打听韩榷周当年的事,我都不知道该怎么回答他。后来想了想,我为什么要回答他!渣男退散!"

"谁说是废话了,关键信息不是摆在那儿吗!"罗遇心一针见血,"他跟你强调,当年他找过你复合,说明他对你还是贼心不死。"

"拜托,现在是2021年了!从时间逻辑上来说,我跟他分手都五年了,他哪里是长情的人!而且以我对他的了解,他现在正交往的女朋友估计不止一个。"

"你既然这么了解他,当年还要撞南墙?"

"还不允许人瞎了?你高中不也喜欢过二班那个除了脸长得还行其他一无是处的体育委员吗?"

"邱繁素你别乱说话啊,我现在可是公众人物,这话要是传出去,媒体一通乱写,最后要收拾烂摊子的还是你。"

"是你先开始的!"

邱繁素想了想,觉得罗遇心说得有道理。南月是繁心文化的老板,罗遇心是公司合伙人兼头号艺人,现在南月去了2016年,罗遇心有任何负面新闻都得她兜着。

"算了,这局算我输。懒得跟你吵了。"

罗遇心笑出声:"幼不幼稚啊你!吵架还要分输赢。哦对,我差点忘了,你才二十二岁,幼稚也正常。"

"说好不吵了,你怎么还发回旋镖呢!"

"好好好,不吵,说正事。"罗遇心回忆了一遍刚才邱繁素的话,问她,"你说陆江申好像察觉到了什么,他能察觉到什么?顶多就是好奇心泛滥一下,明天就抛脑后去了。"

"也对。"

陆江申的确聪明,但时空穿梭这么离谱的事,他无论如何都不会想到的。他顶多会怀疑南月记忆出现问题,抑或韩榷周五年前做过一些南月不知道的事。

"没别的事了,大明星你继续忙吧。后天见啊。"

把想说的话说完,邱繁素舒服多了。她换了条干净的浴巾,准备去蒸个桑拿,回回血。明天是周末,来之前他们就商量好了,在滑雪场的酒店住一晚,明天吃完早餐后回去。

第二天早上,邱繁素睁眼就刷到了各大平台的热搜,瞬间惊醒。热搜的内容是,罗遇心与不知名男子相会。

她点开推送,照片上的罗遇心帽子、口罩、墨镜全副武装,站在她对面的男人比她高一个头,俩人正说着什么。她根据罗遇心的穿着打扮猜出了是怎么回事,应该是她们去见赵总那天,在地下车库碰见了贺峥。很不巧,就在她走开接电话的空当,罗遇心和贺峥被拍了。

"啧啧,不愧是大明星啊。这都能被拍……"邱繁素感叹。她给罗遇心发了个表情,罗遇心秒回:"早。"

"你上热搜了,怎么还这么淡定?"

"在这个时空,我隔三岔五就上一次热搜,有什么大惊小怪的。"

"可是狗仔乱写,说你疑似恋情曝光,你不打算澄清一下?"

"那几张照片,我是跟贺峥拥抱了还是牵手了?同框就算恋情曝光的话,那我的恋情可就多了去了。不用管它,假的真不了,过两天就没人关注了。"

邱繁素被罗遇心的淡定震惊到了,原来这就是大明星的日常,震惊之余她又觉得有些新鲜。

"既然你都这么说了,那我就放心了。"

"嗯,踏实谈你的恋爱去吧。"

邱繁素脸一红,心里却暖洋洋的。她又问:"后天晚上我们不是同学会吗,你这一上热搜,还出得来吗?"

"不影响,我助理会开车送我去餐厅的地下停车场。帽子口罩一戴,谁都不爱。"

"行。那我先去吃早饭了。"

邱繁素慢腾腾起床洗漱,去餐厅和韩榷周会合。

女孩子一旦有了小心思，就总会忍不住想入非非。从滑雪场回市区，邱繁素一路上都在假装若无其事地偷瞄韩榷周。以前她从没这么仔细观察过韩榷周，她现在才想明白，为什么几年后的"她"会对他一见钟情。论长相，他确实无可挑剔，何况他还这么会照顾人，比陆江申强了不知道多少倍。

哦不，不能拿韩榷周和陆江申比！她努力摒弃这种奇怪的想法，这俩人根本没有可比性，陆江申那么渣，拿他类比韩榷周简直就是在贬低韩榷周。

"你怎么了？"韩榷周发现了邱繁素的异样。

邱繁素如梦初醒："啊，怎么了？"

"马上到家了，你这一会儿皱眉一会儿偷笑的，想什么呢？"

"哦，在想罗遇心今天的热搜啊。"邱繁素找了个合理的借口，"你没看见吗？她跟贺峥被拍了。"

"看见了。他们之间有事？"

"没事，他们甚至都不熟。前不久我跟她去餐厅见合作方，恰好在电梯口碰见贺峥。"

"那你们公司应该发个澄清。"

"罗遇心说她经常被拍，不用澄清，假的真不了。"邱繁素补充，"真要是发酵了，我可以做证的，那天我也在现场。"

"那就好。"

韩榷周没再多问。很快，他们进了小区，车子缓缓驶入地下车库。

到家后，韩榷周换了身衣服，即刻准备出门。临走前他嘱咐邱繁素好好休息。他得回单位加班了，这两天落下的工作要尽快补回来。邱繁素对他这一举动见怪不怪了，工作狂嘛，不加班才奇怪。

送走韩榷周，邱繁素打开电脑，翻出了剧本文档。她准备把《时间后面的世界》继续写下去，直到南月回来。大概她生来就是要当编剧的，原本跟2016年的她不相干的一个故事，她竟然逐渐有了灵感，一发而不可收。

韩榷周在单位加班到10点，中途除了吃饭，几乎没怎么休息。核对完最后一份资料，他没忍住，趴在桌上小憩了会儿。也就是这么一小会儿，2016年那个时空发生的一些事渐渐入梦。

晚上，迷途客栈有个热闹的聚会，"他"和南月并肩坐在一起，"他"握着南月的手，两人十指相扣。陆江申也在现场，甚至时不时盯着南月看几眼。在这个聚会上，接二连三有人讲鬼故事。

没多久，画面变了。还是在迷途客栈的聚会上，"他"凑到南月耳边，低声对她说："如果听到值得注意的事，记得提醒我，我回去记在笔记本上。"

画面再次切换，"他"和南月在客栈门口不知道聊些啥，陆江申来找南月，说要单独跟她聊聊。他拍了拍南月的肩膀，说了句"我回房休息了。你们聊"。

梦在这里停止，韩榷周醒了过来。他回忆了一遍梦中场景，一一记录在了随身携带的软皮笔记本上。昨天邱繁素跟他提过，11月4日是康哥的生日。由此可以推断出，梦中场景应该就是康哥的生日会。可是，"他"和南月像是在计划什么事。

思来想去，终是无解。

回到家中，韩榷周把梦中发生的事一一复述给了邱繁素听。

邱繁素听到一半，激动地从沙发上站起来："陆江申在迷途客栈当着那么多人的面，还当着你的面，明目张胆盯着我看？他是不是有大病！"

韩榷周把她摁回沙发上："你能不能把关注点放在关键的地方？比如我们会在康哥的生日会上谋划什么事？再比如，陆江申找南月单独聊什么？应该不是聊风花雪月，我了解南月，如果不是重要的事她不会单独见陆江申，而且她当时表情凝重。"

"你都让他们好好聊了，肯定不是聊风月之事。"

"还有，我在聚会上跟南月说要把一些事记在笔记本上，我想不到会是什么事。"韩榷周扫了一眼四周，"但这个本子肯定很重要，按照我的性格，我会放在身边。"

邱繁素眼前一亮："对哦，那它一定就在这个家里。"

两人开始翻箱倒柜，把目之所及的笔记本全部翻了一遍，一无所获。

"不是说这个本子很重要，你会随身带吗？"邱繁素气馁，"你倒是找出来啊。"

韩榷周也觉得奇怪："理论上不应该。"

"这种事没法讲理论。我说韩博士，我们不必事事都这么严谨的，你换个角度想，万一丢了呢？"

"丢了？"

可是，怎么会丢呢？理论上……不应该啊。

05

找笔记本的事后来不了了之。邱繁素并没有放在心上，仅凭梦里一句含糊其词的话去做判断，不是她这个年纪的人会做的事。她要做的事太多了，繁心文化那些大大小小的事，江昀就总来找她，她心理负担并不轻。

邱繁素不知道的是，这本"失踪"的笔记本成了韩榷周心里的一道坎。他特地在他那本软皮本上记下了此事，并打了个问号。

接下来的一天里，韩榷周仍在天文台加班，邱繁素则把自己关在书房，一心一意忙剧本。二十二岁的她正处于创作欲望繁盛的时期，精力也极其充沛，她可以靠一杯咖啡续电一下午，将奇思妙想付诸笔端。从她接手"自己"的这个剧本开始，短短几天内她已经把分集剧情写到了第十五集。上周开剧本会，内容部的同事无不佩服她，纷纷赞叹"南总的创作欲又回来了"。为此，邱繁素趁机向江昀提出，她要闭关一周专心写剧本，如果不是特别重要的事，让公司管理层商量解决就行，千万不要再找她了。

下午休息间隙，邱繁素给韩榷周发了个微信。他工作的时候回信息总是很慢，但邱繁素不介意。自从确定对他的感情，她觉得哪怕是等待信息的过程也是甜蜜的。她不知道这个时空的南月是不是也这样，她猜测，南月或许忙得连期待他回信息的时间都没有吧？全公司上下谁不知道南月是个工作狂呢！

"唉！"邱繁素重重感叹。

微信弹出一条消息。她马上来了精神，点开一看，原来是罗遇心发来的。

罗遇心问她："在干吗？"

"写剧本。你呢？"

"打游戏。"

邱繁素感到很意外，说："你今天怎么这么空？还有时间打游戏，难得！"

"晚上不是要去参加同学聚会嘛，我特地把时间空出来了。"

"你跟贺峥的事还挂在热搜上呢，晚上方便去吗？万一有狗仔跟着你怎么办？"

"不影响。跟就跟吧，习惯了。反正我们就是去见见高校长，他们跟了也拍不到什么。"罗遇心很淡定。昨天晚上贺峥联系过她，他也看到新闻了，问她需不需要他配合澄清一下。罗遇心让他别瞎掺和，现在还没扒到他那儿，他什么都别说就是最大的帮助。

谁曾想到，就在她们聊天这一会儿工夫，事情有了新的进展。邱繁素手机上弹出一条热搜新闻，贺峥的大名赫然挂在上面。罗遇心也同步刷到了这条热搜，她心里咯噔一下：完了，网友已经扒出跟她一起被拍的男人是贺峥了！

下一秒，罗遇心的手机响了。经纪人火急火燎地跟她商量解决方案。

邱繁素刷了刷新闻下面的评论，出乎她的意料，大部分网友竟然站起了CP。评论不外乎"男帅女美，太般配了""在一起在一起，我嗑到了""心心眼光真好，贺总比娱乐圈那些鲜肉帅多了""都二十七岁了，谈个恋爱怎么了，心心冲啊"，诸如此类，不胜枚举。

邱繁素一开始还担心罗遇心，结果越刷越乐呵，嘴角咧出一个弧度。

不过事情发酵至此，罗遇心没法装哑巴了，经纪团队那边强烈要求发一条澄清公告。他们觉得，既然不是真的，解释清楚就行了，闭口不谈只会让事情闹大。罗遇心同意，但她的条件是让她自己发公告。

于是几分钟后，邱繁素刷到了罗遇心的最新一条微博：我是个普通女孩，和大家一样渴望爱情，真谈恋爱了我一定会承认的，没承认就不是真的。谢谢大家。"

　　这条一出来，很快被顶上了热搜第一。刚才还在嗑 CP 的网友们很惋惜，纷纷表示，还是可以发展一下的嘛。

　　邱繁素作为围观群众之一，吃瓜吃得不亦乐乎："可以啊，罗遇心，有生之年我竟然能见证你流量这么大的一刻。放在 2016 年，我可是想都不敢想！"

　　"你就别调侃我了。不过这事总算解决了，希望能消停会儿。"罗遇心表示心累。

　　邱繁素回了句："我觉得网友说的也不是不可以，贺峥人不错，又帅又暖，要不发展一下？"

　　"滚去写你的剧本！我经纪人还指望新剧出来我能跟男主演组 CP 宣传呢，这个时候你让我去谈恋爱？"

　　邱繁素笑趴在书桌前，她已经很久很久没见过罗遇心着急的样子了。

　　又过了几分钟，韩榷周回微信了。他说和周文博有工作要讨论，晚饭就不回来吃了，不过晚上她聚会结束后，他可以去餐厅接她。

　　他问："你大概什么时候结束？餐厅地址发我一个。"

　　"就在瑰宁酒店，离家不远。我们约了 7 点半见，结束怎么也得 10 点多了吧。"

　　"好。"

　　晚上 7 点半，邱繁素准时抵达瑰宁酒店门口。她没有直接去餐厅，而是去了地下车库。罗遇心也到了，她要去车库接一下。如今的罗遇心是随时有可能上新闻的人，她不太放心她一个人在外面走。

　　出了电梯，邱繁素老远就看见罗遇心那辆保姆车了，车子绕了一圈，直接停在电梯门口。罗遇心低头从车上下来，她和往常一样全副武装，鸭舌帽就差没盖住眼睛了。

二人会合，不敢多做停留，直接去了二楼的餐厅包间。有不少同学到了，她们进门的时候，原本热闹的包间内突然安静下来。

班长尹朱照第一个迎上来："繁素，遇心，你们可算到了！刚才我们还在聊你们呢。"

"哎呀遇心，稀客啊。自从你当了大明星，我们多少年没见了，没想到今天你会来！"一位卷发女孩笑着附和。

罗遇心礼貌地笑笑，并不想回应。卷发女生叫曲春晓，上学时就总喜欢找她碴。大学刚毕业那年，她还在横店跑龙套，没钱没名气，曲春晓就在同学会上狠狠挖苦过她。

那件事邱繁素记得尤为清楚，毕竟对她来说是半年前才发生的。那天，赚到第一桶金的曲春晓在同学会上出尽风头，她得意扬扬向大家宣布："我这个人没什么别的本事，学习成绩也不怎么样，就是财运比较好。这不刚开始创业嘛，一不小心就赚到了三十万！"

"天啦，你才创业半年，就赚到三十万了？"

"好厉害！有没有什么路子，带带我们呗。"

…………

同学们有羡慕有嫉妒，话语间却都是恭维的态度，唯独她和罗遇心没表态。

曲春晓不喜欢罗遇心，遂借着话题讥讽她："所以说，长得漂亮有什么用呢，不是漂亮就可以出名的，要不然大家都去当演员了。对吧，罗遇心？"

罗遇心本不想理，既然曲春晓都把话递过来了，她没忍住当场撑了回去："是啊，漂亮确实没什么大用，不过以你的长相和身材，想去整漂亮些，三十万哪里够。唉！还是得努力赚钱啊。"

所有人，无一例外哄堂大笑。罗遇心和曲春晓的梁子也是在那个时候结下的。

尹朱照怕曲春晓和罗遇心又吵起来，找了个理由把话题岔开了。好在五年的时间足够长，大家都成熟了，不再像当年那般针尖对麦芒。没过多久高校长也到了，她老人家一来，现场气氛又变了个样，大家都很激动。

逝去的高中时光仿佛倒流，大家聊起往事，又怀念又感慨。高校长尤其喜欢邱繁素。邱繁素成绩好，长得也好，上学时就是老师们的骄傲。如今她功成名就，高校长欣慰不已，拉着她的手说了好半天话。

到了下半场，酒量好的几个同学张罗大家开喝。高校长不喝酒，邱繁素就陪着她喝红枣茶，把她哄得眉开眼笑。

大家都在兴头上，班级群突然弹出一条新消息。邱繁素的笑停在脸上，她以为自己看花眼了，说话的人群昵称叫"于媛媛本圆"，已经很久没出现在大家视野的于媛媛竟然在群里说话了！她说路上堵车，大概十分钟后能赶到。

邱繁素把尹朱照拉到一边："于媛媛也来吗？没听你说啊。"

"哎呀，我的问题我的问题，忘了跟你们说了。于媛媛昨天在群里看见我发的同学会消息，私聊了我，主动说要过来。"尹朱照说，"我也纳闷，高中毕业后她就不怎么跟大家联系了，手机和微信号都换了，根本找不到她人。前不久我回老小区看我爸妈，恰好碰见了她，这才重新联系上，微信号都是当场加的。"

"你什么时候拉她进的班级群？我是说她新号。"

"加了微信号之后拉的啊，她在群里一直潜水，你没发现也正常。"

邱繁素心中百感交集。对于于媛媛,她一直抱有歉意。她知道于媛媛辍学后过得不太好,可她总是躲着大家,从不回任何人消息,后来干脆把联系方式全换了。谁能想到呢,她意外来到这个时空,竟然会见到于媛媛。五年后的现在,于媛媛的生活应该慢慢变好了吧?

她迫不及待地问尹朱照:"于媛媛现在过得怎么样?做什么工作?住在哪里?"

"我也不太清楚,上次就匆匆见了一面,没多问。一会儿来了你问问她呗,你和罗遇心跟她关系那么好,当年……"说到这里,尹朱照赶紧打住,尴尬地咳了两声。于媛媛高中毕业后跟邱繁素绝交的事,他有所耳闻。

邱繁素没有再追问下去,2016年之后发生了什么,她一无所知,对于媛媛最后的记忆停留在她和当时的男朋友去了广州,听说她在一家电商品牌的服装加工厂上班。

回到座位,邱繁素悄悄问罗遇心,知不知道于媛媛后来的事。罗遇心刚要说话,包间的门开了,进来的人正是于媛媛。在场所有人都愣了一下,很明显,突然见到于媛媛本人,他们的好奇心都很旺盛。

邱繁素仔细打量于媛媛,她发现于媛媛比她印象中瘦了很多,但看上去气色不错,眉目含笑,神采飞扬。她这才放下心来,看来这五年她过得不错。

"繁素,遇心。"于媛媛无暇顾及别人,径直走向她俩,挨个拥抱了她们。

罗遇心笑着揪了一下于媛媛的脸颊:"比上次见你的时候气色好多了,脸上总算长点肉了。继续保持。"

"我会的。要是没有你和繁素,我也走不出来。真的要谢谢你们。"说完,她笑着看向邱繁素。

邱繁素继续一脸蒙。这里面有她什么事吗？不过她很快想到，应该是南月和罗遇心在2016年见过于媛媛，给了她一定的帮助。

跟她们打完招呼，于媛媛又去了高校长身边，陪她老人家说了会儿话。其他同学都对她的经历很好奇，拉着她问长问短。

趁着没人注意，邱繁素压低声音问罗遇心："我什么时候见的于媛媛？是你和南月吧？"

"啊，你不知道啊？"罗遇心冥思苦想，努力对上时间线，她恍然大悟，"哦，对，你不知道。"

"什么？"

"应该是我的记忆发生变化了。可是在你问我之前，我并不知道我脑子里的那些事是改变了之后的。"

"你的意思是，南月回到了2016年，和那个时空的你去见了于媛媛，所以你对于媛媛的记忆也有了相应的变化？"

罗遇心点头："不只我和你，我刚才忽然想起来，还有韩榷周。我们仨一起自驾去四川见了于媛媛。"

"可于媛媛不是在广州吗？怎么又跑去四川了？"

"我哪知道！我记忆中就是这样的。"

罗遇心仔细回忆。她只记得他们在一个叫翟远的小县城见到了于媛媛，当时的于媛媛又干又瘦，明明才二十岁出头，却有种饱经风霜的沧桑感。他们带她去了一家小馆子吃饭，她狼吞虎咽，似乎很久没吃过一顿像样的饭菜了，后来……

罗遇心越想越头疼，下意识捂住脑袋。

"你怎么了？"邱繁素急了，"不舒服吗？"

"没事，突然一阵头疼。已经好了。"

"你要是不舒服的话，我们先回去吧。"

罗遇心看了一眼手表:"不用,估计也快结束了,再等等吧。不然曲春晓又该背后编派我们架子大了。"

"都2021年了,她怎么还是这么讨厌!"

罗遇心笑笑,嘴里吐槽曲春晓,但心头徘徊着一堆疑惑。那天他们和于媛媛在小饭馆吃完饭,之后发生了什么?为什么她不记得了?

由于心里有这么个事,罗遇心再也没心思跟大家吃喝玩乐了,频繁走神。好在没过多久,高校长的儿子来接她了。尹朱照提议,要不今天就先散场,改天有时间再聚。罗遇心如蒙大赦,她早就坐不住了。

大家众星拱月般送走了高校长,又互相说了些客气话,都准备撤了。

邱繁素挽着罗遇心,把她送去了地下停车场,她助理还在那儿等着。现在这样的敏感时期,断不能再被狗仔拍到什么了,谁知道他们靠一张糊图能脑补出什么故事!贺峥的事就是最好的例子。

罗遇心一直皱着眉头想事情,直到上车才如梦初醒,问邱繁素:"结束了?"

"不然呢?你怎么了,有心事啊?"

"没什么。你怎么回去,韩榷周来接你吗?"

"嗯,他马上到了,我去酒店门口等他。"

"于媛媛呢?"

"她刚跟我说叫到车了,估计也在酒店门口等车吧。"

"好,那你回去早点休息。有件事我怎么都想不起来了,等我想起来跟你说啊。"

邱繁素取笑她:"年纪轻轻记性这么差?别想了,没准回去睡一觉就想起来了。"

二人道别,邱繁素回到了酒店一楼。和她猜想的一样,于媛媛在酒店旋转门外站着，安静地等车。看到她回来，于媛媛打招呼："繁素，这儿。"

邱繁素加快步子走了上去："你车呢？"

"马上，还有一分钟就到。你呢？"

"哦，我男朋友来接我，也快到了。"

于媛媛暧昧一笑："男朋友，是韩榷周吧？"

"你怎么……"邱繁素刚想问她怎么知道韩榷周，猛地想起罗遇心说过，他们曾经一起去四川找过于媛媛。她笑笑，换了个话题："媛媛，看到你现在这样，我真的特别开心。"

"我答应过你的，不管遇到什么困难都不放弃。我一直在努力。谢谢你，繁素。"

"傻瓜，你总跟我说什么谢呢！"邱繁素忽然变得感性，"只要你能好好的，什么都不重要。"

"繁素——"韩榷周的车到了，他移下车窗玻璃，喊了邱繁素一句。

邱繁素朝他挥手，又转身抱了抱于媛媛："还有很多话想跟你说。不过今天太晚了，等我忙完手上的活，过几天我们单独约啊。"

"带韩博士一起来。"

"好。"

后面的车已经在摁喇叭催促了，邱繁素不敢再耽搁，小跑着上车。关上车门，她正想跟韩榷周说话，发现韩榷周神色怪异，一直盯着车窗外面看。

"你看什么呢？"

"刚才跟你说话的女孩有点眼熟，好像在哪儿见过。"

"你能记得 2016 年发生的事？之前你不是说，你和南月都没有记忆同步吗？"

"什么意思?"

邱繁素把罗遇心的话复述给了韩榷周,她补充:"你刚才看到的女孩就是于媛媛啊。"

韩榷周身子猛地一颤,方向盘打偏,差点冲出车道。他赶紧把住方向盘,在路边找了个地方停车。

"怎么了?"邱繁素紧张,"你是不舒服吗?"

韩榷周打开车窗,深呼吸了一下。他以为自己记错了,冷静下来思考了会儿,确定他的记忆没有出错。他尽量用平缓的语气对邱繁素说:"有件事,你听了之后可能会觉得荒唐,但是我肯定我没记错。我不知道该不该跟你说实话。"

邱繁素被他的神情吓到了,有些不知所措:"是出了什么事吗?你说吧,反正我已经经历过荒唐的事了,还有比时空穿梭更荒唐的?"

"两年前我陪阿月参加她一个朋友的葬礼。阿月说,去世的女孩是她高中最好的朋友之一,可惜后来没有联系了,她一直很遗憾,也很后悔。"

"你说的,是……"邱繁素起了一身鸡皮疙瘩,她不敢说出那个名字。

韩榷周的话抹杀了她最后的侥幸,他点头:"于媛媛。"

这三个字仿佛晴天一声惊雷。邱繁素浑身冰凉,忘了该怎么呼吸。

06

著名的"蝴蝶效应"理论是这样说的:一只南美洲亚马孙河流域热带雨林中的蝴蝶,偶尔扇动几下翅膀,可以在两周以后引起美国得克萨斯州的一场龙卷风。

韩榷周认为，南月回到2016年，和当年的"他"一起去四川找了于媛媛，这一举动无疑是蝴蝶扇动翅膀的过程，而于媛媛的"起死回生"就是风暴带来的结果。因为南月一个不经意的举动，于媛媛活了下来。在这个时空，除了记忆不会被覆盖的他以外，再也没人知道于媛媛曾经经历过一次死亡。

得知于媛媛的"死亡"，邱繁素心惊肉跳了一晚上。可一旦接受这个事实，她却变得异常平静。她问韩榷周："你说，陨石是不是故意把你和南月带去我那个时空的？为的就是让你们有机会救下于媛媛。虽然我知道这个想法很幼稚，但我觉得于媛媛能够活下来是上天给我的礼物——它知道于媛媛是我的心结，于媛媛的意外去世会让我抱憾终身，所以把她还回来了。"

"你能这样想再好不过。"韩榷周表示赞同，"原本还担心你会害怕。"

"一开始是有点害怕，消化了就觉得还好。还有件事很奇怪。"

"你说。"

"我问过罗遇心，在那个时空，我们仨在四川见到于媛媛后发生了什么。她竟然想不起来了。"

"你什么时候问的她？"

"就今晚啊。"

韩榷周沉思几秒，说："或许因为这些事还没发生。"

邱繁素不解。

"我是指，在那个时空还没发生，所以她想不起来。"

"要不我再打个电话问问她？"

"不用了，你这么晚跟她说这些，她更容易胡思乱想。明天再说吧。"

韩榷周说得没错。就好比她吧,得知于媛媛"死而复生"的真相,她今晚别想好好睡了。

罗遇心睁开眼睛,在床上呆坐了几分钟。那些她昨晚怎么都想不起来的事,今天却无比清晰地在她脑海中回放,仿佛刚刚才发生。并且,她猜到了是怎么回事,2016年的11月5日晚上……

"简直!"罗遇心长叹一声,捋了捋自己乱糟糟的长发。

床头的电子闹钟显示,6点30分。除了在组里拍戏,她从没这么早醒来过。她给邱繁素拨了个电话过去,意料之中,没人接。这个时候邱繁素肯定还在梦里。看来她有必要亲自跑一趟邱繁素家,她没办法一个人消化这些事,慢一分钟都不行。

几乎在同一时间,几公里外的城市另一处,韩榷周也起床了,他的心情不比罗遇心轻松。刚洗完澡的他站在镜子前,直直地盯着左腹那道凭空出现的伤疤。疤痕呈不规则的半圆形,缝了五针,那是用砸碎的啤酒瓶划的,他在梦中窥见了事情的部分经过。

2016年的某一天晚上,于媛媛的老公蒋聪找到了她在翟远的住所,企图胁迫于媛媛跟他回老家。"韩榷周"为了帮于媛媛,被蒋聪用砸裂的啤酒瓶捅伤了左腹。鲜血、尖叫声、腹部传来的刺痛……这一切迅速侵占他的大脑,他觉得头有千斤重,像是马上要裂开一样。

南月扶着"韩榷周",她其实很慌乱,他能感受到她的身子在战栗,但她还是努力装出一副镇定的样子跟蒋聪谈判:"蒋聪你伤人了,这种情况属于刑事犯罪,是要坐牢的。"

"你想怎样……"蒋聪也很害怕,他牢牢攥着手里的啤酒瓶。他并不想伤人,刚才只是一时情急。他说:"我只想带我老婆走,是他多管闲事!"

"我只看到了你行凶,这是事实。只要我们一口咬定告你谋杀,你觉得你还有退路?"

蒋聪看向于媛媛:"老婆你知道的,我没想杀人!你得给我做证,我不能坐牢,孩子不能没有爸爸,他还得需要我养活……"

于媛媛目光呆滞、置若罔闻,她本就害怕蒋聪,看见"韩榷周"的衣服被鲜血浸透,她更慌了,缩在角落不敢动弹。

蒋聪见于媛媛不说话,挥舞着啤酒瓶对南月重复:"我没杀人,我只想带她走。她是我老婆,我带我老婆走没错吧?是你们非要多管闲事!你们不来就什么事都没有!"

南月想拖延时间,她不急不慢地把沾了韩榷周血的手给蒋聪看:"你伤了我朋友,证据确凿,你逃不掉。当然,我们也可以不追究,不过是有条件的,就看你怎么选。"

"什么条件?"

"想谈条件,得拿出谈条件的诚意啊。你先把凶器放下。"

蒋聪不太信任南月:"你想耍什么花招?"

"我们两个女人和一个伤员,能在你面前耍什么花招?你就这么没自信?想好好谈就放下。"

蒋聪将信将疑,看了一眼脸色苍白的"韩榷周",又看了一眼手足无措的于媛媛,慢慢放下了啤酒瓶,往前走了一步:"我放了,你说!"

"今天晚上的事我们可以当作没发生过,是我朋友不小心滑倒,自己扎伤的。你也从没来过翟远……"

就在此时,警察破门而入。

门铃一声接一声,打断了韩榷周的回忆。他穿上衣服,出了浴室,邱繁素已经先他一步走到客厅了。她睡眼惺忪，问韩榷周："你叫了早餐？门铃一直响你怎么不开门啊。"

"我没叫餐。"

邱繁素疑惑，打着哈欠去开门。看到罗遇心的脸，她愣住了："你这么早来干吗？"

"我有重要的事要跟你们说。"罗遇心毫不客气，换了拖鞋进屋。

韩榷周知道罗遇心想说什么，他先开口："罗遇心，我们是什么时候去四川找的于媛媛？"

罗遇心一愣，随即回答："康哥生日后一天，11月5日。我记得很清楚。"

"也就是说，在五年前的昨天晚上，于媛媛家出了事。"

"你怎么知道于媛媛家出事了？"

"我在梦里看见了。"

罗遇心后知后觉："是昨晚上才发生的？怪不得昨天繁素问我，我们在四川找到于媛媛之后发生了什么，我死活想不起来。"

韩榷周点头："因为还没发生。"

"既然当时还没发生，于媛媛怎么又说是我们帮了她？"

"南月所在的时空跟我们的时空是同步的，他们在那边做一个决定，马上会引起这个世界的蝴蝶效应。"

邱繁素一开始没明白他们在说什么，话题到这个份上，她立刻想明白了，昨天她见到于媛媛的时候，2016年的南月还没做什么实际的事情。但是从南月联系上于媛媛的那一刻起，注定会改变于媛媛的命运，也注定于媛媛会活下来。

"所以你在梦里见到了什么？"邱繁素问了韩榷周，又扭头问罗遇心，"你呢，你又想起了什么？"

"我先说吧。"罗遇心说,"不过我能先喝杯水吗?我一起床就赶过来了,马不停蹄地,渴死我了。"

韩榷周倒了三杯温水。罗遇心猛喝了一大口,开始讲述她记忆中的事。

2016年11月5日晚,翟远县。

南月、韩榷周、罗遇心和于媛媛四个人在小餐馆吃了晚饭,饭后他们把于媛媛送到了家门口。于媛媛住在一幢很破的筒子楼的二楼,黑灯瞎火,他们不放心,目送于媛媛上了二楼,看见二楼的房间亮了灯,才放心离开。可没走几步,就听见从二楼传来一阵巨响。紧接着是女人的尖叫声和男人的咒骂声。韩榷周和南月一前一后跑上楼,罗遇心跟了几步,被南月拦在楼梯口。南月对她说:"你别上楼,报警!"

罗遇心慌了神,但她的理智告诉她,跟上去也只是添乱。她迅速让自己冷静下来,拨通了110。

翟远是个小地方,县城就那么点大,警察没多久就赶到了现场。

看到警车越来越近,罗遇心总算踏实了,赶紧带他们进了于媛媛的出租屋。而她永远都忘不了,警察破门而入后她看到的画面,这是她演艺生涯中不曾遇到的震撼。

南月扶着韩榷周。他受伤了,佝偻着身子,左手用力捂着下腹,浅色的羊毛衫被血染成了红褐色,并且鲜血还在不断地往外涌,从他的指缝里冒出来。于媛媛瑟缩在角落,六神无主,而她口中那个一生气就会对她施暴的老公蒋聪此刻正站在南月和韩榷周面前不到一米处,他手上沾了血,应该是韩榷周的。

罗遇心大脑一片空白。但是很快,警察们的动作惊醒了她。她听见有人喊了一声:"别动!抱头蹲下!"

几名警察冲上前，两三下就制服了蒋聪。

蒋聪被带走后，罗遇心和南月陪韩榷周去医院挂了急诊。幸好他伤口不深，就是取碎玻璃费了些时间。

韩榷周是外伤，情况还算稳定，比较糟的是于媛媛，她精神状态非常差，身上有几处瘀青。护士好意提醒罗遇心，等天亮医院上班，务必带于媛媛去做个全身检查，有条件的话还得去大医院咨询一下心理医生。

罗遇心连连向护士道谢。她也觉得，于媛媛眼下这种情况，确实得找个靠谱的心理医生开解开解。

有两个警察跟他们一起去了医院，等韩榷周缝完针后，分别给他们几个当事人做了笔录。折腾完，已经是凌晨3点。

"我能想起来的只有这些。"罗遇心说完，看向韩榷周，"你呢？梦里看见的不会是蒋聪捅你的场景吧？"她记得韩榷周说过，在2016年那个时空，只要南月和"韩榷周"有肢体接触，他就能在梦中窥见当时发生的事。

韩榷周点头。他掀起衬衫一角，左腹下面赫然有一道圆弧形的伤疤。五年过去了，疤痕变得很淡，依稀能看出缝针的痕迹。

韩榷周把他在梦里看见的情形描述了一遍。女孩子不喜欢血腥场面，所以关于他受伤的事，他一句话带过了。

邱繁素听完，总结："是不是可以这样认为，南月在2016年联系上了于媛媛，他们机缘巧合出现在翟远，阻止了蒋聪把于媛媛带走，也就改变了于媛媛的命运轨迹。"

"应该是这样。"

"于媛媛的死十有八九是跟蒋聪有关了，这个畜生！"

罗遇心正在喝水,听到这里,一口喷了出来。她抽纸巾擦了擦嘴,追问:"繁素你什么意思?于媛媛……的死?"

邱繁素把昨晚韩榷周说的复述了一遍,补充了一句:"如果南月没有去找于媛媛,按照于媛媛原来的命运发展轨迹,她会在2019年去世。可现在历史改变了,大家的记忆也改变了。我们也没办法知道她的死因是什么。"

罗遇心怔住,她还没消化完蒋聪捅伤韩榷周的事,怎么来了个更离奇的?她昨天晚上才见过活蹦乱跳的于媛媛,现在这俩人却告诉她,于媛媛两年前就死了?

"死而复生?"她用了一个不太恰当的词,但她确实找不到更恰当的词来形容了。

"可以这么说吧,蝴蝶效应带来的结果。"韩榷周起身,理了理衣服,"阿月在2016年不经意做的决定,会导致很多事发生改变,于媛媛的死而复生或许只是个开始。你们慢聊,我该去上班了。"

邱繁素一把拉住他:"别啊,韩榷周!你给我们灌输了这一堆奇奇怪怪的事,我们现在一个个胆战心惊的,你却想扔下我一走了之?我不管,你今天不能出门,你得先让我消化完。"

"我有很重要的事,今天必须得去。这样吧,你可以跟我一起去天文台,正好把新的线索同步给我师哥,看看他有什么高见。"

"好。"邱繁素松了口气,"这样再好不过了!走吧,去找周文博。"

罗遇心也急了:"喂!你们俩是再好不过了,我怎么办?我才是最受打击的那个好吗!请你们也捎带着考虑考虑我行吗?"大清早的,她本来就没睡好,又猝不及防被告知于媛媛死而复生的事,这让她以后怎么面对媛媛?下次见到于媛媛,她会起一身鸡皮疙瘩吧?时空穿梭已经够离奇了,又来个起死回生,这又不是演奇幻剧!

邱繁素觉得罗遇心说得有道理,昨晚她听说这事也消化了好久。她小声提议:"要不你跟我们一起去?你今天没工作吧?"

"没有,不是才辟谣了跟贺峥的乌龙嘛,荣姐让我最近低调点,这几天都没给我安排工作。我跟你们走吧,我赞同你的提议!"荣姐就是罗遇心的经纪人。

两人达成一致,决定今天先"抱团取暖",把这些诡异的事消化掉再说。

韩榷周迫不得已要带着两位"姑奶奶"去上班。他嘱咐罗遇心,务必要遮严实。不然记者们都去天文台门口围堵,他可解决不了这样的难题。

罗遇心保证:"你放心,给谁惹麻烦都不敢给你惹麻烦。"

07

韩榷周处理工作去了,周文博暂时不忙,陪着邱繁素和罗遇心在露台喝咖啡。他一边听二人讲述最近发生的事,一边记录他觉得有用的信息。对他来说这是工作的一部分,并且很重要——她们讲述的所有细节都佐证了宇宙多维空间论,这也是他和韩榷周研究了很久的课题。

露台周围有鸟鸣声,罗遇心呼吸着新鲜空气,心情放松了许多。这是她第一次来韩榷周工作的地方,之前总听邱繁素说,天文台位于近郊区的半山上,环境清幽,特别适合她这种创作者。眼见为实,罗遇心觉得果真如此。

刚立冬,还没到林子一片光秃秃的时节,她在露台抬头就能看见红黄相间的树林,像是油画一般的风景。离她最近的是一小片柿子林,黄澄澄的柿子挂在枝头,颇有丰收的韵味。

她跟着邱繁素称呼周文博:"周师兄,你们工作的地方环境真好。"

"谢谢。"周文博问,"需要再给二位倒点咖啡吗?"

"好啊。"邱繁素毫不客气,把杯子推了过去。

周文博去拿手冲壶,低头看到手机上弹出的新闻推送。他盯着看了几秒,眉头不由皱起来。他这一反应被邱繁素看到,邱繁素凑过去:"怎么了?"

周文博点开推送,把手机递给她看。

邱繁素每看一行字,眉头就多皱一分。于媛媛的事她还没整明白,现在又来这一出,真是!

"你们在看什么?"罗遇心察觉到不对劲,也想凑过去看。恰好她手机响了,来电的是经纪人。

"荣姐,这么早找我?"

"电话接得倒是快!"荣姐气急败坏,"我说心心啊,你是我祖宗!亏我那么信任你,你不是说你跟贺峥没什么吗?跟我你都不说实话!"

"我跟他本来就没什么!"罗遇心信誓旦旦,"我跟你说的都是实话,瞒着谁我也不能瞒着你啊!"

"你跟他没什么?那网上的照片是怎么回事?"

"什么照片?"

"你自己去看,热搜都爆了。"

罗遇心一脸蒙。邱繁素听出她跟经纪人在打电话,把手机递过去给她看。

罗遇心差点背过去。照片上,她小鸟依人般偎依在贺峥怀中,双手挽着他的胳膊,面带微笑,俨然一副幸福小女人模样。她很快想起来了,那是2016年她在垟曲古镇第一次遇到贺峥,碰巧贺峥父母给他安排的相亲对象来找他,贺峥谎称她是他女朋友,她戏瘾上来,干脆演了一出,做个顺水人情。

万万没想到……

罗遇心把事情经过简单说了下,荣姐并不买账:"难不成你想发声明,说你当年只是假扮贺峥的女朋友帮他挡桃花?你觉得这样解释,粉丝会买账?网友会买账?"

"可这是事实嘛。我哪知道他那个二百五相亲对象会偷拍我们,偏偏那么巧,事隔这么多年照片还流了出来。"

"照片是怎么流出来的已经不重要了,重要的是怎么做好这次危机公关,这事已经炸开锅了。你现在人在哪儿?"

"市天文台。"

荣姐一愣:"你跟南总在一起?"她知道南月的未婚夫在天文台工作。

"嗯。"

"你把电话给南总,我跟她说几句。"

罗遇心开了个免提,示意邱繁素说话。邱繁素没反应过来:"啊?找我吗?"

"南总,你在就好了,麻烦您看好遇心,娱乐记者正满世界找她呢。我们团队现在焦头烂额,准备开会商量一下解决办法。"

邱繁素听明白了:"好的荣姐,放心,不会有人找到这里来的。"

"辛苦南总了,我先去开会。"

挂电话前,荣姐又叮嘱了罗遇心几句。罗遇心内心崩溃,叹了口气:"我现在总算明白,为什么当年南月看见我跟贺峥做亲密动作,说我可能会给自己惹麻烦。她是早就料到会有这一天啊。"

"未必是料到有这一天。干你们这一行不应未雨绸缪、谨慎再谨慎吗?"邱繁素说,"南月是从2021年回去的,她知道你将来会成为大明星,而她又是你合伙人,当然考虑得比旁人多。"

"我真是闲的,给自己埋了个这么大的雷。"

"韩榷周说对了,于媛媛的死而复生只是个开始。未来还不知道有什么事等着我们呢!"

"还能有什么事?"

"谁知道呢!"

两人面面相觑,大眼瞪小眼,都很无奈。周文博给她们冲了一壶咖啡,很识时务地离开了。

几分钟后,罗遇心接到了贺峥的电话。她一点都不意外,出了这么大的事,他肯定会找她的。

贺峥显然也很尴尬:"罗小姐,实在抱歉。我刚看到热搜,那张照片应该是姚星之当年偷拍的。"

"照片是谁拍的已经不重要了,重要的是怎么圆这个谎。"

"你不准备实话实说?"

"大哥,你好歹是个上市公司的总经理,拜托不要那么天真好不好!"罗遇心有样学样,把荣姐刚才的话复述了一遍,"你觉得这么解释有人会信吗?我的粉丝会买账?网友会买账?"

贺峥哭笑不得。他当然知道这么解释没用,他只是想知道罗遇心的态度。他提议:"既然罗小姐这边还没想出完全的公关方案,我倒是有个办法。"

"什么办法?"

"当面说吧。你现在在哪儿?"

"市天文台。"

"好，我去找你。"

"行吧。"

结束通话，罗遇心冲邱繁素露出个无奈的笑。她发现韩榷周也在一旁坐着，可能是在她接电话的时候过来的。

韩榷周："二位是准备把你们公司的公关部搬到这儿来？"

"不要这么小气嘛，我这不是遇到棘手的事了嘛。"罗遇心说，"不会有人猜到我在这里的，我保证不给你惹事。一会儿贺峥过来，我们聊完马上撤。"

韩榷周没说话，给了个"你们看着办"的表情。

一小多时后，贺峥到了。

"不好意思，"他说，"路上发现有记者尾随，好不容易才甩掉他们。"

"确定甩掉了？"

"罗小姐放心，这点脑子我还是有的，好歹我也是个上市公司的总经理。"

罗遇心语塞，贺峥这是拿她的话回撑她呢。

"行吧。请问贺总，你电话里说的是什么解决办法？"

贺峥阐述了他的想法。大概意思是，说一半真话一半假话。真话是照片是2016年被人偷拍的，假话是当年他们在一起过，但没多久就分手了，如今各自安好互不打扰。

"罗小姐是公众人物，有些话不能随便说，容易落人口实。所以我想当面跟你商量，看这个办法可不可行。"

可不可行呢……罗遇心琢磨着。还没等她想清楚，邱繁素先开口了："肯定行不通。"

"为什么?"

"一看你们就不会编故事,哪有分手了还频繁偶遇的?何况罗遇心你还是个大明星呢,对前男友该是避之不及才对。别忘了前几天你们在停车场被拍到过,而且你们没法判断,在此之前你们在别的地方遇见,是不是也被拍过。万一之后又有新的照片流出来,不是啪啪打脸吗!"

罗遇心觉得邱繁素说得极有道理。她虚心请教:"那么请问最会编故事的国民女神编剧南月小姐,你有什么万全之策?"

"我认为,你们干脆承认得了。"

罗遇心和贺峥均是一脸震惊。

"你们别这样看着我,我认真的。我在网上随便一刷,发现大家都在嗑你们的CP,说男帅女美超级般配。你们就随了大家的愿吧,这是最好的公关方案了。"

"我谢谢你!没有的事,我们怎么承认?"

"就按照刚才贺总说的,说一半真话一半假话啊。真话是照片是2016年被偷拍的,当时你为了帮他挡桃花,假扮他女朋友。假话就是多年后你们再次相遇,相处了几次,慢慢产生了感情。"

罗遇心被她说得一愣一愣的,问:"然后呢?"

"然后就是,霸道总裁好不容易追到了美女明星,碍于舆论压力一直不敢公开。如今闹出这么大动静,霸道总裁决定承担起责任,给那些喜欢女朋友的网友们一个交代。多好的故事啊!"邱繁素对自己构思的故事很满意。

罗遇心看了贺峥一眼。贺峥想了想:"可以,只要二位觉得这样能解决问题,我愿意配合。毕竟这事是因我而起。"

罗遇心还是觉得不妥:"可是这样一来,我们以后得假装情侣,多麻烦啊！"

"不麻烦。定个一到两年的期限，这期间你们偶尔抽空约约会，吃个饭秀个恩爱什么的。一两年后就说和平分手了，感情的事分分合合很正常，大家不会揪着不放的。"

罗遇心无言以对，她不得不承认邱繁素是这方面的鬼才。她能把"繁心文化"做成功绝不是偶然，哪怕把她丢回新手村重来一次，她还是能成功。

"真行得通？要不再跟荣姐商量一下？"

邱繁素把她的手机翻过来，示意罗遇心看。原来，她手机一直保持着通话状态，他们刚才的对话，荣姐和团队的人都听到了。

荣姐说："南总这个提议我们觉得可行。心心，就按照南总的意思办吧。我们开个会，商量一下怎么善后。"

一个小时后，有娱乐新闻号晒出了据说是贺峥发在某社交软件上的声明。网上顿时炸开锅，有人质疑声明的真实性，有人开始疯狂嗑糖，也有不少罗遇心的黑粉浑水摸鱼，趁机攻击她出了事就只会躲着，不敢正面回复。

邱繁素看了大家的反应，倒是挺满意的。这份声明是她草拟的，贺峥根据自己的语言习惯润色了一番，在征得荣姐的同意后发了出去。

罗遇心还是有些忐忑，毕竟那么多人在骂她呢。

邱繁素劝她："冷静，先让子弹飞一下。你也别太紧张了，船到桥头自然直。"

"我冷不冷静没什么用，都已经发出去了，撤不回了。"

"谁说撤不回？万一舆论对我们不利，就说这个账号不是贺峥的，是有人假冒。"

罗遇心："……"

贺峥："能行吗？"

邱繁素摊手："那不然呢？先试试嘛，等会儿再看。我觉得现在舆论还是对我们比较有利的。"

"怪不得韩榷周借口工作走了。你这一波操作，估计他是震惊的。"

"罗遇心你别不识好歹啊，我可是在帮你收拾烂摊子，你以为我愿意蹚这浑水呢？本来也不关我什么事。"

"谁说不关你事？公司又不是我一个人的，我要是糊了，对你有什么好处？"

"公司是你和南月的，跟现在的我有一毛钱关系？我还不是免费在干……"说到这里，邱繁素赶紧打住。她忘了旁边还有贺峥，有些话不是在谁面前都可以说的。

罗遇心也是这样想的，她差点就想伸手去捂邱繁素的嘴。

空气突然安静。邱繁素和罗遇心同时回头，只见贺峥正在低头看手机，似乎没注意她们刚才说了什么。她们松了口气。

又过了几分钟，荣姐打电话过来："心心，南总这个方案真的可行！大家还是挺支持你和贺峥在一起的，舆论对我们很有利。你可以去发微博了。"

"怎么措辞？"

"南总不是在你旁边吗？这个她在行，你让她给你意见。"荣姐一向很崇拜南月，南月的文字功底和随机应变能力在公司是当之无愧的第一，她放心得很。

"行吧，我想想。"

罗遇心没有问邱繁素，这么点小事，她觉得自己可以处理。于是她点开了之前发的那条澄清：

我是个普通女孩，和大家一样渴望爱情，真谈恋爱了我一定会承认的，没承认就不是真的。谢谢大家。

她懒得重新编辑解释了，直接转了上面这条，转发文案：是真的，所以我承认了。

她这一条发出不到一分钟，热搜栏挂了好几个爆，微博服务器直接瘫痪。

邱繁素看傻了，问她："你就不解释一下，直接来一句承认了？"

"该解释的内容贺峥不是都发了吗？就这样吧，不就谈个恋爱嘛，没什么大不了的。"

确实，他们都老大不小了，谈个恋爱怎么了！大家也都是这么想的，因此网上一片狂欢，都在祝福他们。

对于大家的喜闻乐见，罗遇心却很无奈。莫名其妙被谈了个恋爱，她还得好好想想，接下来怎么跟家里人解释这事。她问贺峥："你家人那边，能交代吗？"

"他们不管这些。"

"你应该没女朋友或者喜欢的女孩吧？"

"没有。"

"那就好。中途可别出幺蛾子啊，比如你突然看上谁，可不能背着我去约会，万一被拍就麻烦了。有任何情况我们都得提前商量，大不了提前宣布分手。"

"我一向言而有信。"

"心心你就放心吧，贺总不是那么不靠谱的人。"邱繁素调侃，"事情已经解决了，那我也祝福心姐跟贺总啦，二位一定要幸福哦！"

贺峥表情尴尬，罗遇心斜她一眼："听我说，谢谢你！"

"不客气，二位满意就好。"

"懒得跟你开玩笑,我回家补觉了。今天起太早,头疼。"

"不出意外的话,你家门口应该全是狗仔,你现在回去不是自找麻烦吗!"

罗遇心:"……"

贺峥说:"我在这附近有一套闲置的房子,不介意的话,你可以去暂住几天。"

邱繁素暧昧地笑笑:"让她住你家?太快了吧,贺总……"

贺峥干咳一声:"邱小姐,是闲置的房子,我不住那儿。"

"开个玩笑,别当真。那我把心心交给你啦,你送她回去吧。"

罗遇心:"你们当我是空气?"

邱繁素:"反正你也没得选。先躲过这一阵再说吧。"

罗遇心认怂,她确实需要低调几天,接下来的事听天由命吧。

之后的一段时间,邱繁素都没见罗遇心。平台催《时间后面的世界》剧本催得急,她大部分时间都花在写作上,除了偶尔跟韩权周研究讨论回2016年的方法,她基本没心思关注别的事。

半个月后,罗遇心要去外地录制一个常驻综艺,临走前一天约邱繁素吃个便饭。晚餐地点定在欢宴餐厅,她特地跟邱繁素提了句,贺峥也会一起去。

罗遇心跟贺峥会同时出现,邱繁素一点都不意外。在外人眼里他们是正儿八经的情侣,需要约会曝光。她意外的是,她推门进包间,看到二人正深情相拥,旁若无人。

罗遇心看见邱繁素进来,不仅没觉得尴尬,还大大方方挽着贺峥的胳膊,笑着问:"来得好早啊,你家韩权周怎么没一起?"

邱繁素石化中,完全没听清罗遇心说了什么。她磕磕巴巴地问:

"你们……什么情况?该不会是假戏真做了?罗遇心,你怎么不早点跟我说?"

罗遇心一脸问号:"什么假戏真做?"

"你们不是假扮情侣吗?"

贺峥不解:"假扮?为什么是假扮?"

邱繁素同样不解。

罗遇心有种不祥的预感:"我跟贺峥在一起很久了,虽然还没有对外公开,但你不是早就知道这事了吗?"

邱繁素觉得她快疯了,她闭关赶稿的这阵子发生了什么?为什么事情会变成这样?她抱着最后一丝侥幸,试探:"你们该不会是玩整蛊游戏吧?我不吃这一套啊,这种事骗不了我的。"

罗遇心的眼神慢慢发生变化,她盯着邱繁素,确定她没在开玩笑:"繁素你认真的吗?在你的记忆中,我跟贺峥不是男女朋友?我们只是假扮情侣?"

邱繁素似乎明白了什么,可她还没从震惊中缓过神来,不知该怎么回答罗遇心的问题。面对罗遇心迫切的眼神,她轻轻点了点头。

贺峥也察觉出了不对:"你们刚才说的,是什么意思?"

"没什么,繁素是在说她的剧本呢。她最近收集了一些身边的事做素材,包括我们的恋爱故事。"罗遇心强行解释完,对贺峥建议,"你先去外面走走?我想跟繁素单独聊几句,剧本的事。"

"好,你们先聊。"

贺峥刚一出门,罗遇心就像失去重心的风筝,瘫软在椅子上。她心跳极快,一些不太好的猜测在她脑海中挥之不去。

邱繁素飞速从包里掏出手机,试着搜罗遇心和贺峥的名字。如她所料,网上没有任何把他们俩联系在一起的信息,前阵子轰轰烈烈的娱乐新闻仿佛是一场梦，梦醒了便不复存在。

邱繁素深呼吸一下："心心，你听我说。"

可是，该从哪儿说起呢？

其实不用邱繁素多说，罗遇心已经明白了。是2016年，那个时空一定发生了什么。

云葭 著

月光眼

Moonlight eyes

下

四川文艺出版社

目录

第一章 蝴蝶	001
第二章 秋实	061
第三章 春华	107
第四章 记忆	145
第五章 重逢	193
第六章 番外	231
后记	243

第一章 蝴蝶

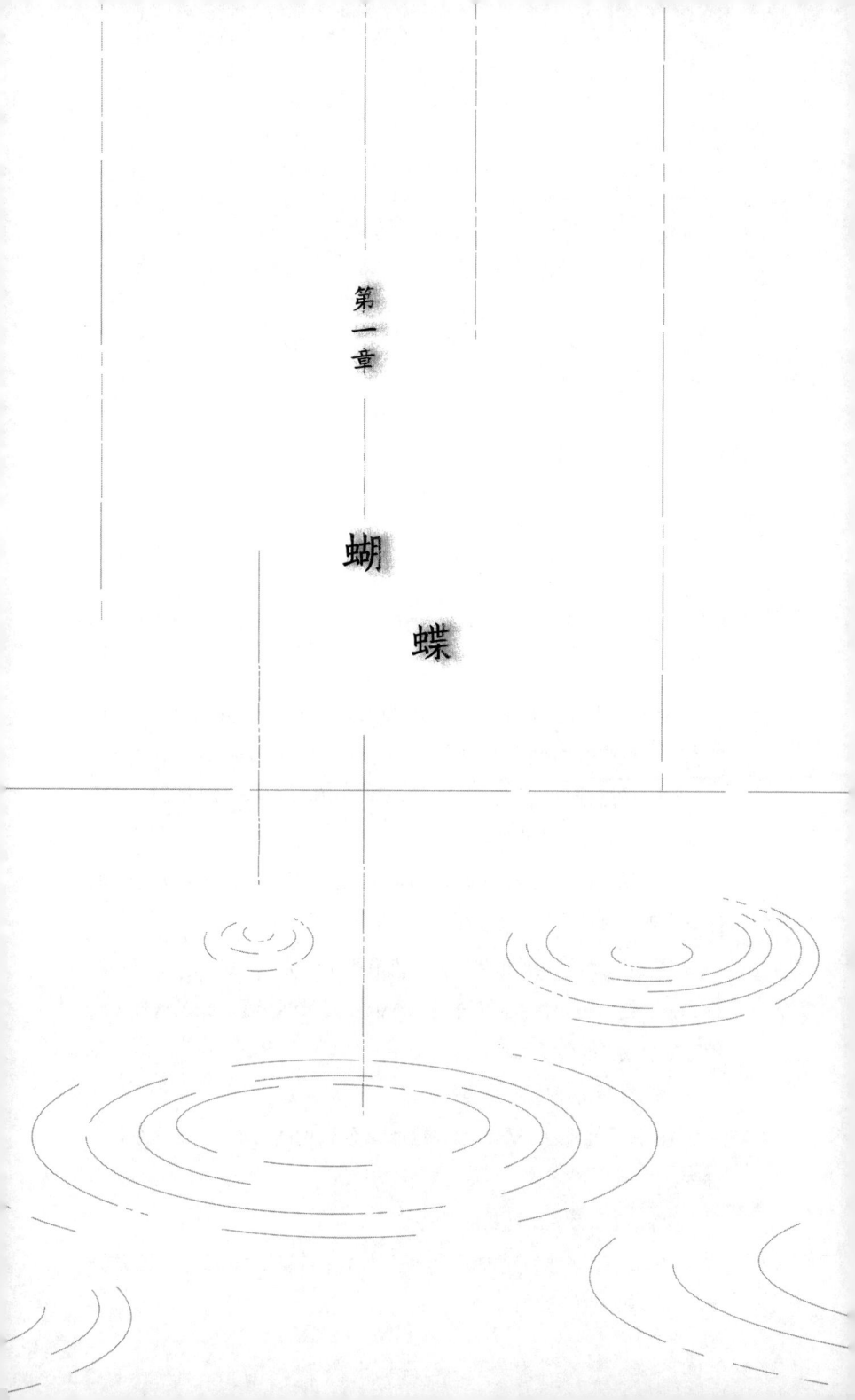

01

  2016年11月11日上午,风和日丽。韩榷周去了南月位于京州市的家中,美其名曰探望"老朋友"。

  开门的是南月的妈妈南珂。这一年的南珂还不认识韩榷周,她面带疑惑:"小伙子,你找谁啊?"

  韩榷周说出了早就准备好的台词:"您是南珂阿姨吧?我是繁素的朋友,刚从国外回来,来看看她。"

  "快进来坐。"南珂很热情,一边招呼韩榷周一边抱怨,"真是不好意思,让你白跑一趟了。繁素这孩子几个月没回来了,说是去什么古镇写生,我也很久没见她了。"

  "她有说什么时候回来吗?"

  "没说。她那性子啊,我跟她爸管不了她的。对了孩子,你怎么称呼?"

  "韩榷周,阿姨您叫我榷周就行。"

  "榷周啊,长得真精神。"南珂上上下下打量了韩榷周一遍,眉开眼笑,"来,吃点水果,别光说话啊。"

"谢谢阿姨。繁素最近跟您联系过吗?"

"上周打了电话,也就闲聊了几句。你如果找她有事,直接打她电话就行。"

"好的阿姨,我给她发个消息。"

"阿姨冒昧问一下,你跟繁素,是什么样的朋友啊?"

韩榷周有些尴尬,他猜到了南珂是什么意思,不知道该不该否认:"是关系还不错的朋友,所以一回来就想找她聚聚。"

"这样啊,哈哈。挺好,挺好的。"

为了缓解尴尬,韩榷周低头吃了几口水果。他按照之前跟南月商量好的,又跟南珂寒暄了几句,套出了不少话。他给南月发了条消息:这个时空的邱繁素没回来过,我们的猜测可能是对的,她和2021年的韩榷周一起去了那个世界,你可以放心回家了。

南月秒回:收到。

南珂看了一眼墙上的钟,对韩榷周说:"榷周啊,要不留下来吃个饭吧,尝尝阿姨的手艺。正好你叔叔买菜快回来了。"

韩榷周知道南月应该很快就到家了,遂答应:"那就麻烦阿姨了。"

"客气什么,就当是自己家,以后常来玩。"

十几分钟后,南月的父亲邱培源买菜回来了。他见到韩榷周,心理活动过程跟南珂大致一样。两人偷偷在厨房嘀咕,怀疑韩榷周跟南月在谈恋爱。

又过了十几分钟,南月拖着行李箱回来了。

邱培源看着推门而入的女儿,扶了扶眼镜框:"我没看错吧,'不羁的灵魂'舍得回家了?"

南月笑嗔:"有客人在呢,能不能给我点面子?"

南珂在厨房忙活,听到女儿的声音,赶紧扔下洗了一半的菜跑出来。她大为意外:"呀,真回来啦?可巧了,榷周来家里找你呢。"

"巧合巧合。我也是回家路上才看到他发来的消息。"

"那可真是缘分啊,哈哈哈。"

"妈,我饿了。要不你先去做饭!"

南珂看了一眼女儿,又看了一眼韩榷周,小算盘打得溜溜的。她喊邱培源:"老邱,你来帮我打打下手。"

南珂和邱培源一进厨房,韩榷周就凑到南月身边,低声说:"刚才阿姨问我和你是什么关系,你猜我怎么说的?"

"你没乱说话吧?"南月瞪他,"我妈爱胡思乱想,现在不能让她想这些!"

"看你紧张得,开个玩笑。"韩榷周笑着靠在沙发上。

南月有一丝恍惚。这样的韩榷周,是她不曾见过的。刚迈出学校,还带着青涩,有着一丝顽劣之心的韩榷周。不过差了两年时间,她在2018年认识他的时候,他已经是看似禁欲而又严谨的韩博士。从她职业角度来描述就是,帅气的高岭之花,让人忍不住想靠近,靠近之后却又觉得有些许刻板,偶尔还会觉得索然无味。

"阿月?"

这一声令南月迅速回神,她坐下来:"你伤口恢复得怎么样了?"

"还行,不碰到伤口基本感觉不到疼了。"

南月放心了。

那天晚上他们在翟远县人民医院挂了急诊,医生说伤口不深,只要不感染,很快就能愈合。韩榷周身体底子好,第二天就生龙活虎了,他们下午就带着于媛媛一起开车去了成都,又坐飞机连夜飞回了京州。

韩榷周在京州有一套闲置的房子,这几天南月和于媛媛都住在那边。而南月之所以不敢回自己家,是因为她担心这个时空的邱繁素就在家里。韩榷周提醒她,有可能邱繁素根本不在这个时空。她把这段时间发生的事盘了盘,觉得韩榷周说的这种可能性很大。但最近她都一门心思陪着于媛媛,每天还得到处咨询靠谱的心理医生,也就没精力仔细去想这茬。

于媛媛的情况时好时坏,有时候一个人对着窗户发呆,有时候会半夜惊醒,浑身出冷汗。南月担心她情况恶化,偏偏好的心理医生可遇不可求。

好在她运气不错,周文博有个学姐就是京州出名的心理医生,她带于媛媛去咨询了几次。医生说于媛媛目前情况还算乐观,但如果在那样的环境下再生活一两年,后果可能会很严重。

后果很严重……会有多严重呢?

想到这里,南月低声叹了口气,说:"有件事,一直不知道怎么跟你开口。"

"嗯?"韩榷周抬头。

两人的鼻尖碰在一起。南月尴尬,往后退了退。她假装口渴,站起来去找水喝。结果因为紧张,呛了一口水,剧烈咳嗽起来。

韩榷周抽了几张纸巾递过去:"擦一擦。没事吧?"

南月摆摆手,好不容易才平复,继续刚才的话题:"按照我那个时空的轨迹,于媛媛会在 2019 年去世。"

韩榷周愣了一下。他有些意外,却又没那么意外,问:"所以你这次去翟远找她,是想救回她?"

南月摇头:"我不知道改变历史会造成什么样的后果,没妄想过逆天而行,只是想弥补当年的遗憾罢了。我欠于媛媛一句对不起,我想亲自说给她听。何况,有些事是我无法改变的,因为我根本不知道这些年于媛媛身上发生了什么。"

"她是怎么死的?"

"车祸。"南月努力保持冷静,"但是车祸发生的具体时间、地点,还有事故原因,我一无所知。"

2019年秋天,南月在班级群看到尹朱照发的讣告,才知道于媛媛发生了意外。她问过尹朱照,尹朱照也不知道怎么回事,只听说是交通事故,于媛媛当场死亡,而且现场不太好看。确认事故原因后,蒋聪很快就把媛媛的遗体火化了。他知道于媛媛生前一直想家,就把她的骨灰送回了京州老家,交给了她妈妈于莉。

于莉在很多年前就改嫁了,她对女儿的死亡并没有太大的悲痛,草草办了后事。追悼会还是南月出钱让尹朱照帮忙办的。她当时难过了很久,这是她心中拔不掉的一根刺。

韩榷周听南月说完,大致明白了她的意思。她并不知道于媛媛车祸的真相,哪怕她真心想阻止车祸发生,也未必阻止得了。

"可是你有没有想过,也许因为你的道歉,于媛媛的命运已经发生了改变。"韩榷周说,"你在这个时空动的每一个念头,都有可能会改变2021年某些事的轨迹。"

"嗯,其实有偷偷想过,媛媛她会不会……但是上个月'韩榷周'回到2016年,我在2021年真切感知到了一些事情的变化,那种毛骨悚然的感觉我至今记得。所以我不确定我这样做对不对,改变了历史真的能'一本万利'吗?会不会有别的影响?"

"事已至此,你想太多也没用。"

"对了,"南月突然想起个事,"你有没有把陆江申梦中回到过去的事发邮件告诉周文博?"

韩榷周摇头。

"为什么？他有可能是我们认识的人中，唯一跟我们有相似经历的。这很关键。"

"你也说了，是相似，而不是相同。你从那个世界失踪了，那个世界的'韩榷周'和周文博一定会着急想把你和2016年的邱繁素换回去，他们不会错过任何线索。可我不希望他们因为一些没有确定的事，做出错误的判断。"

"你打算怎么办？"

"陆江申的事我都记在笔记本上，等发现新的线索，我会告诉师哥的。"

为了防止父母听到他们的谈话，南月和韩榷周挨得很近，两人都刻意放低了声音。邱培源开门从厨房探出头看了一眼，对南珂说："这俩孩子，怕不是真的在谈恋爱吧？"

南珂脸上的笑容盖都盖不住："好事啊，小伙子长得多好！刚才我跟他聊了下，还是搞科研的，在读博士呢！"

"可我怎么记得繁素有男朋友啊。说是在垟曲写生认识的，好像是她的学长。她不会脚踏两条船吧？"

南珂瞪他："你别瞎说啊，我女儿不是这样的人！就算以前真有，那也是露水情缘，靠不住的。这位看着才像是正缘。"

"是是是，还是南教授火眼金睛。"

南珂对这话很受用，她把围裙一解："去，叫女儿来端菜吧。得让未来女婿好好尝尝我的手艺。"

"这就喊未来女婿了？"

"你刚不是说我火眼金睛吗！"

"对对对，南教授说的都对。"邱培源笑着出厨房，"繁素啊，吃饭了。"

南月应声站起来,用眼神暗示韩榷周一起帮忙。

这是南月来到这个时空后吃得最放松的一顿饭,隔着五年的时光,父母却还是她的父母。她对他们的每个表情都很熟悉,他们对她说话的语气一如往昔,从未改变。唯一的变化可能是,此时的韩榷周在他们眼中是陌生人吧。

饭桌上,邱培源跟韩榷周聊得很投机,开口挽留他一起吃晚饭。

"爸,恐怕不行。"南月替韩榷周拒绝,"一会儿我们要一起去探望朋友。"

南珂埋怨:"什么朋友这么重要,刚回家就要去看呢?"

"于媛媛。"

南珂语塞,竟再也说不出阻止的话。她知道南月和于媛媛之间的恩怨,也知道因为当年的事,南月心里一直有疙瘩,甚至埋怨了他们很久。

"唉,"南珂叹了口气,"媛媛这孩子确实不容易。可是繁素,当初我和你爸真的是为你着想的,班主任一次两次把我们叫去,我们也是担心你高考……"

"妈,过去的事就别提了。媛媛现在挺好的,趁我还能在这个世界见到她,我想多陪陪她。"

"什么叫'趁你还能在这个世界见到她'?"邱培源捕捉到了不对劲。

南月话卡在嗓子眼儿。她在父母面前没设防,一不小心就说出了心里话。

韩榷周赶紧帮忙圆话:"她的意思是,于媛媛过阵子要离开京州,去外地工作。"

这话倒是不假。于媛媛听说蒋聪进了看守所,终于鼓起勇气提了离婚，想争取把孩子接回身边。她的儿子才两岁，现在是她婆婆在带。南月告诉她，如果想要夺回孩子的抚养权，必须得有稳定的经济来源。

南月补充："我有个朋友在垟曲开工作室，做植物印染类的服装设计。于媛媛之前学的也是服装相关的专业，我介绍她过去上班，等她身体恢复些就走。"

"她身体不好吗？"

"嗯。这些年吃了不少苦，无论是生理还是心理上。怕是需要很长一段时间才能彻底恢复。"

一桌人突然沉默。

南珂心里不是滋味，于媛媛的事她多少有些耳闻，听女儿这么说，她更是过意不去："那你们快去吧，代我和你爸爸向她问好，让她有什么需要帮忙的尽管开口。对了，她住哪儿？她刚回来，要是没合适的地方住，咱们家不是还有间客房空着吗。"

"放心吧，妈，这些我们都处理好了。"南月起身，"辛苦您和老爸收拾碗筷，我们先走了。"

上了车，南月问韩榷周："我妈真没对你说什么奇怪的话？"

"你希望她说什么奇怪的话？"韩榷周嗤笑，"说陆江申？"

南月给了他一个眼刀。

"不过你跟这个陆江申还得再联系联系，他说的那些事，有很多细节我还是没想明白。"韩榷周说着，从后座拿了他的运动背包，开始翻东西。

半响之后，韩榷周脸色难看："我做记录的那本笔记好像丢了。"

南月也惊了："丢哪儿了？"

韩榷周想不起来了。他打了个电话去翟远的酒店，服务员说房间里没有。他又给租车公司和航空公司打了电话,也没有。

"不在酒店,车上和飞机上也没有。会不会落在垰曲没带回来?"南月仔细回忆,"康哥生日的那天晚上我还见你拿着呢。你仔细想想,最后一次见它是什么时候?"

"好像就是那天晚上。"

南月眼前一亮,马上给康哥打电话。

康哥刚赢了一把游戏,心情还不错。他听了南月的描述,皱着眉头:"你这么一说,我好像还真见到过。藏青色硬壳笔记本……在哪儿见到过呢?哎,想不起来。可能就是见韩榷周拿过吧。"

"我们离开之后,你有没有见到?"

"好像没有。你们的房间里应该也没有,有的话阿姨打扫房间肯定会交到前台来的。"康哥安抚她,"妹子你放心,也不是什么值钱的东西,没人会拿的。这事我记下了,会多帮你留意。什么时候有人找到了,我一定第一时间联系你。"

"好,那麻烦康哥了。"

"跟我你还客气什么,真是的!"

挂了电话,南月安慰韩榷周:"康哥说得对,不是什么值钱的东西,如果是在客栈丢的,肯定能找到。不过韩榷周,你记性不是很好吗,笔记本上的内容你肯定记得,再誊写一份不就好了?"

"记是记得。只是里面的东西,不太方便让外人看到。"

"啊?"南月感觉不妙,"不是,你到底在上面写了什么?不会是把我的事都写进去了吧?这要是被别人看见就糟了!"

"我记录得比较简洁,旁人应该看不懂。"

"你最好别骗我,我可不想平行时空的事情暴露,别人把我当怪物看。"

韩榷周笑笑，踩下油门，车子慢慢驶出地下车库。

02

一整个下午，南月和罗遇心都陪着于媛媛。韩榷周介绍了一位据说打离婚官司很厉害的律师，罗遇心对这事很上心，特地空出半天时间陪着于媛媛一起去了。那位"身经百战"的女律师听了于媛媛的陈述，表示很有信心帮她解决离婚和孩子抚养权的问题。于媛媛泣不成声，直到出了律所，上了车，内心还是无法平静。

"这下你该放心了吧。"罗遇心有种松了口气的感觉，她对南月说，"医生都说媛媛心理状态调整得很不错，如今离婚和孩子的事也八九不离十。多亏了韩榷周，要不是他帮忙，事情恐怕没那么顺利解决，得好好谢谢人家。"

南月专心致志开车，目不斜视："不用谢，是他应该做的。"

罗遇心："……"

于媛媛："韩博士人呢？我还是要当面谢谢他的。"

"他去市天文台见他大学老师了，一会儿过来跟我们一起吃晚饭。"

"他的伤还好吧？"每次提到韩榷周受伤的事，于媛媛总是一脸抱歉。那晚要不是她太懦弱，韩榷周也不至于为了保护她而被蒋聪捅伤。

罗遇心安慰她："前天我见了韩博士，生龙活虎的。他经常运动，身体好，恢复得快。你就别再自责了，事情都在朝着好的方向发展呢。蒋聪已经被拘留，入室行凶肯定是要被判刑的，短时间内他不会再来骚扰你了。等离婚判决书下来，你只需要好好工作，好好生活就行了。"

"嗯。"

"不过媛媛，你真的不打算去见见你妈？"

于媛媛摇头。

罗遇心叹气，觉得有些可惜。这个答案倒是在南月的意料之中，她在另一个时空听尹朱照提过于莉的事。于莉几年前改嫁了，据说嫁得很好。而且，她现任丈夫跟前妻的两个孩子也跟他们一起生活，她早已融入新家庭，对于媛媛这么个叛逆的女儿也不太在意。

于媛媛的想法和南月如出一辙："她改嫁之后我们就没怎么联系了，反正她也不想认我这个女儿。也罢，她过得好就行。除了我儿子，我在这个世界上没别的亲人了。"

"放心，孩子一定会很快回到你身边的。而且你还有我们呢，我们不是最好的朋友吗？"

"繁素、遇心，谢谢这两个字我已经说太多遍了。但我还是想说，谢谢你们。"

南月盯着前面的红绿灯，淡淡开口："不只是在帮你，其实也是在帮我自己。"

她这句话，罗遇心和于媛媛都没明白过来。

过了红绿灯，跟韩榷周约好的餐厅已近在咫尺。南月指了指路边："是那家餐厅。你们先去点菜，我停好车过来找你们。"

于媛媛顺着南月手指的方向看去，皱眉："这家店看上去很贵，要不我们换一家吧？从翟远回来到现在，我已经花了你们不少钱。"

"没事，韩榷周有钱，吃饭的时候就别心疼他的钱了。"南月开了个玩笑，"而且我相信你以后能赚回来的，到时候再回报我们也不迟。"

于媛媛迟疑了几秒，点了点头："我答应你，一定不辜负你们的期望。"

南月从后视镜看到了于媛媛写在脸上的自信。回京州这几日，于媛媛的状态一天比一天好，面对她和罗遇心时，也不再像翟远那次一样，从骨子里透着拘束和自卑。恍惚中，南月想起了她们的高中生活。当年的于媛媛恣意率真，美丽而透露着锋芒，像只高傲的孔雀。

"好了，快去吧，我一会儿就来。"

南月停好车回餐厅，发现多了一个人。那人她很熟悉，是她和罗遇心共同的朋友，魏冲。

魏冲看见南月进门，笑着冲她挥手："繁素，这里！"

"你怎么来了？"

"哦，忘了跟你说了，"罗遇心说，"我跟魏冲明天有同一部剧的试镜，得提前对一下台词，就顺便约一块儿了。"

魏冲上上下下打量南月，啧啧称奇："才几个月不见，你怎么变化这么大？气质改变了不是一星半点啊！你在垟曲都经历了啥？我表示万分好奇！"

"经历了未来啊，我在时空中旅行了好几年。"

魏冲大笑："像《时间旅行者的妻子》那样？哈哈哈，你不愧是干编剧的，张口就来！现在很流行这样的故事吗？之前我在街心公园遇见个找灵感的科幻编剧，也跟我聊过什么时空穿梭。是个男的，长得还挺帅，不像编剧，倒像演员。"

恰在此时，韩榷周到了。魏冲一见到他，大为吃惊："是你？你不是那个科幻编剧吗？"

韩榷周没懂："我们见过？"

"你忘啦？我啊！"魏冲站起来，一秒入戏演起了盲人，"这样你能想起来不？"

韩榷周看了南月一眼。南月仿佛从他脸上看到了"你这朋友怕不是个傻子吧"的表情，忍不住笑出声。她对魏冲说："你误会了，他不是编剧。你刚才说的事我知道，他那天是在帮我构思剧情。"

魏冲了然："哦！那他是你的……"

"当然是男朋友啊！"罗遇心抢答。

"哦——"魏冲更加了然，眼角带着意味深长的笑。

韩榷周这时候也明白过来，魏冲应该是见过来自2021年的他。世界很大，却终归是一个圈，兜兜转转，圈里来来往往的还是这些人。谁都不知道，在过去或未来的某一时间，你会不会和同一个人擦肩而过。

南月偷偷观察了韩榷周的表情，知道他应该是明白了。在她接近三十年的人生中，韩榷周可以说是她认识的最聪明的人。而她是个拼命刷题才能勉强把高中物理考及格的人，在她刚认识韩榷周的时候，就对他有种天然的崇拜。尽管她对他研究的那些东西没有一丁点儿兴趣。

南月愣神的刹那，韩榷周拍了拍她的肩膀："想什么呢？"

"在想，物理学究竟有多难。你们这些搞物理的人是不是比普通人多一个脑子，比如你，还有周文博。"

说到周文博，韩榷周笑了笑："师哥他回国了。要见他吗？"

"周文博回来了？什么时候的事？"南月十分意外。如果她没记错的话，周文博在她那个时空应该是2017年底才回国，并且和"韩榷周"同时入职京州市天文台。难道说，因为她和"韩榷周"打破了两个时空的平衡，有些事发生了改变，而有些事则提前发生了？

"前天晚上到的。他去年拿到了博士学位，之所以在英国逗留到现在，是为了和他的导师罗森教授一起做研究。"

"那现在他怎么不做研究了？"

"他是研究什么的，你不知道吗？"韩榷周给了她一个"你自己体会"的眼神，"还有什么比我们遇到的这些事更值得他研究？"

南月懂了。难怪周文博提前回来了……

罗遇心听不懂他们在讲什么，催促："菜都上来了，你们赶紧吃啊，别聊了。"

南月夹了一口菜，刚想放进嘴里，又放下，追问："周文博已经入职天文台了？"

"嗯。我下午去找唐教授，师哥也在。我跟他单独聊到了你的问题。"

罗遇心插嘴："繁素的问题？她能有什么问题？"

"写科幻剧本的问题，宇宙多维空间、平行时空，这些理论说了你也不懂。吃你的饭吧。"南月敷衍了罗遇心几句。她对韩榷周说："择日不如撞日，吃完饭你带我去找他？正好有事想请教。我昨天晚上看一个讲平行宇宙论的纪录片，里面就有提到量子纠缠产生的能量可以改变时间和空间，什么薛定谔的猫在宇宙的某个空间死了，在某个空间又活着……这个你和周文博应该擅长吧？我觉得，可能对我遇到的问题很有帮助。"

韩榷周不紧不慢道："你说的是量子物理学的范畴，我是研究天体物理学的。"

"不都是物理学吗？我感觉差不多啊。"

"放在你的专业角度解释就是，爱情偶像剧和惊悚恐怖剧，都是影视剧，但你也写不了恐怖剧。"

"谁说我写不了恐怖剧的？"南月不服气的劲儿上来了，"你给我等着，非给你整一个出来不可。"

罗遇心和魏冲差点喷了，一个个笑得直颤抖。

罗遇心："这是我听过的最没有营养的吵架，邱繁素你也太幼稚了！"

南月不屑："我已经好几年没听人说过我幼稚了，幼稚的人是你吧。"毕竟，她现在的实际年龄比罗遇心大五岁。

"我看你们都挺幼稚的。别吵了，吃饭。"韩榷周回头看南月，"不是说吃完去天文台找周文博吗？"

南月会意，埋头认真吃饭。

饭后，南月把于媛媛送回了住处，然后和韩榷周一起去了天文台。罗遇心和魏冲则在餐厅继续喝下午茶，他们各打印了一沓厚厚的剧本，对起台词，一副对不完戏就不回家的架势。

魏冲仔细盯着剧本看，心思却没在上面。他凝神一会儿，用胳膊肘碰了碰罗遇心："你难道就没觉得邱繁素这次回来像变了个人吗？"

罗遇心不以为然："你去谈个轰轰烈烈的恋爱，再失恋一次试试？你的变化肯定比她还大。"

"失恋了？她男朋友不是刚才那位吗？"

"这是刚谈的。我说的失恋是上一段，她大学的学长，据说分手分得很难看。"

魏冲竖起大拇指："厉害啊，邱繁素！我好几年都没谈一个，她这还无缝衔接呢。"

"别乱说，她跟韩榷周不一样。"

"哪里不一样？"

罗遇心沉默了。刚才那句"不一样"是她脱口而出的，她也不知道到底哪里不一样。但是她第一次见这俩人的状态，就感觉不太像正常的恋人。难道她搞错了，这俩人根本没在谈恋爱？可是他们之间明明又有那种恋爱的氛围感在啊。

"哪里不对劲？"罗遇心喃喃自语，陷入了沉思。

魏冲："你说什么？"

"没什么，好好看你的剧本。"

…………

几个小时后，罗遇心伸了个懒腰。剧本的内容她已经熟悉了，尤其是她要试镜的那个角色的台词，说能倒背如流也不夸张。她跟魏冲以前就合作过，两人配合得很好，对于明天的试镜她成竹在胸。

"走了走了，用脑过度，我得回去睡会儿。"罗遇心拎上包，拍了拍魏冲的肩，"你去买单。"

魏冲买完单，跟罗遇心有说有笑地走出餐厅。

一辆黑色路虎从餐厅门口经过，开出十几米又慢慢倒了回来。车窗玻璃慢慢往下移，戴墨镜的男人探出头："罗小姐？"

罗遇心没认出是谁，迷茫道："你是？"

那人把墨镜一摘。

"贺总啊，这么巧。"

魏冲悄声问："这人谁啊？"

"一个霸道总裁。"

"行啊，罗遇心。他不会在追你吧？"

"跟我没啥关系，是邱繁素的朋友。"罗遇心声音压得极低，"我跟他就见过一次。"

"邱繁素的朋友……邱繁素最近是捅了帅哥窝吗？艳福不浅啊！"

"你别瞎说，普通朋友而已，她跟这位霸道总裁也不熟。"

贺峥没听到俩人在说什么，他问："你们去哪儿？顺路的话我送送你们。"

"不顺路。"罗遇心拒绝,"贺总你去忙吧,我们打车就行。"

"别啊,有顺风车干吗不蹭,这个点很难打车的!"魏冲在背后拉罗遇心的衣服,阻止她往下说。他对贺峥笑脸相迎:"顺路顺路!那就麻烦贺总送我们一程呗,我们都住在悦来商场附近。"

贺峥点头示意他们上车。

罗遇心有些尴尬,只好道谢:"谢谢贺总,太麻烦你了。"

"小事。"

"好巧啊,呵呵,在路上都能碰到。"

"不是巧合。"

"什么?"

"旁边就是云都大厦,我刚下班。"

罗遇心懂他的意思了。京州市有商圈的地方就有他家的产业,而云都集团的办公大楼就在这附近。真是家大业大。

为了避免造成更诡异的气氛,一路上罗遇心都没再说话。倒是魏冲时不时用胳膊碰碰她,提醒她看手机。她才懒得看,她太了解魏冲了,这人爱吃瓜,无非就是发信息问她跟贺峥有什么关系。真是谢谢他了。

魏冲看出了罗遇心不想理他,只好收起了八卦之心。但正因为如此,他对这俩人的关系更好奇了,一直偷偷观察贺峥。

今天路上不堵车,很快就到了魏冲住的小区。下车前,魏冲给了罗遇心一个暧昧的眼神:"心心,我到了。"

"嗯。"

"谢谢贺总的顺风车,下次有机会一起吃饭。"

"好。"

"那我先上楼了,你们……"

罗遇心瞪了魏冲一眼，示意他别再多话。魏冲朝她挥挥手："明天见。"

等魏冲进了小区，贺峥问罗遇心："罗小姐，你家的具体地址是？"

"就在附近，你往前开吧，我给你指路。"

贺峥踩下油门，随口闲聊："上次在垟曲想请你吃个饭，你极力避嫌，是怕魏先生误会？"

"什么？"

"罗小姐不用想太多，我没有别的意思，只是想谢谢你那天帮我解围。"

罗遇心忽然明白过来了，贺峥以为她和魏冲是男女朋友……

"你别乱猜啊，不是你想的那样，我跟魏冲只是同事。而且我们都是混娱乐圈的，万一哪天谁红了，这种绯闻想洗都洗不掉。你可别坑我，砸我饭碗！"

贺峥意外："不是？"

"谁跟你说是了？"

"上次……"

"上次就是想避免不必要的麻烦。"罗遇心打断他的想入非非，她很无奈，"假扮你一次女朋友就够尴尬的了，万一你再来几个奇怪的相亲对象。毕竟贵圈非富即贵，一个个身份背景都吓死人，我可不想惹麻烦。"

贺峥忍俊不禁。

"你笑什么？"

"没什么。罗小姐放心，我说过不会给你带来麻烦，说到做到。"

"行，就停这儿吧，我到了。谢谢贺总。"

"举手之劳。"

罗遇心刚下车,贺峥叫住她:"罗小姐,稍等。"

"贺总还有事?"

"我这人不太习惯欠人情。罗小姐帮过我一次,如果你有什么需要我帮忙的,尽管开口。"

"不用了,上次的事对我来说也是举手之劳。你是繁素的朋友,自然也就是我的朋友,朋友之间不用计较那么多。我先回家了,贺总再见。"罗遇心冲他挥挥手,转身进小区。

没走几步,罗遇心觉得怪怪的,她拿出手机给南月发了个消息:"你把于媛媛送回去了吧?我刚碰见贺峥了。"

南月回了一个问号。

03

韩榷周的导师唐教授是位非常有趣的老先生,长得和蔼可亲,说话总是笑脸盈盈。他带着韩榷周和南月在天文台参观时,还会给南月讲述一些有趣的天文小知识。南月心里偷着乐,有几个知识点是以前"韩榷周"给她讲过的,当时她并不觉得有意思,如今再次听到,竟然无比亲切。

参观天文台这一环节对南月来说则更为亲切,她和"韩榷周"在一起的三年间,少说也来过十几次,可以说是相当熟悉了,尤其是"韩榷周"的办公室。趁着唐教授和周文博聊天的间隙,她悄悄拉了韩榷周的衣袖,指着一扇门给他看:"这间就是你以后的办公室,在我那个世界,你是2017年下半年入职的。"

韩榷周盯着"他"的办公室看了会儿,唐教授回头见到这幕,不解:"榷周,你们看什么呢?"

"老师,这间屋子是做什么的?"

"这是徐老的办公室。徐老年事已高,前些年退休了,后来又被单位返聘了几年。昨天他还跟我念叨呢,说耳鸣越来越严重,准备回家享清福了。"

南月知道这位徐老,鼎鼎有名的天文物理学家,拿过不少国内外的学术奖项。"韩榷周"一直把徐老当偶像,他们在一起这些年,"韩榷周"经常跟她提起徐老。难怪办公室的布置俨然一副老派学者风格。还有窗户上那个平安符金属贴,十有八九是徐老贴的。

韩榷周没注意到南月的走神,一听自己未来的办公室竟然沿袭于徐老,很是高兴。他问:"徐老在吗?方便的话我想拜访他老人家。"

"今天没来,去医院检查身体了。他老人家马上要卸任了,你明天要是有空来一趟,还能见着他。"

"行,明天我再跟您约。"

南月听到了关键的一句——徐老马上要卸任了。所以说,这间办公室很快就要空出来了?!

周文博跟南月想的一样,他看南月的时候,南月正好也朝他看去。这么对视一眼,他们迅速都明白了彼此心里的想法。

唐教授看了一眼表,说:"我一会儿有个会,你们年轻人聊。榷周,你明天来之前跟我说,我提前跟徐老知会一声。"

"好的,老师,您先去忙吧。"

唐教授一走,南月马上问:"周师兄,你的办公室是哪间?"

周文博指给南月看。南月笑笑:"哦,没变。"

"你是想等徐老卸任,办公室空出来,再过来看看?"

"嗯,我过来的那晚,办公室一片黑,我也没敢开灯。"

"可你有没有想过，2016年还没有那块陨石，或许你找不到想要的答案。"

南月神色黯淡下来，周文博说的这些她当然知道，可这间办公室是她跟这个时空唯一的联系，她就是从这里走出来的。不进去看一眼，她没法死心。

"能掌握多一点线索，阿月回去的概率就大一些。"韩榷周认同南月的做法，"即便是做无用功，也比什么都不做干等着强。"

周文博点了点头："明白。"

"师哥，我们最近有很多奇怪的遭遇，需要你帮忙分析分析。可惜我的笔记本弄丢了。"

"什么笔记本？"

南月把韩榷周丢本子的事简单陈述了一遍。周文博皱眉："以后有什么线索你别记在本子上了，用手机备忘录吧。"

"他就是这样想的。"

南月心想，这俩人还真是默契，不论是在哪个时空皆是如此。她看了眼时间，已经不早了，还得去商场先买几身衣服，五年前的邱繁素品味跟她完全不一样，马上就到冬天了，可衣柜里的那些大衣，她没一件看得上的。

"二位，我得回家了，有事手机联系。"

"明天来吗？"

南月："下次找机会吧。于媛媛明天下午的飞机，她要去垡曲工作了，我答应了送她去机场。"

韩榷周点头："那你注意安全。"

"嗯，回见。"

刚到商场门口，南月收到了罗遇心发来的消息："你把于媛媛送回去了吧？我刚碰见贺峥了。"

南月："？"

"就是你的那个朋友贺总啊，你忘了？"

"没忘。我的意思是，你怎么又跟他搞在一起了？"

"什么叫搞在一起？只是碰巧遇见好吗！我跟他可什么都没发生，只是蹭个顺风车的关系，而且魏冲也在车上。"

南月还是不太放心，叮嘱她："总之你别掺和他那些感情上的事，就算帮忙也不行。好好演你的戏，千万要坚定你的信念，不要生出旁的心思！"

罗遇心五年后是要大红大紫的，万一她2016年就掺和进贺峥的事，牵一发而动全身，改变了命运……南月不敢想，同时她又忍不住自责，要不是她意外来到这个时空，罗遇心和贺峥就不会提前认识，也不会生出这么多细枝末节。她只盼罗遇心能一心演戏，沿着原来的轨迹朝前走。

罗遇心不知道南月哪来这么多瞎担心，回了句："知道啦，演戏第一，其他都不重要。我煮咖啡去了。"

"记住啊！"南月不免心中忐忑。她们可是一根绳子上的，如果罗遇心的命运发生了改变，她的命运也会改变……她们都是公司的创始人，谁都不能出岔子，那关系到她的荣耀和金钱！

南月正想着她和罗遇心两年后一起创业的事，眼神一晃，看见一张熟悉的面孔，是她们公司未来的签约艺人邹梨。四年后，邹梨将会迅速蹿红，成为圈内最炙手可热的新人女演员。

"你是？"邹梨回头，一脸青涩。

南月恍惚。原来她刚才一激动，脱口喊出了邹梨的名字，可现在的邹梨还不认识她呢。

2016年,邹梨刚满十七周岁,高中在读。此时此刻,扎着高马尾、背着双肩包的她正在旁边的女装店挑衣服。

南月很快就想好了标准答案,她说:"我认识你表姐,之前跟你有过一面之缘。"这话不是乱说的,邹梨的表姐孟晓璇是她大学校友,也是油画专业的,比她低一级。2020年,孟晓璇把电影学院刚毕业的邹梨引荐给了她,这才有了后来的互相成就。

邹梨不太记得在哪里见过南月了,不过一听南月认识孟晓璇,马上露出笑容:"真巧,我姐就在里面换衣服呢。"说着,她朝试衣间喊了几声。

孟晓璇走出来的时候,边低头整理衣服,边嘟囔:"催什么啊,我才刚进去呢!"她一抬头,对上了南月的脸,又意外又惊喜:"繁素,是你啊!"

南月笑着点头:"好久不见。"

"是挺久没见了。你变化好大,我差点没认出你。"

南月只能微笑以对。她的变化确实很大,这一点有目共睹,五年的时间不是说说的。她怕邹梨说漏嘴,提到她们有过一面之缘的说辞,赶紧找话聊:"这裙子不错。很适合你。"

"是吗,这条好看?"孟晓璇很高兴,转了一圈让南月看,"我看了半天,都快选择障碍了。"

南月敏锐捕捉到了没有拉的拉链,恰好店里有男士陪着女朋友挑衣服,她赶紧挡住孟晓璇,帮她拉上拉链。

孟晓璇脸一红:"谢谢。"

"姐,我也觉得这裙子好看。"邹梨附和南月的话,"你别犹豫了,就它了。姐夫不也说你穿蓝色最好看吗?"

"姐夫?"南月意外,"你结婚了?"

"没有没有,她瞎说的。"孟晓璇连连摇头,"只是谈恋爱而已,我们在一起才三个月,结婚还早呢。"

"你眼光一向高,看来是良缘了。"

孟晓璇脸红:"我男朋友……其实你认识,也是我们学校的,设计系的学长陆江申。"

南月差点喷了:"陆江申?"

孟晓璇点头。

邹梨八卦兮兮地补充:"我姐最近热恋期,虽然是异地恋,但也甜得不得了呢。姐夫昨晚到的京州,特地赶来给我姐过生日呢。"

南月心想,得亏她不是2016年的邱繁素,不然的话,这个消息对她来说简直是一记惊雷。也太离谱了吧!

等等,刚才孟晓璇说她跟陆江申在一起三个月了——也就是说,陆江申8月就已经出轨了,还是脚踏三条船!

信息量太大,南月一时难以消化。在她那个时空,她和陆江申分手没几天就离开埠曲了,那以后山长水阔,相逢不识,基本没有半分交集,她不知道陆江申和孟晓璇的恋情也正常。没想到意外来到这一时空,她知道了好多不得了的秘密。

那么问题来了,她该不该告诉孟晓璇,陆江申是她前男友并且是个海王呢?

"繁素?"孟晓璇叫了南月一声。她见南月失神,以为她只是觉得意外。

"嗯?你刚才说什么?"

孟晓璇愣了,她刚才什么都没说啊。不过为了不冷场,她还是笑着开口:"这么久没见,本来应该约你吃个饭的。不过我明天去上海出差，行李还没收拾，只能下次跟你约了。我后天下午就回来，你还在京州的吧？"

"在呢。你明天几点的飞机？"

"下午3点。"

"你住哪里？"

"就在附近不远。怎么？"

"我也住在附近。明天下午我正好要送朋友去机场，要不我顺道捎上你？"南月心里有了主意。现在邹梨在旁边，说话不方便。明天她可以借着送孟晓璇的机会，跟她单独说一下陆江申的事。

孟晓璇不知道南月为什么这么热情，但有顺风车是好事，她一口答应："好呀，那就麻烦你了。"

"没事，顺路。你们继续逛吧，我先回去了。明天见。"

"好的，明天见。"

南月一转身，脸上勉强维持住的笑容顿时消失无踪。真的是太尴尬了，她身上竟然会发生这么狗血的事。陆江申也是够可以的，上个月给安茹过生日，被邱繁素撞了个正着，现在飞来陪孟晓璇过生日，又被她撞见这事……

槽点太多，无处安放。南月马上给罗遇心发了条信息。

罗遇心正躺在床上敷面膜，一个激灵坐起身来："什么？"

"我决定了，这个剧情我要记下来，写进我的剧本。"

"不是，你就一点都不难受吗？"罗遇心以为她在硬撑。

"早就知道他是什么样的人了，我难受什么？"

"繁素，在我面前没事的，你可以卸下伪装，想哭就哭，想骂人就骂人。千万别憋着。"

南月语塞。在罗遇心眼中，她是2016年的"邱繁素"。分手没多久就得知前男友脚踏三只船，换作任何人都会崩溃大哭。可是在南月眼中，这是五年前的陈芝麻烂谷子，有什么好哭的。

为了配合罗遇心的情绪，南月只好回了句："我都有韩榷周了，我伤心什么？韩榷周哪方面不碾压陆江申。"

"也对。是我小看姐们儿了，姐们儿威武！"

"你觉得，我应该告诉孟晓璇吗？"

"当然！"罗遇心立场坚定，"必须说啊，你要不说的话，这姑娘可要跳火坑了。"

"说了会不会显得我在挑拨离间……"

"呃，也是哦。是有些尴尬。"

"那怎么办？"

"这种事我给不了你建议。不过我觉得，最起码应该告诉她你和陆江申在一起过，不影响你们的关系，反正你都有韩榷周了。韩榷周英俊潇洒且多金，十个陆江申加起来也抵不过韩榷周冲你温柔一笑来得有魅力。"

"你够了啊。"南月打断她，不想她再说出什么奇怪的话。

"你好好休息，明天的试镜千万把握好。"

"是是是，事业要紧，我知道。"

挂了电话，南月心情放松了不少。其实在给罗遇心打电话之前，她心里早就有了计较，她只是想得到一个支持的声音。无论如何她都不能瞒着孟晓璇，看到被蒙在鼓里的孟晓璇，她仿佛看到了五年前的自己。如果她什么都不做，任由陆江申继续欺瞒孟晓璇，那她跟一岚那些人有什么区别？将来孟晓璇知道真相，肯定会埋怨她的。

04

孟晓璇家离南月家只有三公里,由于之前没去过,南月怕开错路,提前了十分钟出门。车刚开到小区门口,她透过车窗远远地瞥见陆江申送孟晓璇下楼。好在陆江申没跟着出小区,免去了前任见面的尴尬。

孟晓璇上车,南月问她:"陆江申住在你家?"

"我家?"孟晓璇反应过来,南月刚才应该看到陆江申了。她摇头:"这不是我家,是陆江申的房子。"

南月愣了下。陆江申不是本地人,她从没听说过他在这里有房。

孟晓璇说:"我家在城西,离我实习的地方太远了。几个月前我在网上找房子,雕塑系的学长介绍我找陆江申,说他在附近买了套小户型,平时都闲置着,正想租出去。"

南月猜到了后续剧情,房子没租成,这俩人直接看对眼了。

"你们住一起?"

"没有没有没有!"孟晓璇一连三个没有。她知道南月是什么意思,脸红了:"我们一直异地恋呢,昨天他刚回来,这个房子是两居室,我们分开住的。"

异地恋,才三个月,而且是分开住的……感情应该不深?既然如此,她把实情告诉孟晓璇应该不要紧吧?

经过一个红绿灯,南月把车停靠在路边。孟晓璇以为她要下车买东西,却听她道:"晓璇,有件事我觉得应该告诉你一声。"

"什么?"

"我跟陆江申在一起过,不过我们已经分手很久了。"在南月的认知中,她跟陆江申就是分了很久,五年了!

她又补充:"你放心,我对陆江申绝对没有任何想法,而且我现在有男朋友。只不过我们朋友一场,现在知道了你和他的关系,我觉得有必要告知你,免得将来造成不必要的误会。"

孟晓璇睁大眼睛,不知该怎么接话。陆江申在他们学校很有名,他长得帅,有才华,倒追他的女生一抓一大把,若说他和同校某个漂亮女生谈过恋爱,也不是什么大不了的事。可偏偏是邱繁素……

上大学时,孟晓璇最敬佩的人就是邱繁素。系里好几位导师都夸邱繁素是天赋型选手,只要好好坚持画下去,将来必成大器。但邱繁素私下跟她说过好几次,毕业后她不想继续画了,因为她更喜欢文学创作。孟晓璇又羡慕又惋惜,人家不想要的恰恰是她努力想得到的,从前是美术天赋,现在是陆江申。

"我知道了。"孟晓璇努力把这件事消化掉,冲南月笑笑,"没事儿,都是过去的事了,他上学那会儿跟好几个我认识的同校女生交往过,我心中有数的。"

南月心想,这根本不是介不介意的事,而是他圈海养鱼的事啊!

"他在学校就是风云人物,有不少感情方面的传闻。对我而言,我是介意这些的,所以我跟他无法长久。我这么说,不知道你能不能明白。他这个人呢,有他的优点和魅力,不然也不至于那么受女生欢迎。我希望你在跟他交往期间,尽量多顾及自己,别一味陷入。"

孟晓璇愣了愣,似乎没明白南月这番话的深层含义。

南月决定言尽于此,不提陆江申脚踏三只船的事了。就像她对罗遇心说的那样,说多了显得她挑拨离间似的。可如果什么都不说,她又担心孟晓璇会受伤。陆江申跟她在一起的时候能同时出轨孟晓璇和安茹,现在也未必不会同时有别的女朋友。但愿孟晓璇能留个心眼,别陷太深吧。

南月说:"不提这事了,我们先去机场吧,我还要去接个朋友。有什么事等你从上海出差回来我们再说。"

"好。"

孟晓璇嘴上说不在意,心里还是有些异样的,她认真思考起南月刚才的话。不过这种情绪没有持续很久,于媛媛就上车了。

于媛媛的飞机3点半才起飞,没那么着急进安检口。南月告别孟晓璇,陪于媛媛在咖啡馆坐了会儿。她已经提前把于媛媛的航班号发给了康哥,届时康哥会去机场接人。

"放心吧,我在垟曲有很多朋友,有什么事他们都能照顾你。"

于媛媛点头:"我答应过你和心心的,一定会努力。等我足够独立,能够报答你们的时候,我再回来找你们。"

"我们之间就别说报答的话了。"后面半句,南月说得很认真,"我之前跟你说过的,我这么做不只是帮你,也是在帮我自己。"

于媛媛大概明白南月为什么这么说,高中那些事她耿耿于怀。可如今想来,当年的事谁有错呢?明明谁都没错。

南月拥抱了她:"好了,快登机了,你赶紧去安检吧。"

于媛媛冲她挥手,拉着行李箱走向安检口。

南月目送她走进去,像是完结了一桩耽搁许久的事,她心里轻松了许多。但她又觉得韩榷周说得对,她在这个时空帮了于媛媛,是会改变什么的吧,她隐隐期待,又隐隐害怕。

她拿出手机,给罗遇心发了个消息:"于媛媛已经去安检了。你怎么样,试镜顺利吧?"

"非常顺利,不出意外的话,再过一周我就要进组啦。"

南月毫不意外。罗遇心试镜的这部剧叫《白玉京》,她在里面演一个人设很好的配角,剧播得不错,她也因此积累了一些路人缘。《白玉京》的制片人姐姐很喜欢罗遇心的戏，所以在下一部剧被女主放鸽子的时候，她第一时间想到找罗遇心救急。谁能想到，本不被看好的一部小成本网剧爆火，罗遇心开始了她的流量小花人生。

只要罗遇心顺利进了《白玉京》剧组，后面的事基本就能稳步发展。南月这下放心了，看来贺峥的出现不会改变什么。

南月往回走，在电梯口碰见了拎着行李箱一脸丧气的孟晓璇。她诧异："你没登机？"

孟晓璇很郁闷："上海大暴雨，航班临时取消了。"

"那你出差怎么办？"

"只能过两天再去了。"

"我正好回家，捎你一程吧。"

"又麻烦你了，来回都蹭你车。"孟晓璇不太好意思。

"顺路呢，不麻烦。你不介意我之前跟你说的那件事就行。"

"你放心吧，我想通了。其实这也不算什么大事，我们都不是小孩子了，有过一两段过往恋情很正常。"

"你能这样想我也就没心理压力了。走吧。"

返程不堵车，很快就到了孟晓璇家楼下。

孟晓璇从后备厢拿出行李，问南月："上楼坐坐，喝杯咖啡再走吧？"

南月正要拒绝，孟晓璇反应过来，赶紧解释："你放心，陆江申不在家！他去高铁站了，说要回老家办点事。"

南月见孟晓璇除了行李箱和拎包，还有个办公用的工具包，于是答应了："好，这个包我帮你拿吧。"

孟晓璇也不客气，把工具包递给了南月。不过，如果让她再选一次的话,她是绝对不会邀请南月上楼的。谁都不会预料到,她们会撞见那么尴尬的一幕。她开门进去,这个时候本该在高铁站的陆江申穿着浴袍,慵懒地靠在沙发上,怀里搂着一个穿低胸吊带裙子的女人。两人正忘我地调情,连开门声都没听见,直到她们走近。

南月:"……"

陆江申:"……"

愣了几秒之后,孟晓璇把手里的拎包砸了过去:"陆江申你混蛋!"

"你怎么回来了?你怎么跟她在一起?"

"你简直无耻!"

争吵声在走廊回荡。

南月没忍住,一到家就把这个八卦分享给了罗遇心。

"虽说背后说人家的事不太好,但我真的憋不住。你说,我是不是写剧本写久了,碰到的事才会变得这么富有戏剧性?"

罗遇心不以为然:"你写剧本的时间也就半年,久吗?而且我觉得,这事意料之外情理之中,都说男人出轨只有0次和无数次,一点不假。陆江申跟你恋爱的时候能出轨安茹,跟孟晓璇恋爱就不能出轨别人了?说出去他自己都不信。"

"我就不该陪孟晓璇上楼,她得尴尬死。"

"应该尴尬的是陆江申才对,被现女友和前女友一同撞见他出轨,我要是他我就换个星球生活了。"罗遇心顺便八卦了一句,"陆江申这次交往的是个什么样的女孩?"

"确切地说是女人。"

"啊?"

南月回忆了一下。那个穿低胸吊带裙的女人看上去至少三十七八岁，是个风情万种的美艳型姐姐。由于场面太劲爆，她很快就离开了，不知后续如何，也不清楚那个姐姐知不知道陆江申有女朋友。想必应该是知道，家里全是孟晓璇的东西，一看就是有女主人的样子。

罗遇心听完，啧啧称奇："陆江申真牛，年上年下通吃啊。不过我还是好奇，你碰到了这些，真的一点感觉都没有？"

"早说了我不关心这些。罗大小姐你管好自己好吗，剧本看完了吗？"

"我错了，不提这事了还不行嘛！还有件事要跟你说，我明天下午飞敦煌，去拍个杂志内页。"

"什么杂志？"

"《云游》。我之前跟你提过的啊，《云游》跟敦煌的月出沙洲酒店合作，新一期是沙漠主题，杂志模特也兼月出沙洲宣传片女主角。我投了简历，本来以为没什么戏，谁知道今天一早他们给我打电话，说我通过了，让我明天去拍摄。"

南月眉头一皱，觉得事情不对。在她过往的记忆中，罗遇心并没有这个杂志邀约。《云游》是国内炙手可热的女刊，虽说只是内页，但是以罗遇心现在的咖位，想上几乎是不可能的。

南月仔细回想，在另一个时空罗遇心，是投过被刷下来了，还是压根没这回事？她感到极度不安，因为她的到来，越来越多的事开始发生变化，她无法保证有一天这一切会不会变得不可控。

思来想去，她把这些事原封不动告诉了韩榷周。

十几分钟后，韩榷周发来一个截图。他查了这个月出沙洲酒店的情况，云都集团占股30%。云都集团——贺峥！究竟是怎么回事，一目了然了。

"原来如此。"南月释然。贺峥是个不愿意欠人情的人，罗遇心上次帮她解了围,他一直想找机会道谢。八成是他恰好看到了罗遇心的简历,做了个顺水人情。总之,不是什么坏事。

南月给韩榷周回了句谢谢。韩榷周没回信息,直接打电话过来。

南月被突如其来的铃声吓了一跳:"怎么了?"

"怕你瞻前顾后,心理压力太大。"韩榷周说,"我明白你的顾虑,你是怕事情原来的轨迹发生偏离,你们未来的命运会发生变化。不过你在这里该做的事都已经做了,该发生的变化也一定会发生。你想再多都没用,当务之急是弄清楚回去的办法。"

南月笑他站着说话不腰疼:"我倒是想。你说,回去的办法是什么?"

"不知道。"

"不知道你还好意思说教我。"

韩榷周轻笑,说:"我和师哥去拜访了徐老,就目前来看,那间办公室没什么特别之处。你回到2021年的关键应该还是在那个时空。"

南月早知道是这个答案,可听到之后,还是免不了有些失落。

南珂敲门,在外面喊:"繁素啊,你哥后天晚上过来吃饭,你爸说他亲自下厨做几道大菜,你让榷周一起来呗。"

"南启明这样的大忙人来干吗?"

"说什么呢!是我让他来的。记住啊,后天晚上让榷周过来。"

脚步声远去。南月腹诽,南启明怎么突然来家里吃饭了?在她那个时空,好像也没这回事。并非她记性好,实在是南启明太神出鬼没,一年根本见不到几次。

韩榷周在电话里笑:"那我后天几点过去?"

"去哪儿?"

"你妈妈刚才的话,我听到了。不是邀请我去你家吃饭吗?"

"有饭你倒是不嫌多吃。"

"所以我几点过去合适？"

"6点半？"

"行，那替我谢谢阿姨的邀请。我需要买些什么？"

"随意。"

南月挂了电话，准备问问她爸妈南启明是怎么回事。她刚走到门口，电话又响了，她接起来：

"又有什么事啊，韩榷周？你后天晚上6点半到就行，买什么你随意，水果鲜花都可以，我爸妈不挑剔这些。"

"是我，繁素。"

南月一看屏幕，陌生号码。但是这声音她有印象，是陆江申。她态度来了个一百八十度转变："有事？"

"韩榷周后天要去你家？"陆江申反问。他心里不是滋味，他和邱繁素在一起半年，邱繁素很少跟他提她家的事。韩榷周认识她才一个月，竟然要去她家见她父母了吗？

南月好笑："跟你有关系吗？好好解决你自己的事吧。"

"晓璇和我分手了。"

"那恭喜她了。"

"今天的事，你是故意的吧？"

"大哥你清醒一点。但凡知道你在家，孟晓璇都不会邀请我上去坐坐。"南月很烦，"挂了。"

"等一下——"陆江申急忙开口，"你是不是在找一本藏青色封皮的笔记本。"

"你怎么知道？"

"康哥说的，他帮你打听了一圈。那个本子在我手里，我碰巧捡到的，但我事先不知道是你的。"

"地址我一会儿发你，顺丰到付。"

"笔记本我可以给你，我们见一面吧。有些话还是想当面跟你说。"

南月白眼翻到后脑勺，又是这一招！要不是在2021年的时空她被陆江申摆过一道，她还真信他的邪。当初诓她信在他手上，现在又说笔记本在他手上。五年了，他来来去去还是这一招。

"明天中午12点，在悦来商场的隐厨小院，我等你。"

"我不会去的，别浪费你宝贵的时间了。"

陆江申万万没想到她拒绝得这么干脆，问："本子你不要了？繁素，我没别的意思，只是想跟你解释清楚。"

"不要了。反正也不是什么重要的东西，你要喜欢就自己留着玩吧。"

陆江申还想挣扎一下，电话那头传来一阵忙音。他再打过去，发现自己已经被拉黑了。

"靠！"他挠挠头发，想砸手机，可一想到手机是刚买的苹果新款，举起的手又缩了回来。

康哥不是说那个笔记本对邱繁素很重要吗？看她这态度，应该是无关痛痒的东西。亏他还以为她至少会见他一面。

陆江申懊恼。今天下午被南月和孟晓璇撞见的那一幕在他脑中一直闪现，怎么抹都抹不掉。他觉得自己简直倒霉透了。

05

自从做了公司，南月每天都忙得像陀螺，很少有时间回父母家吃饭，更别提吃她爸亲自下厨做的菜了。两老退休后，平日里是南珂做饭居多，邱培源难得有兴致了才会想着露一手，比如今天。

老两口一早就去菜市场大采购，买了不少食材。南月在厨房门口张望了一眼，除了鸡鸭鱼肉，竟然还有大龙虾。她多少年没在家享受过这样的待遇了，过分！

"妈，南启明要来家里吃饭，你们就整这么多大鱼大肉，至于吗？"南月忍不住猜测，"该不会是他要带对象来？"

南珂忙着洗菜，头也懒得回："他对象不来，可是你对象来啊。"

南月："……"

所以这么多菜不是为南启明准备的，是为韩榷周准备的？

到了下班时间，南启明准时过来了。南月开门看见他，内涵道："哟，这不是市一医院的大忙人南医生吗？南医生今天怎么有空光临寒舍，难道是我看花眼了？我去找找我的眼药水。"

南启明对她的阴阳怪气不为所动，上下打量了她几眼："转性了？怎么穿成这样？"

"哪样？"

南月回头照了照玄关的镜子，她穿了件驼色羊绒衫，下身紧身牛仔裤，再休闲不过的打扮了。很奇怪吗？她回想了一下，好像五年前的她穿得比较幼稚，动不动粉色和碎花……想到此，她一阵鸡皮疙瘩。

南启明被南珂喊去了厨房，说是让他帮忙洗菜，不过南珂压低声音跟南启明说话，如此这般，南月总觉得他们在谋划什么。

又过了十几分钟，韩榷周也到了。南珂热情地迎韩榷周进门，给他和南启明互相做了介绍。

"你们看会儿电视啊，还剩最后一个大菜，十分钟就炖好！"南珂给南月使了个眼色，"愣着干吗，给客人泡茶啊！"

南月照做。她瞄了一眼韩榷周买来的东西，除了果篮，还有茶叶和保健品……

"不愧是理科直男！"南月腹诽。在她的时空，"韩榷周"第一次来家里见她父母，买的也是这些东西。人的品味和审美果然不会轻易改变。

南月出神的工夫，南启明已经和韩榷周聊上了。这俩理科直男貌似有不少共同话题，聊得还挺开心，大有相见恨晚的感觉。

南珂端了一盘菜从厨房出来，使唤南月："繁素，快把餐桌收拾一下，吃饭了。"

听到这话，南启明和韩榷周同时站起来，很自觉地去厨房帮忙端菜。

一顿普通的家常饭，一桌人却吃得格外温馨，全程有说有笑。南月心里格外踏实，她莫名其妙来到这个时空，没想到还能享受到久违的家的味道。她蓦地明白，为什么罗遇心总说她们得到了很多却也失去了很多。作为公众人物，罗遇心连逛街都逛不踏实，不仅要从头捂到脚，一路上还得时刻警惕，就怕有人跟踪偷拍。

南月给罗遇心发了个消息，问她拍摄怎么样了。几分钟过去，罗遇心没回，应该是还在忙。

当天下午3点左右，罗遇心给南月打了个电话。她说在月出沙洲酒店拍摄内景时竟然"偶遇"了贺峥。南月一点都不意外，只是没想好怎么跟罗遇心开口而已。

"我才知道贺峥他们家在月出沙洲也占不少股呢。我问了他，是不是他放水我才被选上拍这个广告的。"

"他怎么说？"

"他承认他确实提了点意见,不过他说他没放水,只是恰好看到了我的简历,觉得我合适。让我不要多想,说他没别的意思。"

南月不信:"你信吗?"

"我才不信。他肯定是觉得我以后会红,想提前占个流量坑!"

南月:"……"

"哎呀,繁素你放心,我有分寸,答应你的事我肯定做到,不会乱来的。"

南月盯着罗遇心的微信头像,嘴角不自觉上扬。

南珂拍了拍南月的后脑勺:"别老盯着手机。快收一下餐桌啊,我去切水果。"

"还有水果?我们都吃饱了。"

"榷周买了这么多水果,我和你爸两个人吃不完。趁着大家都在,一起吃点水果,喝喝茶。"

"行吧。"

南月端了剩菜去厨房,韩榷周跟了过来,凑近南月耳边,小声说:"我知道南启明出现在这里的原因了。放心,事情的轨迹不是突然发生改变的。"

"他来干吗?"

"从他刚才跟我聊天的内容来看,应该是叔叔和阿姨想让他把把关,看看我这个他们眼中的未来女婿靠不靠谱。"

南月无语:"就这?"

"不然你以为?"

"南启明真是多管闲事。我还以为他很忙呢,看来不尽然啊。"

南月从小就不服南启明,要不是因为有他这么个表哥,她也不会被迫卷那么多年。父母开口闭口"你看看人家启明多优秀,你也要努力,不能落后啊"。行啊,那如今她"恋爱"了,他也不能落后才对。

"哥,你既然有空来我们家吃饭,最近应该不忙吧?"南月笑得不怀好意,"前阵子舅妈还问我呢,说你哥都三十岁的人了,怎么还单着呢?"

南启明轻咳一声:"医院事情比较多。"

"我之前去你们医院,发现有不少漂亮的护士小姐姐呢。你是医生,找个护士也挺般配,对吧。"

"我暂时还不想考虑这些。"

"唉,那可惜了。舅妈可是着急得很,还想让我帮你介绍女朋友呢。你要是还固执地单下去,舅妈该怀疑你的性取向了。"

南启明察觉出了不对:"我怎么觉得,你这话有幸灾乐祸的意思。"

"有吗?哪有啊!我就是关心一下我什么时候能有嫂子。"

南启明懒得理她,一声不吭吃水果。南月心里偷着乐,她这点小心思瞒不过韩榷周。韩榷周眼神冲她飘来,她回了个笑脸,然后掏出手机给他发信息:我哥不仅现在是单身狗,五年后还是单身狗。我舅妈还真怀疑过他是不是喜欢男生,你说好不好笑。

韩榷周哭笑不得。

众人谈笑间,南月看见窗外有个身影在来回踱步。父母喜欢种些花花草草,所以买的是一楼带小院的房子。从客厅往外看,正好能看到绿化带前面的小路。路上那人纤细苗条,是个女生,南月觉得很眼熟,好像是……

孟晓璇?

南月起身,对南珂说:"妈,我有个朋友在外面,我去看看。"

"什么朋友啊,这大晚上的。有什么事吗?"

"没事，我一会儿就回来。"

南月出门。她昨天给了孟晓璇地址，说遇到问题可以来找她。没想到孟晓璇这么快就来了，而且哭得眼睛都肿了。

"晓璇，你怎么了？"南月快步走近，从大衣口袋里掏出一包纸巾给孟晓璇。

孟晓璇边擦眼泪边哭："本不该来打扰你的，可我很难受，不知道该找谁。我跟陆江申分手了，我现在住在附近的酒店。我有些事想不明白，他一直是这样的人吗？他以前……以前也这样吗？"

南月沉默了。孟晓璇肯定是割舍不下对陆江申的感情。这种经历她有过，在她的五年前，她何尝不是这样过来的呢？此刻的孟晓璇，仿佛一比一复刻了她的曾经。

"有些事，知道得越清楚心里越难受。"南月安慰她，"既然已经分手了，那就朝前看吧。你年轻漂亮，前途无限光明，不该为这样的人浪费光阴。"

"道理我都懂，可我是个人啊，人是有血有肉有感情的。明知他很渣，他脚踏两条船，我还是忍不住伤心难过。繁素你跟我说实话，你跟他分手是不是因为他出轨？"

南月犹豫了几秒，点头。

孟晓璇哭得更伤心了，身体也跟着战栗："你应该早点告诉我，我真的没想到他会这样。他对我说，这辈子只爱我一个人，只会对我一个人好……"

外面风大，孟晓璇穿得很单薄，南月怕她感冒，问她要不要去家里坐坐，喝杯茶慢慢说。

孟晓璇摇头，抽泣："不了，我看你家有客人，我这样去不好……"

"没关系,他们聊他们的,我们去房间关上门说。"

南月再三坚持,孟晓璇也确实难受,她想了想,跟南月去了家里。

她们一进门,大家看见眼睛红肿的孟晓璇都愣住了。南珂先反应过来,招呼孟晓璇坐下吃水果。

"不用了妈,她遇到点棘手的事,我们去房间聊会儿。你们继续聊,不用管我们。"说完,南月挽着孟晓璇回房。她朝韩榷周使了个眼色,提醒他看手机。

关门声响起,韩榷周才小声说:"这是繁素的大学校友,刚失恋了,繁素安慰安慰她。"

"哦,这样啊。没事,让她们女孩子聊吧,我们继续喝茶。"

客厅气氛一片祥和,大家有说有笑。一墙之隔的房间内,孟晓璇趴在南月怀中哭得伤心欲绝。南月也没办法,只能安静地陪着,顺便给她递纸巾。

西北某戈壁,雅丹魔鬼城内,罗遇心正忍着零下七八度的严寒,配合摄影师凹各种造型。夜晚风大,她努力挤出甜美的微笑,在镜头前展露最美的侧脸角度。

"好,搞定。罗小姐,你回车上休息一下吧,等银河出来我们拍下一场。"

听到这话,罗遇心如蒙大赦,用冲刺般的速度回到车上,迅速裹上她的超长羽绒服。五分钟后,她总算缓过来了,哆哆嗦嗦从大衣口袋掏出手机,一打开微信,发现十几条未读消息,排在最上面的是南月。

罗遇心快速扫了一眼,给南月回了条语音:"你姐们儿我正穿着露肩长裙,在零下七八度的雅丹魔鬼城'搬砖'呢。还好这一场是篝火夜景，不至于冻得太夸张，但我从日落拍到现在，一刻都没停。凌晨2点还有一场银河星空主题的夜景拍摄，你说我苦不苦！"

南月没回信。罗遇心想了想，又补充了一句："我这赚的是血汗钱啊！我一定得省着点花。"

有人敲车窗玻璃，罗遇心探出头一看，竟然是贺峥。她不明所以："我们跑这么远拍外景，贺总还要亲自来监工的吗？"

贺峥笑笑："我来拍银河。"

"你还玩摄影呢？"

"嗯，爱好。"

"听负责宣传片的张导说，银河出来得凌晨2点了，你要等到2点？"

贺峥点头。

罗遇心摇头，有钱人真是不食人间烟火，不懂他们的乐趣。她恨不得立刻回酒店睡觉，戈壁的夜晚这么冷，有啥好拍的！

"你要上来坐坐吗？我带了些热汤。"罗遇心拎起她的保温桶，"喝一碗？"

"好。"贺峥毫不客气，开门上车。他问罗遇心："你出门在外还带着保温桶？"

"我在剧组经常为了等一场戏，在室外熬几个小时都是有可能的。像暖宝宝、保温杯还有充电宝之类的，随身必备。我嫌保温杯太小，不够用，繁素就给我准备了个保温桶。"罗遇心很得意，倒了一碗汤递给贺峥，"请你喝。今天你有口福了，我特地买的山药排骨汤。"

贺峥接过喝了一口，味道说不上有多惊艳，但他觉得浑身暖暖的，竟有种前所未有的满足。在这寒冷的戈壁的夜晚，任何热饮都弥足珍贵。

他回头，罗遇心正低头喝汤，从他的角度看过去，最先看见的是她高而挺的鼻梁。

她的鼻子很好看，他想。

"谢谢，汤很好喝。"

"都是朋友，贺总不用这么客气。"

"既然是朋友，别一口一个贺总了，叫我名字就行。"

"好的，贺总。"

"……"

南月看到罗遇心发来的微信，已经是11点之后的事了。她一整个晚上都陪着孟晓璇，直到家宴散场，她让顺路的南启明帮忙把孟晓璇送回酒店。

南月洗完热水澡，躺在床上慢悠悠地给罗遇心回消息。她猜罗遇心一时半会儿应该不会回复，发完便放下手机，沉沉睡了过去。

最近发生的事情太多，南月日有所思，梦中出现了很多2016年和2021年发生的事，两个时空交叠，分不清哪些是现实，哪些是虚幻。她睡得很不踏实，梦中依旧在辗转反侧。而在她做梦的同时，罗遇心也在雅丹魔鬼城经历着一场水深火热。

凌晨3点，完成银河星空的镜头后，拍摄组顺利收工。三辆车依次驶离雅丹魔鬼城，罗遇心在第二辆车上，最后一辆是贺峥的牧马人。不知是戈壁中信号失灵还是什么原因，带路的第一辆车开错一个岔口，不慎驶入一条沙土松散的野路。

罗遇心正昏昏欲睡，耳边响起了吵吵嚷嚷的声音。她一睁眼，听见几个工作人员在说车轮陷进沙子了。

罗遇心一惊，赶紧问："哪辆车陷进去了？"

张导:"咱们的两辆车都陷进去了,只有贺总的车没事。"

"那怎么办?"

"还能怎么办,集体下车啊。大家一起刨沙、推车,慢慢挪吧……"

罗遇心:"……"

"你这小身板就别跟着折腾了,不过还是得麻烦你下车,减轻车身重量。"

张导麻利下车,去敲了贺峥的车窗:"贺总,我们的车陷进沙子里了,估计得忙活一阵。能不能让我们的模特罗小姐去你车上待会儿?我们会尽快。"

贺峥点头。他把头伸出窗外,观望了一眼前车的情况,问:"没打电话叫救援吗?"

"别提了,我们开错口了,这是条野路,半点信号都没有。"

贺峥看了一眼手机,果然没有信号:"我可以开车去市里叫救援过来。"

张导叹气,摇摇头:"这里离市区将近两个小时车程,夜路不好走,您这一来一回……算了,我们还是老老实实刨沙吧。运气好的话半小时就能搞定。"

"嗯,让罗小姐过来吧。"

"谢谢贺总,麻烦您了。"

"客气。"

两分钟后,罗遇心深一脚浅一脚越过沙土,爬上了贺峥的车。她在手心哈了一口气,搓了搓,嗓音发颤:"谢谢贺总让我避难,借您贵宝地待半个小时。能不能把暖气开大点?"

贺峥照做。很快,车内的温度上来了,罗遇心松开了捂着羽绒服领子的手。她坐在副驾，车内光线昏暗，唯有彼此的轮廓是清晰的。音响中播放着贝多芬的交响曲，车载香熏散发出冷冽而又淡雅的雪松的味道，香味悠远，清冷，却又马上被暖意融化。

罗遇心蓦地感觉到，这辆车中的情形跟外面热火朝天刨沙的画面格格不入，俨然两个世界。狭小的空间内，暖意流动，暗香起伏，乐曲声如水般流淌。他们都没有说话。

贺峥回头，正好罗遇心也抬起头往他这边看，眼神相碰，氛围忽然变得微妙起来，他下意识别过头去，假装看外面。窗外，夜空中星辰璀璨，一颗流星拖着尾巴迅速划过，不知落入世间的哪个角落。

罗遇心莫名地心跳快了一拍。她偷偷瞄了一眼贺峥，脑子里闪过了上次假扮他女朋友时的画面。那天她戏精附体，挽着他的胳膊，靠在他身上演得那叫一个逼真……

打住！她拼命赶走这些奇怪的想法。南月说得对，事业重要，其他都是浮云。

半晌，罗遇心困意上来，意识开始涣散。这时贺峥开口说了句："半小时应该不够。"

罗遇心："啊？什么？"

"车胎陷得很深，三个轮子都进去了，半小时应该出不来。"

"那你觉得多久能搞完？"

贺峥看了一眼手表："最快4点多吧。"

听到这句，罗遇心内心是崩溃的。天知道她有多累！本以为结束拍摄可以回酒店洗个热水澡，舒舒服服躺在酒店大床上睡觉，谁知……

贺峥看出了罗遇心的情绪变化，嘴角动了动。他换了个温和的钢琴曲，把音乐调到了最小声，然后开门下车，从后备厢拿了一条羊绒毯子给罗遇心："睡会儿吧。"

"你呢？"

"我去前面看看情况。"

"你是准备一起刨沙去？"

贺峥笑了笑："别管了，睡吧。好了叫你。"

"那你小心点。"

"放心。"

罗遇心打了个哈欠，她确实困了，就没再跟贺峥继续寒暄。贺峥一走，她几乎马上进入了做梦的状态。

不知过了多久，罗遇心在颠簸中醒了过来。她看了一眼窗外，车子正在路上不紧不慢地行驶着。她睡眼惺忪，看到驾驶座上的人是贺峥，缓了会儿才想起陷车这回事。

她揉揉眼睛，问："贺总，张导他们的车顺利出来了？"

"嗯。"

得到肯定的回复，罗遇心觉得踏实了。她看了一眼手机屏幕，和贺峥预计的差不多，已经 4 点出头了。车开得不算快，每隔十几米就有雅丹土堆从窗外闪过，罗遇心猜想，他们的车应该是刚开出来不久，按照这个速度，到酒店天都要亮了。

"你再睡会儿吧，到了我叫你。"

"我不困。"罗遇心说，"已经睡醒了。"

贺峥"嗯"了一声，他努力睁了睁眼睛，握紧方向盘。罗遇心看出来，他是强忍着困意。

"今天谢谢你了。要不是你恰好在这边，我得在戈壁挨一晚上冻了。"罗遇心想陪他聊会儿天，绞尽脑汁找话题，"看来你很喜欢摄影啊,平时喜欢拍什么?"

"自然景观。"

"雪山、星空之类?"

"嗯。"

"你会拍人像吗?"

贺峥想了想,不太确定:"应该还行。"

"之前没给人拍过?"

"没有。"

"我们拍摄组那个摄影师拍人像可好看了,拍风景一般,应该没你好。"

"你都没见过我拍的照片。"贺峥笑了笑。

"猜的啊。你前面不是说你是摄影协会的吗?大家都是协会人士,技能应该都不差,我懂。"

"协会人士?你是?"

"我外貌协会的啊。"

贺峥:"……"

车子继续行驶着,慢慢离开雅丹,回到了国道上。许久之后,东边露出橙色的朝霞。霞光的颜色渐渐变淡,变亮。

罗遇心很激动,她指着前方:"贺总你看,日出!"

06

在周文博几次提示"在这个时空没办法主动回到2021年"之后,南月经历了从沮丧到挣扎,再到逐渐放弃的心理过程。尤其是最近,她基本不再想回去的事了,反正想了也白搭。她每天陪父母逛逛菜市场、刷刷电视剧,和朋友吃吃喝喝,过着她曾经梦寐以求的"咸鱼"

生活。

当然，生活也不是每天都很悠闲，偶尔还是需要应付一些家长里短。比如今天，她小姨南瑄四十周岁生日，他们一家三口早早来到餐厅。南月没料到的是，南启明竟然也跟着他父母来了，实属难得。

南月回忆了一下，在她那个世界，她分手后抑郁了好长一段时间，为了分散注意力她把所有心思都花在写剧本上，并没有参加南瑄的这次生日宴。不知道今天会发生什么事。

"你怎么有空来？"她问南启明。

南启明头也不抬："这儿离我医院不远，吃个中饭的时间还是有的。"

南月不想看他的扑克脸，扭头跟她表弟童晖聊天去了。

童晖是南瑄的儿子，今年上高二，多年来一直是半桶水的成绩，是以经常被他爸妈混合双"打"。南瑄和南珂差不多，也会时不时拿南启明给童晖做榜样，口头禅是"好好向你表哥学习"。因此，童晖从小就跟南月统一战线，联合挤兑南启明。

童晖低声问南月："姐，我晚上能去你家打游戏吗？我妈不让我玩电脑。"

"不能。"

"就一小时，半小时也行。"

"不能。"

"求你了，姐！"

"唉。"南月叹了口气，摇头。

童晖问："你叹什么气？"

"不可说。"

南月很清楚童晖未来五年的生活走向。他小聪明多，却不爱学习，明年高考会考得稀烂。他爸妈气得天天对他耳提面命，逼他看书做题，他复读一年后，好不容易才挤上了本科线。

南月心想，这家伙现在还这么天真，一年后可有他受的了。

她忍不住警告他："少打游戏，也别谈什么恋爱了。你才多大！"

"你怎么知道我谈……"童晖把话咽了回去。

南瑄注意到这边的动静，正要问，服务员进来上菜了。童晖后怕，赶紧转移话题："妈，你知不知道我姐有男朋友了？"

南瑄一听，非常开心："是吗？繁素什么时候谈的男朋友？怎么不带他一起来啊。"

南月瞪了童晖一眼，童晖得意坏笑。

"今天是小姨您的主场，不能抢你风头，下次再带。"

"男朋友做什么的？多大了？长得怎么样？"

"……"南月感到头痛。果然，长辈们多的局，免不了会问这些问题。

幸好南珂替她回答了："繁素这次眼光还不错，找的这个小伙子我们都挺满意的，是个搞科研的，天体物理学博士。上次启明来我们家吃饭，也见过。"

提起韩榷周，南珂开始喋喋不休。长辈们对这种事十分热衷，瞬间聊到一块儿去了，同时不忘催南启明赶紧找对象。南月松了口气。

南启明早就习惯这种局面，面不改色。不过听南珂提起那天的事，他忽然想起什么，问南月："上次去你家的那个朋友遇到什么事了？我送她回去，她哭了一路。"

"孟晓璇啊？"南月记起来，若无其事道，"失恋而已，哭一哭就过去了，小事。"

"可是她哭了一路！"童晖对这个话题很感兴趣，忍不住插嘴，"那她得有多伤心啊？失恋会让人这么痛苦吗？我也失恋过，我怎么没觉得很伤心？"

南月和南启明异口同声："闭嘴，吃饭。"

饭后，长辈们意犹未尽地聊天，童晖把南月拉到门外："既然你知道我谈恋爱的事了，那你帮我个忙呗。"

"什么？"

"我女朋友生日快到了，送她什么礼物比较好？"

南月笑笑："她成绩好吗？什么性格？吃穿喜好？"

童晖想了想："喜好啊……喜欢吃辣，算吗？"

"那你给她买一箱老干妈吧。"南月想翻白眼，"能讲讲重点吗？"

"我想想。哦，她比我高一年级，文科生，成绩挺不错的，反正比我好。她性格很温柔，平时喜欢去图书馆看书；喜欢的明星是杨幂、杨紫、杨洋……喜欢的电影是钢铁侠、蜘蛛侠、蝙蝠侠……"

童晖绞尽脑汁想了一堆。南月自动忽略后面那些话，打开淘宝迅速下了一单："礼物买好了，过几天会寄到你家，你直接送给她就行。"

"你买了什么？"

南月把手机给他看，下单页面显示：《五年高考三年模拟》。

童晖："……"

"她不是比你大一届嘛，高三学生最需要的就是这个，而且她用完了你还能接着用。"

"我谢谢你啊，你真是我亲姐。"

"顺便送你一句忠告，你要是再不好好学习，高考肯定扑得很惨！你女朋友肯定会弃你而去的，毕竟大学里最不缺的就是帅气小哥哥。"

童晖："……"

"等她跟帅气小哥哥花前月下,连你姓什么她都想不起来了,到时候在南启明车上哭一路的人就是你。不过没事,我会提前给你下单一箱纸巾,保证够你擦眼泪。"

童晖:"……"

刚从洗手间回来的南启明听到了这段对话,笑得嘴角弯出一个大大的弧度。童晖本来就被说得很不爽,见南启明这样,开始胡乱攻击:"姐,刚才舅妈他们不是催南启明找对象嘛。要不你帮他介绍一个?你那个好闺密,演戏的那个,叫罗遇心对吧?我觉得她不错,长得很美!"

"那不行!"南月一口拒绝,"罗遇心以后可是要当大明星的,她现在不能谈恋爱。"

童晖一脸不信:"还大明星呢,大明星哪么好当啊!"

"那你等着看吧。"南月进了包间。

南启明给了童晖一个警告眼神:"管好你自己,再乱说话寒假给你报个补习班。"

童晖:"……"

这都什么哥哥姐姐!

回到家,南月给韩榷周打了个电话,向他转达了她小姨一家以及舅舅一家近期想见见他的想法。

韩榷周正在修改博士论文,听到这个要求,眉头一皱:"就这么跳过中间环节,直接见家长?"

"我有什么办法,我在这个世界也是努力讨生活,要不你想想办法把我送回去?"

"暂时做不到。"

"那你就行行好，配合一下？"

韩榷周含笑："晚上一起吃饭。"

"有事啊？"

"没事就不能找你吃饭了？"

"当然能啊，毕竟在旁人眼里我们是男女朋友，吃个饭算什么。"

"只是在旁人眼里？"

南月被他问住了，顿了顿："你什么意思啊？"

"有个新发现，晚饭后一起去天文台吧。"韩榷周直接忽略她的问题，"下午几点方便，我接你去餐厅。"

"5点？5点半？看你时间。"

"嗯，出发前跟你说。"

南月挂了电话，准备睡个午觉。她躺在床上给罗遇心发去问候，罗遇心很快回复了，说在组里拍戏，一切安好。得了这个回复，南月踏实入睡。

罗遇心在戈壁陷车这事，南月是知道的。有些细节罗遇心没说，但以她编剧的敏锐度，多少能猜到一些。来到这个时空她别的都不怕，就怕罗遇心出岔子，瓦解了她们的事业。

幸好，除了暂时回不去，其他一切都很顺利。

下午5点，南月化了个妆，心情愉悦地拎包出门。之所以心情好，是因为她和韩榷周在这个世界的相处模式，是她曾经梦寐以求却又不敢奢望的样子。她摘掉了公司老板的责任，他也不需要天天待在办公室，一夜之间他们都不再忙碌，有足够时间享受情侣应该拥有的一切。

南月走到小区门口，韩榷周还没到，陆江申竟然意外出现。看他的表情，南月就知道这不是一场偶遇。

她没打算跟他客套，单刀直入："如果你是为孟晓璇的事来找我的，没必要。上次我已经说得很清楚了，你们分手跟我无关，想挽回她的话你自己去哄，看你本事了。"

"不是因为她。"陆江申说，"我有话跟你说。"

"我没话跟你说。"

"我明天就回垟曲了，来找你是想跟你当面道个歉。我犯的那些错我都认，是我混账，伤害了你和晓璇，我不想给自己找借口，但是这一年来我对你的感情是真的，相信你也能感受到。"

"说这些没有意义。陆江申，都过去了。我早就放下了，你也放下吧。"

南月往前走了几步，被陆江申拦住。他说："南月，我真的有事找你。"

"你到底想……"南月突然停住，后面的话堵在了嗓子眼。他刚叫她什么？南月？

一种不好的预感兜头而下，像疯狂生长的藤蔓，将她全身紧紧束缚。她几乎立刻就想到了，笔记本真的在陆江申手上，而且他全都看了。或许别人看不懂，但陆江申可以，因为他有过这样的经历。

不过南月很坚定，这件事她不能承认，无论如何都不能！

陆江申神色复杂，声音轻颤："你不是这个世界的邱繁素对不对？你是来自2021年的她，二十七岁的邱繁素。或许我应该叫你南月。"

南月轻笑一声："知道我的笔名是多了不起的事？没错，我在写剧本，南月就是我。满意了？"

"你明知道我不是这个意思。笔记本上的内容我都看到了，现在看来，很多我原先想不通的事也就合理了。为什么短短几天内你变了一个人，为什么你忽然会开车了，为什么你对我那么厌恶……我知道，我有千错万错，可是我了解繁素，对于我的过错她会伤心难过但她不会那么快释怀，只有跟我分手五年后的南月才能做到事不关己。"

南月本来心里很乱，可听了他这一番剖白，反而笑了："都这个时候了，你还在自我感动呢？"

"所以你是承认了？"

"承认什么？笔记本你不愿意还给我，无所谓。它之所以重要，是因为上面是韩榷周帮我记录的剧本构思，不是你那离谱的推断。你如果非要钻牛角尖，随便你，我没义务为你的天马行空买单。至于你说我对你的再次出轨不为所动，难道不是应该的吗？你都不干不净了，还指望我对你死心塌地？"

南月的解释合情合理，但陆江申不信，要不是确信自己的猜测是对的，他也不会来自取其辱。他见南月要走，来不及思考，身体先做出了反应，迅速拉住了她的手臂。

这时一辆黑色的轿车停在路边，韩榷周从车上下来，大步走来，冷着脸推开了陆江申。他语气不善："陆先生，你在大街上对我未婚妻动手动脚，不太雅观吧？"

陆江申想辩驳几句，发现韩榷周看他的眼神更冷了，警告的意味很浓。他自认理亏，一时竟说不出话来。他还没想好怎么跟韩榷周开这个口，只能眼睁睁看着他拉起南月的手，径直离开。

车子远去。过了好一会儿，陆江申仍然怔在原地，嘴里喃喃念着："南月……是她，我没猜错。"

南月盯着挡风玻璃发呆，脑子里回想着她和陆江申的对话。她战略性回避掉，因韩榷周刚才拉她的手，她手心汗涔涔的。

"笔记本在陆江申那儿，他都看到了。"她说。

"我知道。"韩榷周没觉得意外,"刚才听到了几句。"

"怎么办?"

"你不是已经给出答案了吗?这件事只能否认到底,没有别的选择。"

"显然他不信。"

"信不信是他的事,你能做的都做了。而且我认为,有心理压力的人应该是他不是你。"

南月左手攥着右手,感到很不安:"你忽略了一点,他跟我不一样。有些事在这里发生了改变,未来的他会知道。此时此刻,在2021年的世界,陆江申恐怕已经开始起疑了。"

韩榷周沉默了。

约好的餐厅很快就到了,他停好车,郑重地把住了南月的双肩:"听我说,阿月。你现在想再多都没有用,你在2016年,2021年会发生什么不是你能控制的。"

"那你觉得,我现在应该怎么办?"

"做你力所能及的事就行,剩下的交给时间吧。"

"比如?"

"比如下车,吃饭。"

由于陆江申的突然出现,南月原本平淡的一天里就像被丢进来一个随时会爆炸的雷。以往工作上那些事,再尖锐都不会像这样让她方寸大乱。她很烦,食欲不太好。韩榷周安抚了她好久,她才勉强接受这一事实。等他们吃完饭去天文台,已经是晚上8点。

韩榷周不知从哪里搞来了徐老办公室的钥匙,开门引南月进去。

"差点忘了问你正事,你约我来这边是有什么发现?"南月问他,

"你怎么有这儿的钥匙？"

"我在这里实习。徐老已经卸任了，办公室钥匙暂时在周文博那儿。还有问题吗？"

"这么快就打入内部了。可以啊你！"

韩榷周走到窗边："你来这边看。"

南月走近，仔细观察了一圈，并没有发现什么特别的地方。她疑惑地看向韩榷周。

韩榷周关灯："你再看看。"

"看什么？月亮？"

韩榷周点头。

南月给了个眼神，示意他解释。

"这间办公室有两扇不同方向的窗户。据你所说，2021年的我来到这个时空是在10月17日，也就是农历十二，那一天月亮在这扇窗户外面。"韩榷周指着左边的窗户，而后又指了指右边的窗户，"你来到这个时空是10月28日晚上，农历廿三，当时月亮是在这扇窗户外面。"

"你的意思是，我们来到这里跟月相有关？"

"不完全是，应该是特定的磁场关系，月相是构成这个磁场的一环。"

南月有点明白了："月相、陨石，在特定情况下产生的量子纠缠？"韩榷周跟她提过量子纠缠的概念，她有印象。

"可以这么说。宇宙是一个巨大的磁场，里面充满了无数量子。那块陨石原本不属于我们生活的星球，它带来的是另一种量子。特殊的量子在特定的磁场中产生的能量，或许就能改变时间和空间。"

"今天就是农历廿三。"

"是,所以想带你过来看看。"

"磁场是用肉眼能看出来的?"南月笑话他,"我知道你是想帮我,不过我已经想通了,凡事不能强求,随心随性天注定。如果注定我这辈子要留在这里,我认命;如果天意让我回去,没准我眼一闭一睁就回去了。"

韩榷周推开一扇窗,从外套口袋里拿出烟盒:"我能抽根烟吗?"

"你随意。"

打火机点火的声音清脆而突兀,办公室的灯没有开,月光也不算明亮,这一簇火苗最为抢眼。火苗熄灭,烟头上一点红色亮起,像是完成了一轮传承。

办公室里安静了下来。韩榷周抽完一支烟,正要拿第二支,手上的动作忽然停止,就这么维持了好几秒钟。南月看出,他一定在想什么重要的事。

"阿月,"他低声说,"如果你真的很想回去,我会想尽一切办法。"

"谢谢,我都明白。可我不敢抱什么期望,我怕我会失望。"

"我不会让你留遗憾的。"

南月莞尔。

借着月光,韩榷周能看到她眼中的微笑:"你笑什么?"

"没什么。想着天色不早了,我该回家了。你有空的话送我一程。"

"好。"

走了没几步,韩榷周停止了。他喃喃开口:"如果你觉得留下来也无妨,那就留下来吧。"

"留下来做什么?"

"留在有我的世界。"

南月身子颤了颤,一种麻酥酥的感觉在她浑身上下游走。她张嘴想说点什么，却不知道该说什么。不过是一句话的时间，她仿佛失去了言语能力。

韩榷周往前走了两步，靠近南月。他像是鼓起了极大的勇气，缓慢拥抱了她。她脑子里嗡的一声，心头有万般滋味却不知该如何形容。曾经的他是这样的？大脑空白了几秒后，她露出笑容，双手回抱住他，将脸埋在他的肩上："我考虑考虑。"

不过，这样暧昧的气氛很快就被打断了——办公室的灯亮了。南月一个激灵，抬头，见周文博正吃惊地看着他们。

周文博话语中带着不可置信："你们？"

韩榷周也看见了周文博。他松开南月，若无其事地问了句："师哥，你怎么来了？"

周文博还没消化眼前的画面，他顿了顿才拿出手机，把屏幕转过来示意韩榷周看。那上面写着：20:21，11月27日，星期六，辛丑年十月廿三。

辛丑年？辛丑年！

韩榷周脑中一阵电光石火。辛丑年……难道现在是2021年？他看向周文博，周文博似乎看懂了他心中所想，朝他点了点头。

韩榷周心一沉。

他和南月突然去到了她的世界！

第二章 秋实

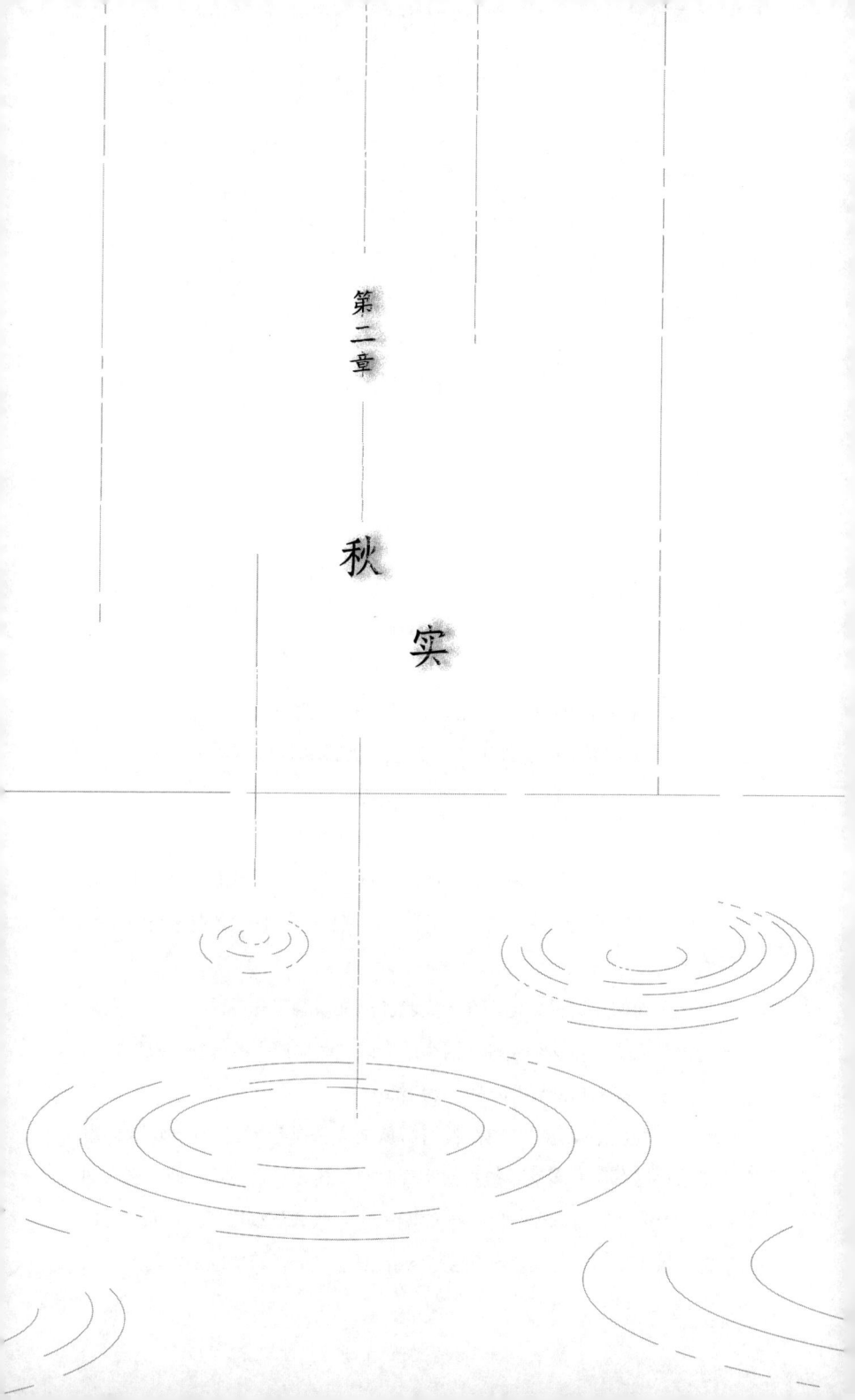

01

2021年11月27日，晚上11点，月色正好。

南月和韩榷周坐在客厅的沙发上，大眼瞪小眼。

"你的嘴是在哪儿开过光吧。"韩榷周先开口。

南月想了想：" 罗遇心跟你说过一模一样的话。"

可不是吗，她才说了句"如果天意让我回去，没准我眼一闭一睁就回去了"，然后她就真的回来了，顺便把另一个时空的韩榷周也带回来了。

两个半小时前，他们在天文台和周文博聊了一番，弄清楚了大概是怎么回事。在这个夜晚，两个时空的"韩榷周"都想到了农历日期的问题，都去办公室看情况，然后都……

"根据前两次的经验，我们商量的办法是让来自2016年的邱繁素去触碰陨石，看能不能再次实现时空穿梭。一旦成功，邱繁素回到2016年，南月就能回来。"周文博说，"可惜我们搞错了。我们一直以为'晚上9点半'是构成时空穿梭的因素之一，繁素也是坚信这一点才没有顾及别的。"

南月听懂了，问："她是想先把陨石从柜子里拿出来？"

周文博点头："陨石放在柜子的最高层，她站在椅子上去拿，没站稳，榷周伸手去扶她。那一刻，我眼睁睁看着两个大活人在我面前消失。接下来的事，你们都知道了。"

接下来，他又眼睁睁看着两个大活人出现在他面前，顺便还撒了把狗粮。

听完周文博说的这些，韩榷周看了一眼墙上的挂钟：8点半。他听南月提过，前两次时空穿梭发生的时间都是在9点半左右。他说："我们都搞错了。跟几点钟没关系，跟天气有关系，跟农历日期，也就是月相变化的周期有关系。"

南月看了一眼窗外，晴天，有月亮。她回到2016年的那一天是多云，也有月亮。她问："既然这样，我们再试一次？"

周文博不置可否。

韩榷周试着去握住桌上的陨石。南月睁大眼睛看着，但是和她期盼的不一样，陨石也好，韩榷周也好，没发生任何变化。她耸耸肩："看来还有别的规律。"

韩榷周拿起桌上的台历，把10月17日、10月28日和11月27日这三个日期都画了个圈，分别标注上1、2、3：

"跳出我们常说的日期，用月相来区分的话，第一次时空穿梭发生在农历十二，第二次是农历廿三。今天也是廿三。"然后他把台历翻了一页，在12月15日这个日期打了个钩。

周文博心领神会："月相对应的时间分别是十二和廿三。12月15日是农历十二，你觉得这一天可以？"

"不确定，但不失为一种可能。"

"这点我赞同，这是最接近成功的一种可能。"

"想那么多也没用，等到12月15日再说吧。"南月说，"死马当成活马医。"

三个人一致点头，死马当成活马医……

南月往沙发上一靠，非常大方地对韩榷周说："这个家里的东西你可以随便用，我懂你的感受，乍一来到这个世界你肯定有很多不适应的地方。没关系，有什么问题尽管问我，我一定知无不言。"

韩榷周打量了她几眼："你现在是不是心情很好？"

"好不容易才回来，我能不开心吗？"

"几个小时前，是谁说已经做好了留在那个世界的准备？"

"我那是做最坏的打算，并朝着最好的结局冲刺。"

"这是你的创业心得吗？"

南月微笑点头。她捞起一个抱枕，抱怀里使劲摁了摁，心满意足。家里的一切还是老样子，是她熟悉的味道，就连一个小小的抱枕都让她感到亲切。回来真好啊！她再也不要回去了，她喜欢这里的荣誉与成就。

随后南月拿起手机百度罗遇心，一目十行看完。她捂着胸口，心情无比舒畅："没有变，都没有变！罗遇心还是那个罗遇心，当红炸子鸡，我司顶梁柱。"

"那恭喜你了。"韩榷周似笑非笑，"南总？这儿的人是这样叫你的，对吧。"

"好说。"南月嘴角上扬，"要不我带你参观一下？好歹是你未来半个月的家。"

"有劳南总。"

南月优雅起身，引韩榷周往卧室走去。

这是她和韩榷周的婚房，他们搬进来也才不到半年，室内陈设俱是新的。平时他们都住主卧，客卧是空置状态。不过南月一推门就发现，客卧显然是有人住的，应该是韩榷周把主卧让给了邱繁素。

南月心里有一丝波动。他在那边怎么样了？他好不容易才回到正确的时空，如今阴错阳差走了回头路，心情一定很复杂吧。

她带着眼前的韩榷周参观了一圈，又回到客厅。韩榷周看着墙上的画问南月："你画的？"

南月点头。

"这里是垟曲阜宁山吧？"

"眼力不错。"

"上次听你提过，你是学美术的。这幅画得有好多年了吧？"

"就是在我遇见你那一年画的，2016年。"南月说，"之后就再也没拿过画笔了。"

"挺可惜的。看这画，你很有美术天赋。"

"没什么可不可惜的，我本来就是个不撞南墙不回头的人，从小我就喜欢写故事，不让我试一试我可能会抱憾终身，而且……"

"而且什么？"

南月笑笑："我要是不改行当编剧，就不会在2018年参加那场电影首映礼，也不会遇见你。如果2018年没遇见你，我就不会经历时空穿梭，回到2016年，遇见现在的你。"

说到这里，南月脑中突然灵光一闪。

韩榷周发现了她的表情变化："怎么了？"

"我想到了我的剧本该怎么写。"她指了指浴室，"你先去洗澡吧，换洗衣服你自己找，都在卧室的衣柜里。"

"哪条浴巾是我的?"

"随便,都行。"

南月忙不迭进了书房。趁着有灵感,她得赶紧写下来才是。她离开2021年足足一个月,公司乱成什么样了,项目是不是黄了……这些她都不敢打电话问江昀,只因她没做好心理准备,干脆躺平,周一去公司再想办法应对。

南月打开电脑,点进桌面名为《时间后面的世界》的文件夹。这个久违的故事令她熟悉又陌生,一个月没碰键盘,还真有点不适应。

她刚看完第一行字,手机响了一声。她点开,是罗遇心发了个表情包过来。一种异样的感觉在她心头化开,这么久没见,她还挺想念这个时空的罗遇心。

"怎么?"

罗遇心说:"我落地了,跟你说一声。大概三四天就回去。"

没头没尾的一句话,南月也不知道她落哪里了。这个点,她应该是有工作要忙才出门的。南月决定先不告诉她自己回来的事,回了句:"好,等你回来。"

回完消息,南月认真看起了剧本。许久没打开文档,她都快忘记内容了,须得熟悉一遍才能动笔。因此她看得非常仔细,一页一页往下翻。奇怪的是,这个文档好像变长了,她明明记得自己没写这么多。

文档里还能自己长出稿子?但她很快就想明白了,后面的故事是2016年的"邱繁素"写的。她合理推测,她不在的这一个月,不只是剧本,公司大小事务也是"邱繁素"在处理。

南月嘴角上扬,说不出是什么样的感受,意外和骄傲都有。

韩权周洗完澡出来,看见南月嘴角含笑正认真地看着什么,忍不住好奇:

"有什么高兴的事?"

"我发现自己五年前就有惊人的创作天赋,算不算高兴的事?"

韩榷周听懂了:"她替你写作了?"

"嗯。而且跟我的灵感不谋而合,她续写的正是我刚想到的内容。神奇吗?"

"你们本来就是同一个人。"

"同一个人……"南月脑中重复着这句话。是同一个人没错,就好比眼前的韩榷周,跟她的未婚夫"韩榷周"也是同一个人,可偏偏又有那么多不同的地方。时间真是个神奇的东西,它让万物生长,又让万物蜕变。

"怎么了?"韩榷周继续用毛巾擦拭刚洗完的头发,可他这一甩手,水珠不慎溅到南月脸上。他略尴尬:"抱歉。"

"没事。"南月也有些尴尬,伸手正要去擦,韩榷周率先用指腹抹掉了她脸颊上的那滴水。

南月脸一热,心跳加快。

明明已经谈了三年恋爱,她也不知道自己是怎么了,面对他竟然还有这种久违的悸动。

韩榷周意识到了南月的表情变化,却没有想要缓解的意思。他直勾勾地看着她,眼里的光像是要迸出来。南月下意识往后挪了挪,却被他双手摁住了肩膀。他没给她犹豫的机会,弯下身吻住她。

南月因为紧张,把着椅子扶手的指甲都抠了进去。她心里想,韩榷周说他恋爱经验贫瘠,绝对是骗她的!怎么吻技这么高超,五年前就这么会了? 2016 年的他,该不会是无缝衔接的恋爱高手吧?

南月脑子混乱,韩榷周终于放开了她,眼角满含笑意,轻轻点了一下她的鼻子:"你忙吧,我去吹头发。"

南月："……"

卫生间传来电吹风的声音。南月后知后觉，脑子里涌出无数个声音。

"韩榷周在2016年的时空就喜欢我了？"

"应该是的，不喜欢我他在那边就抱我干吗！"

"他说得对，不论隔了多少年，他们就是同一个人。"

"我们只不过是把相遇的时间提前了。"

在胡思乱想之际，微信弹出一条消息，是南珂发来的语音。

"后天晚上别忘了把时间空出来去启明家吃饭，大忙人。"

南月回了个"尴尬而不失礼貌的微笑"表情包。不用问，八成是"邱繁素"跟他们约的饭局。只是她没搞明白，突然约去南启明家吃什么饭？南启明这人整天冷着一张脸，太无聊了。

南月打定主意，不去，到时候找个借口拒绝。

02

这原本是一个再平常不过的周一，只因意外离开了一个月，南月对公司近况非常忧心，一大早就到了。正在工位上吃早餐的几个员工一见她进来，先是意外，然后不约而同站起来跟她说早安。

江昀刚打印完开会的资料，看见南月，也意外地笑笑："南总今天来这么早啊！"

"早吗？还有五分钟就到打卡时间了。"南月瞥了吃早餐的员工们一眼，面无表情道，"吃早餐怎么不去茶水间？工位之所以叫工位，难道不是工作的地方吗？"

被点名的几个员工脸上的笑容顿时僵住，还是江昀帮他们解了围，她委婉提醒南月："南总，那个……是你之前说的，可以在工位上吃早饭。你说公司是大家的半个家，不用那么刻板。"

南月一脸蒙："我说的？"

江昀点头，其他员工也赶紧跟着点头。

哦，应该是"邱繁素"说的。

南月若有所思。为什么"邱繁素"觉得他们可以在工位上吃早餐？以前的她是这样想的吗？还是说，现在的她真的在有些事情上过于严苛了？

"那……你们继续吃吧。最好还是去茶水间用餐，不然屋子里全是味道，你们闻着也不舒服。"

老板都发话了，大家自然拼命点头。江昀不忘补充一句："南总也是为大家好，昨天艺人经纪部的小高在工位上吃螺蛳粉，那个味道简直了！"

南月进办公室后，众人开始窃窃私语：

"这一个月以来，南总能不来公司就不来，来了也待不了多久，我以为她转性了呢。"

"可能南总只是想享受一阵跟未婚夫甜蜜的日子，充完电就继续回归'战场'了。"

"你们不觉得今天南总像变了一个人吗？"

"我没觉得，我觉得前不久的她才是变了一个人呢！"

"附议，赞同！前阵子的她不像她，从衣品到行事风格都不像。"

"你们说，老板是不是双重人格？"

"别乱说！"

"没准是被魂穿了呢？小说里都是这么写的。"

"这么刺激的吗！哇哦，想看这本小说！"

"好了好了，别瞎说了，万一传到南总耳朵里……"

…………

十五分钟后，例会开始。

江昀给南月打印了三份资料，分别是内容部、商务部和艺人经纪部的汇报内容。她翻阅了一下，发现《时间后面的世界》的项目已经签完合同，进入到分集剧本创作阶段了。

内容部的负责人周莎投放PPT，开始讲《时间后面的世界》的项目进展。这个项目的总策划是南月，配合她写的编剧也是她之前亲自定下的。周莎的PPT很详细，南月一看就了解了相关情况。她万万没想到"邱繁素"能把事情处理得这么好，看来她的担心是多余的。

接着，商务部和艺人经纪部的负责人也做了陈述，其中包括罗遇心近两个月的通告安排。南月这才知道，罗遇心签了一个高奢代言，昨晚她落地青岛准备拍宣传片。

会议持续了两个多小时，除了部分小纰漏，总体进展顺利。南月又翻了一遍资料，点了艺人经纪部的刘坤："邹梨的情况怎么没有写？"

刘坤诧异："邹梨是谁？"

南月更诧异："你问我邹梨是谁？"

不对，这很不正常。自从邹梨签到公司，一直是刘坤亲自带他，他怎么能不知道邹梨是谁！

刘坤向江昀投去求助的目光，江昀摇摇头，随后两人面面相觑。

南月有种不好的预感，她迅速百度了邹梨。很不幸，她担心的事发生了，邹梨查无此人。那个世界发生的改变终究还是波及了这个世界。可她想不明白，她在2016年跟邹梨没太多交集，为什么邹梨没跟他们公司合作？

"先到这里吧，散会。"

南月匆匆回到办公室，把门窗一关，给韩榷周打电话。

"你在哪儿，方便说话吗？"

"在天文台。"

"上班呢？怎么样？"

"有周文博帮忙，目前没什么大问题。"韩榷周反问她，"你呢，遇到问题了？"

"天大的问题！"

南月把邹梨的情况一五一十告诉了韩榷周。她心在滴血："我们公司最有前途的两个人，一是罗遇心，一是邹梨。我在那边天天担心罗遇心会不会跟贺峥谈恋爱，脑子一热退圈嫁人去。没想到罗遇心没出岔子，邹梨却消失了，你说糟不糟心！"

韩榷周想了想，立马抓住了问题的关键："邹梨是孟晓璇的表妹，当初是孟晓璇把她推荐给了你们公司。"

"嗯。"

"有没有一种可能，虽然你跟邹梨没有过多的交流，但你跟孟晓璇的关系发生了变化，导致她后来没有把表妹引荐给你。"

南月皱眉。她想了想，否认："不应该啊。就因为孟晓璇知道我是她前男友的前女友？可我觉得我跟她的关系变得更好了啊，她被渣男伤了心不是还来找我疗伤吗！"

"不然你还能想到别的原因？"

"暂时想不到。"

"阿月，"韩榷周声音低沉，带了一丝严肃，"你仔细想想，真的只有邹梨的事情发生了改变吗？"

"目前来看是的。"

"还有件事你一直不敢去确认。"

南月垂下眼帘,心情低落至谷底。她知道,韩榷周说的是于媛媛的事。

他是很懂她的。自从陪她去翟远找了于媛媛,他就知道于媛媛是她一辈子的心结。她在那边做了那么多,一开始只是想圆自己一个念想,并不指望改变什么。

"现在不一样了,你有了期待。有期待,就怕失望。"韩榷周说,"我理解你的心情,但我的建议是,如果你真的很想知道结果,试着去确认。不论结果如何,给自己一个答案,胜过每天揣着心事惴惴不安。"

南月无奈地笑:"韩榷周,但凡我想动点什么心思,在你这里根本藏不住。你这样我会害怕的。"

"那你可得努力藏一藏了。"

通话到一半,有电话进来。南月一看,是她妈,八成是因为她婉拒了去南启明家吃饭,特地打来骂她的。她不敢不接,跟韩榷周说:"我妈的电话,我先挂了,回头说。"

电话刚接通,南珂气呼呼数落南月:"邱繁素你是不是有点过分了啊!说好了一起去启明家吃饭,一句工作忙你就六亲不认了?"

"不就一顿饭嘛,哪有你说的那么严重。我今天真的很忙,改天等南启明有空,我回请他就是了。"

"这是一顿饭的事吗?人家启明的闺女能摆几次满月酒?你说不去就不去,像话吗!"

"什么?"南月感觉晴天一记惊雷,直接在她面前炸开了。南启明的闺女?满月酒?什么情况……南启明不是单身吗?怎么凭空多出个女儿了?

"南启明结婚了，还生了个女儿？"

南珂气得想骂人："你这问的不是废话吗？你是不是失忆了？你哥结婚生孩子你不知道啊？"

南月傻了，她还真不知道，但是她不能让南珂知道她不知道，只好搪塞："哦哦哦，对，我糊涂了，都怪最近工作太忙。我就跟你说我工作忙嘛，你还不信。"

"下班早点过来，叫榷周一起。我挂了，真的能被你气死。"

南月脑子里一团乱麻，摆在面前的工作报告都激不起她的兴致了。她绞尽脑汁盘算着，2016年发生的哪个细节导致南启明结婚了？她从来不认为南启明这辈子会恋爱，更别说结婚生孩子了。

她把这一惊人的事实转达给了韩榷周，没想到韩榷周十分冷静，又给她科普了一遍蝴蝶效应的理论。在她眼里，蝴蝶只是扇动了一下翅膀，可是在韩榷周眼里，蝴蝶带来的将会是风暴，这个世界发生什么变化都不足为奇。

晚饭时间，南月和韩榷周准时去了南启明家。比起小侄女的满月酒，南月更关心的是南启明的老婆究竟是个什么样的人。除了工作啥都不爱的南启明、爱好寥寥寡言少语的南启明、情感一张白纸的南启明……竟然会结婚，想想都觉得不可思议。

然而，当她看见她这位嫂子的庐山真面目时，看好戏的心情立马消失了。她想破脑袋都不会猜到，某一天，孟晓璇摇身一变成了她的嫂子。这是什么抓马的剧情！

记忆碎片纷纷涌入，她顿时想起，孟晓璇失恋后去找过她，当晚下着雨，她让南启明顺道把孟晓璇送回酒店。后来南启明还问过她，为什么孟晓璇在车上一直哭。

所以,他们是那个时候看对眼的?

南月随即猜到,为什么邹梨的命运会改变了。孟晓璇嫁给南启明成了她的嫂子,为了避嫌,也就不好意思把自己的表妹引荐给她了。没毛病,很符合孟晓璇别别扭扭的处事风格。

"繁素,你来了啊。快坐。"孟晓璇喜笑颜开,热情地迎了上来。

南月极力掩饰内心的尴尬,她还没习惯孟晓璇的新身份。明明前不久还趴在她怀里哭着控诉陆江申,一转眼就成了已婚少妇兼孩子妈。

"宝宝呢?快让我看看。"南月说,"你和南启明的女儿一定长得很好看。"

"刚睡下呢,一会儿醒了抱出来给姑姑看看。"

"真好,我都当姑姑了,像做梦一样。"

南珂不合时宜地插话进来:"人家晓璇比你还小一岁呢,已经当妈妈了,你和榷周也要抓紧啊,争取让我早点当外婆。"

南月脸红一阵白一阵,她想到昨晚韩榷周亲她的样子……打住!

"我们有规划,你们就别瞎担心了。"南月瞥了韩榷周一眼。

韩榷周附和:"是啊,阿姨,等我们工作不那么忙的时候吧。"

"算了,管不了你们。别等童晖都结婚了你们还没结就行。"

"喊,童晖才多大,大学还没毕业呢!"

孟晓璇笑着说:"繁素你是不是记错了,小晖已经毕业了呀,他都上班半年了。"

南月看向韩榷周,两人交换了一个只有彼此才懂的眼神,看来又是蝴蝶效应带来的改变。她明明记得童晖高考失利复读了一年,今年刚上大四。

刚提到童晖,童晖一家就到了。除了他父母,同行的还有一个高高瘦瘦的女孩。孟晓璇亲切地跟那个女孩聊天,显然不是第一次见了。

南月听到她管孟晓璇叫嫂子,猜到了那应该是童晖的女朋友。

情况未明,南月怕又说错话,没主动打招呼。好在童晖识趣,主动带女朋友来打招呼:"姐、姐夫,给你们介绍一下,这是我女朋友林淼。"

哦,应该是初次见面。

林淼甜甜地叫了声:"姐姐、姐夫,你们好。好几次聚餐都没见到你们,童晖说你们工作太忙。今天可算见着了,你们颜值都好高啊!"

小姑娘嘴甜,话说到了南月心坎里,韩榷周也很受用。聊了一会儿天,南月已经初步认可了林淼,智商高、情商高,长得还好看,真是便宜了童晖这小子。

林淼又说:"姐姐,其实咱们还挺有缘分的。我听童晖说,他送给我的第一份礼物是你买的。"

"什么礼物?"南月疑惑。但是她马上灵光一闪,该不会是……

"《五年高考三年模拟》啊。"

果然!

要不是因为在南启明家,南月估计会控制不住大笑。她在2016年那番半挖苦半耳提面命的话,竟然真的让童晖避免了复读。至于女朋友的事,她当年不太了解情况,也不知道复读后的童晖有没有跟林淼分手。

南月忍俊不禁:"五年前的事你还记得这么清楚呢?"

"礼物很特别,记忆深刻,哈哈。"

"这么来看我们是挺有缘的。"

客厅另一边,韩榷周和南启明也聊上了,他们在2016年就认识,彼此都不陌生。趁着人多热闹,南月把孟晓璇拉到一边,问她:"邹梨现在怎么样了?我好久没见她了。"

孟晓璇意外，南月和邹梨不过几面之缘，怎么问起这事了？她如实说："邹梨毕业后在演话剧呢，前阵子还听她说，她想报考话剧院。"

"你都是我家人了，那我也不绕弯子了。是这样，我很看好邹梨，想托你帮我问问她有没有兴趣签我们公司。"

孟晓璇皱眉。

南月补充："别多想，不是因为我们是亲戚。我见过邹梨几次，单纯觉得她合适而已。我们公司现在发展很不错，她如果想从事演艺事业，繁心文化比话剧院更适合她。"

孟晓璇会心一笑："繁素，你能这样说，我真的意外又高兴。其实我之前就有想过把邹梨推荐给你的，又怕你碍于面子不能做遵从内心的决定，我……"

"我知道的，嫂子。"

这一声"嫂子"把孟晓璇叫蒙了，她们太熟了，所以南月从来没这么叫过她。

"你记得问邹梨。她如果有意向，发我一份简历就行，其他的我来安排。"

"好，我晚点给她打电话。"

"等你消息。"南月冲她微笑。邹梨的业务能力，没人比她更清楚。尽管2016年出了些岔子，邹梨的路走偏了。不过没关系，她可以及时止损。

南月和孟晓璇又聊了会儿，南瑄从厨房帮忙端菜出来，招呼大家："开饭了，有没有人搭把手啊。"

"我来。"孟晓璇起身去了厨房。

突然升级当了姑姑，南月心情很不错，她陪长辈们喝了点酒，回家是韩榷周开的车。

"你说得没错,我们在 2016 年轻轻扇动一下翅膀,可能要引起海啸了。远的不说,光是今天更新的信息,我都没消化完。"南月拿出手机备忘录,边记录边对韩榷周说,"一、南启明和孟晓璇结婚了,生了个女儿;二、童晖没有复读,虽然考得不咋样,但好歹上了本科;三、邹梨没有签到我们公司,演话剧去了。当然,第三点不重要,我有把握把她签回来。"

韩榷周随口道:"我有理由相信,发生的改变不止这三点。"

"我有理由相信,你说得对。不过我脑容量不太够,暂时没法接受更多变化了。我缓缓。"

"这就是你一直没跟罗遇心联系的原因?"

"嗯,谁知道她会不会给我一个惊吓。"南月叹气,"等她回来再说吧。快了,后天她就回来了。"

"你有心理准备就行。"

"我又不是三岁小孩。其他事都好说,只有……"说到这儿,南月把剩下的话咽了回去。

韩榷周表情微微变化。南月没说完的话,他知道是什么。

车里变得异常安静。韩榷周专心开着车,南月则拿出手机浏览近期的新闻。

车子驶入了地库,韩榷周车技娴熟,眼睛都没带眨,一把将车倒入车位。他熄了火,推开车门,状似漫不经心开口:"你最想确认的那件事,如果你不敢,我可以代劳。"

南月刚想夸他车技好,听到这话,心情有了微妙的变化。在 2016 年,也是韩榷周鼓励她联系了于媛媛,他总是能在她犹豫的时候给予她支持。而且他的鼓励每次都能起作用,就好比现在,她考虑了几秒,从通讯录里找到了于媛媛的名字。她把手机递给韩榷周。

韩榷周没有半分犹豫，摁下通话键，打开了免提。

南月很紧张，几年没拨过的这个号码竟然没停机。电话里"嘟嘟"的声音每响一声，她的心就更紧一分。就这么响了好一会儿，两人都以为这通电话不会有后续的时候，那头传来一个熟悉的女声："喂，繁素吗？"

是于媛媛！

尽管做了心理准备，南月还是没绷住，眼泪不听使唤地往外涌。她用力抓着胸口，呼吸一深一浅，她能感受到自己身体的战栗。

于媛媛还活着。如韩榷周所料，她真的活着。

03

韩榷周倒了两杯红酒，少的那杯给了南月。

南月刚经历了一番情绪波动，还没缓过来，她慵懒地靠在沙发上，正在思考什么。

"谢谢。"她接过韩榷周递过来的酒杯，浅浅抿了一口。

韩榷周半倚在身后的桌子上，轻轻晃动酒杯，喝了一小口。他说："你这酒不错，不便宜吧。"

南月看着他现在的样子，想起她最后一次见"韩榷周"时，"他"也是像这样，悠闲地倚着桌子，一边喝酒一边跟她聊天。可惜她当时满脑子都是工作，连好好陪他说说话这种小事都做不到。

后悔吗？应该是吧。

她轻笑："不是我买的，是你买的。"

"是吗？"韩榷周没觉得意外，"确实像我的口味。"

"不过我们在一起的这几年，你很少喝酒。"

"我的工作需要保持清醒。"

南月笑得更欢了："我的工作反而需要刺激，尤其是夜深人静的时候，没有灵感就需要来点酒精。"

说罢，她仰头把杯中酒一饮而尽，然后去书房推出了平时工作用的移动黑板。

"我们来复盘一下吧。"她对韩榷周说。

不待韩榷周回答，南月迅速把先前记在备忘录上的三点写在黑板上，并补充了第四点：于媛媛活着。

2016年，南月介绍于媛媛去了她朋友袁敏的服装设计工作室上班。袁敏是袁姐的侄女，袁姐的餐厅在垟曲有了起色后，袁敏就把工作室搬到了那边，专注于民族特色的植物染。南月认识袁敏的时候，她的工作室已经小有名气。当时听袁敏说缺人手，她就顺水推舟让于媛媛去了。不承想，于媛媛和袁敏异常合拍。

于媛媛在专科院校就是学服装设计，后来去广州的服装厂上班，耳濡目染积累了不少经验。袁敏的长处在于设计理论知识扎实，实际操作方面远不如于媛媛，她俩的技能恰好互补。她和于媛媛磨合了一段时间后，尝试着将共同设计的服装做了出来，一经推出，大受欢迎。

那一年，电商行业正迅猛发展，袁敏执行能力很强，立刻拉着于媛媛合伙做了原创品牌。几年下来，她们的品牌店做得风生水起。2021年8月，于媛媛在京州买了套两室一厅的房子，还把她高中住过的老房子也买了下来。

以上，都是南月在电话里旁敲侧击问出来的。按照于媛媛所说，在这一时空，她们不久前在同学会上见过面。

于嬡嬡还说："那天你问我为什么不早点去找你，我见韩博士在车上等你，就没来得及跟你解释。你记不记得，五年前我答应过你和罗遇心，等到哪一天我足够独立，能够报答你们了，我再回来找你们。我想，大概就是现在吧。可惜面对在意的人，我没有足够的勇气，我还没想好怎么面对你们。你能给我打这个电话，我很开心。谢谢你，繁素。"

回想起这通电话，南月对韩榷周说："你说得对，不只邹梨、童晖、孟晓璇，还有于嬡嬡。在这个时空，可能还有很多我没意识到的人和事都发生了变化。"

韩榷周点头，低声说："接电话的时候你太沉浸于自己的情绪了，有个细节你没注意。"

"什么细节？"

"于嬡嬡提到，蒋聪死了。"

南月一惊。她绞尽脑汁回想，于嬡嬡好像是说过这么一句话：孩子爸爸去世后，我把孩子的户口迁回来了，他现在跟我姓。

"你之前跟我说，于嬡嬡是2019年车祸去世的。蒋聪把她的遗体火化，送回京州交给了她妈妈于莉，但于莉并没有多悲痛，后来是你和尹朱照帮忙张罗的追悼会。"

"对，在我原先的记忆中，于嬡嬡车祸去世，蒋聪安然无恙，可是现在……"

"反过来了。"

"二者之间有关系？"

"不知道。你可以问于嬡嬡，蒋聪是什么时候死的、怎么死的。"

南月会意，她给于嬡嬡发去微信，于嬡嬡很快回复了。南月看到信息，眼神瞬间变了。她不知道该怎么开口，把手机递给韩榷周，让他自己看。

韩榷周瞄了一眼，神色如常。

南月问："你不会早就猜到了吧？"

"是。"

蒋聪是2019年在老家去世的，死因是车祸。时间、地点、死因，都和于媛媛所经历的一模一样。

"这里面有什么玄妙？"

韩榷周摇头："我也不知道，或许两个世界是守恒的吧。不会有人无缘无故活下来，也不会有人无缘无故死去。"

言外之意，两个人的命运交换了。

南月起了一身鸡皮疙瘩，赶紧喝杯酒压压惊。

尽管顺利回到了2021年，但不知怎的，南月心里总有一把悬着的剑。往好处想就是，总归是好消息更多，新剧顺利签了合同，于媛媛活下来了，她还多了个侄女……她可以继续过忙碌却荣耀的日子，安静地等待那一天的到来。

办公桌上放了一本台历，南月顺手翻到了12月，在12月15日这一天打了个钩。今天是11月30日，离他们约定的那天还有半个月。

很快了。

不知是不是因为发现了南月情绪的异样，江昀今天特地在她办公室添置了两束鲜花。门口柜子上一大束跳舞兰，办公桌上也放了一束红玫瑰。看着这鲜艳的色彩，南月眉头舒展了些。

江昀进来，看见南月嘴角含笑的样子，也跟着高兴："南总，今天心情不错啊。有什么好事吗？"

"是有好事。帮我叫刘坤过来，我有事跟他商量。"

"好嘞。"

刘坤被点名，猜测应该是邹梨的事。今天早上他打开邮箱就收到了南月转发给他的邹梨的简历，平心而论，小姑娘各方面条件都很不错。

南月办公室门开着，刘坤还是礼节性敲了两下："南总，你找我？"

"嗯，邹梨资料你看了吧？我跟她聊过了，她愿意把经纪约签到我们公司。你准备一份合同，发到那封邮件的原始邮箱，抄送我。"说完，她又加了句，"合同条款别太苛刻。"

"直接签吗？要不要再见一下她本人？"

"不用，直接发合同就行。"

刘坤嘴上应下来，心里还是犯嘀咕。多少演员想尽办法要跟"繁心"合作，可公司的条件向来严苛。南月做事也是出了名的严谨，为何对邹梨这么草率？或者，用"执着"一词更恰当。毕竟艺人经纪部的事是他全权负责，南月平时很少过问。

"我知道你在想什么，放心，邹梨不会让你失望，签过来以后你亲自带她吧。公司现在筹备的戏你选选，给她安排个好点的角色。"

"女几合适？"

"女几无所谓，只要别太镶边，给她点发挥空间。"

"行，我去准备合同。"

刘坤前脚刚走，康哥的电话就来了。他心情很不错："繁素，我们搞定了！下次你来垟曲，我们可以搞个派对庆祝一下。"

南月："什么搞定了？"

"跟云都集团的合同啊，你忘了？双方已经盖章完毕，他们下周就派人过来对接工作。"

"哦，这事你处理就好。"

"我知道。你跟贺峥熟，他这次给我们让利蛮多的，你要不要请他吃饭，感谢一下人家？"

"OK，我联系他。"

南月挂了电话，后知后觉反应过来。不对啊，她跟贺峥很熟吗？好像也就那么回事吧。不过既然答应了康哥，她还是得客气一下。

她给贺峥发了个微信，问他什么时候有空一起吃饭，预祝合作顺利。贺峥回了段语音，大致意思是，他明天要出差，但今晚有空。

南月纳闷，以往每次跟贺峥联系，他都言简意赅，今天怎么会发一长段语音？听他的语气好像真的跟她很熟，而且他还直呼她为繁素。难道，她跟贺峥的关系也发生了变化？

南月捉摸不透，却也不方便多问。

下班后，南月准时去了贺峥给的地址，是一家环境不错的西餐厅，适合聊工作。她进门就撞见贺峥正被女生搭讪。那女孩长得不错，找了个借口要微信，被贺峥婉拒。女孩很尴尬，红着脸快速离开。

见南月偷笑，贺峥瞥了她一眼，泰然自若，显然习惯了这种搭讪。他问南月："你笑成这样，是想到了我们第一次见面？"

南月知道，这个"第一次见面"不是她记忆中的第一次，而是2016年的邱繁素和他的第一次见面。

"只是感叹贺总魅力无边罢了。这些年来，你得伤了多少女孩的芳心啊。"

"这可不像是你会说的话。"

"怎么不像了？"

贺峥刚想说什么，手机响了，他毫不避讳地当着南月的面接电话："亲爱的，怎么了？"

南月不由得竖起耳朵。贺峥开口就是亲爱的，来电话的是他女朋友？

"我跟繁素在一起。明天我去广州出差，你快回来了？"

听到这句，南月皱了皱眉，最近发生的事在她脑中迅速闪过，她有个大胆的猜测：贺峥的女朋友该不会是罗遇心吧？

贺峥挂了电话，对南月说："心心说她明天回来。她最近太忙，我跟她也好久没见了。"

心心……还真是罗遇心。

南月的内心活动相当精彩。她刚回到2021年就在网上搜过罗遇心，罗遇心的经历跟她记忆中的相差无几，尤其是感情方面，几乎零绯闻。万万没想到，她在2016年担心过的事还是成真了，罗遇心的命运跟贺峥交织在了一起。而且不是绯闻，是实打实的恋爱。

"你们这保密工作做得挺到位啊。"南月语气中带着点酸。那可是她的闺密啊，竟然瞒着她偷偷谈恋爱！

贺峥笑笑："她是公众人物，没办法。"

南月很想问问他们到底什么时候在一起的，又怕贺峥起疑，一肚子疑问只能憋回去。她说："今天找你是想对你表示感谢，这顿我来请吧。"

贺峥诧异："你怎么突然变得这么客气了？"

所以"她"以前是有多不客气？南月不敢问，她翻开菜单，推到贺峥面前："一码归一码，是朋友也得谢的。来，点菜吧。"

贺峥随便点几个，基本是素菜。自从跟罗遇心谈恋爱，受她影响，他晚上吃得很少。

南月感慨，是真替她省钱！她问贺峥："你跟罗遇心到什么地步了？"

"怎么问起这个了？你是担心，我们在一起会影响她的事业？"

"你想多了，只是作为朋友，纯好奇罢了。而且你们的事情就算公开，也没什么大不了的。自由恋爱，我支持。"

"是吗？心心可不是这么说的。"

"她怎么说的？"

"她觉得你应该会很在意这事，担心恋情曝光影响她工作。"

南月轻笑："她都二十七岁了，恋爱是人之常情。何况……"

"何况什么？"

"没什么，我只希望她能快乐。"

何况，这个时空的韩榷周还在2016年。没有人知道那个世界会发生什么，又会令这个世界发生什么样的改变。因蝴蝶效应而在一起的罗遇心和贺峥，会不会因为蝴蝶效应而分开，谁都无法保证。

昨晚得知蒋聪车祸的消息，韩榷周对她说："未来几天内，如果发现你的世界变成了另一个样子，不要吃惊，也不要阻止，坦然接受就好。因为这是既定的结果。"

"已经发生的事，不会再改变了？"

"或许有一天，这一切会回到原点也未可知。"他说。

04

天气越来越冷，这天一大早窗外雾蒙蒙的，还飘着零星小雨。

韩榷周看着叫车软件上的排队人数，陷入了沉默。他的车超过保养期很久了，昨天他把车开去了4S店，因年前保养车的人比较多，得过两天才能取车。

"别等了，早高峰有得排队呢。我送你吧。"南月从洗手间出来，用抓夹把头发随便往上一夹，从玄关拎上包，"走吧，再不走要迟到了。"

"你今天怎么起这么早？"韩榷周意外。

"有心事，睡不着。"

"我以为你早起是要去公司。能叫动你的事可不多。"

南月的态度相当无所谓："少去公司一天耽误不了什么。"

"以前你可不是这样的。"

"我知道，他们背地里都说我工作狂嘛。"南月催他，"快点。"

京州的早高峰很堵，南月不太习惯。虽说她工作忙，但除了例会，她很少上午出现在公司。这个行业的规律如此，晚上出活率更高。

南月看了一眼导航："还好出来早，过了这个红绿灯就快了。"

韩榷周完全不急，问她："你今天有什么安排？"

"罗遇心不是今天回来吗，晚点我问问她有没有空，有空就聊聊。她还不知道我回来的事。"

"你的事她知道多少？"

"全部。"

"所以你在2016年就想对她和盘托出？"

"事情刚发生的时候，她是唯一我能商量的人。后来我去了2016年，那种孤立无援的感觉，现在回想起来还是不好受。要不是你提醒我，多一个人知道可能会引起更多的意外，我早就告诉她了。我是指2016年的罗遇心。"

"你应该庆幸，你在2016年没干预太多。"

"因为我了解这个世界原本的轨迹。就像这个时空的韩榷周再次回到 2016 年，我同样不担心他会做什么不该做的事。不然明天我眼一睁，我嫂子换了个人，又或者我的侄女消失了，那可如何是好，南启明脱单一次不容易！"

闲聊着，天文台近在眼前。

"到了，你下车吧。"

韩榷周解开安全带："有事电话联系。"

"等一下。"南月叫住他。

"怎么？"

"你来到这个时空，我好像从没问过你，是不是跟我当时一样无助。如果你在这里有什么不适应……"

"暂时还没有这种如果。"韩榷周说，"有你在，至少有人可以共享秘密不是吗？目前来看我还是很适应的。"

"那就好。"

"不过阿月，我们一直在说蝴蝶效应，但你可能没有发现，你的出现对我来说才是最大的蝴蝶效应。"

他这句话的意思是？

南月久违地心跳加快了一拍。

"快迟到了，我先去上班，你回去路上慢点开。"韩榷周冲南月挥挥手，走进天文台大门。

南月还在想他刚才那句话。最初，她是在 2018 年第一次遇见他的。可随着她误入 2016 年，她遇见他的日期提前了。他的意思是，他的命运也会因此发生改变？

南月的脑子是混乱的。她拿出手机给罗遇心打电话，出乎她的意料，罗遇心这个点竟然醒着，她几乎秒接："你这一大早给我打电话，是有什么重要的事？"

"想问问你什么时候回来。你在哪儿,怎么这么吵?"

"海边拍摄呢,快结束了,拍完直接去机场。"

"几点落地?有空的话我们见一面。"

"我也不太清楚,得问问荣姐有没有给我安排什么活。"罗遇心察觉到不对劲,"你不会真有事吧?"

"就不能是想你了?行了,你先忙工作吧。"

"我这边太吵了,晚点跟你说。"挂电话前,罗遇心补了句:"我怎么觉得你今天怪怪的?"

"别瞎想,你去忙吧。"

南月把车驶出车位,直奔市中心的商场。她今天一点都不想工作,好不容易回到朝思暮想的 2021 年,不享受一番都对不起自己。

南月一整个上午都在商场闲逛,添置了不少衣物,逛累了就随便找了家餐厅吃饭。要不是于媛媛临时约她见面,她可能直接回家睡午觉了。

午后的时光,南月是跟于媛媛一起在小酒馆度过的。

2016 年的那次见面仿佛在昨天,于媛媛却完全变了一个人。她又出现在 2021 年了,真好啊。南月心想,时隔多年,她终于在正确的时空见到了最想见的人。韩榷周说得没错,那原本是她一辈子的憾事。失而复得的东西,弥足珍贵。

她真的希望,如果于媛媛的命运能停在这个时候该多好,以后不要再有任何意外了。改变历史就改变历史吧,她不要遵循什么规律,她只要她在意的人好好活着。

"媛媛,能再次见到你,我很高兴,真的很高兴。"

于媛媛不明所以,权当南月是喝了酒兴奋:"我也是,很高兴。"

"我希望,不论是十年、二十年、三十年,以后的每一天,你都能好好的。想见你的时候，我就能见到你。"

"说什么傻话呢？这是当然的啊，我们是朋友，想见面的时候，随时能见到的。"

"确实是傻话，怪我太高兴了。"南月笑笑。

不过这种高兴并未持续多久，南月完全没想过，陆江申会在这个时候来电，说有重要的事情找她。她有种不太好的预感。上次她心里有这种毛毛的感觉，是韩榷周失踪的时候。

南月不希望于媛媛牵扯到这件事当中来，找了个理由让她先回去。

陆江申为什么找她，她心里大概有数。她还记得2016年发生的那个小插曲，陆江申怕是已经对她的身份起疑了。他是个聪明的人，花心并没有影响他的心思缜密。

在刚才的电话里，陆江申直截了当对她说："我有重要的东西要交给你，你应该会感兴趣的。"

南月神色凝重，但装作若无其事："我不在垟曲。"

"我知道，我也在京州。"

"行。不过我还是那句话，我很忙，你最好真能拿出我感兴趣的东西来。"

陆江申轻笑了一声，说让她放心。

半小时后，陆江申准时出现在餐厅。这次见到他，南月有些不安。她努力说服自己，陆江申掀不起什么浪，五年前如此，五年后也是如此。

不过，和她预想的不太一样，陆江申没说多余的话，从包里拿了本藏青色的硬壳笔记本递给她。这个本子她认得，是2016年韩榷周丢失的那一本。本子的外缘有些磨损，他这五年应该没少翻。

南月无所谓道："五年前我就说过了，这不是什么重要的东西，当时你不肯还回来，现在给我已经没什么用了。"

"当时就想还给你的，你没给我机会而已。"

"所以呢？我都拉黑你好几年了，你特地换手机号联系我就是为了这个笔记本？你有没有听过一句话，优秀的前任就应该像死了一样安静。"

陆江申似乎习惯了她的奚落，神色如常。他唤来服务员，给自己点了一杯红茶，随后问南月："你的茶凉了，要不要换一杯？"

"不用，有什么话你直说吧。"

"约你出来确实有重要的事想说，不过我想先问你个问题，我应该叫你南月，还是繁素？"

南月心一紧："什么意思？"

"这几天我忽然想起了很多事，五年前的事。"陆江申仔细看向南月的眼睛，"我现在终于明白，为什么你会去垟曲找我打听韩榷周。因为韩榷周回到了五年前，对吗？"

不待南月回答，他继续说："后来不知是什么原因，韩榷周从2016年回来了，2021年的你却阴错阳差被交换了。你先别急着反驳我，如果说以上两点都是猜测，但有一点我很肯定，五年前在垟曲和我一起开车去高铁站找韩榷周的人是2021年的南月，而非2016年的邱繁素。只是我不太确定，现在的你究竟是哪一个你，南月，还是邱繁素？"

南月放在桌子底下的手不自觉地攥紧。她低估了陆江申的智商，也低估了他对这件事的执着。她浅浅一笑："我不太明白你的意思。没事少看点韩剧吧，对你泡姑娘用处不大。时代变了，现在的女孩子不吃你那一套，除了安茹，恐怕没有人会游进你的鱼塘。"

陆江申："……"

南月拿起桌上的笔记本,起身离开,临走前丢下一句话:"账我早结过了,你刚点的茶就自己结吧。走了。"

服务员端上了红茶。茶是刚冲的,热气腾腾,但陆江申想事情想得出神,端起杯子就喝,不慎烫到了嘴唇。他如梦初醒,怔怔盯着冒热气的杯子。和南月一样,连这杯茶都给了他一个出其不意。

为什么跟他想的不太一样?他刚才故意试探了她,他见到的这个南月分明就是2021年的南月,不像五年前的邱繁素。那他记忆中那个"南月"怎么解释?莫非……

陆江申拿出手机,翻到了相册。笔记本虽然还给南月了,但是每一页他都有拍照。

南月回到家,客厅内灯火通明。她正要调侃韩榷周这么早下班,发现罗遇心也在。茶几上两个杯子还在冒热气,罗遇心应该刚到不久。

罗遇心冲上去给了她一个拥抱:"你可算回来了!"

南月话刚到嘴边又咽了下去。罗遇心这话不太对劲……她看向韩榷周,韩榷周朝她点了点头。她顿时明白,罗遇心已经知道了。

罗遇心晃了晃南月:"回来了怎么不早说?我就说你不太对劲,你还不承认!"

"不想让你工作分心,想等你回来,给你一个惊喜。"

"韩榷周全都告诉我了。没想到,你在那边遇到了那么多事。"

两个小时前,罗遇心把电话打到了周文博那儿。她太了解南月了,南月有一丝一毫变化她都能敏锐地察觉到。在电话里,南月对她三缄其口,她只好去问韩榷周,可韩榷周的手机一直不在服务区。这种情况似曾相识,她马上想到了一种可能——韩榷周又回到了2016年!

然而这种念头只存在了几分钟,因为打给周文博后,他告诉她,韩榷周正在办公室整理资料。

"不过,不是你认识的那个韩榷周。"他补充。

她脱口而出:"不会是2016年的他吧?"

"是。"

听到这个答案,罗遇心脑子里一阵轰鸣。她心想,完了,人换错了!

"没想到,这样荒诞且离谱的事竟然真实发生了。"罗遇心说,"我让荣姐把我今晚的工作往后推了,想着赶紧来见你一面。"

南月往沙发上一坐:"你知道了就好,省得我再陈述一遍。你都无法想象我昨天在贺峥面前多谨慎。你居然真跟他在一起了,拦都拦不住啊!"

罗遇心回撑:"我也不会想到,你居然跟2016年的韩榷周一起回来了!"

"这种事不是人为能控制的,一个细节的变化可能导致有人死,有人生。"

"我得知的不是全部?"

"应该是吧。"

韩榷周安静地喝完茶,听她们说到这,默默去书房把移动黑板推了出来:"都在上面了,自己看吧。"

黑板上写满了不同颜色的字,上面大部分内容罗遇心都听韩榷周说了,只是有一条令她感到意外:"陆江申梦境中回到了20年前?这又是怎么回事?"

"这是我们在2016年发现的。"韩榷周冷静地解释,"他经历过跟我们不一样的时空旅行。"

提到陆江申,南月才想起包里的东西。她取出笔记本,郑重其事地交给韩榷周:"你丢的东西还真在陆江申那儿。他刚找过我,而且他都猜到了。"

"不奇怪,他拿到了这个本子,知道一切也是迟早的事。"

"不过我什么都没承认,他爱怎么想是他的事,反正他没证据。"

罗遇心被他们弄糊涂了,出言打断:"不是,你们在说什么?怎么又跟陆江申扯上关系了?"

南月感到头疼,揉了揉太阳穴:"这又得从五年前说起了。"

05

关于在 2016 年听陆江申提到的那个梦,南月没有细说,只是总结了事情的大概。

"我问周文博,陆江申的这个梦到底是梦还是真实发生的。周文博说,从科学的角度来看,并非陆江申的肉体经历了这一切,而是意识。"

罗遇心一脸蒙:"周文博的话一向深奥,我脑子跟不上他的节奏。"

"那我换个说法你可能就懂了。就好比你看过的那些穿越剧剧本,主角是魂穿还是肉体穿的区别。"

罗遇心秒懂:"哦——这样啊!你早说嘛,周文博的意思是,陆江申是魂穿?"

韩榷周被她这一解释惊掉了下巴,想笑又笑不出来:"非要这么理解的话,也可以。"

"意思对就行了，不用在意细节。"

南月灵光一闪："陆江申的经历让我想起《宣室志》中记载的一个故事。"

"说来听听。"

南月概述了一遍。

唐朝有个叫石宪的人外出做买卖，途中炎热劳累，就在一棵大树下休息。他做了个奇怪的梦，一个和尚对他说："我住在五台山南边，那里有树林和水池，是僧人们的避暑胜地，你要跟我一起去吗？我看你那么热，如果不跟我去肯定会病死。"

石宪同意了，跟着和尚往西走了几里路，果然看见了树林和水池，还有一群僧人在水池里泡澡。和尚介绍说这个池子叫玄阴池，他的徒弟们在里面洗澡，能消除暑热。石宪发现池子里的僧人长得一模一样，心中觉得怪异。

天黑之后，水池里的僧人开始念经。等他们念完经，和尚拉着石宪一起进池子洗澡。结果洗到一半，石宪浑身发冷，惊醒了过来。他发现自己还在大树下，衣服全湿了，而且已经冻得发烧了。

石宪在附近村舍休息了一晚，第二天继续赶路。走了几里路，他听到蛙鸣的声音，跟梦中僧人的念经声很像。循着声音，他找到了跟梦中一样的树林和水池，池子里有很多青蛙。后来他向人打听，这个池子竟然真的叫玄阴池。

罗遇心听得眉头皱起："也就是说，这个石宪在梦里跟一群青蛙泡了澡？可是不对啊，他身上不是湿透了吗，还发了烧。说明什么？"

"说明梦不只是梦，梦影响了现实，跟陆江申的情况差不多。"韩权周言简意赅。

"算了，我觉得讨论陆江申的事对我们来说没什么用。我们的行为像不像在搞学术研究？论在平行世界穿梭的几种方式？"

本来很严肃的一场对话，被罗遇心这么一打趣，气氛顿时变得欢乐了。不过只有韩榷周和南月在笑，罗遇心反倒落寞了："你们的时空穿梭之旅还没结束，2016年会发生什么，2021年又会发生什么样的改变，我们都不知道。会不会我明天一早醒来，于媛媛又不在了？"

"应该不会。2016年，蒋聪被拘留了，于媛媛也搬去了垟曲。"

"那会不会，我明天一早醒来，贺峥和我又退回到萍水相逢的关系？"

这个问题南月回答不了。2021年的韩榷周一天没回来，2016年的世界就有可能发生很多他们不知道的事，而感情的事又往往是最难以控制的。她只能安慰罗遇心："还没发生的事就别去想了，想了也没用。"

三人又聊了会儿，罗遇心的电话响了。贺峥知道她来找南月，提前约好了来接她，现在他已经在楼下了。

"那我先回去了，有进展一定要及时联系我啊。"罗遇心做了个打电话的手势。也是奇怪，明明经历这一切的人不是她，可她比当事人更焦虑。

走到楼下，贺峥移下车窗，向她招了招手。她心不在焉地开门上车。

"怎么了，有心事？"

"没什么。我有些饿了，我们去吃点东西吧。"

"你想吃什么？"

"路边随便找一家就行，我饿的时候不挑食。"

贺峥想了想附近不错的餐厅，心里大概有了数。他车开得不快，也就四五十码。按照他对罗遇心的了解，她这无精打采的样子，身体状态也好不到哪儿去。不过有一点他觉得奇怪,平日里出门,罗遇心巴不得从头包到脚,可今天她肆无忌惮,连口罩都没戴。

"你不戴个帽子?"

罗遇心摇头:"不用,拍到就拍到吧,我已经看开了。繁素也说了,我是靠作品吃饭的,而且我都快二十八岁了,谈个恋爱怎么了。"

还有一点她没法对贺峥说:只要韩榷周和南月没回到属于彼此的正确时空,蝴蝶效应会继续发生。她跟贺峥可能突然就形同陌路了。就像上一轮的变化中,他们绞尽脑汁想公关方案,还假扮情侣,到头来全都被覆盖了,仿佛从没发生过。

所以,有什么用呢?及时行乐呗。

几分钟后,贺峥的车停在一家餐厅前。罗遇心毫不避讳,开门下车,挽着贺峥往前走。很快就有路人认出她,有拍照的,有尾随的,更多的是拿出手机对着他们一顿拍。罗遇心置若罔闻,径直走进餐厅。

既然罗遇心都不在乎,贺峥更无所谓,他也不是圈内人,爱咋咋吧。

网络发达的时代有一点好,外面有任何风吹草动,足不出户就能知天下事。南月刚洗完澡,手机里弹出的全是关于罗遇心恋爱的新闻。她先是震惊,紧接着马上释然了。敢情罗遇心以为她和贺峥的事还会有反转,干脆破罐子破摔。还真像是她会做出来的事。

除了罗遇心本人,其他人对她的行为多少有些意外。贺峥知道,今晚肯定是发生了什么,但罗遇心不说,他也不想问。他们甚至没有进包间用餐,大厅四周都是人,罗遇心只顾吃她的,一点都不在意成为焦点。直到荣姐的电话打来,她才放下筷子。

荣姐敷着面膜,说话不太利索,语速却飞快:"我的大小姐,你这唱的又是哪一出啊？是，我和南总都不反对你公开恋爱的事，可你好歹事先知会我一声，我好应对记者啊。我不过在美容院做了个精油spa，世界就变天了，你代入一下我的感受！你知不知道我的手机快被人打爆了！"

"抱歉啊荣姐，突然饿了，临时决定来餐厅吃点东西。你就如实说吧，没什么好避讳的。"

"不如实说我还能咋的？"荣姐痛心疾首，"你都直接挽人家胳膊了，还不够明显吗？不承认恋情难道承认你是海后？"

罗遇心被她整笑了："哎呀，本能反应，没想那么多。你先敷面膜吧，晚点我打给你。"

罗遇心挂了电话，贺峥给她倒了杯水："还吃点什么吗？"

"饱了，晚上不习惯吃太多。你呢？"

"被你影响，晚上也不习惯吃太多。"

"OK，那就买单吧，男朋友。"

贺峥被她这一声"男朋友"叫得愣了神，她今天还真是一反常态啊。

他们在众目睽睽下上车，罗遇心问贺峥："你就没什么想问我的吗？"

"问什么？为什么突然不介意被人拍到了？"贺峥笑笑，"我上次见邱繁素，她的态度让我意外了一次。所以今天你这样，我反倒不意外了。你们应该是达成了某种我不知道的共识吧，可我感觉你并不想对我说其中的细节。"

"其实……"

"没关系，对我来说不重要。邱繁素说她希望你能快乐，我也一样。"

贺峥不傻，这段时间发生的很多微妙的事，他不是没有留意到。就像他说的，这些对他来说不重要。他只希望罗遇心能快乐。

"贺峥，假如明天早上醒来，我们突然不再是恋人了，你会不会重新喜欢我一次？"

"只要我还认识你，会的。"

"你是从什么时候开始喜欢我的？"

"戈壁陷车那一次。"

"你都不带想想，这么轻易就有答案了？"

"因为这个问题我早就问过自己了。"

在决定追罗遇心的那一刻，贺峥反复想过，是什么时候对她动的心呢？就是雅丹魔鬼城那天晚上吧，从他们一起看第一场日出开始。

他帮罗遇心系上安全带："今天你应该累了，先送你回家。"

车子离开餐厅，扬尘远去，围观的路人却依旧交头接耳，好久都没散。

罗遇心靠在椅背上闭目养神，心里却偷偷欢喜。并不只是因为贺峥刚才那番话。贺峥说，他在戈壁陷车那天晚上就对她动心了，这就意味着2016年的这一天，贺峥心里已经有她了。2016年已然发生的事，是不会再有变化的，变的只会是2021年。

她有种松了一口气的感觉！

罗遇心随即拿出手机，给于媛媛打电话。她一本正经问于媛媛："蒋聪是怎么死的？听说2019年他在老家发生了车祸？"

于媛媛奇怪，怎么今天一个两个都来问她前夫是怎么死的？她自然知道南月和罗遇心都没有恶意，其中必定是发生了什么。她没多问，耐心将蒋聪当年车祸的情况描述了一遍。

亲自确认过后，罗遇心彻底放心了。南月说蒋聪的死因、时间、地点，都跟于媛媛原先经历过的一模一样。如今事情变了，五年前的现在于媛媛已经搬去垟曲，婚也差不多离干净了，她没有理由再回到蒋聪的老家。

不会车祸，也不会有死亡。

06

南月把积压的工作一件件处理完，已经临近下班时间。从前她是没有准点下班一说的，不过自从去了趟2016年，她心态变了很多。她想，工作得差不多了，或许可以问问韩榷周，下班有没有空一起吃个晚饭。

不过，南月还没来得及给韩榷周打电话，罗遇心的电话就先打过来了。她说有个朋友在草莓艺术社区开了个沉浸式剧本杀店，约南月一起去体验。

南月不想去："饶了我吧，你又不是不知道，我这种天天开剧本会的人，玩剧本杀简直是在为难自己。"

"体验体验嘛，就当是陪我。"罗遇心软磨硬泡，"那是天河影业的张总投资的店，不看僧面看佛面，咱们不是跟他们公司合作得挺好的嘛。"

听到这一茬，南月勉强松口："行吧。别拖太晚啊，我还想跟韩榷周约晚饭，那我改约他夜宵了。"

"你让韩榷周一起来啊。剧本杀店里有配套的餐厅，可以边吃边玩。"

"他不懂剧本杀，应该不喜欢玩。"

"不需要懂,他只需要陪你就行了。就这么愉快地决定了!"

南月拿罗遇心没办法,只好去说服韩榷周。出乎意料,韩榷周想都没想就答应了,说半小时后来公司楼下接她。

等到南月坐上韩榷周的车离开,办公室的八卦声又激烈起来。

"你们不是说南总又变回原来的样子了吗?我看不尽然啊。"

"前几天确实是工作狂来着。"

"可今天刚到下班点就走,好像又变回去了。"

坐在窗边的同事说:"我刚看到来接她的车了,是她未婚夫的。估计约会去了。"

"希望南总能早点下班,多多约会,这样我们压力也能小点。"

"是啊是啊,她不下班,我都不好意思走。"

…………

罗遇心比南月早到几分钟,她一如既往地从头包到脚,生怕别人觉得她正常。南月说了无数次,没什么用。只有全副武装,罗遇心走在路上才有安全感。

"还挺准时啊,走吧。"

走了没几步,南月想起什么,问罗遇心:"你怎么是一个人?"

"我不是一个人难道我还能是一个鬼?"

"我不是这个意思。"

韩榷周听不下去了:"阿月的意思是,你怎么没跟贺峥一起。"

罗遇心表情变了,停住脚步:"什么意思?那不就是贺峥吗?"

还真是说曹操曹操到,他们刚提到贺峥,南月就看见了贺峥。

草莓艺术社区中央广场的一块巨幅广告牌上,对着镜头微笑的模特正是罗遇心,这是她不久前接的一个代言的宣传照。贺峥背对着他们站在广告牌前，正认真看着。

南月调侃他："贺峥，人在这儿你不看，一张照片你看这么认真！"

贺峥应声回头，礼貌地笑了笑："邱小姐，好巧。"招呼打完，他看到了帽子、口罩加持的罗遇心。两人对视了一眼，又迅速收回目光。

"好久不见。"贺峥的语气有些拘谨。

罗遇心也好不到哪儿去，她声音很轻："好久不见。"

好久不见？

南月本来还奇怪，为什么贺峥对她这么生疏。直到这俩一人一句"好久不见"，她心里响彻着一个声音：糟了！她最不想见到的情况之一，发生了！

韩榷周也意识到了，忙握住她的手。他没立场说什么，而且这里不是说话的地方。

就这么僵持了半分钟，路人纷纷往这边看，有人对着罗遇心指指点点，有人拿出了手机，像是认出了她。罗遇心对这种注视很敏感，她拉下帽檐，加快了脚步："走了繁素，快点。"

一行人匆匆进了剧本杀店，服务人员引他们进了一个房间。和南月预想的一样，贺峥没跟上来。

南月在网上搜索了罗遇心的名字，果不其然，昨天还传得沸沸扬扬的"罗遇心恋情"的新闻，一夜之间全消失了。她听罗遇心说过，上次经历这种事情的人是2016年的邱繁素。但是罗遇心肯定不记得这些事了，新一轮的改变开始，她的记忆已经被覆盖。

罗遇心丝毫没有因为偶遇贺峥而影响心情，她翻起了菜单："我还叫了别的朋友，人没到齐。你们饿吗，要不先点些吃的？"

南月哪里还有心思吃饭，她脑子都是炸的。她实在想不通："罗遇心，你跟贺峥怎么回事？"

"有缘无分呗。"罗遇心说得轻松。

"就这样?"

"对啊,就这样。当年你说贺峥人不错,让我努力和他顶峰相见。如今这样挺好的,我们都算是在顶峰了。顶峰不见。"罗遇心想了想,补充,"哦对了,你还说过,真要是顶峰不见的话,反正我都在顶峰了,那就拉倒吧。"

南月不记得自己说过这话,肯定是邱繁素对当年的罗遇心说的。她心态有点崩,昨晚罗遇心才问过她,"那会不会,我明天一早醒来,贺峥和我又退回到萍水相逢的关系?"

一语成谶。

南月拉开椅子,二话不说走了出去。

罗遇心喊她:"你去哪儿?来点菜啊,邱繁素!"

南月没回应,罗遇心又把菜单递给韩榷周:"要不你来?我去看看她。"

罗遇心有些无语。她不想跟着出去,她太了解南月了,这家伙肯定找贺峥去了。她摇摇头,心叹:何必呢,在错误时间被点燃的爱情火苗,灭了也就灭了。

南月走路带风,她回到广告牌的时候,贺峥还没走,看他的样子似乎在等人。她正想叫他,他忽然转身朝另一个方向走去。顺着他的方向,南月看见一个穿米色外套的女人从对面那栋楼走出来。那个女人跟她年纪相仿,知性又漂亮,一看就是富家千金。

贺峥接过那个女人手上的包,手轻轻覆上她的肚子,又弯下腰听了听。二人有说有笑,画面和谐而美好。

等他们走近,南月看见了女人微微隆起的肚子——她怀孕了。

南月一时无法接受眼前这个情况,她抱着一丝侥幸猜测,或许不是贺峥的妻子,而是妹妹呢?贺峥不是有个亲妹妹吗?

"邱小姐,你怎么回来了?"贺峥看见南月,面露诧异,"外面风大,你是在这儿等人吗?"

南月忘了回答,她还在祈祷,是贺峥的妹妹,是他的妹妹。

贺峥见她视线不在自己身上,想起来了:"哦,忘了介绍。这是我的妻子,佟笑蕊。小蕊,这位是繁心文化的邱繁素小姐。"

佟笑蕊人如其名,笑起来很好看。她似乎对南月很感兴趣:"邱小姐好啊,我听贺峥提过你,今天总算见到本尊了。"

南月刚要开口,佟笑蕊头一偏,看向她身后:"韩榷周?这么巧,你也在呢!"

韩榷周停住脚步,他恰好听到了贺峥的那番介绍,可他不记得自己见过佟笑蕊。他礼貌微笑:"我陪阿月来的。好巧。"

眼下情况未明,韩榷周怕南月失态,揽住她,在她耳边低声说:"回家再说吧。"

南月这才如梦初醒,努力挤出微笑:"贺总,贺太太,我们还有点事,先回去了。下次有时间聚啊。"

他们走后,佟笑蕊眼神微妙:"韩博士好像不记得我了呢。"

"是吗?我倒没注意。"

"邱繁素跟我想象中的不太一样。之前你说她跟我是同一类人,现在看来不尽然啊。"

"哪有人是完全一样的,你们都很优秀,就足够了。"

"你还真是会说好话。"佟笑蕊看向邱繁素的背影,"不过我确实好奇,韩榷周喜欢的到底是什么样的女人。"

"你现在有了身孕,就别想太多了。我们先回家吧。"

四个人朝两个不同的方向走去。

罗遇心站在窗前,将这一幕尽收眼底。她不懂南月为什么反应这么大。

回家的路上,韩榷周开车,南月沉默。

"你不打算跟我说点什么吗?"韩榷周试图让她开口,"这么一直憋着,你会憋坏的。"

"我心里很乱,容我缓缓。"

车里恢复了安静。几分钟后,南月问他:"你说,贺峥跟罗遇心之间到底发生了什么?就算他们当年没在一起,他怎么这么快娶妻生子了?"

"他妻子好像认识我。"

"是认识在 2016 年的你吧?也许在那个时空见过。"

"我总觉得这一轮的改变跟我有关。"

"我们在这里瞎猜没用,也不方便问罗遇心。问了也白问,她肯定不记得了。"

"我们把罗遇心一个人扔那儿不好吧?"

"我也不想啊。"南月头疼,"可我现在哪有心思陪她玩剧本杀。她是无所谓,朦胧的旧情罢了。我心里过不去这道坎。"

"要不要把实情告诉罗遇心?"

罗遇心知道时空的秘密,接受起来应该不难。但南月还是否了:"不了,说了也是徒增她的烦恼。"

两个人怀着同样的心事,心情起起伏伏。

进了家门,南月才感觉到饿,她指挥韩榷周:"你去帮我煮个面吧。"

"我不会煮面,冰箱里有速冻饺子,要不?"

"哦,差点忘了,会煮面的不是你。"

会煮面,会做简单的饭菜的人,是2021年的韩榷周。南月也不知道他是什么时候学会这些的,他一直做得不错。

"那我煮饺子了?"

"叫外卖吧。"

"……"

"我去换衣服,点外卖的任务就交给你了。"南月回房。

和南月相处这些日子,韩榷周大致了解了她的口味,他对自己选的餐食还算满意。看到南月从房间走出来,他想让她也来看看,南月却一脸凝重:"笔记本不见了。"

"陆江申还回来的那本?"

南月点头。

南珂偶尔会来这里,其他相熟的朋友也偶尔会来家里找她,为了防止他们看到笔记本上的内容,她特地把本子锁进了保险柜。

"家里没有被盗窃过的迹象,保险柜里的其他东西都在。"

唯独那本笔记没了。

韩榷周心一紧:"那就只剩一种可能,笔记本2016年就已经不在陆江申身上了。"

陆江申没了笔记本,就不会在2021年约南月,南月也就不再拥有那本笔记。

第三章　春华

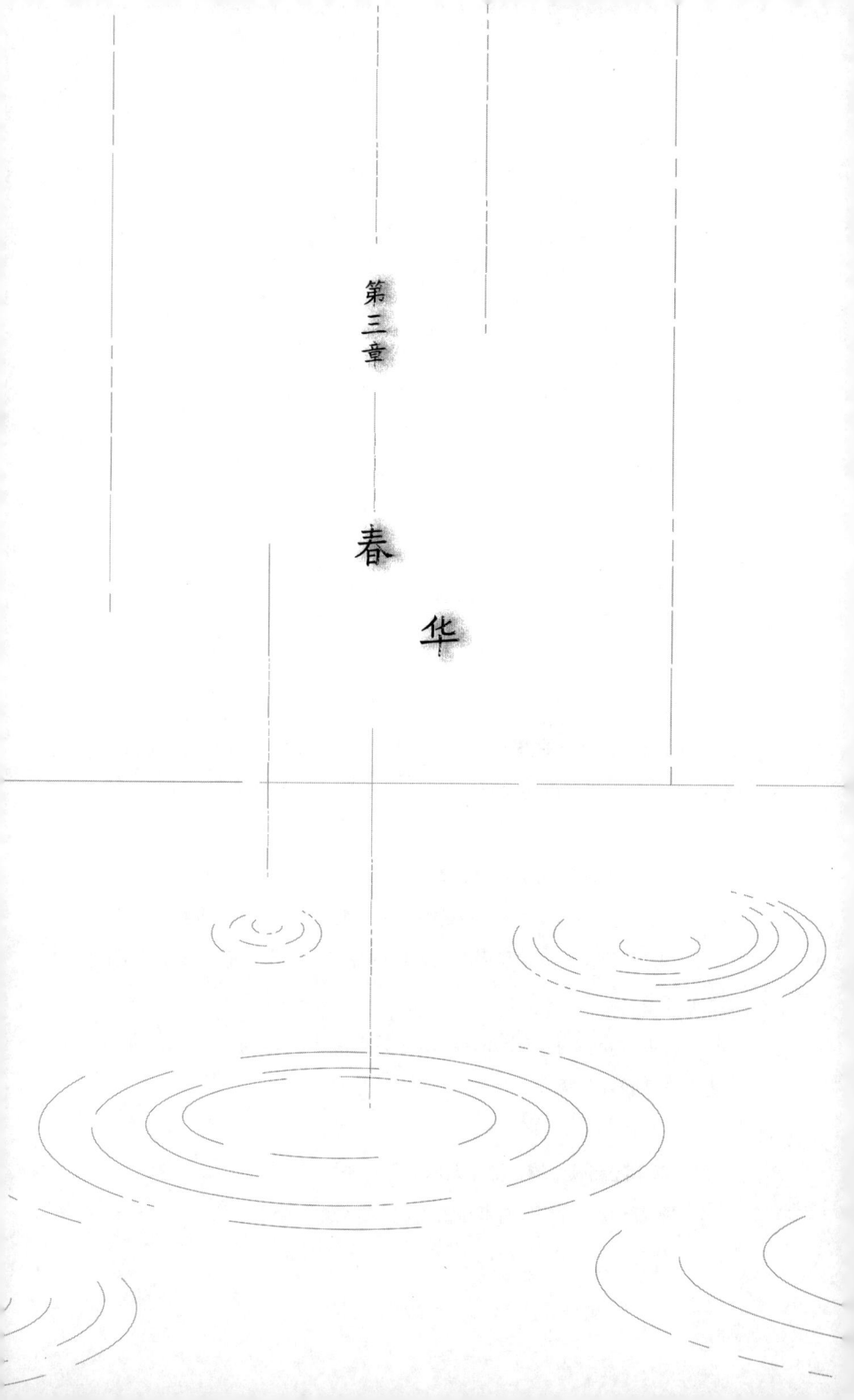

01

2016年11月27日，京州市天文台，晚上8点35分。

韩榷周对自己的办公室十分熟悉，只一眼他就认出来了，这不是他的办公室，或者说还没有成为他的办公室。他又阴错阳差地回来了，还是2016年。

邱繁素也意识到了这点，她看到了桌上的台历，确认了自己的猜测：她回到了自己的世界，但是很不幸，她把2021年的韩榷周也带回来了。前一秒因为没站稳而差点摔倒的惊魂未定，全都化作了此刻的负罪感。

二人都沉默了一会儿。邱繁素抬头看向韩榷周："看来是真的，又……又回来了啊。"

"嗯。"

"对不起啊韩榷周，要不是因为我……"

"不怪你。"韩榷周打断她的道歉，"是我们搞错了。"

"什么？"

"我和周文博，还有南月，所有人都搞错了。我们陷入了一个思维误区，其实时空穿梭跟几点钟没关系。"他看了一眼手表，现在还不到9点，"只是因为前两次都恰好发生在9点半以后。"

邱繁素糊涂了："那到底跟哪些因素有关系？"

韩榷周一时回答不出来。他仔细回想回来之前在2021年发生的每一个细节，天气、陨石，还有什么？有什么信息忽然从脑海中划过，可惜太快了，一闪而过，根本来不及捕捉。

不对，一定是有什么的。再给他点时间，他肯定能想起来。

邱繁素看出韩榷周在思考重要的事情，很识相地没再说话，生怕打断他的思路。

两个人静静地在办公室待了十几分钟后，门从外面被推开。那一瞬间，邱繁素浑身紧绷，脑子里闪过无数想法：完了，2016年韩榷周还没来天文台上班，他们会被当成贼吧？天文台是重要场所，私闯被抓会被拘吧？他们用什么借口最合理？

可是当来人真真切切站在面前的时候，邱繁素松了口气。韩榷周更是释然——进来的人是他最信任的朋友，周文博。不论在哪个时空，看见周文博，他心里都会踏实很多。

周文博没注意韩榷周的表情变化，问他："大晚上来这里，你们是发现了什么重要线索？"

韩榷周几乎同时发问："师哥，你怎么在这里？"

2016年，周文博明明还在英国跟着罗森教授做研究，2017年底才正式入职京州市天文台，他不该出现在这里的。莫非是因为……

"不是你让我来的吗？"周文博不明所以。他这才发现眼前的"韩榷周"不大对劲。不只反应不太对劲，气场好像也不太一样。他又看了眼站在韩榷周身后的邱繁素，这位好像也不太一样了。

周文博明白了："你们俩是刚刚被换回来的？你是来自2021年的他？"

韩榷周点头，又问："师哥你是因为我们的事才提前回国的？"

"嗯。"

"刚才你问我发现了什么重要线索，发现重要线索的，是他？这个时空的我？"

"是。"

一个小时前，周文博接到韩榷周的电话，说发现了时空穿梭的时间规律，让他来天文台一趟。周文博如约赶到。他没想到，韩榷周和南月消失了，取而代之的是邱繁素和来自未来的"韩榷周"。

之前他们就断定，要想实现时空穿梭，须得从2021年着手，因为陨石是钥匙。现在看来，必定是2021年发生了什么，导致眼前的两人出现在这里。如果他没猜错，这个时空的韩榷周应该是跟南月一起去了2021年。

接下来的一个多小时，三人分别述说了这段时间两个时空发生的事。周文博回国时间不长，知道的有限，而作为两次时空穿梭亲历者的韩榷周，收集到的信息要多得多。

"我应该知道他发现的重要线索是什么了。"韩榷周想起刚才他脑中一闪而过的画面。他和邱繁素刚来到这间办公室的时候，灯没亮，窗外的月光很明显。

在这一轮交换发生前，"韩榷周"和南月就在这间办公室，他们为什么不开灯？还是说，他发现的线索，开了灯就看不见了？也许，他发现的是窗外的月亮，准确地说是月相。

"我之前想到了农历日期的问题，这几次时空穿梭，第一次发生在农历十二，第二次发生在农历廿三。今天是农历廿三，我才想着来办公室看看，果不其然。"他说，"农历日期，对应的就是月相变化。师哥你可以关灯看看，窗外是有月光透进来的。"

周文博秒懂："办公室的两扇窗户方向不同，农历十二和农历廿三这两天，月亮分别在两扇窗户的外面。"

"是。他比我想到了更深一层，不只是农历日期，还要看天气，得是在有月亮的夜晚。月相才是构成时空穿梭磁场的真正要素。"

周文博拿起桌上的台历，他很快锁定了下一个日期，12月15日，农历十二。

邱繁素一直没说话，直到看见周文博这一举动，她才彻底想明白：两个时空的他们，应该都破解了时空穿梭的秘密。所以只要12月15日晚上能看到月亮，韩榷周就能回到2021年。

她突然问了个不合时宜的问题："如果2021年12月15日是晴天，这个时空的12月15日下雨了呢？"

周文博和韩榷周同时看了她一眼。她赶紧收声，这种时候可不能乌鸦嘴。她想了想，又说："没事，听天由命吧。反正主控权不在我们手里，关键还是要看2021年的他们。"

韩榷周看了眼时间，马上10点了："先回去休息吧，今天大家应该都累了。"

"我爸妈都在家呢，我现在回自己家，没关系？"

韩榷周明白邱繁素的意思，最近住在家里的人是南月，这段时间发生的事邱繁素一概不知。他安抚她："没关系，你尽量把话题的主动权推给他们。最近少出去见人，说话前先思考。以你的聪明才智，应付这些小事应该不成问题。"

邱繁素牢记韩権周的话，可是当她敲开自己家的门，看见开门的妈妈，还是有那么几秒的紧张。

"你没带钥匙啊？"南珂数落她，"多大的人了，怎么还丢三落四的。你站在那儿干吗，不进来吗？"

邱繁素笑笑，说了句累了，赶紧溜回房间。

走到房门口，邱繁素想起个事，回头问南珂："妈，南启明他有女朋友吗？"

南珂像看傻子一样看她："你之前不是还嘲笑他，再单下去你舅妈该怀疑他性取向了吗？怎么，你想给他介绍女朋友？"

"没有没有。"邱繁素摆摆手，"我就是关心一下他，随便问问。我去洗澡了。"

邱繁素关上房门，还好她没多说什么，不然就露馅儿了。她之所以问南珂这个问题，是因为她在2021年得知了一件惊人的事，南启明结婚生女了——南启明比她还要早结婚，这是她绝对想不到的。而且早在上一轮的时空之旅中，韩権周就跟她说过，南启明2021年还单身！

那段时间，她闭关写了半个月剧本，很少出门。等她再次跟外界联系，发生了两件惊掉她下巴的事，一件是罗遇心和贺峥谈恋爱，另一件就是南珂通知她去喝南启明女儿的满月酒。不用说，肯定是2016年种下的因，不知不觉在2021年结出了果。

震惊之余，邱繁素旁敲侧击问出了她嫂子的名字。她把这事转述给韩権周，韩権周皱眉说："孟晓璇这个名字，我好像在哪里听过。"

"你听过也没什么奇怪的。孟晓璇是我大学学妹，跟我一个系，就比我低一级，我跟她关系不错。"言下之意，南月肯定跟她提过孟晓璇。

那么问题来了，孟晓璇是怎么成为她嫂子的？果已结成，说明因已经种下。

邱繁素给孟晓璇发去微信："睡了吗？"

孟晓璇："还没。"

邱繁素果断拨了电话过去。孟晓璇秒接："怎么了繁素，这么晚有什么事吗？"

"没什么，就是想问问你哪天有空，约个饭。"

"我刚搬完家，这几天都在收拾。要不下周？"

"下周可以。"邱繁素听孟晓璇的语气，似乎情绪不太对，而且孟晓璇接到她的电话，好像一点都不惊讶。她几乎可以肯定，最近南月和孟晓璇有联系，也是因为南月的关系，孟晓璇和南启明才认识的。

"听你的声音，心情不好？"

"嗯，偶尔想起来还是会难受。"孟晓璇大方承认，"失恋嘛，难免的。"

邱繁素眼睛一亮。懂了，孟晓璇刚失恋，南月安慰过她。

"你别想太多，不开心就来找我，我最近都在家呢。"

"也不能总是麻烦你，我得学会自己走出来。对了，陆江申没去打扰你吧？"

"啊？没有。"

怎么又扯到陆江申了？邱繁素只能想到，南月应该是拿自己和陆江申那段失败的恋情当素材来安慰孟晓璇了。

谁知，孟晓璇又说："想想也挺好笑的，我们还真是同病相怜，一个两个都栽在陆江申手里。"

邱繁素一整个呆住。再傻她也听出来了，孟晓璇这个失恋对象是陆江申。她心里迅速有了计较：我就说嘛，怎么南月对孟晓璇失恋的事这么上心，原来问题出在这里！可是不对啊，她跟陆江申分手不过一个多月，陆江申不是跟安茹谈着吗？难不成他又出轨找了孟晓璇？

"晓璇，我记不太清了，你跟陆江申在一起多久了？"

"三个多月吧。"

邱繁素从床上弹起来，差点没拿住手机。三个多月……也就是说，陆江申跟孟晓璇8月就在一起了。他不仅出轨安茹，还出轨了孟晓璇！

"渣男！"邱繁素咬牙切齿，"他还真是无耻！"

孟晓璇不知道邱繁素为什么突然反应这么大，南月说她跟陆江申分手很久了，所以她并不知道陆江申是跟邱繁素恋爱的同时找了她。

邱繁素稳定了情绪："先不说了，你好好休息。明天我去找你吧，顺便看看你新家收拾得怎么样了。"

"家里太乱，没地方下脚呢。要不过几天，12月2日你有时间吗？"

邱繁素想了想，也好，这几天她把最近发生的事再捋一遍，免得出岔子。她说："有，那我2号去找你，你把新家地址发我一下。"

"地址我之前给过你的呀。"

"手机出了bug，丢了一些聊天记录，你再发一次吧。"

"好，那我先挂电话，这就给你发过去。"

邱繁素觉得自己真的闲的，大晚上为什么要打这个电话？为什么要知道这些！虽然她已经不爱陆江申了，可是突然得知这样的事，她内心是烦躁的。初恋喂了狗是什么感觉？就是她现在的感觉。

回2016年的第一个夜晚，怕是要失眠了。

02

这一次回到 2016 年，韩榷周适应得很快。他有家可归，有朋友可以分享秘密，天文台的实习工作对他来说更是小菜一碟，最重要的是，他有所期待。

周文博打趣他："你这是一回生二回熟啊。"

韩榷周莞尔："我很久没听你这样开过玩笑了。"

"五年后的我很古板？"

"还好吧。就是做研究太久了，话不多，不苟言笑。"

韩榷周不由得想到他自己。五年前的他也不是现在这样的，周文博说二十几岁的他热爱生活、充满朝气。他是不是也跟周文博一样，做研究久了，顺理成章把科研当成了生命中最重要的事，从而忽略了身边的人？

眼看中饭时间就要到了，韩榷周提议出去吃。单位食堂伙食虽然不错，但可选择的不多。周文博今天不忙，欣然同意，还主动给韩榷周推荐了附近不错的餐厅。

韩榷周感觉，跟年轻版的周文博相处似乎更自在。他们边吃饭边闲聊，话题很宽泛，不论他聊到什么，周文博都能接住。他恍惚中像是回到了在英国留学的日子，相隔五年而已，对他来说却像是非常久远的记忆了。

他又忍不住反省，和五年前的韩榷周相处，南月应该也会觉得更自在吧？

周文博没看出韩榷周在开小差，问他："这家餐厅合你胃口吗？"

"挺好的。"

"那以后我们可以常过来，离天文台也不远。"

"我在这里应该待不长。"

"差点忘了这一出。"周文博笑笑,"我把你当成他了,毕竟你们是同一个人。"

"可惜五年后这家餐厅不在了。"

"没关系,好餐厅有很多。如果五年后的我太古板了,你得多带他出去走走,让他别老闷在办公室。宇宙是无穷尽的,我们这一生都研究不完。"

这句话……韩榷周觉着耳熟。南月好像也这样对他说过,宇宙是无穷尽的,一生都研究不完,但自己的生活还是得继续。

"我会的。"他说。

闲聊之际,韩榷周看见了熟人——贺峥和一位戴眼镜的中年男人从包间走出来,两人正在告别,像是刚谈完事。

在这里见到贺峥,韩榷周有种特殊的亲切感。等贺峥送走中年男人,他主动上去打招呼。

"韩博士,你也来这边吃饭呢。"贺峥记得韩榷周,他们有过几面之缘,上一次见面是在垟曲古镇。

"我上班的地方就在附近。"韩榷周介绍周文博,"这位是我师哥,也在天文台工作。"

周文博跟贺峥互相寒暄了一番。他之前就从韩榷周口中听过一些贺峥的事,对他并不陌生。

贺峥提议:"要不我们去对面咖啡馆坐下聊?"

韩榷周同意:"好啊。"

"我下午有个会,得先回去准备。"周文博向他们道别,"你们聊吧,下次有机会我请二位。"

"行,下次见。"

目送周文博离开，贺峥开玩笑对韩榷周说了句："你师哥看我的眼神，像是之前就认识我。"

"可能是贺总比较面善吧。"

"倒是很少有人这样说我。"

"哦？大家一般都是怎么评价你的？"

"严厉、严格、不近人情？"贺峥自嘲。他对自己的认知很到位，在管理公司上，他确实要求很高，不乏员工背后吐槽他冷酷无情。

韩榷周回想，好像罗遇心提过，是有这么回事。

这一次跨时空跟贺峥相见，韩榷周有种无法言说的宿命感。在不久前的2021年，因罗遇心的缘故，他跟贺峥其实已经很熟了。但在这个时空，贺峥上一次见到的并不是他，而是2016年的韩榷周。就像莫比乌斯环的不同面，说不清哪一面在先，哪一面在后。

"我听罗遇心说，你和邱繁素是情侣关系？"

"准确说，是未婚夫妻。"

贺峥略诧异："你们感情进展这么快？"他记得在垟曲见他们的时候，他们看上去并没有很亲密。

"见笑了。在对的时间遇见了对的人，顺理成章。"

"这种感情令人很羡慕。"

"贺总最近跟罗遇心联系多吗？"

"微信有聊过，她在横店拍戏，比较忙。"

服务员给他们端上了咖啡。

一位穿着套装裙的女生从服务员身后走来，经过他们这一桌，往前走了几步又折回来。她对着贺峥看了好几眼，有些小兴奋："是贺峥吧？"

贺峥扭头，盯着女生看了会儿，也认出了她："佟笑蕊？"

"真是你啊！"

"你怎么在这儿？什么时候回国的？"

"刚回来。真有缘啊，喝个下午茶还能遇见你！"

两人像他乡遇故知一般，气氛很好，以至于韩榷周觉得自己有些多余。

后来，据邱繁素回忆，韩榷周是这样向她描述佟笑蕊的。

佟笑蕊很漂亮，高高瘦瘦，一看就是有良好家教的女孩。贺峥和佟笑蕊从小就认识，两家是世交。佟笑蕊比贺峥大一岁，贺峥说他从小就很欣赏这个漂亮的小姐姐。由于佟家生意主要在海外，初三那年佟笑蕊就去了国外上学，自那以后两人没再见过面，偶尔用邮件联系。

佟笑蕊本硕修的都是金融管理，对公司经营和商业拓展有着非常独到的见解，尤其是她这些年一直帮家里打理生意，有丰富的实战经验。贺峥一跟她聊天，就像眼高于顶的人遇见了旗鼓相当的对手，眼睛里有光。

只不过有一点韩榷周可以肯定，这俩人之间不像是感情上能擦出火花的关系。他和周文博之间的惺惺相惜，和这两人如出一辙。是的，是在事业上的惺惺相惜。

这也是为什么一开始邱繁素和韩榷周都觉得，贺峥和佟笑蕊之间不会发生什么。

一杯咖啡见底，韩榷周提出要先去上班了。佟笑蕊对韩榷周很感兴趣，或者说是对他的职业感兴趣。她委婉提出："韩先生，我能加你个微信吗？我弟弟就是学天文物理的，他对这方面充满热情，希望有机会能介绍你和他认识。"

"当然可以。"

"改天我能约你吃饭吗?"

韩榷周犹豫了一下。他在这个时空待不了多久,有些事他无法替2016年的自己承诺。

佟笑蕊是聪明人,只这么几秒钟的犹豫,她马上理解对方的不便,笑着说:"没关系,来日方长。等你有空我们微信联系。"

韩榷周笑着点点头。他对佟笑蕊印象很好,她确实很聪明。

韩榷周离开后,贺峥和佟笑蕊谈了许久。末了,贺峥问佟笑蕊:"你对韩榷周有意思?"

佟笑蕊大方承认:"他这样的人,很少有女生会对他没意思吧?"

"他有未婚妻。"

佟笑蕊错愕:"他未婚妻是个什么样的人?"

"很特别的一个人。"贺峥仔细回忆他印象中的南月,"漂亮、有能力、有见识、行事果决。"

这样的描述,佟笑蕊有种莫名的熟悉。

贺峥又说:"好像跟你有点像。你们是同一类人。"

"哦,那真是可惜了。"佟笑蕊想,既然他喜欢她这一类,她要是早点遇见他就好了。

"你呢?你喜欢什么样的人?"

贺峥脑子里浮现出罗遇心的脸,嘴角上扬。他还没开始描述,佟笑蕊就说:"看来已经有喜欢的人了。"

"算是吧。"

"喜欢就是喜欢,什么叫算是?"

"我对她还不是很了解,也不知道她对我是什么感觉。"

"很少有人会不喜欢你吧?"

贺峥失笑,说:"眼前不就有一位?"

佟笑蕊跟着笑:"那不一样。"

"有什么不一样?"

"说来话长,下次再说吧。给你一个真诚的建议,喜欢一个人就早点说出来,不要等错过了再后悔。"

贺峥脸上有了愁容。他给佟笑蕊说了家里安排他和姚星之相亲的事。佟笑蕊忍不住笑了,她认识姚星之很久了。她虽然不知道贺峥喜欢的是什么样的人,但绝对不会是姚星之这样骄纵的大小姐。

贺峥说:"我爸希望我找一个能对家中事业有帮助的人。"

"你喜欢的那个人不是?"

"嗯。"这一点贺峥早就想过。罗遇心只是一个普通的女孩,她自然不是他父母心目中理想的妻子人选。

"所以你才不敢向她表达爱意,你没做好准备,更怕你爸妈反对,并因此伤害到她。"

贺峥不得不承认,佟笑蕊实在太聪明了。他什么都没说,她却一语道破。

"看来你都懂。那你觉得,这种情况下我应该怎么做?"

"有两个解决办法。"佟笑蕊说,"一是你努力做出实绩,等你羽翼丰满,强大到不需要借助任何人来为自己添砖加瓦,你爸妈就不会提这样的要求了。"

"二呢?"

"二是跟她做个约定,你们一起为将来努力。等她什么时候变得足够优秀,优秀到你爸妈说不出反驳的话来,他们还会干涉吗?"

贺峥露出笑意:"听君一席话,醍醐灌顶。不过我很好奇,你对婚姻的这些见地是从哪里来的?"

"你以为我会无缘无故琢磨这些?"

贺峥懂了，佟笑蕊父母对她的婚姻也是这样要求的。

"我们这样的家庭很难婚姻自主，不然你以为我为什么这么拼？"佟笑蕊苦笑，"如果我能多扛一些，将来我在婚姻选择上的话语权就会大一些。"

"你说的这些话我会好好考虑的，谢谢你，笑蕊。"

"没什么谢不谢的，我们是一样的人，该互相帮助才是。"佟笑蕊看了眼手表，"我要去见个合作方，先走了。改天去你家拜访叔叔阿姨。"

"好，回见。一定来啊。"

03

2号这天一大早，邱繁素被手机铃声吵醒了。她看是个陌生号码，想都没想就按掉了，翻身继续睡。可对方不厌其烦打了三四次，最终她受不了接起电话，语气不善："你好，哪位？"

"是我。"

陆江申的声音？

邱繁素顿时睡意全无，嫌恶的情绪一股脑儿全上来了："你还有脸给我打电话呢？脚踏三条船爽吗？池塘里的鱼全都飞了，你有这时间跟我掰扯，还不如赶紧物色物色新的去。"

陆江申愣住，邱繁素的反应有点出乎他的意料。先前她虽说对他有意见，但不至于在电话里冲他发火。他只能想到，他那天不请自来的行为激怒了她。他态度诚恳："抱歉，打电话就是想为前几天的事跟你道个歉，希望没给你造成困扰。"

他和南月前几天见过面？这下换邱繁素愣了，她还以为陆江申在垾曲。可她又不能直接问，怕露馅儿。她不知道的是，陆江申原计划见完南月就回垾曲，可他没有从南月身上找到他想要的答案，就这么离开了，他不甘心。

"那本笔记毕竟是你们的东西，还是还给你吧，我留着也没什么用。"何况他已经看过，还拍照留存了。

听他提到笔记本，邱繁素想起韩榷周在2021年跟她提过，2016年的他有一本记录重要信息的笔记本遗失了。难道就是陆江申说的这本？如果是，那难怪他们找不到——笔记本遗失在了2016年，被陆江申捡到了。

见邱繁素迟疑，陆江申提醒："繁素？如果……"

"行，我要。你哪天有时间帮我送过来吧。"

陆江申又是一愣。他原本想说如果她想要，他可以寄给她。她刚才的意思是让他直接送过去？那再好不过，"南月"想见他，无论出于什么目的他都应该见她一次。

"好，我随时有空，看你时间。"

今天上午她约了孟晓璇。她说："就今天下午3点，在我家附近的大也咖啡馆见。找不到你就在网上搜一下，网红店，很好找。"

"好，下午见。"

邱繁素对陆江申态度表示疑惑。他们分手的时候撕成那样，她还动手了，以陆江申的性格，居然能耐得住性子跟她说这些？她刚才的态度貌似不怎么好。还是说，是因为南月？

她马上给韩榷周发微信：你要找的笔记本在陆江申那儿。

韩榷周正在洗漱，看到邱繁素的消息，心一下子沉了几分。陆江申在2016年捡到了"他"的笔记本，八成翻开看过了。按照他对自己的了解，笔记本中必定记录了关键信息。

那么，陆江申是不是在2016年就已经怀疑南月的身份了？

他斟酌许久，半小时后才给邱繁素发了一条语音：我们经历时空穿梭的事，可能瞒不住了。

不过邱繁素洗澡去了，没看到这条消息。

孟晓璇乔迁新居，邱繁素想，她这个学姐怎么也得表示一下，何况她们还同病相怜过。

孟晓璇的新家离她家很近，步行也就七八分钟。恰好她家楼下就是个花店，邱繁素去花店包了一大束花，她对自己挑的这个粉紫色花束很满意。

孟晓璇不知道邱繁素会这么早到，她正热火朝天收拾各个柜子，大冬天的额头还沁出了汗。打开门，她第一眼就看见邱繁素手里的花，嘴角不自觉地扬起。

"搬家快乐。"邱繁素说，"还有，分手快乐。"

孟晓璇接过花，很开心："人来就行了，怎么还买花啊！我家里乱，都没有个像样的花瓶。"

"想让你开心啊。"

"这阵子有你开解我，我心情好多了。没骗你。"

"说到这个，陆江申今天上午给我打电话了。"

"他找你做什么？不会是因为上次那事吧？"

"几句话说不清，等我跟他见了面，我再详细跟你说吧。最近我想了很多，有些事可能我们之前就聊过，但我还是想再听你说说细节。"

邱繁素旁敲侧击从孟晓璇这里收集信息。她可是想了一晚上借口，编剧嘛，干别的不行，编理由她可是很有一套的。一来二去，她很快就知道了事情的全部经过。

所以说,陆江申不仅出轨叠出轨,还把孟晓璇骗得团团转!更尴尬的是,南月还跟孟晓璇一起撞见了他的大型出轨现场。

邱繁素心一下子沉了下去。她不是南月,她和陆江申分手才一个多月,她自问无法理智看待这种事。对于真心爱过的人,她不求他能百分百回报真心,但也没想过她的真心会被弃如敝屣,也许闲暇时他还会踹上几脚。

她爱他的时候,她以为自己很幸福,他们的爱情绝对称得上浪漫。可是上帝对她说了声抱歉,他的爱情同时分成了好几份,分洒在世界的各个角落。

可笑吗?

邱繁素的表情越来越难看。

孟晓璇也好不了多少,原先南月并没有提过陆江申脚踏三条船这一出。

"上次你说你和跟陆江申分手很久了,我真的以为……"孟晓璇咬着嘴唇,"你是怕我难受,故意这样说安慰我的吧。"

邱繁素也发现了这个漏洞,她不知道南月没提过,既然她说漏嘴了,只好承认:"反正都过去了。有些事实知道总比一直被蒙在鼓里好,尽快忘了他吧。我做得到,相信你也可以的。"

孟晓璇点点头。

两个人干坐着,消化了很久,好不容易才平复下来。

"有水吗?聊了这么久,口渴了。"

"你等一下。"孟晓璇起身去厨房。

邱繁素朝四周看了看,这是一套小两居,孟晓璇东西不多,看起来还算整洁。她心想,她们住得近,以后一定要多来往,培养培养感情。这可是她未来的嫂子！陆江申是过去式，她们的未来比现在幸福多了，不能再为不值得的人浪费时间。等她拿回笔记本，她得马上拉黑陆江申，老死不相往来。

正想着，门铃响了。邱繁素以为是快递之类的，帮忙开了门，谁知出现在门口的是她哥。

"南启明？"邱繁素心情一下子变好了，笑得不怀好意，"哟，好巧哦。"

南启明有一刹那的窘迫，不过他向来是个喜怒不形于色的人，甚至没让邱繁素从他眼中看到尴尬。他回答得理所当然："我过来看看有什么能帮忙的。"

"能帮的多了去了，你看这屋里东西那么乱，赶紧动手，别光说啊。"

南启明瞥了邱繁素一眼。他这个表妹跟他从小拌嘴到大，他早就习惯了。

孟晓璇拿了两瓶水出来，看见南启明，错愕的表情停滞了几秒。前几天她从酒店搬行李过来，南启明主动开车送她，还说过几天来帮她收拾大件家具。没想到他还真来了，还被邱繁素撞见……

"我下午约了人，先回家吃饭了，你们聊。"邱繁素很识时务。这种时候，当然是把舞台留给他们。

下午，大也咖啡馆。

陆江申提前了十五分钟到这儿。他要了杯美式，一边等邱繁素一边思考怎么套出她的实话。他想了很久，还是相信自己的判断，这个"邱繁素"是来自五年后的南月。

3点整，邱繁素准时抵达咖啡馆。陆江申看见她进门，冲她微笑，挥了挥手。

换作是从前,看见他这样的笑容她一定会很开心,可此刻她心里只有屈辱和愤恨。他毫无负担践踏她对爱情的一腔幻想,她饮恨他却甘之如饴。凭什么?

回想起孟晓璇说的那些,邱繁素根本没法冷静,她脑中闪过了陆江申搂着那个性感女人亲吻的画面。南月能做到波澜不惊是因为她快二十八岁了,她足够理智,但她邱繁素不行,二十岁出头的她不就该恣意又任性的吗!

走到陆江申跟前,邱繁素什么都没说,抬手就是一耳光。

陆江申惊住,忘记做反应。咖啡馆的人听到动静,全都朝这边看过来。

邱繁素打完才清醒,怪自己冲动了,但她并不后悔。她在陆江申之前开口:"上次的两巴掌是为我自己,这一巴掌是为孟晓璇。"

陆江申以为孟晓璇想不开,出什么事了,问:"晓璇怎么了?"

"她好得很,跟你分手马上有帅哥追她,不需要你为她操心。"

"既然她没事,你打我做什么?"陆江申这才想起生气。他觉得屈辱,大庭广众之下被前女友打了,而且是第二次。他站了起来,语气不善:"你说你早就放下了,让我也放下。可你这样子像是放下了?"

"放不放下都不妨碍我想替晓璇打你这一巴掌。陆江申你有想过吗,你这种行为算什么?你又当我们是什么?大家校友一场,本来不该闹成这样的,是你没给自己留体面。"

邱繁素这样的反应,陆江申越想越觉得不对劲,明明前几次见面她不是这样的。对于他们的过往,她一直表现出不屑,甚至连提都不想提,可是现在……

他明白了,只有一个解释:"你不是南月,你是邱繁素?"

"我是邱繁素,也是南月。只是我不想再伪装情绪了,太累了。而且对你这样的人,根本没必要。"

陆江申一时分辨不出她这句话的真假。

邱繁素看见桌上的笔记本,藏青色的封皮,应该是韩榷周要找的那本。她拿了过来:"笔记本我拿走了,谢谢你愿意物归原主。以后如果没什么事,我们还是不要再见面了。对你,对我,都是好事。"

这次不愉快的见面以邱繁素提前离开而草草收场,陆江申什么都没问出来,难免沮丧。他跟邱繁素朝夕相处过半年,对她的一举一动都很了解。这一个邱繁素是不是南月他不敢下结论,但上一次他见到的人绝对不是邱繁素。

陆江申坐在原处一动未动,他脑子里有千头万绪,完全理不清。但他知道,就像卷毛线球一样,只要找到那个线头,一切问题都会迎刃而解。

04

邱繁素前脚刚离开咖啡馆,角落那桌背对着他们的一个穿风衣的男人随后跟了出去。

大概走出百米的距离,邱繁素才停下脚步。她转身,看到了尾随而来的韩榷周。

"刚才冲动了。"韩榷周无奈,"还好他没为难你。"

"没冲动。我知道你的意思,要冷静,凡事三思而行。可是一见到他我就想起孟晓璇说的那些事,我没法做到理智对待。在成为南月之前,邱繁素就是这样的性格,这是改变不了的。再说了,真要发生什么，不是还有你嘛。"

韩榷周接受她的说法。她在局中，他在局外。他从他的角度要求她要理智，确实有些站着说话不腰疼。

四个小时前，韩榷周迟迟没收到邱繁素的消息，猜她应该是没听到他的留言，他又给她打了个电话。彼时，邱繁素刚从孟晓璇家出来。

对于韩榷周电话里说的那些，邱繁素毫不意外。假使2016年的韩榷周真的在笔记本上记录了时空穿梭的事，陆江申参破秘密是迟早的。

她对韩榷周说了她和陆江申下午见面的事，韩榷周只对她提了一个要求，凡事三思而后行。

邱繁素认为，要不是因为她时刻牢记韩榷周这句话，她可能不止扇陆江申一个耳光那么简单。她说："我在他面前应该没有暴露什么。打他就打他，还需要分五年前的我还是五年后的我？"

韩榷周不这么认为。他比邱繁素更了解南月，尽管她们是同一个人，但在南月眼中，千帆过尽后，陆江申就像是江底的沉舟，除非一同沉江的还有巨额宝藏，不然她连眼皮都懒得动一下。

"我车停在附近，上车说吧。"

"不去我家聊？都到家门口了。"

"你爸妈在家，有些事我们还是得避着点旁人。你忘了蝴蝶效应为2021年带去了什么改变吗？"

一回忆，邱繁素起一身鸡皮疙瘩，连忙附和："你说得对，去你车上好。"

韩榷周把车开到了江边，四周空旷，连行人都很少。

邱繁素从包里掏出笔记本："我还没来得及看，没做好心理准备。你先看看里面写了什么，看完告诉我。"

经历了两次时空旅行之后，韩榷周大致能猜到这本笔记中写了什么。他一页一页翻看过去，神色了然。直到翻开关于陆江申的那一页，他眼神有了变化。

邱繁素迅速捕捉到了这一变化："怎么了？是有什么意外？"

"嗯。"

韩榷周把陆江申梦中的经历说了一遍。

"怪不得呢，因为亲身经历过，所以更加笃定人是可以跨越时间的。刚才在咖啡馆他就说我不是南月，是邱繁素。他前几天见过南月，最近应该净琢磨这事了。我猜，南月十有八九是用为剧本取材搪塞他的。"

"如果他没有梦中那段经历，南月的借口是无懈可击的。但现在，事情恐怕没那么简单了。"

"那我们应该怎么办？"

"以不变应万变，等他先出牌。"

邱繁素想了想："2016年的陆江申什么都做不了，2021年的陆江申却是需要提防的。陨石在2021年，万一他想做点什么……"

"不会有这个万一，没人带领他，他去不了天文台。就算混进去了，我的办公室同时也是实验室，他进不去的。"而且，韩榷周实在想不出陆江申能有什么目的。

"真像你说的那样，就再好不过了。希望我是瞎担心。"

谨慎起见，韩榷周还是拿出了笔，在笔记本最新的一页写下了一行字：2016年12月2日，下午3点，邱繁素约见陆江申，取回了这本笔记，陆江申已知晓时空穿梭秘密。

"你记录这些干什么？"

"不是写给我自己看的，"韩榷周说，"是给'他们'。"

未雨绸缪，才能有备无患。被困在2016年的他帮不了别的忙，但有了这本笔记，"他们"一定可以得到他留下的提示。今时不同往日，两个时空的"他们"对时空穿梭所掌握的信息相差无几，"他们"是可以无障碍对话的。

而后，韩榷周又补充了一句：12月15日，静候佳音。

看到他写下这句，邱繁素睫毛颤了颤。15号他就要回去了啊，真快。她偷偷瞥了一眼韩榷周，就像在滑雪场那次偷看他一样。

从最初的心动到现在，不过一个月，却像是过了数年。不过她这样觉得也没错，她对他的感情确实已经跨过五年了。2021年，她第一次对他动了心；2016年，她即将迎来与他的告别。

把对他的这份感情埋在心底，这是她深思熟虑后做出的决定。他总觉得她年轻任性，不够理智，但这一次她终于是做了个理智的决定。来自2021年的他不属于她。就像初见时，她在灵觉寺对他说的那样，错乱时空下遇见的姻缘，是不会长久的。

"你在想什么？"韩榷周感觉到了邱繁素的过分安静。

"在想，接下来的日子我们该怎么度过。"她说，"还有十三天，我们就要分别了。"

"你有没有什么特别想做的事？"

特别想做的事，就想跟你在一起啊。这句话，邱繁素没有说出口。她笑了笑："你若是哪天有空，陪我去垟曲看看于媛媛吧。自从上次你告诉我她在2019年车祸去世，我心里一直挺难受的，尽管这个结局已经被改变了。但如果南月没有回到2016年呢，我是不是就永远失去这个朋友了？"

"你换个角度想想，也许五年后的你回到2016年所改变的事情，才是正确的结局。记得我提过的莫比乌斯环吧，因果本身就是个无限循环。"

"所以我很感谢未来的自己,她做了我不敢做的事。亡羊补牢,为时不晚。在你回去之前,我唯一想做的事就是我们一起去见见这个时空的于媛媛。"

韩榷周应承下来:"好,我跟师哥商量看看,需要安排一下时间。"这个时空的他刚进天文台实习,工作不太忙,但还是需要合理请假的。

"不会耽误你工作吧?"

"放心。"

"嗯,我等你消息,现在先送我回家吧。"她忽然很想看看她的爸爸妈妈,最近一直躲着他们,她心里挺过意不去。

邱繁素回到家,南珂正坐在沙发上看电视,邱培源没在。

"我爸呢?他怎么老不在家。"

"还说你爸呢,你最近不也老往外跑嘛。你爸去刘叔家下棋了,他就那么点爱好。"

"我往外跑不是想找工作嘛,我也没闲着。"邱繁素随口瞎掰。她可不敢说,她是想躲着他们,最近抱着电脑在咖啡馆写剧本。

"算你有心,没想在家啃老。多出去跑跑也好,找个适合自己的工作。"

"那是,听老妈的。"

一集电视剧演完,南珂拿起遥控器换台。当电视画面停在一档科学节目时,邱繁素急忙叫停。

这是一个讲虫洞的宇宙探索纪录片。虫洞理论很多年前就被科学家提出来过,很多人认为,虫洞的功能相当于时空隧道。

邱繁素看得入神。

南珂打趣她:"你什么时候这么热爱科学了?这可不像你。"

邱繁素答非所问："妈，你相信人类可以跨越时空吗？"

"科学家说可以，我就信。"

"你未来女婿就是研究天文物理的，以后让他跟你说。"

"那可以。我未来女婿如果这样说，我就信。"

邱繁素摇头叹气。她这个妈五年间没啥变化，2021年的她也是凡事先想到准女婿。

"女儿啊，我怎么觉得你最近不太对劲？一会儿一个样，脑子里装的东西也千奇百怪的。"

邱繁素指着电视说："我相信人类可以跨越时空。妈，如果哪天你发现我突然变得不一样了，不要惊讶，那不是克隆人，也不是高级骗术，可能是未来的我回来看你了。"

"净胡说八道。"南珂笑笑，去拿茶几上的水果吃。

邱繁素在心里说，是真的啊，妈妈，未来的我已经回来看过你了，而且我也去见了未来的你呢。

母女俩坐了一会儿，邱培源拎了一网兜有机玉米回来了，对南珂说是老刘的儿媳妇刚从老家带回来的，营养又美味。老两口说说笑笑，开始商量晚上做什么吃的。

邱繁素本想帮着去洗菜，罗遇心的电话来了。她回到这个时空之前，罗遇心就已经进组拍戏了。最近她们联系比较频繁，罗遇心很喜欢这部剧，戏份不多但角色很好，制片人姐姐也很照顾她。

"今天这么早就拍完了？"

"嗯，剧组的菜太难吃了，我今天心情不错，刚给自己点了个大餐！"

"什么大餐？"

"加双份虾仁和鸡肉碎的沙拉！"

邱繁素无语。演员不是谁都能当的，让她像罗遇心这么克制饮食，她得抑郁。她对罗遇心说："你这么努力，以后肯定会成为大明星的。"

"这句话你上次就说过。"

哦，应该是南月说过。

"好好拍戏，遇见不错的人可以恋爱，但是别为了爱情放弃事业。"

"这句话你上次也说过。"

"……"

"你怎么了繁素？"罗遇心生疑，"我怎么觉得你不太对劲啊。"

"你放心，我没事。就是想跟你说说心里话。"

邱繁素不知道该不该跟罗遇心说佟笑蕊的事，似乎是件小事，特地拿出来说好像有点小题大做。而且罗遇心跟她不一样，她在2021年的时空见证过罗遇心和贺峥热恋的全过程，可是在罗遇心的心里，她跟贺峥的感情或许才刚萌芽。

"好吧，谁让你是我好姐妹呢。你还有什么要叮嘱的，你说，我听着。"

邱繁素脱口而出："贺峥人不错。"

罗遇心拿手机的手轻颤了一下，脑中闪过她跟贺峥看过的那场日出。自那日分别，她跟贺峥没有再见过面，偶尔会在微信上聊几句，还有就是昨天贺峥给她的朋友圈点了个赞。

"你跟贺峥联系多吗？"

罗遇心嘴硬："就那样吧，普通朋友。上次拍杂志他只是举手之劳，我都没多想，你也别多想了。"

"跟我你还嘴硬呢？我还不了解你！"

"行吧，我承认，我对贺峥是有好感。但这种好感能不能持续、能持续多久，说不准的。"

"我跟韩榷周对他印象都挺好。如果将来哪一天他追求你,你可以考虑,只要不影响事业。"

罗遇心像是听了个笑话:"你说什么呢繁素,太看得起我了,哪里轮得到我来考虑他啊!人家是富二代,大集团继承人,我只是小演员。"

"我的姐们儿可不能妄自菲薄,你肯定会大放异彩的。"邱繁素说,"既然喜欢他,那就努力跟他顶峰相见。"

"那万一顶峰见不着呢?"

"呃……"这个问题把邱繁素问住了,她随口道,"真要见不着的话,反正你也在顶峰了,那就拉倒吧。"

05

大学时期,邱繁素是出了名的烂桃花收割机,经常有些不靠谱的男的围着她转,被拒数次仍不死心的有之,明明有女朋友却暗送秋波的也有之。为此邱繁素一度苦恼,她在罗遇心的劝说下去算了一卦。大师说,她必须得狠狠受伤一次才能遇到正缘。

这种没头没尾的话,邱繁素是万万不会信的。

罗遇心觉得实在不行就用魔法打败魔法,于是她网购了一个据说可以挡烂桃花吸正桃花的吊坠送邱繁素。过了没多久,邱繁素遇见了陆江申。分手后邱繁素没少埋汰罗遇心,说她有点子反玄学在身上。

罗遇心在桃花方面跟邱繁素正好相反,她长得很好看,异性缘却烂得可以。当时陪邱繁素去找大师算,罗遇心也跟着算了一卦。大师说她的姻缘线波动得厉害,会反复得到又反复失去。至今,罗遇心都觉得那简直就是胡说八道！

想到这些奇奇怪怪的过往，邱繁素忽然意识到，没准真的被人家说中了。她可不就是狠狠受了伤之后马上就遇见了韩榷周吗？罗遇心可不就是反复得到之后又反复失去吗？

她之所以会想起这些，是因为昨晚韩榷周给她发了佟笑蕊朋友圈的截图。佟笑蕊昨天去了贺峥家拜访，她发了条朋友圈，配图是她跟贺峥一家人的合影。邱繁素把照片放大看，第一感觉是，佟笑蕊果然长得很好看，和罗遇心不是同一种好看；第二感觉是，贺峥的妈妈一定很欣赏佟笑蕊，拍照都是挽着手的。

韩榷周说："如果不是我跟贺峥去了那家咖啡馆，他就不会偶遇佟笑蕊，也不会有这些后续。"

"你是觉得这些细节的改变会影响未来？"

"是。"

"可你不是说，贺峥和佟笑蕊的气场不像是会发生感情牵扯的吗？"

"太多偶然串在一起，总归不是什么好事。"

邱繁素深以为然。从昨晚到现在，她心里一直毛毛的，总感觉哪里不对。她思考了一番，觉得有必要见见贺峥，侧面了解一下事情发展到什么地步了。

不过在邱繁素联系贺峥之前，罗遇心先发来消息，说贺峥昨天给她打电话了。

"没说什么特别的话，正常问候，但他的态度挺殷切的。还说等空了来探我班。"罗遇心如是说。

邱繁素回复："那是好事啊，说明人家贺总心里惦记你，不然无缘无故给你打电话干吗？他怎么不给我打？"

罗遇心："你一有未婚夫的人，还想别人怎么惦记你？"

邱繁素："我不是这个意思！"

邱繁素无语，她明明是在说正事，罗遇心却没个正经样。

没等到罗遇心回消息，手机铃声响了，邱繁素理所当然以为是罗遇心打来的，可一看屏幕，惊了。

邱繁素："哇哦，本世纪最忙的南启明医生怎么有空给我打电话？"

南启明对她这语气习以为常了，开门见山："晚上一起吃个饭？我请你。"

"你不用上班的吗？"

"今天周末。"

"你竟然有周末？"

"我已经约了韩榷周了，你们一起来吧。有事想问你。"

"什么事？哦，关于孟晓璇吧？你准备追她对吧。"

"你……怎么看出来的？"

邱繁素很得意，心想我不仅看出来了，我还知道你们过两年就会结婚，再过两年会生个女儿呢！她轻笑："你那点心思我一眼就能看出来。"

"你到底来不来？"

"去去去。"邱繁素乐了，她又好奇地问，"哥，我有个疑问。你跟孟晓璇才见过几次，怎么突然喜欢上人家了？"

"不知道。"

"你都不想想，就说不知道？"

"想过了，但我确实不知道。那晚你让我送她回去，路上她一直在哭，我看了她几眼，觉得应该就是她吧。"

邱繁素明白了。南启明这话的意思是，孟晓璇合他眼缘，一看就是对的人。她说："那你得感谢我，给你一个遇见真命天女的机会。"

"别胡说八道了。看看想吃什么，餐厅你定，时间地点发我就行。晚上见。"南启明不想在电话里讲废话，说完这句就挂了。

邱繁素心里默默吐槽，我都没挂你竟然先挂，哪里像是求人办事的态度。不过她一点都不意外，因为这很南启明！

她在网上搜起美食推荐，蓦地，她想起原本她是想联系贺峥的，被罗遇心和南启明一打断，她差点忘了这事。

干脆约在云都酒店？

邱繁素给贺峥发了条消息，说她和韩榷周晚上要去云都酒店吃饭，有空可以见个面。

贺峥很快回复："我晚上也在那边有个家庭宴请。到时候联系。"

真是天助我也，邱繁素心想。

傍晚，韩榷周开车来接邱繁素。邱繁素提出，接上孟晓璇一起。

韩榷周没摸清邱繁素出的什么牌，问她："南启明请我们吃饭，无非是想侧面跟你打听孟晓璇的喜好。你就这么直接把孟晓璇带过去，会不会不妥？"

"你还不够了解我哥，他母胎单身那么多年不是没有原因的。他根本不会追女孩，我告诉他再多孟晓璇的喜好都没用。前面拐过去，孟晓璇家就在那儿。"

在邱繁素的指导下，韩榷周把车拐进了小区楼底。邱繁素继续说："按照我的经验，最有效的办法就是把我哥的想法告诉孟晓璇。她要是觉得南启明人还行，这事就能成。她要是内心排斥，那我就早点跟南启明说清楚，省得他折腾。不过能不能成，我们早就知道答案了不是？"

在2021年，韩榷周就从邱繁素口中得知了南启明和孟晓璇女儿满月的事。他们先一步窥见了这件事的果，自然不会对"因"有所疑虑。在时空中来回两次，因果早已不分先后。韩榷周甚至有个荒谬的猜想，事情发展的方向原本是错误的，因为他和南月的时空旅行，一切才回到了正确的轨迹。

孟晓璇接到邱繁素的电话，很快下楼了。邱繁素发现她精心化了妆，自从和陆江申分手，她情绪低落，几乎没怎么收拾过自己。既然她肯调整自己的状态，陆江申那篇应该是翻过去了。

"怎么突然想到请我吃饭了？"孟晓璇心情不错。邱繁素注意到，她还涂了个指甲。

"不是我请你吃饭，是我哥。"

"南医生？"

"你没发现我哥对你有意思吗？"邱繁素开门见山，"他今天请我和韩榷周吃饭，其实就是想跟我打听你的喜好，我猜他想追你来着。但我哥这人吧，你应该有一定了解，无敌钢铁直男一枚，让他开口太难了，还是由我这个妹妹代劳吧。"

孟晓璇脸一红。女孩子心思敏感，南启明对她明显不太一样，她多少能猜到些。可邱繁素这么直截了当说出来，她是万万没想到的，而且还当着韩榷周的面。

"晓璇，意思你应该都懂，剩下的事你们自由发展，我就不管了啊。"

孟晓璇脸更红了。她没法在这时候坦白，她对南启明也有好感。如今邱繁素点破一切，她那点隐晦的心思怕是也藏不住了。她点头："我知道。繁素，谢谢你总是为我着想。"

邱繁素拍了拍她的手背，没再往下说。有些话，点到为止。

车很快驶入主干道,邱繁素看向韩榷周。这一看,她就出了神。如果不是韩榷周来到这一年,就没有后来的这一切。那么,在原先的2021年,孟晓璇的生活是怎样的?她和陆江申是什么时候分开的?

这些问题困扰了邱繁素一路,以至于到了云都酒店,见到南启明,她更困惑了。如果南启明没有遇见孟晓璇,他会找个什么样的人结婚?该不会真的被她说中,要孤独终老吧……

邱繁素事先没有告诉南启明,她把孟晓璇也带来了。倒不是想给南启明一个惊喜,而是忘了。所以南启明看到他们仨一起出现,诧异了几秒。

"哥,你工资应该挺高,今晚我们就挑贵的点了啊。"邱繁素翻开菜单,推到韩榷周面前,"我哥请客,给他点面子,我们使劲点。"

南启明看了邱繁素一眼,对她的调侃习以为常。他回头看孟晓璇时,眼神立刻温柔了三分:"我问服务员再要一份菜单,你也看看。"

"我都可以,晚上吃得少。"

趁着点菜上菜的空当,邱繁素给南启明发了条微信:我已经向孟晓璇转达了你对她的想法,你不用避讳了。

然后她又给贺峥发了消息:你到了吗,我们在餐厅吃上饭了。

不过,贺峥和南启明都没回复。她看见南启明低头看手机了,八成已经看到她的消息。她在桌子底下踹了踹南启明,想让他给点反应。

几秒钟后,手机微信弹出了一条消息。

孟晓璇:繁素,你踢的是我。

邱繁素:……

好想找个洞把自己埋了。

这一切韩榷周都看在眼里,他嘴角上扬,旁观了一场好戏。他拍了拍邱繁素的后脑勺:"你们先聊,我去趟洗手间。"

韩榷周经过走廊时，看见贺峥从一个包间走出来，背对着他朝洗手间走去。包间的门还没来得及关上，匆匆一瞥间，韩榷周看见了贺峥的父母和佟笑蕊，还有一对中年男女，应该是佟笑蕊的父母。

韩榷周眉头微皱，那种因他而引发连串意外的猜测又从心底冒了出来，他特地在洗手台前面等了一会儿贺峥。

贺峥一眼就看到了韩榷周。

"韩博士，我正要给邱繁素发消息呢。你们吃得怎样？"

"还行。我看见你从包间出来，家庭聚餐？"

"哦，跟佟笑蕊一家。你见过的，上次咖啡馆那个女孩。"

闲聊了会儿，韩榷周大致了解了情况。佟笑蕊一家人回国探亲，佟贺两家是旧识，便约着吃了个便饭。尴尬的是双方父母都存了撮合他们的心思，不过俩人互不来电，都有喜欢的人了。

他把这些转述给了邱繁素，邱繁素窃喜："贺峥有喜欢的人了我知道，佟笑蕊也有？那看来是我多虑了。"

"贺峥说他聚餐快结束了，一会儿过来跟你打个招呼。"

"既然知道他和佟笑蕊是怎么一回事了，他不来也没事。"反正她对贺峥又没兴趣。

"贺峥的父母看上去挺喜欢佟笑蕊。"

"儿子那么优秀，做父母的想找个理想儿媳妇也正常。上次是姚星之，这次是佟笑蕊，希望没有下一个了。"

"姚星之是？"

"贺峥爸妈给他物色的相亲对象之一，低配版佟笑蕊。"

邱繁素简述了一遍姚星之是怎么去垟曲找贺峥的，罗遇心又是怎么假扮贺峥女朋友的。当然，这些她都是听罗遇心说的，见证这一切的是南月，而不是现在的她。

两人旁若无人地聊着，完全不怕孟晓璇和南启明听到。听到也无妨，他们只是在聊贺峥的八卦，并未涉及其他。

用餐的客人逐渐离开，大厅安静了许多。邱繁素今晚听到了满意的答案，已经不再纠结贺峥家里那点事了。她跟孟晓璇聊起了大学生活，南启明跟韩榷周交流起肿瘤医学，相差十万八千里的两个话题，他们四个人聊得相当和谐。

贺峥送走佟笑蕊一家，过来跟邱繁素打了个招呼。等他再次回到包间，他父母正准备往外走，旁边还多了一个人——盛装打扮的姚星之。

"你怎么在这儿？"

姚星之笑容灿烂："我跟朋友在这儿吃饭啊，正好碰见叔叔阿姨。好巧！"

"时候不早了，吃完饭你就早点回去吧。"

贺峥怕又被拉郎配，不想跟姚星之多说，客套几句就走了。他一直不怎么喜欢姚星之，总觉得这姑娘小心思太多。

大厅另一边，韩榷周和邱繁素也结束了晚餐。

"哥，你送晓璇吧。"邱繁素安排完，问孟晓璇："可以吗？"

孟晓璇点头。

"OK，那你们路上慢点开。"

"你们也注意安全。"

邱繁素朝孟晓璇挥挥手。她今晚很开心，孟晓璇的问题解决了，贺峥的问题也解决了，在她看来，到这个份上，事情大概率不会再有意外了。

可韩榷周不这么认为，他心里总有些奇怪的预感。

"繁素，我想……"

邱繁素的手机不合时宜地响了，是康哥打来的。

康哥唉声叹气："繁素啊，你之前有没有刮过门口那辆宝蓝色的车？那车是莲花客栈赵老板的，有阵子没开了，一直停在咱们这儿呢。他刚发现后车门被蹭了一片漆，让我帮着四处问问，是不是有谁不小心……"

邱繁素想都没想："跟我可没关系啊，康哥，我又不会开车。"

"啊？你不会开车？没事了没事了，那你先忙。"

康哥挂了电话，对陆江申说："你看，我就说不可能是繁素吧，人家都说了不会开车，你还不信。"

陆江申眼神游离。邱繁素不会开车，他对这个答案一点都不意外。

第四章 记忆

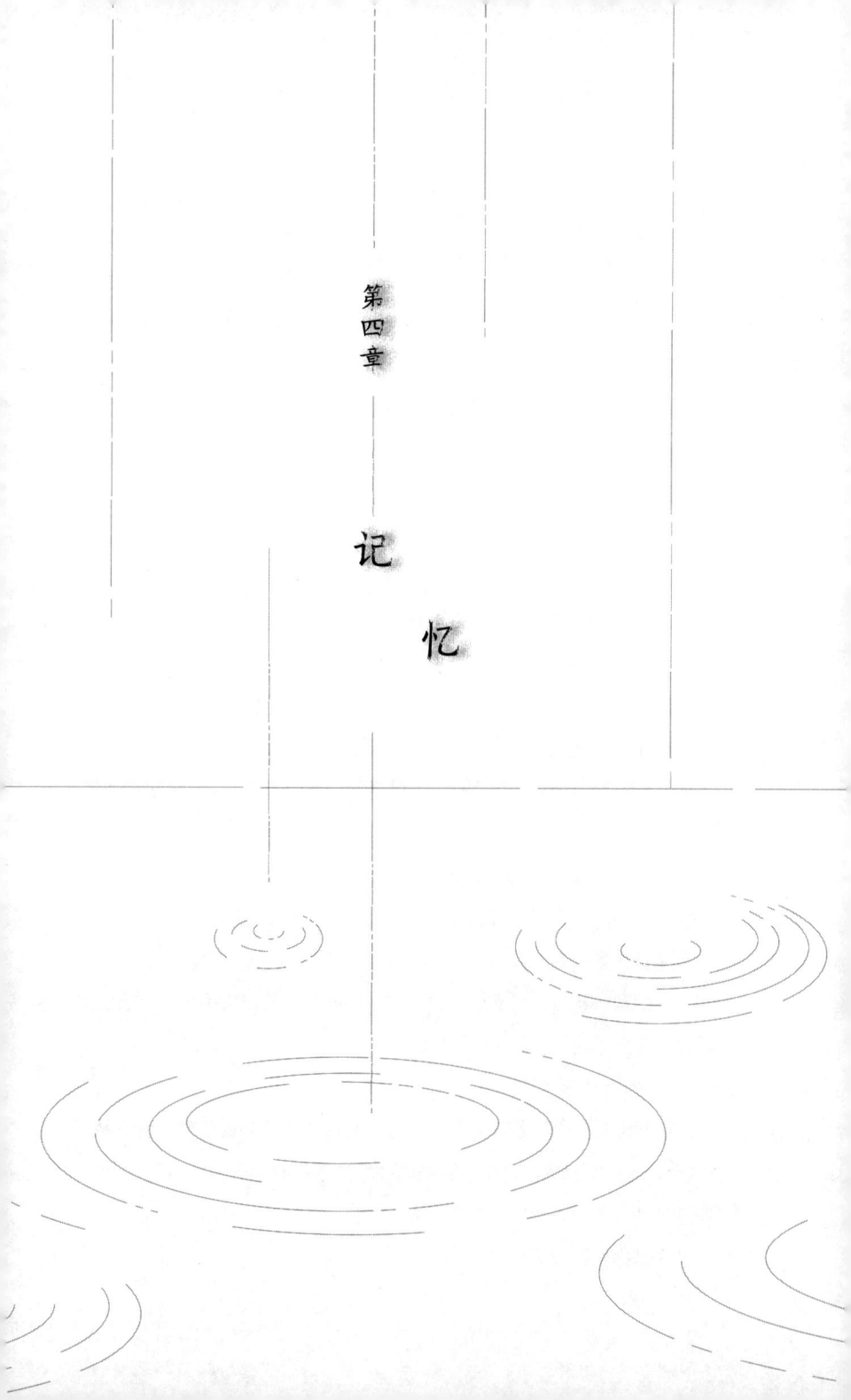

01

2021年12月5日,这是一个周末。南月难得拥有一个完整的周末,她没有给自己安排工作。

韩榷周冲了两杯蓝山,一杯给自己,一杯给南月。南月有晨起喝咖啡的习惯,他也是在认识她之后被同化的。想来也是奇妙,在英国那么久,他都没养成喝咖啡的习惯。

南月端起杯子喝了一口,问:"那本笔记本还没找到吗?"

"家里找了一圈,没有。"

"我想象不出来,笔记本如果2016年就不在陆江申手里了,会去哪儿?"南月想到了一种可能,"遗失在垟曲了?"

"有没有可能是给你了?"

南月不咸不淡地笑了声:"呵,自从知道他和孟晓璇的事,我没法对这个人有任何好感,也做不到把他往好了想。他能在2016年就把东西还我?我怎么不信呢!"

"看来你对他成见挺深。"

"那不叫成见。再说了,我对他成见越深你应该越高兴不是?"

韩榷周差点没一口咖啡喷出来。

南月的咖啡很快见底了,她把杯子往桌上一放:"我要出去一趟,今天我的车限号,你车钥匙给我。"

"你去哪儿?"

"罗遇心家。我想跟她聊聊感情问题,你就别去了。"

韩榷周从大衣兜里掏出钥匙给南月。他像是早就预料到了她这一举动。她是个心里憋不了事的人,不弄明白她睡觉都会不踏实。

半个小时后,南月出现在罗遇心家。

罗遇心刚起床,穿了一件白色真丝刺绣睡袍,脸上还贴着面膜。看见南月的表情,她揶揄了一句:"怎么着,看着脸色不太好啊,韩榷周给你气受了?"

"他能给我气受?"

"我开玩笑的。"罗遇心撕下面膜,笑盈盈道,"他才舍不得给你气受呢。我感觉你们的感情比以前好多了。"

"你记得多少以前的事?"

罗遇心走到洗手台前,一边涂脸一边说:"你们时空旅行的那些事我都记得呢。放心,我又没失忆。"

"你跟贺峥的事呢,记得多少?"

罗遇心正在涂乳液的手指停了一下,马上又继续在脸上打圈,泰然自若。

南月没指望能马上听到答案,她给自己倒了杯水,在沙发上舒舒服服坐了下来。罗遇心家的电视屏幕很大,刷剧刷电影无敌爽,正好她关注的一部古装剧昨晚上线了,她找到遥控器,调到了第一集。

罗遇心护肤完毕,慢悠悠走到南月跟前,取笑她:"我怎么觉得自从前天晚上见了贺峥和他老婆,你就像失恋了一样?"

"关心你还被你倒打一耙,那我走?"

"别别别,你特地来找我肯定有事。说吧,大胆说出来!"

"你跟贺峥当年是怎么分开的?"

"你不知道啊?"罗遇心抬了抬眼,诧异道。不过她很快明白过来,为什么南月会不知道。她也倒了杯水喝,语气随意:"就那样呗,我跟他不合适。"

南月心想几天前你可不是这样的,你们相爱得很呢,山无棱天地合也不过如此!可她又不想把这些事说出来打罗遇心的脸,既然她已经忘了,那就继续忘吧。

"心心,我在2016年见过你们的状态,记忆很深刻。"

"我知道。当年他给我打那一通电话,我也以为我跟他是有可能的。"罗遇心回忆旧识,感叹,"后来他找过我一次,对我表达过他的心意,我拒绝了。"

南月瞳孔地震。她万万没想到,竟是罗遇心拒绝了贺峥!

"什么情况?"

"你还记得我2016年拍的那部《白玉京》吗?我在《白玉京》剧组的时候,贺峥妈妈去横店找过我。"

南月充分发挥了她作为编剧的想象力:"她不会是去拆散你们的吧?拍了五百万支票在桌上,让你离开她儿子?"

罗遇心哭笑不得。

"她要是真给我五百万就好了,我一定收下,并且马上离开她儿子。"

"你跟贺峥的感情就这么不经打吗?"

"拜托啊姐们儿,我跟贺峥都没正儿八经谈过恋爱,哪来什么深刻的感情?我们只是一起在戈壁看过银河、看过日出,特殊的环境让我们对彼此有了滤镜,从而生出了好感。是,假如当初我们挣脱束缚在一起了,我们应该会很幸福。可现实就是,我们从来就没开始过。"

南月不知该怎么接话。没错,在罗遇心的记忆中,他们从来都没在一起过。

"贺峥妈妈说,她听说了一些关于我的不好的传闻,但她觉得不重要,因为她了解自己的儿子,贺峥喜欢我自然有他的理由。她说希望我也为贺峥考虑考虑,换个工作环境。"

"她希望你退圈?"

罗遇心点头:"我都不知道她从哪里听说了我的绯闻。那时候的我撑死就是个十八线,糊得妈都不认识,真有绯闻估计人家都懒得传……"

这话听着别扭,但确实是这么个道理。南月也觉得事有蹊跷,《白玉京》播出前罗遇心寂寂无名,远不到传绯闻的级别。那么,是谁向贺峥妈妈传达了那些对罗遇心不利的信息?

"然后呢,你拒绝了她?"

"当然啊。"

情况跟南月想象的不太一样。贺峥妈妈很讲道理,她说云都集团是正儿八经的企业,贺峥作为云都的继承人,他的另一半花边新闻缠身自然不是光彩的事。不过她也不是那种不开明的家长,儿子有喜欢的女孩,她是愿意成全的。前提是,结局可以两全其美。

她给了罗遇心两个选择,一是放弃演戏,去国外上两年管理学课程,回国跟贺峥一起扛起云都集团;二是跟贺峥保持距离,让这段感情止于唇齿，掩于岁月。

"我向她承认，我喜欢贺峥，但这份喜欢才刚刚萌芽，还没有到要死要活的地步，更不足以让我为之放弃理想。我热爱表演，不只是追求镁光灯下的万众瞩目，而是真心把表演当成我的事业。如果连最想做的事都做不了，就算跟贺峥在一起了，我也不会开心的。"

听到这里，南月郁闷的情绪消散了不少。回到2016年那个时空时，她最担心的不就是罗遇心被爱情冲昏头脑而放弃事业吗？贺峥的家世那么好，大多数女生跟他在一起也就不会那么拼了。何况娱乐圈水深，能不能出头是个谜。

她和韩榷周从未对2016年的罗遇心吐露过时空穿梭的秘密，罗遇心对未来一无所知，那个选择是她遵从内心而做出的。

南月抬头看了一眼罗遇心。她第一次感觉到，她可能没想象中那么了解自己的闺密。

罗遇心喝了口水，平静道："以前我还奇怪，为什么你总是对我强调，我的未来会十分美好，让我无论如何不要放弃事业。那时的我不知道，我遇见的邱繁素不是我以为的邱繁素，是从五年后回去的你。"

"可你做这个决定跟我关系不大，路是你自己选的。"南月说，"假如你听从了贺峥妈妈的安排，前天我遇见的孕妇或许就是你了。不对，你怎么知道我遇见了贺峥的老婆？"

"我在楼上都看见了。"

"那你是怎么想的？"

"还能怎么想？他结婚三年，我都见过他老婆好几次了。佟笑蕊嘛，知名白富美，炙手可热的女企业家。"

南月大概捋清楚了这事的来龙去脉。

罗遇心跟贺峥妈妈见面后，逐渐疏远贺峥。后来贺峥对罗遇心表达心意，罗遇心也婉拒了。贺峥心灰意冷，最终在家里的安排下跟佟笑蕊结婚。不过，对他们那样的家庭来说，商业联姻或许是更好的选择。

"繁素，在我的记忆里，我跟贺峥的事你是知道的。这两天我想过，为什么你会这么失态。"罗遇心神情严肃，她想明白了，"跟贺峥在一起的人，原先是我对不对？"

南月知道瞒不住她，点了点头。

"2021年的韩榷周还在2016年，所以是那一年发生了什么，导致我跟贺峥分开了？"

"我也不知道发生了什么。在上一轮的改变中，你跟贺峥虽然2016年就认识的了，但是2019年你们才确定恋爱关系。"

罗遇心不意外，但她注意到了一个细节："上一轮……改变？"

"是。上一轮改变发生前，你跟贺峥没有任何前史，2021年你们才第一次见面。是因为我回到了2016年，你跟贺峥才会在那一年相遇。这一切都因我而起。"

罗遇心盯着电视屏幕。此刻，电视剧正演到一个悲伤的场景，女主的父母被人杀死了，饰演女主的演员却显然没有进入状态，她仰着头，张大嘴巴嘶吼着，努力想表现内心痛苦，可惜半滴眼泪都没挤出来。

罗遇心被这咆哮式演技逗笑了，对南月说："这女的我认识，出道就演各种大制作，从古装到现代，十几部作品加身，演技却不进反退。"

"哦，她挺红的，最近不是一直在营销颜值吗。我见过一次本尊，不化妆也就那样。"

"长得还行吧,演技稀烂,为什么这样的演员能一直演主角?"

"这我就不知道了……"

"如果我选择了爱情,从此退圈,未来的影视剧怕是都要被这样的演员占领了。"罗遇心眼神很坚定,"我很庆幸,我坚守了本心。所以啊繁素,你不用自责,我人生的这几次改变与你无关。我也一点都不后悔当年的选择,就算重来一次,我还是会选演戏的。"

02

从罗遇心家出来后,南月没有直接回家,她去了街心公园喂鸽子。她记得魏冲说过,韩榷周初次回到2016年的时候,也坐在这里发了半天呆。

她回忆起时空穿梭发生前她跟韩榷周之间的点点滴滴。算算时间,她跟他快两个月没见了,也不知道他在那边过得怎么样。第二次回去,应该驾轻就熟,毫无压力了吧?就让他在那边再等等吧,12月15日眨眼就到了,他们会很快见面的。

她又想到了罗遇心。罗遇心对她说的那些话,她全都信。如果重来一次,她还是会选择离开贺峥。那是因为罗遇心从未拥有过这份感情。有些东西,得到后再失去才是最痛苦的。

只有她是"得到又失去"的那位,她亲眼见证了罗遇心的爱情。相识十几年,她从未见罗遇心那么爱过一个人。或许,她这辈子都无法再用这样的热忱去爱一个人了。

起风了,公园冷飕飕的。南月把围巾往上拉了拉,打了个喷嚏。以往天气转凉,南珂总喜欢给她煮姜汤喝。她现在很想喝一碗妈妈亲手煮的姜汤。

回到父母家，南月发现韩榷周在，他和邱培源在下棋，南珂在厨房边哼歌边洗水果。好一幅一家三口其乐融融的美好画面，她觉得自己有点多余。

"阿月来啦。"韩榷周抬头看了她一眼，又马上低头下棋，"吃！叔叔你可得小心了，我连吃你两子了啊。"

南珂从厨房端着一盘草莓出来，看见女儿，笑嗔了句："哟，我们的大忙人回来啦。"

南月："……"

这语气，怎么这么熟悉呢？貌似她揶揄南启明就是这个语气。哦，原来她的阴阳怪气是遗传啊。

南月问韩榷周："你怎么在这儿？"

南珂抢答："是我打电话让榷周过来吃晚饭的。"

"你怎么没叫我？我才是你亲女儿吧。"

"叫你了啊，让榷周跟你一起来。榷周说你去心心家了。"

"那你怎么不打我的电话？"南月不依不饶。

南珂一副无所谓的态度："你们住一起，打谁的电话有区别？再说了，我以前周末经常给你打电话，你哪次有空回来？"

南月认输，她说不过她妈。

"心心最近还好吗？我好久没看到她的新剧了。你都不知道最近那些剧有多难看，那些演员演得一个比一个假。唉，还是我们心心的电视剧好看。"

听到南珂这句话，南月的心又重重地颤了一颤。所以，这就是罗遇心坚守本心的原因吧，她一直都知道自己想要什么。

"罗遇心挺好的，还没进组，这几天在家休息。改天我让她来家里看看你们。"

"不用不用，心心的工作可比你忙多了，我能在电视上看看她就很好了。你让她多演一些电视剧给我们看就行，我是她的事业粉。"

南月心想，她妈还真是对谁的滤镜都比对她厚，她叹了口气："算了，你不是要准备晚餐吗，我还帮你洗菜吧。"

南珂上下打量了南月几眼，总觉得女儿变得不太一样了，说："最近几次见你吧，我老感觉哪里变了，却又说不出来。而且我看你忽胖忽瘦的，奇了怪了……是我的错觉吗？"

南月忍住笑意："我没有变，一直都是我。妈，你如果哪天觉得你女儿突然变得不一样了，千万别想太多，有可能是以前的我来到了这个世界。时空穿梭，懂吗？"

"又胡说八道！"南珂摇摇头，一边吐槽一边往厨房走去，"以前就老说这样的话，多少年过去了，还开这样没谱的玩笑。"

南月愣住，正要落子的韩榷周也停住了，他们几乎同时抬头。

"我以前说过这样的话？"

"她以前说过这样的话？"

南珂被他们这齐齐发问的阵势弄蒙了，不明所以道："说过啊，怎么了？"

"没什么。"南月上前揽住南珂，"走吧妈，帮你洗菜去。"

她明白了。妈妈是能感受到她的不一样的，五年前的妈妈也发出过同样的疑惑，而在那个时空的她，回答如出一辙，半认真半戏谑：我变得不一样了，那是因为未来/过去的我来看你了呀。

她清楚地记得父母五年前的样子。这些年，他们的确苍老了些。而她一心忙事业，很少有空回来看他们。要不然妈妈也不会发出这样的埋怨：我以前周末经常给你打电话，你哪次有空回来？

是啊，她应该多回来陪陪家人的。

今晚这顿饭，一家四口吃得格外温馨。南珂和邱培源虽然欣慰，却也疑惑，仿佛一夜之间女儿和女婿都变了，他们不再忙得脚不沾地，竟然周末能抽空回来看看他们了。不论出自什么原因，这个结果是他们想要的，这就够了。

南月不知道父母的这些小心思，但她能感受到他们的快乐。晚饭后，她主动帮忙洗碗，还陪父母闲聊了一个多小时，直到南珂主动开口说时间不早了，他们才起身离开。

不过一顿家常便饭，南月白日里因罗遇心而郁结的情绪，因父母的快乐而有所转圜。韩榷周陪她爸喝了几杯，所以回去是她开车。路上，她见韩榷周没什么醉意，把罗遇心和贺峥那些前史说了一遍。

韩榷周不意外："我们早该想到会是这个样子。"

"以你的聪明才智，你觉得2016年到底发生了什么？"

"那时候的我们必定是无意中做了什么事，导致佟笑蕊跟贺峥在那一年相遇了。"韩榷周说，"罗遇心不是说了吗，佟笑蕊一家很少在国内，当年他们只是回国探亲，待了一周就回去了。要不是跟贺家人重新联系上，也不会有后续的联姻一事。"

"有道理。在上一轮和上上一轮的发展轨迹中，贺峥的身边都没有佟笑蕊。导致这个意外的是我们吧？"

"嗯。现在考虑这些已经没用了，事已至此，我们改变不了什么。"

"如果……我是说如果，我们可以改变呢？"

韩榷周拧开瓶盖想喝水，手上的动作骤然停止，"你想做什么？"

"没什么，我只是觉得，我们好像是有机会补救的。"

"我猜到了你会这么想,但是从理智的角度,我想劝你三思。"

南月踩下刹车,把车停在路边树下。她移下车窗,深呼吸了几下:"道理我都懂,可我从来就不是个理智的人啊。"

"阿月你听我说。陨石和时空穿梭的联系,我们至今只了解皮毛。谁都没法保证12月15日晚上我们能成功。假如你想通过这次机会回到过去,阻止贺峥和佟笑蕊在一起,你有没有想过,有可能你会被困在2016年再也回不来。"

"我只是随口一说。"

"你不是随口一说。你是觉得,既然你能帮于媛媛,就能再帮一次罗遇心。"

南月轻笑:"要么我说你总是这么了解我,我都怕了呢。"

"阿月你有没有想过一个问题,罗遇心希望你这么做吗?"

南月张嘴,却什么都说不出来。罗遇心根本不记得跟贺峥的感情。她说过,现在这样也挺好,顶峰不见。

难道她真的错了,罗遇心和韩榷周的想法才是对的?

韩榷周见南月沉默,缓缓从包里拿出一本笔记本:"有件东西早就想给你看的。我看你今天情绪不太对,一直没说。"

南月想问是什么,低头看见藏青色的笔记本外壳,眼睛陡然一亮:"是失踪的那本笔记?"

"嗯。"

"在哪里找到的?"

"今天你去罗遇心家,我就回了趟我原来的房子,是在一个上锁的抽屉里找到的。"

南月顿时明白韩榷周是怎么想的了。他对陆江申抱有期望——假如当年陆江申把笔记本还给了她,她必定会转交给他。按照他的性子，他会把笔记本藏在一个稳妥的地方保管，等着几年后自己能发现它。

"我只是抱着试一试的心态回去找了一遍，没想到真被我找到了。"韩榷周说，"阿月，或许陆江申没你想的那么不堪，他还是把东西还给你了。"

"那本来就不是他的东西，物归原主难道不是正常人应该做的事吗？我还得给他发锦旗？"

韩榷周苦笑："我不是这个意思。"

"我懂，你是想说，他作为男朋友虽然渣，但作为人还是勉强合格，至少没病入膏肓。"

"据我跟他的几次照面来看，是这个意思。"

南月点点头，刚准备把车开出去，韩榷周又说："你不翻开笔记本看看吗？"

"上面的字都是你写的，每一页我都看过。"说完这句，南月脑子里飞快闪过一个猜测，她忙不迭把笔记本翻到有文字的最后一页。果然，比她上次看的多出几行字，字迹是韩榷周的。

2016年12月2日，下午3点，邱繁素约见陆江申，取回了这本笔记，陆江申已知晓时空穿梭秘密。

12月15日，静候佳音。

2016年12月3日，我们在云都酒店遇见贺峥和佟笑蕊，两家聚餐，双方家长都有联姻想法，但佟笑蕊已有意中人。

南月奇怪地看了韩榷周一眼，想听听他的想法。

韩榷周没什么想法。

南月有些无语："商业联姻确实是有钱人家喜欢做的事。贺峥和佟笑蕊都有喜欢的人，最终还是携手步入了婚姻的殿堂。贺峥我能理解，他是被罗遇心拒绝了。佟笑蕊又是为什么？想不通。"

不过她很好奇，佟笑蕊喜欢的人是谁？假如她能回到2016年，撮合佟笑蕊跟她的意中人在一起，那罗遇心跟贺峥是不是还有希望？

03

关于是否要冒险再回一次2016年，南月犹豫了几次，最终决定，不去挑战未知。就像韩榷周说的那样，万一她真的被困在2016年回不来了怎么办？

何况，韩榷周不会让她冒这个险的。

她对着写满字的黑板出神，每一个细节她都推敲了好几次。其中有几处被韩榷周划掉了——新一轮的改变发生，之前的改变就不存在了。比如，陆江申在2021年12月1日把笔记本还给了她。

她还在2016年的时候，陆江申说过要把笔记本还给她。只不过有了还信一事的前车之鉴，她以为陆江申诓她，并没有当回事。结果陆江申翻阅了笔记本，知道了时空穿梭的秘密。

"也就是说，即便有了新一轮的改变，陆江申还是知道这个秘密。"

"是。"

"看来这些你都琢磨过啊。"南月问他，"我有点没想通，在2016年，陆江申为什么突然又愿意物归原主了？"

"他原本就没想扣下笔记本，是你觉得他的话不能信，拒绝了他。可2016年的邱繁素不这么认为，她一听笔记本在陆江申身上，立刻答应了见面。"

"那是因为她没经历过被陆江申诓骗的事。我被坑过一次，你觉得我还会去踩第二次？"

"当然懂。所以我觉得这个问题的症结所在不是陆江申，而是你。五年前的你对他还没有那么根深蒂固的厌恶，毕竟……"韩榷周没有继续说下去。

"毕竟什么？"

"没什么。"

"你别说话说一半。"

"说了你会生气。"

南月不肯罢休："不行，你不说我可能会更生气。"

韩榷周只好硬着头皮开口："毕竟那一年的你跟他分手没多久，在情感上其实还是有……"

"没有！"南月抵死不承认，"我对感情上头快，下头更快。他都出轨了，我不可能对他余情未了的。你那时候又没认识我，你有什么证据证明我对他还有什么？"

"你看，我就说你会生气。"

南月给了他一记眼刀："你赶紧去洗澡，我暂时不想跟你说话。"

韩榷周早料到她会是这个反应，笑着摇摇头，进房去了。

南月看他这样子，更来气了。鬼使神差下，她抱着争一口气证明自己的想法，拨了陆江申的电话。

陆江申说话声中透着意外："繁素，你竟然会主动给我打电话？"

"你在哪儿呢？"

"垟曲呢，着急回来是因为刚接了一个民宿改造和一个酒吧设计的活。"

"我对你在做什么没兴趣。"南月不打算跟他唠嗑,开门见山,"你最近有没有想起什么特别的事?你是聪明人,你应该明白我为什么这么问。"

陆江申当然明白,时空穿梭一事他是坚信不疑的,不管南月承不承认。南月现在这么问他,说明她不打算跟他继续打马虎眼了。

"是有那么一件事。"

陆江申把2016年莲花客栈老板剐车一事说给了南月听。

"那时候,康哥给你打了电话,你说你不会开车,我就有答案了。那个来自五年后的会开车的你,已经回到了属于自己的时空,不会开车的是2016年的邱繁素。"

南月不想解释什么,轻描淡写道:"都是你的猜测而已,会不会开车说明不了问题。而且,我说什么就是什么了?"

"你不用那么抵触,我说过好几次了,我并没有恶意。我只想知道怎么才能回到过去,这个答案只有你和韩榷周能给我。我不指望他能开口,他应该都听你的。"

"你为什么对这种天方夜谭的事这么执着?"

"因为我想回到过去。"

南月不敢相信这句话出自陆江申之口,追问:"为什么?"

"我想救活我爸。"

"不可能!"南月脱口而出。

"为什么不可能?"

"因为……"南月赶紧打住。这事她不能说,万一陆江申又是诈她话呢!

陆江申对南月的反应生出了疑惑,他思索了片刻,不太确定地开口:"是因为,按照你们的经历,这个办法只能回到五年前,而不能回到更早的时候。对吧?"

南月不置可否。

陆江申其实想过这个结果,他情绪低落了几分:"那就是了。你说得对,这种事听着就是天方夜谭,我不该抱有这种不切实际的幻想。你问我为什么这么执着,跟你认识这么久了,有些话我可能没好意思跟你说。从小到大,我最大的遗憾就是没有见过我爸。如果当年红砖图书馆火灾我爸能逃出来,我妈就不会得躁郁症,我的生活也不会变成那样,我妈她……也不会死。"

南月默不作声,她突然又有点同情陆江申了。早年热恋期,陆江申跟她说起过他的原生家庭。年少的她同理心泛滥,总觉得她应该加倍对陆江申好,弥补他曾经的不幸。分手后她又觉得,跟她没一毛钱关系,她真的是得了圣母病才会心疼陆江申,渣男活该!

如今看来,韩榷周的判断才是最客观的,陆江申这人只是感情上渣,倒是没人品上的硬伤。她之前认为陆江申对时空穿梭一事不依不饶是存了什么坏心思,但如果他只是想救回他的父母,那他对她就没什么威胁了。

"繁素,哦不,南月。我想……"

"别想了。"南月打断他,"我没骗你,你的想法是不可能实现的。有些事注定会在某一时刻发生,如果强行改变它,后果可能会更严重。你听过蝴蝶效应吧?"

那么有名的一个理论,陆江申当然听过。但他关注的重点不在于此,而是南月说这句话时的语气。他合理猜测,南月应该已经遭遇了蝴蝶效应。至于她遇到的是什么,她肯定不会对他说的。

陆江申忍不住感慨,分手后他们几乎没像现在这样心平气和地说过话,但凡早点开诚布公,也不至于闹得那么难看。他决定把一直想说却没机会说的事告诉她。

"当年你在迷途客栈门口问我，关于我的梦境，还有一些事我没说。我不知道现在说出来，对你还有没有用。"

南月觉得应该没什么用，不过她还是想听听："你说吧。"

"在我做那个梦之前，我问过我妈，为什么她总喜欢在下雨天出去。我妈说，只有下雨天上那艘邮轮，她才会梦见我爸。我以前不懂这句话是什么意思，直到我有了那样的经历，我才想明白。"

"你的意思是，下雨天你妈妈一上那艘邮轮就会入梦，在梦里回到和你爸在邮轮的那段记忆中？"

"应该是吧。"

"那你的梦……"南月有一个大胆的推测，"你不会是在梦里进入了你妈妈的梦境吧？"

陆江申心里咯噔一下，手臂上迅速冒出大片鸡皮疙瘩。他从未往这方面想过。但南月说的似乎有些道理，他在梦里见到的父母都是年轻时候的样子，那时候他还没出世。万事皆有因果，他没见过他爸爸，怎么可能知道爸爸年轻时候的样子？除非，就像南月说的那样，他跟着妈妈出门，不小心入了她的梦。他也只做过一次那样的梦。

可这到底是为什么？是跟那艘邮轮有关，还是跟妈妈有关？

陆江申陷入了思考。

"喂？陆江申？你还在吗？"

"抱歉，刚在想事情。"陆江申说，"我妈去世前跟我说过一些奇怪的话，当时我没在意，如今想来……"

他记得妈妈是这样对他说的："我做过一个梦，梦见我是一棵巨大的泡桐树，扎根在一条河边。梦里面，狂风暴雨，水流湍急，你从河里救起了一个小男孩，自己却快被冲走了。我好着急，拼命用树枝去够你，你真就抓住我了。真好啊，还好你抓住我了！"

南月不解："这段话有什么深意吗？"

"两天前垾曲下了一场暴雨，乾河涨水了，我救了一个落水的小男孩。我之所以没有被水冲走，是因为……"陆江申有些哽咽。

南月接了下去："是因为你抓住了岸边伸出的树枝，那棵树恰好就是一棵泡桐树？"

"嗯。"

电话两头均是一阵沉默。

过了一会儿，陆江申率先打破沉默："那个小男孩你应该认识，他妈妈是你的高中同学，叫于媛媛。"

南月差点没抓稳手机，她发现自己的手指在发颤。她把手机放在茶几上，按下免提："你怎么知道我和于媛媛是高中同学？"

"之前在袁姐餐厅见过她几次，不熟，她和袁姐的侄女袁敏是朋友。事情发生后，她带着儿子来感谢我。康哥跟她说，我是你前男友。"

南月很无语，这个康哥真是哪壶不开提哪壶！她有点烦躁，换了个话题："陆江申，你现在谈着几个女朋友？"

陆江申："……"

"我觉得像你这么魅力无边的人，谈一个有点不现实。怎么着也得同时谈三四个吧？"

"没……就两个。"

"渣男！"南月挂了电话。还"就两个"，两个很少？果然是狗改不了那什么！

韩榷周洗完澡从浴室出来，恰好听到了最后几句对话。见南月一脸嫌弃，他好整以暇地在一旁边擦头发边偷笑。

南月很不服气:"有什么好笑的,谁年轻的时候没瞎过,我就不信你没有!"

"我以为陆江申在你这里碰几次软钉子就学乖了呢,没想到他还找你?"

"他没找我,是我给他打的电话。"南月秒变严肃,"他刚才跟我说了个事。"

二人就陆江申电话里说的,认真交流了一番。

韩榷周听完,马上放下毛巾,从书房拿了纸笔出来。他画了一个圈,在里面写了"下雨天"三个字,然后往下画了个箭头,与箭头平行的地方写了"邮轮",箭头下面写了"过去"。又往上画了个箭头,箭头平行处写了"去世前",箭头上面写了"未来"。

南月问他:"你也觉得,陆江申妈妈的梦不是巧合?"

"我从来都不觉得这个世界上有那么多巧合。陆江申妈妈既然能在梦境中回到过去,为什么没可能去到未来呢?"韩榷周指着他画的圈,"假如说下雨是她梦中穿梭时空的必要条件,那么邮轮就是她回到过去的条件,她和丈夫最甜蜜的回忆或许就发生在那艘邮轮上。"

"她临死前去到未来,又怎么说?"

"不知道,或许只是为了救下儿子的命吧。母亲对自己孩子的爱永远都是最赤诚的、无条件的。"

"可你有没有发现,陆江申妈妈临死前的那个梦是不成立的,她妈妈2013年就去世了。她梦中的那个未来不是原先的未来,是改变了之后的。"

假如没有那块陨石,韩榷周就不会回到2016年,南月更不会在2016年阴错阳差改变于媛媛的命运。于媛媛原本在2019年就死了,她没机会在2021年带儿子回垟曲探望袁敏,她儿子也不会在暴雨天掉进乾河……

韩榷周抬起眼睑，轻声说："万一，那就是原本的未来呢？"

"什么意思？"

"现在的局面可能是事情原本该有的样子。我们在时空中穿梭，阴错阳差做的那些事不是改变了未来，而是让一切回到了正轨。陆江申妈妈梦见的才是正确的未来。"

这些只是韩榷周的猜测，可不知为何，南月的心揪成了一团。

04

韩榷周一句"陆江申妈妈梦见的才是正确的未来"困扰了南月两天。她反复思考，她"回到过去"和"于媛媛命运变化"之间的因果关系。

五年后的现在，于媛媛不仅摆脱了车祸的命运，还成了一位小有名气的服装设计师。半年前，她创立的设计师品牌"源"在市中心开了一家两层的门店，生意非常好。又因 VIP 客人可以自己选布料量身定做衣服，不少富家千金和明星一掷千金在店里办卡，于媛媛的收入也水涨船高。

南月感觉于媛媛应该从垟曲回来了，给她发了个微信，半天没收到回复。她又在网上搜索了"源"的前台电话，接电话的服务员说，今天有 VIP 客人过来，于总全天都在。

意思就是，去店里一定能见到于媛媛咯？

南月让江昀把她下午的工作全都往后挪，她开车接上罗遇心一起去于媛媛店里。

罗遇心搞不懂南月想干吗，问她："我们就不能打电话约一下于媛媛吗？你这着急的样子，不知道的还以为她欠了你钱呢。"

"她没回我微信，估计在忙，接电话的服务生说她今天有VIP客人上门。"南月边开车边说，"我能抛下工作去找她，肯定是有重要的事。"

"重要到必须带着我一起去？我可是……"

罗遇心本来想说"我可是很忙的"，却被南月直接打断："是是是，你可是大明星，难为你百忙中抽出时间陪我走一趟。你说吧，让我怎么犒劳你？"

"你都这么说了，那我分文不取就不好意思了。改天让你妈张罗一顿饭吧，我可喜欢吃她做的海鲜了，美味还低脂。"罗遇心打起了小算盘，好不容易最近几个月不进组拍戏，可以享受几天美食了。

看她这样子，丝毫没有因为贺峥的事影响心情。南月一整个尴尬住，明明是他们的电影，反而是她这个局外人瞎操心！

到了店里，南月只见到两个着装统一的女服务生，没发现于媛媛的身影。女服务生告知说，于总在二楼VIP间。

"我能上去找她吗？"南月说，"我是她朋友。"

服务生为难，她打量了南月几眼，觉得她面生得很。她又把视线转移到罗遇心身上，罗遇心穿着长款大衣，戴着鸭舌帽、墨镜、口罩……完全看不出长啥样。

"女士，不好意思。是这样的，我们店里偶尔会有VIP客人过来，他们比较注重隐私，所以于总之前叮嘱过，有预约才能上二楼。您看这样成吗，二位去沙发坐一会儿，我同事先给您拿个喝的，我上楼去问问于总？"

南月微笑，点头："你们家服务挺好啊。"

"应该的。"服务生松了口气，"女士，您的姓名是？"

"邱繁素。"

服务生转身上楼，在楼梯中间碰见了正要下楼的于媛媛。从于媛媛的视角，恰好能看见南月，她开口喊了声"繁素"。

南月和罗遇心齐齐抬头，对上了于媛媛的视线。罗遇心摘下墨镜，朝于媛媛挥了挥手。

于媛媛惊讶："罗遇心，你怎么也来了？"

两个女服务生听到罗遇心的名字，瞬间绷不住了。她们这个年纪的女生大多追星，何况罗遇心是当红炸子鸡，无论是颜粉还是事业粉都一大堆。

于媛媛怕进来的顾客认出罗遇心，引起不必要的麻烦，赶紧叫她们上楼说话。

"你们来这儿我还真挺意外的。正好，我给你们一人做了一身衣服，我去拿给你们。"于媛媛自说自话地进了工作间，拿了两个礼袋出来，分给二人，"你们试试，我特地结合你们的穿衣风格做的。"

女孩子对漂亮衣服总是没有抵抗力，二人喜滋滋去试衣间换衣服，全然忘了来这儿的目的。等她们换好衣服出来，于媛媛眼前一亮："太好看了！看来我的水平还是可以的。"

衣服很好看，南月不觉得意外，她意外的是："你怎么知道我们的尺寸？"

"上次同学会跟你们拥抱过，我用手就能量出来。"于媛媛骄傲，"别忘了，我可是个裁缝，这是必备技能。"

罗遇心说："我听说你的这个品牌最近风生水起，你现在可能是本市最贵的裁缝了。"

"你就别给我戴高帽啦,论风生水起,我们整个学校都没人比得上你!"

服务生端了咖啡和点心上来,其间不忘用眼角余光偷看罗遇心,一边偷瞄一边感慨,本人居然比电视上还要美。

三人在休息室享受着下午茶,心情愉悦。

南月见于媛媛心情放松,这才问出憋了半天的问题:"媛媛,你前几天回垟曲,是不是发生了什么?"

于媛媛喝水的动作一顿,放下杯子:"你都知道啦?"

"嗯,听说了。"

"本来是想带孩子去玩几天,顺便看看袁敏,我们好久没见了。谁知道会出这么个意外……"

"不是,你们在说什么?"罗遇心糊涂了,"出什么事了?"

于媛媛把陆江申救她儿子的事说了一遍,略尴尬:"我之前见过他几次,真没想到他是繁素前男友。"

罗遇心吃瓜不嫌事大:"她前男友,还是个绝世渣男。"

于媛媛一脸蒙。

罗遇心把陆江申出轨安茹,同时又吊着孟晓璇的事说了一遍。

于媛媛震惊。

整个二楼都萦绕着八卦气息。

于媛媛感叹:"看着挺好的一人,怎么感情上这么乱来!也是可惜了。"

"谁说不是呢。当年我一直以为繁素会和陆江申修成正果,他们感情之初我是见证过的,那叫一个浪漫。可惜了。"

南月受不了了,无情地反击:"要说可惜,罗遇心你跟贺峥才是真的可惜吧。襄王有梦,神女有心,谁知道结局会是这样。"

罗遇心："……"

提到贺峥，于媛媛来了兴致："遇心啊，我听康哥提过你和贺峥的旧事。他说你们是路人见了都觉得的般配，没想到……"

"康哥怎么跟你说这些？"

"你们俩之前感情上的那些事，康哥都提过。"

罗遇心和南月同时在心里骂康哥，这个大嘴巴！

"话说回来，我跟贺峥也算有些渊源。从我做这家店开始，贺峥的太太就一直在我这儿定制衣服。她说是贺峥推荐的，没想到她一来就成了这里的常客。"

罗遇心意外："佟笑蕊啊？她这样的白富美，居然不只穿香奈儿、迪奥这样的奢侈品牌，还会定制衣服？"

于媛媛不知道罗遇心对佟笑蕊是什么态度，不方便接话，还是罗遇心先开的口："不过我对佟笑蕊印象挺好的，之前见过几次，她是个衣服架子，你们家的衣服很适合她。"

"忘了跟你们说了，今天来这里做衣服的VIP客人就是佟笑蕊。算算时间她应该快到了，你们要不……"

罗遇心："你怎么不早说！"

于媛媛："我真不知道你们会突然过来……"

南月："我的锅，怪我……"

几分钟后，佟笑蕊到了。于媛媛让南月和罗遇心先坐会儿，她出去接待一下。

罗遇心很不喜欢这种感觉。她跟贺峥之间什么事都没有，怎么搞得像是她故意躲着佟笑蕊似的。她不痛快："既然碰见了，我去打个招呼吧。你要不要一起？"

南月摇头。

罗遇心没有勉强,她对着镜子整理了一下头发,优雅地开门走出去。

佟笑蕊见罗遇心从休息室出来,没觉得意外。贺峥之前跟她说起过,于媛媛和南月是高中同学,南月和罗遇心的同学关系在圈里也不是什么秘密。

"每次见你,都觉得你比上一次更好看了。"佟笑蕊像是见了熟人一样,明明她们只有几面之缘。

这样的夸奖对罗遇心来说很受用,她笑着说:"你也是啊,怀孕除了肚子有变化,身材比大部分明星还好。孩子几个月了?"

"五个月啦。"

"都这么大了?你还真是不显怀。男孩女孩?"

"还不知道呢。我希望是个女孩,不过家里可能希望先生个男孩吧。"

"也是,你们这样的家庭需要培养继承人,男孩应该更符合老一辈的期望。"

"没办法,每个人肩上的担子不一样。还是你好,只需要美美地做自己。"

罗遇心苦笑:"当公众人物其实也挺累的。"

"能感受到。听贺峥说过,你有时候做事也由不得自己。"

罗遇心心情微妙,贺峥竟然在佟笑蕊面前提她?

这两人的对话,南月在休息室听得一清二楚——罗遇心忘了带上门,恰好留出一条缝。她心想,这俩人还无缝聊上了?不知道的还以为她们是多年没见的好朋友呢。

佟笑蕊继续说:"是不是觉得意外,贺峥会对我提起你?其实我跟他之间向来开诚布公。我也知道，他心里那个人始终都是你。"

一直当自己是空气的于媛媛走也不是，留也不是，只能继续沉默。休息室内被动听墙根的南月惊掉了下巴。

罗遇心也好不到哪儿去，佟笑蕊毫不避讳提起这些，她反而尴尬了："你们怎么聊这个。都这么多年过去了……"

"无所谓，商业联姻嘛，你应该懂。"

"懂是懂，只是没想到你对感情一事看得这么开。"

"彼此都有喜欢的人，就不会太在意对方心里的人是谁了。我跟贺峥的婚姻，对我们来说百利而无一害。"

"如果只是合作，没有感情，那你们还生孩子？"

"当然要生，你都说了，我们这样的家庭嘛。"佟笑蕊自嘲，"不论是佟家还是贺家，都需要我们的孩子。早在结婚前我们就商量好了，生两个，不论男女，第一个姓佟，第二个姓贺。"

这点罗遇心能懂，生两个孩子，一个是佟家的继承人，一个是贺家的继承人。她在娱乐圈这些年，多少听过一些这样的事。唯有南月感慨万千，富豪的世界她是真不能理解。

罗遇心看着佟笑蕊隆起的小腹："我能摸一摸吗？"

"当然可以。"

罗遇心将手覆在佟笑蕊的肚皮上，很神奇的感觉。不只是触感温热，她仿佛可以感受到里面的小生命。这就是贺峥的孩子啊……

"佟小姐，我一直有个疑惑。我跟贺峥是有缘无分，回到了萍水相逢的关系，可你又是为什么？既然有喜欢的人，为什么不争取一下？"罗遇心觉得惋惜，"像你这么睿智的人，值得拥有更好的生活，你不该被困在家族需求的樊笼中。"

"没法争取，爱情还没萌芽就被扼杀了。我对人家一见钟情，可人家并没看上我。"

"不会吧，什么样的人能拒绝你？"罗遇心想不通，佟笑蕊这样的白富美还不够完美吗？

"他没拒绝我，是压根没往那方面想。以前总觉得这事难以启齿，现在想想，都过去这么多年了，告诉你也无妨。这个人你认识，是韩榷周。"

南月差点打翻手上的咖啡杯。韩榷周！佟笑蕊喜欢的人是韩榷周？她居然还想过再回一次2016年，撮合佟笑蕊跟她的意中人在一起……多亏她打消了这个念头！

罗遇心和于嫒嫒也都经历了一场瞳孔地震。于嫒嫒恨不得立刻消失，她究竟为什么要在这里待着……

佟笑蕊看见两人的眼神，忍不住笑了："你们放心，我跟韩榷周之间什么事都没有，不会影响他的。当年我在一家咖啡馆偶遇了他和贺峥，我第一眼见到他就觉得我理想中的爱人应该就是这个样子的。后来贺峥告诉我，韩博士已经有未婚妻了，是个很优秀的人。所以，我也就是短暂地喜欢了他一下，并未宣之于口。"

"这不算爱情吧？我觉得就是一瞬间的悸动。"于嫒嫒终究没忍住，加入了话题。

"是不是爱情都不重要了，横竖我这一辈子只悸动这么一次。"

"后来呢，你就没遇见合适的人吗？"

"还没来得及遇见，家里就安排了我跟贺峥的婚姻。我也说不清这段微妙的感情算什么。"佟笑蕊说，"既然不能嫁给我喜欢的人，嫁给我不讨厌并且知根知底的人也可以，我们总归是要被安排结婚的。关于这点，我跟贺峥的想法一致。"

南月心中五味杂陈。她忽然觉得，佟笑蕊挺不容易的。

05

佟笑蕊试完衣服，贺峥亲自来接的她。不可避免地，罗遇心跟贺峥打了照面。不过他们没说什么，点头微笑已是极限。罗遇心想得很开，既然退回了萍水相逢的关系，就没有深交的必要了，相忘于江湖未尝不是另一种美好结局。

于媛媛和罗遇心回到休息室，南月已经第二杯咖啡见底。

"你都听到了？"罗遇心无奈，"我真不是故意问这个问题的，谁能想到佟笑蕊跟韩榷周还会有瓜葛。"

"怪不得，上次我们在草莓艺术社区偶遇，佟笑蕊跟韩榷周打了招呼。韩榷周跟我说过，他觉得佟笑蕊认识他。"

"原来如此。估计韩榷周心里是蒙的。"

于媛媛也蒙了："你们说韩榷周不认识佟笑蕊吗？"

"只有过一面之缘，他不记得也正常。"南月尽快结束了这个话题。再深究就要牵扯到时空穿梭的事了，她不想向于媛媛提起这些，相信于媛媛也不会想知道。谁会想知道自己死过一次呢。

于媛媛懊恼："刚才我就不该在这儿待着。如果我有点眼力见儿，早点下楼，就不会听到这些了。我知道这些干吗……"

"知道就知道呗，还怕被我们灭口不成？不是什么了不得的事。"

"这还不够了不得？你们四个人的关系真够复杂的。"

罗遇心偷笑。

服务生在外面敲门，说楼下有人找于媛媛。

于媛媛纳闷："谁找我？我记得这个时间段只有佟小姐一个VIP客人预约。"

"是两位先生，说是您的高中同学。"服务生也纳闷，怎么今天这么多熟人上门,她继续说,"那位先生说他姓尹,提了您就会知道。"

高中同学,姓尹。南月只能想到一个:"尹朱照?"

服务生点头:"对对,是叫这个名字。"

"他怎么有空来女装店……"于媛媛不解,"另一位呢?长什么样?"

"高高瘦瘦的,看着还挺帅。"

于媛媛印象中不认识这样的异性同学。她起身,对南月和罗遇心说:"你们继续待会儿,我去去就来。"

"都是老同学,要不你让他上来坐坐。"

罗遇心都这么说了,于媛媛自然没意见,她让服务生带尹朱照他们上来。

尹朱照不知道罗遇心和南月也在,乍一见面还挺意外:"这么巧呢,你们两个大忙人竟然在!"

"嗯,在呢。"

尹朱照又说了句什么,南月压根没听清。几位女士的注意力都不在尹朱照身上,她们总觉得尹朱照身边那位高个子看着有些眼熟。

尹朱照意识到她们没在看他,马上反应过来:"哦,你们还记得他吗?他也是咱们高中的呀,是二班的……"

"闻恺?"于媛媛脱口而出。

闻恺?罗遇心一愣。

南月也马上想起来了,是罗遇心高中时暗恋过的,那个被她戏称"除了脸长得还行其他一无是处"的二班体育委员。这个评价其实失之偏颇,她跟闻恺完全不熟,只知道他成绩一般。

"哦,想起来了。二班的闻恺,有点印象。"南月状若无意地瞥了罗遇心一眼,继续打量闻恺。他还真是越长越帅了,棱角分明,肌肉匀称，身材高挑，皮肤略黑了些，但完全不影响他的气质。长帅了不奇怪，居然还长高了。

闻恺冲南月笑笑："我也记得你，十二班的邱繁素，成绩常年年级前三。"而后他眼神一转，停留在了罗遇心身上："罗遇心，好久不见。"

罗遇心没来由地脸一热。年少时曾投入过美好憧憬的人，多年后再见，原来是这样的感觉。

南月的眼神在罗遇心和闻恺之间来回，企图看出点什么。但她失望了，或许是相隔时间太久，这俩人目前都没什么不对劲的地方。她偷偷揣测，闻恺知不知道罗遇心暗恋过他？要是知道，那就尴尬了。

于媛媛不知道罗遇心和闻恺的旧事，她一心想做生意赚钱："你们这么突然来店里找我，是想给谁买衣服？女朋友？"

"不是不是不是。"尹朱照否认三连，"最近你这个品牌不是挺火的嘛，闻恺的姐姐马上要订婚了，她听说你们是一个高中的，让他帮问问，能不能帮她定制一套小礼服。她知道你只接 VIP 的定制，不过……"

"没问题。你把我微信推给她，约时间过来量尺寸就行了。"于媛媛十分爽快。

闻恺很感激："谢谢你啊，于媛媛。我们临时过来，没给你添麻烦吧？"

"都是老同学，客气什么。我们也加个微信吧，下次有需要直接问我，不用特地找尹朱照牵线了，他上班忙得很。"

尹朱照："还好还好，我哪有邱繁素和罗遇心忙啊。"

于媛媛掏出手机跟闻恺加微信。南月看在眼里，知道这种场合她不表示一下不合适，于是调出了微信二维码。罗遇心不能当特例，也跟着拿出手机。

南月问闻恺:"你现在做什么工作呢?很久没听到你的消息了。"

闻恺还没开口,尹朱照抢先一步:"看他身材这么好,你们猜他是做什么的?"

罗遇心:"健身教练?"

闻恺轻咳两声,尴尬:"不是。"

"他是滑雪运动员,还拿过世锦赛冠军呢。"提到自己朋友的成就,尹朱照格外骄傲,"闻恺相当厉害,我看过他的现场比赛,那叫一个帅!可惜滑雪不是特别主流的体育项目,你们可能不知道。"

于媛媛很感兴趣:"你下次什么时候比赛,通知我们一声呗。我也想看。"

闻恺的笑容淡了下来,解释:"暂时不比了。去年不小心摔骨折,已经办了伤退。"

气氛顿时冷却了下来。于媛媛后悔说了这句话,她知道,伤退对一个优秀的运动员来说打击有多大:"对不起啊,我不是有意的。"

"没什么,我都二十八岁了,早就过了黄金期。退役是迟早的事。"

"我们去休息室喝茶吧,别站着聊天了。我让服务生拿些点心上来。"

于媛媛招呼大家继续享用下午茶。南月边悄悄百度闻恺,边偷瞄罗遇心,发现罗遇心也在干同样的事。

回去的路上,南月问罗遇心:"怎么样,隔了这么多年见着闻恺,悸动吗?"

"激动什么啊激动,该激动的是他才对。"罗遇心嘴硬,"我可是明星!"

"我说的是悸动,心悸的悸,悸动!"

"没有。这都多少年了，陈芝麻烂谷子的事。"

南月又想起了佟笑蕊那番话，问她："你心里该不会还装着贺峥吧？"

"没有，我心里就非得装个人吗？装谁也不应该装个有妇之夫啊。"

南月语塞。

罗遇心习惯性反击："哎，但是人家有夫之妇的心里可是装着你们家韩榷周呢，真是令人大跌眼镜。"

"那说明我眼光好。得是多么优秀的人，才能被佟笑蕊那样的白富美惦记这么多年，是吧？"

反击无效，罗遇心意兴阑珊地闭嘴了。

南月把罗遇心送回家，又绕路去天文台接韩榷周下班，今天他车限行。当然，她特地去接韩榷周不只是因为限行，主要是迫不及待想跟他分享今天发生的一连串意外。

韩榷周听完，调侃她："你今天抛下工作去于媛媛店里？罗遇心还说你是天塌下来都要工作的人呢。"

"没有什么比结束时空穿梭更重要，工作可以晚些再做。"南月理直气壮，"陆江申说的那些我得第一时间求证啊，万一他骗我呢！我只是没想到，今天会在店里遇见佟笑蕊和闻恺。你是没看见罗遇心的表情变化，精彩极了。估计她心情现在都没平复下来。"

唯一爱过的白月光结婚了，白月光的妻子却告诉她，这些年白月光的心里一直有她！

高中暗恋的男神摇身一变成了世界冠军，跟她加了微信，看她的眼神似乎也有故事！

真是个好题材。南月职业病发作，脑补出一百万字剧情。

"哦,忘了说了,我在休息室听到了佟笑蕊和罗遇心的谈话。你可能想破脑袋都不会猜到,佟笑蕊心里的那个人是你。"

"是吗?"

"你怎么一点都不意外。"南月纳闷,"你该不会早就猜到了吧?"

"嗯。"

"怎么猜到的?"

"说不清,直觉吧。"上次佟笑蕊看他的眼神,他总觉得事情不简单。

南月心里酸酸的:"韩博士魅力无边啊。"

"你这话有歧义。佟笑蕊当年一眼爱上的是来自2021年的韩榷周,假如是现在的我站在2016年的她面前,她未必会悸动。"

南月觉得有几分道理。年轻时的佟笑蕊喜欢成熟睿智的男人,那她确实看不上贺峥。2016年的贺峥还没经历商场的血雨腥风,不论是决策力还是外貌长相,都略显青涩。

天渐渐黑了,下班时间一到,城里就迎来了讨厌的晚高峰,偶尔还能遇见横冲直撞的小电驴。南月没心思再跟韩榷周聊天了,一心一意开着车。韩榷周安静地坐在副驾看新闻。手机弹出一条热门推送,他一看,眉头微皱。

刚才一个老大爷骑电动车横穿马路,差点剐到南月。她有些烦躁,心想以后绝不在晚高峰开车。

她好不容易开到小区地库,松了口气,刚解开安全带,韩榷周提醒她:"你看看热搜头条。"

"什么?"

南月疑惑地滑开手机,仔细一看,她快麻了。

06

　　罗遇心平日出门经常会有狗仔尾随，这一点南月是清楚的。可她没料到，狗仔的跟拍简直到了无孔不入的地步。她们今天去于媛媛店里，外面一直有人蹲守，以至于离开时，罗遇心下台阶脚扭了一下，闻恺恰好扶了她一下，被拍到了……

　　开局一张图，内容全靠编，各种文章满天飞，无数营销号转载。

　　南月点开几篇浏览量比较高的新闻，内容大同小异，大概是说罗遇心疑似恋情曝光，绯闻男友的身份很快被挖出，是滑雪世锦赛冠军闻恺。网友的反应倒是相对平和，说罗遇心也老大不小了，谈恋爱很正常，何况对方是个帅哥。

　　了解完情况，南月心情逐渐平和下来。反正她不是第一次遇到这种事了，上次罗遇心曝光恋情是跟贺峥，被拍到的全是实锤，当事人也不否认，网友吃瓜热情高涨，直接把某博服务器给整瘫痪了。

　　回到家，韩榷周在黑板上加了一条：罗遇心和闻恺被拍，引发舆论。

　　来到2021年这段时间，他见证了很多变化，唯独这次是眼睁睁看着已然发生的事被抹去，改写成了另一个结局。而这次结局的改写，他或许是罪魁祸首——从在草莓艺术社区遇到佟笑蕊叫他名字起，他就有此猜测。

　　南月托着下巴，对着黑板发呆。韩榷周问她："你不打电话问候一下罗遇心？"

　　"她肯定正在被荣姐轰炸，我就不去添砖加瓦了。"

　　南月猜得没错。这种时候最焦虑的人不是她，也不是罗遇心，而是经纪人荣姐。

罗遇心到家后，悠闲地瘫在沙发上刷剧，压根没关注新闻，她还是从荣姐口中得知自己上热搜了。荣姐差点心梗："你跟我说实话，你是不是真的在恋爱？我不是反对你谈恋爱，但你好歹提前说一声，让我有个心理准备啊！"

罗遇心感到不妙："什么情况啊，荣姐？"

"你没看新闻推送吗？"

"你等我会儿，我先看看。"罗遇心打开手机，迅速刷了一遍，她嗤之以鼻："我还以为什么大不了的呢，他们乱写的。"

"真的？没骗我？你跟这个滑雪冠军之间没关系？"

"有关系啊，高中同学，营销号不是写了嘛。"

"营销号扒得有鼻子有眼的，说你们高中就是一个学校的，有感情基础，男帅女美很般配，对方还是个世界冠军……"荣姐不放心，"你能保证跟他没什么？"

"没有，没有，没有！要我说多少遍你才信啊！我们之间就这么没有信任基础吗，荣姐！"罗遇心被说得心烦了，脾气爆发。

"那好，我现在让团队拟一个澄清声明。"

"不用澄清，理他们干吗！他们天天偷拍，乱编故事，我还得天天澄清不成？"

"我是担心这样下去影响你的口碑。"

罗遇心不以为意："我靠作品吃饭，这点事能影响什么？退一万步说，就算我跟闻恺真恋爱了，我还能断送事业不成？"

荣姐被怼得哑口无言。罗遇心一向心大，所以南月让她多看着点罗遇心，凡事都替她把把关。可眼下网上这些消息只是捕风捉影，没实锤。何况罗遇心说得没错，就算真恋爱了，又能咋的！

"行吧，过两天看看舆论怎么发酵。你这几天最好别出门，要出去也得提前跟我说一声。"

"嗯,荣姐辛苦了。我刚才不是冲你发脾气,我只是觉得心烦。"

"得了,我还能不知道你啊!你先休息吧,别被这些事影响心情。"

罗遇心才不会被这点小事影响心情,她被偷拍多少次了,什么样的八卦都被编派过,唯独没有恋爱瓜,至少在她现在的记忆里没有。因此,有这么一次跟恋情有关的绯闻,她并不觉得是坏事。

几分钟后,微信弹出一条消息。罗遇心以为是南月,没想到是闻恺。

闻恺:没给你造成麻烦吧?我可以配合澄清。

罗遇心:不用,他们乱写的,你别往心里去。

闻恺:好,需要我帮忙随时说。

罗遇心:你什么都不说就是帮我最大的忙了。

闻恺看到这一条,失笑,罗遇心还真是变得不一样了。她可能不知道,她当年写给他的卡片,他其实看到了,他知道她喜欢过他。

沸沸扬扬闹了一晚上的娱乐新闻头条,佟笑蕊自然关注到了,贺峥也不例外。今晚他没什么要紧工作,从于媛媛店里接佟笑蕊回家后,就没出家门。

佟笑蕊看出贺峥心情不是很好,他在沙发上坐了这么久,连领带都忘了解。

"看来你还是很在意。"她说。

贺峥假装听不懂:"什么?"

"罗遇心啊。"

贺峥沉默。

"今天见到她,我就知道你肯定会往心里去。上次在草莓艺术社区碰见，你回来也是这副样子。我就不明白了，既然如此你为什么不考虑我的提议？我是真心为你好。"

佟笑蕊曾提议，等孩子出生他们就去办离婚手续。一段为利益而结合的婚姻，离了也无所谓。她计划得很好，孩子跟她，因为她不会再结婚了。贺峥离婚后可以追求他想要的爱情，他还可以再有其他孩子，他的父母也不至于为难他。

"以后别随便说这样的话。"贺峥一语带过。他解开领带，慢悠悠走到酒柜前，给自己倒了一杯红酒。

对于他这样的反应，佟笑蕊见怪不怪。他从不正面回答跟罗遇心有关的任何问题。

佟笑蕊很想陪他喝一杯，可惜她怀着孕。她倒了一杯温水，跟贺峥碰杯："以水代酒，敬痴情人。"

"你就别取笑我了。当年是谁跟我说的，同是天涯沦落人。"

"我可没你惨，韩榷周不喜欢我。"佟笑蕊自嘲，"所以我没有遗憾。"

言下之意，罗遇心是喜欢他的，他有遗憾，才会耿耿于怀这么多年。

贺峥无从反驳，她说得都对。

佟笑蕊又说："你跟罗遇心就是被命运捉弄了。当年要不是姚星之在你妈面前说了那些话，你妈就不会去找罗遇心，罗遇心也不会那么果断地拒绝你。"

姚星之做的事，佟笑蕊是几个月前听贺峥妈妈说起的。那一日，姚星之和父母一起去贺家做客，他们走后，贺峥妈妈跟佟笑蕊说，她以前觉得姚星之挺懂事，还动了撮合她跟贺峥的念头，后来才发现，这孩子挺有心机的。

佟笑蕊一追问，才知道她也牵涉其中。五年前她去贺家拜访，顺手发了一条朋友圈。姚星之就是在看到这条朋友圈之后去找了贺峥妈妈，告诉她贺峥和一个十八线小演员在谈恋爱，并添油加醋编造了罗遇心跟很多男演员不清不楚的黑料。对于这些谣言，贺峥妈妈压根不信。在她眼里，贺峥能看上的人，品行必定是端正的。但她也不希望贺峥被卷进娱乐圈的是非中，这才有了她和罗遇心的那次谈话。

佟笑蕊不明白姚星之的动机是什么，她找机会亲自问过姚星之。姚星之却语气戏谑："要不是因为罗遇心从中作梗，嫁给贺峥的人指不定是谁呢！我没什么目的，只是觉得，既然我跟贺峥成不了，她也别想如愿，贺峥娶你总比娶她好。怎么样啊，笑蕊姐，喜欢我送你的礼物吗？贺峥应该对你很好吧？"

姚星之一个发泄心中不满的小举动，毁掉的是三个人的幸福。

从姚星之口中得知这些时，佟笑蕊已经怀孕，但她还是如实告知了贺峥。贺峥是当事人，他有知情权。出乎她的意料，贺峥没什么情绪波动，只是轻飘飘说了句"知道了"。

思及往事，佟笑蕊还是觉得惋惜。她又何尝不想离开这个没有感情的婚姻囚笼。贺峥是很好，可她不爱他。她曾经天真地以为，没有爱情没关系，当亲人也是可以的。如果不是亲眼看见韩榷周和南月相处的模样，她可能会一直这么催眠自己。

原来，爱和不爱，区别真的很大。

"贺峥，把事情憋在心里你只会更难受，我不想看到你这样。你去找她吧，把话说清楚。哪怕是做一次了结，也好过这么沉沦下去。"

说完，佟笑蕊放下水杯，转身上楼。

贺峥怔怔地盯着手机屏幕。半晌，他终于下决心般给罗遇心发了条信息：有空见个面吗？

罗遇心隔了几分钟才回复：没这个必要，现在也不太方便。

显然，她这是拒绝的意思。贺峥没有再回复，他端起酒杯，很快一杯见底。他不知道的是，这一天晚上，罗遇心彻夜未眠。

收到贺峥的信息，罗遇心心情非常复杂。她无法欺骗自己，那一瞬间她心底有什么东西冒了出来，可一想到他们所处的位置，她果断拒绝了。

该结束的，早在五年前就已经结束了。

07

下午 2 点，韩榷周在办公室忙碌着，周文博拿了一摞资料过来让他签字，说是各地区天文台联合开展一次关于外太空物质的主题研讨会，单位领导准备派他们去杭州出差。

韩榷周正准备签字，落笔前停住了："出差？什么时候？"

今天是 12 月 8 日，距离他们约定的日期只剩一周了。

周文博说："你放心，时间方面我确认过了，11 号去，12 号就回，不会耽误你的大事。"

南月的电话在这个时候进来了，韩榷周把笔放在一边，先接电话。工作时间，南月非必要是不会给他打电话的。

"是有重要的事吗？"韩榷周问。

"佟笑蕊刚给我打了个电话，说贺峥约罗遇心见面被拒绝了。"南月说重点，"她还说，和罗遇心无疾而终的感情一直是贺峥心中的憾事，她希望罗遇心能见贺峥一面，让我帮忙劝劝。我直接替罗遇心答应了。"

韩榷周知道贺峥对南月而言是有着不寻常意义的朋友，他也隐约觉得，南月给他打这个电话，怕是不止于此。

果然，南月又说："你不是一直想知道，当年到底发生了什么，导致贺峥和罗遇心命运发生了变化吗？就像你猜测的那样，导火索是你。你可以问问周文博，他应该有印象。五年前的这个时候，他跟你一起下山吃中饭，在餐厅遇见了贺峥。饭后你跟贺峥去咖啡馆坐了会儿，佟笑蕊就是在那个咖啡馆跟贺峥重逢的，也是在那个时候对你一见钟情的。"

"佟笑蕊告诉你的？"

"嗯。"

南月又跟他说了当年姚星之的插曲。这些事她也转达给了罗遇心，罗遇心却云淡风轻地说了句"都过去了"，然后像个没事的人一样去午睡了。反而南月心里不太舒服，这一切都是由他们的时空旅行引发的连锁反应。

如果韩榷周没有约贺峥去咖啡馆，贺峥就不会遇见佟笑蕊，佟笑蕊不会去贺家做客，不会发那条朋友圈，姚星之不会去贺峥妈妈那边挑唆，贺峥妈妈不会找罗遇心，罗遇心不会急着拒绝贺峥……

如果没有这些如果，贺峥和罗遇心本该有个美好的结局，他们的命运会停留在这轮变化发生之前。

南月这一说，韩榷周的心情也开始变得怪异。他原本认为，对于2016年的他们来说，现状才是正确的未来。那么，罗遇心和贺峥呢，这一结局对他们来说也是正确的吗？

"罗遇心怎么说，她同意跟贺峥见面了？"

"同意是同意了，只是现在她家附近全是蹲守的狗仔，稍不注意就会被拍。她跟闻恺被拍无所谓，横竖两人都是单身，传绯闻就传吧。

但贺峥毕竟是人夫……"

拍到就尴尬大发了！

"罗遇心最近确实不方便见贺峥。"

"要不让他们来这儿吧。"周文博适时地插了句话，"山脚下有保安岗亭，我让他们注意一下，防止有人尾随。天文台离市中心远，又在半山上，一般不会有人跟到这儿来。"

韩榷周觉得可行，他重复了一遍周文博的提议。南月也觉得可行："我去跟罗遇心商量时间。"

想了想，她又说："你有没有感觉，佟笑蕊对这件事过于积极了？没见过哪个妻子会想方设法让丈夫跟别的女人见面的。"

"佟笑蕊这么做并不只是在帮贺峥解脱，更是在帮她自己。"

南月话里有话："是啊，贺峥心里有罗遇心，佟笑蕊心里也有别人嘛，早解脱早安心。"

韩榷周无奈笑笑，佟笑蕊喜欢他这件事，他是无法反驳的。

两天后，京州市迎来了今年第一场雪。相较于往年，这场雪来得格外早。南月一出门就被满目的白色震慑住了。她心中有一丝酸涩，下雪天，还挺适合告别的。

她亲自开车去接罗遇心。事先跟荣姐说的是，罗遇心这几天心情不好，又无处可去，她接罗遇心去天文台的后山赏雪。荣姐对此认可，罗遇心老待在家里也不是办法。再说天文台这样的国家单位，狗仔应该不敢去偷拍。

罗遇心从电梯出来时，南月差点没认出来。她穿了一件到脚踝的羽绒服，戴了一顶能把耳朵包进去的绒毛帽子，一条松软的羊绒围巾把脸围住了大半。南月笑她一朝被蛇咬十年怕井绳，她不以为意："我不是怕被人认出,是怕冷。外面下着雪呢,姐们儿。"

"你是打算跟贺峥在室外见?"

"嗯。已经够麻烦韩榷周的了,不想再给他添乱。"罗遇心说,"他办公室外面不是有个露台,就在那儿说吧。"

南月看了眼时间,已经过了下班点,天马上要黑了,大冷天露台上应该不会有别人。她把所有可能发生的意外在脑子里理顺了一遍,觉得不会出问题,这才放下心来。

她们到韩榷周办公室的时候,贺峥已经在了。南月特地通知他提前过来,跟她们错开时间。虽说在这一轮局面中,不会有人把贺峥跟罗遇心联系在一起,但小心驶得万年船,多考虑些总没错。

"你来了啊。"贺峥看见罗遇心,不由自主从椅子上站起身来。罗遇心也有细微的不自然,但身为演员的她很好地掩饰了过去。明明前几天在于媛媛店里见面,他们都很体面。

罗遇心看了一眼窗外:"我们出去聊吧,外面露台没什么人。"

"好。"

"等一下,"南月叫住罗遇心,"不用着急回来。你们放心聊吧,周文博确认过了,没人跟来。我和韩榷周在这儿等你。"

罗遇心点头,跟在贺峥身后出门。

之所以这么提醒,是因为南月察觉到了罗遇心今天不太对劲——跟平日里提到贺峥就事不关己的她判若两人。

露台已经积了一层雪。罗遇心凝视着远处的山林出神,不论是她、贺峥,抑或周文博,都不记得他们曾经在这个露台有过一次类似的会面。那一次,跟他们共同面对问题的是2021年的韩榷周和2016年的邱繁素。

"有时候觉得，我真的是个很好的演员。"罗遇心对贺峥说，"你看我就不像你，那么不会隐藏自己的情绪。"

贺峥笑了笑，嘴里哈出的全是白气。"我也没想过，有一天我会用这样的方式跟你见面。笑蕊说得对，我早就该找机会跟你聊聊的。有些事在心里憋得久了，愈发不愿意面对。"

"是，说清楚了也好。"

"当年那些事，你应该听邱繁素说了吧？我不知道我妈妈去找过你。"

"你妈妈是个很好的长辈。我们的事跟她没关系，是我自己做的决定。"

"我很想知道，假如姚星之没去找我妈妈，我们之间会变成什么样。"

会变成什么样？罗遇心心里苦笑。其实是发生过的，只不过他们都没有这段记忆而已。她问："你相信平行世界吗？"

贺峥被她这前言不搭后语的话问住了，一时不知道该怎么回答。

"我信。在那个世界，你和佟笑蕊没有重逢，姚星之也没有去找你妈妈。而我们，会按照最好的节奏相遇、相知、相爱，我们应该还会结婚，会……"罗遇心声音哽咽，即便是专业的演员，她这一次还是没隐藏住情绪。她努力把话说完："会很幸福的。"

不过一句话的时间，贺峥已经把罗遇心描述的过程想象了一遍。他突然很想拥抱她，就当是告别吧，认识她这些年，他还从没有拥抱过她。可是手伸到一半，他在离她肩膀只有几厘米的地方停住了，尽管这一次她没有拒绝的意思。

四目相对，罗遇心发现贺峥的眼眶是红的。她知道，此刻的他很努力在克制自己。

最终，在理智面前，贺峥放下了双手。他们心里都明白，这样不好，不合适。

罗遇心转过身去："贺峥，都过去了。过了今晚，我们以后还是不要再见了。"

"好。"

天已经完全黑了，一到这个时间，路灯都亮了。露台东边有一处台阶，顺着台阶向下是一条林间小路，可通往露天停车场。

"你看，雪又开始下了。我们要不要下去走走。"

贺峥回头，果然，路灯下纷纷扬扬飞舞着碎屑般的雪花。冬天的山林里，树叶全掉光了，枝丫上积了薄薄的一层雪。若是这样下一整晚，明天森林就是银装素裹的景象了。

林子里很安静，能听到雪落下的沙沙声。他们就这样沉默着在小路上散步，到了停车场又继续绕回露台，一圈又一圈。仿佛约好了一样，谁都没有要结束的意思。

许久，当他们走到其中一盏路灯下，罗遇心站住了。她望着贺峥的背影，把酝酿了一晚上的话一股脑儿说了出来："贺峥，让你耿耿于怀这么多年，我很抱歉。我早该向你承认的，当年我爱过你。但那些已成过往，我们不应该再被羁绊住。希望未来你可以好好的，享受阖家安康的生活。你也不必为我担心，我不会因此就不相信爱情。相反，我会保持热忱，去邂逅下一个能让我爱上的人。我也会幸福的。"

贺峥没有回头，他声音沙哑："好，我会祝福你的。"

"谢谢。我该走了，再见了贺峥。"

罗遇心越过贺峥，快步向前，在雪地印下一串脚印。

贺峥看着她渐行渐远，在原地站了很久，才走上台阶，走回天文台，消失在那扇门后。他像是松了一口气般，被抑制在眼眶许久的热泪终于得了自由，往外落了一道。

罗遇心没进韩榷周的办公室，她敲了敲门，说了句她先回车上，直接离开了。

南月听出了她的声音不对。她应该是哭了。

"给她点时间调整吧，我们晚些出去。"

"但愿这是蝴蝶带来的最后一场风暴。"韩榷周仍有忧虑，"2021 年的我在 2016 年多待一天，这样的风暴可能就多一场，后果也可能越来越严重。"

"你想说什么？"

"等回到属于我的世界，我得回英国去了，我会劝说周文博跟我一起回去。"

南月跟他说过，在这个时空，他和周文博都是 2017 年才回国，同年年底一起入职市天文台。但是在他的时空，一切都被迫提前了。他要做的是让所有事情按照正确的轨迹进行，这是现下最好的选择。

"哦。"南月心不在焉，攥紧了大衣口袋。

"其实你也是这样想的吧。"

"嗯，有想过。"

"回到 2016 年，我跟那个时空的邱繁素也不能再见面了。"

"是啊，是不该再见面了。"既然他先提到了，南月觉得她也不需要犹豫怎么开口了。她从兜里拿出一样东西交给韩榷周："这个你拿着，带回那边吧。"

韩榷周低头一看，是两张电影票，票根上的日期是 2018 年 10 月 17 日。

"我们本该在这一天遇见的，"她说，"等你回到过去，你就去找那个时候的我,跟她约这场电影吧。只有这样,我们才能在正确的时间相遇。"

"好。"

这是他们早就心照不宣的决定,他们应该在正确的轨迹中遇见彼此。许是上天安排的巧合,那场电影的名字叫《那就去梦里相遇吧》。

第五章 重逢

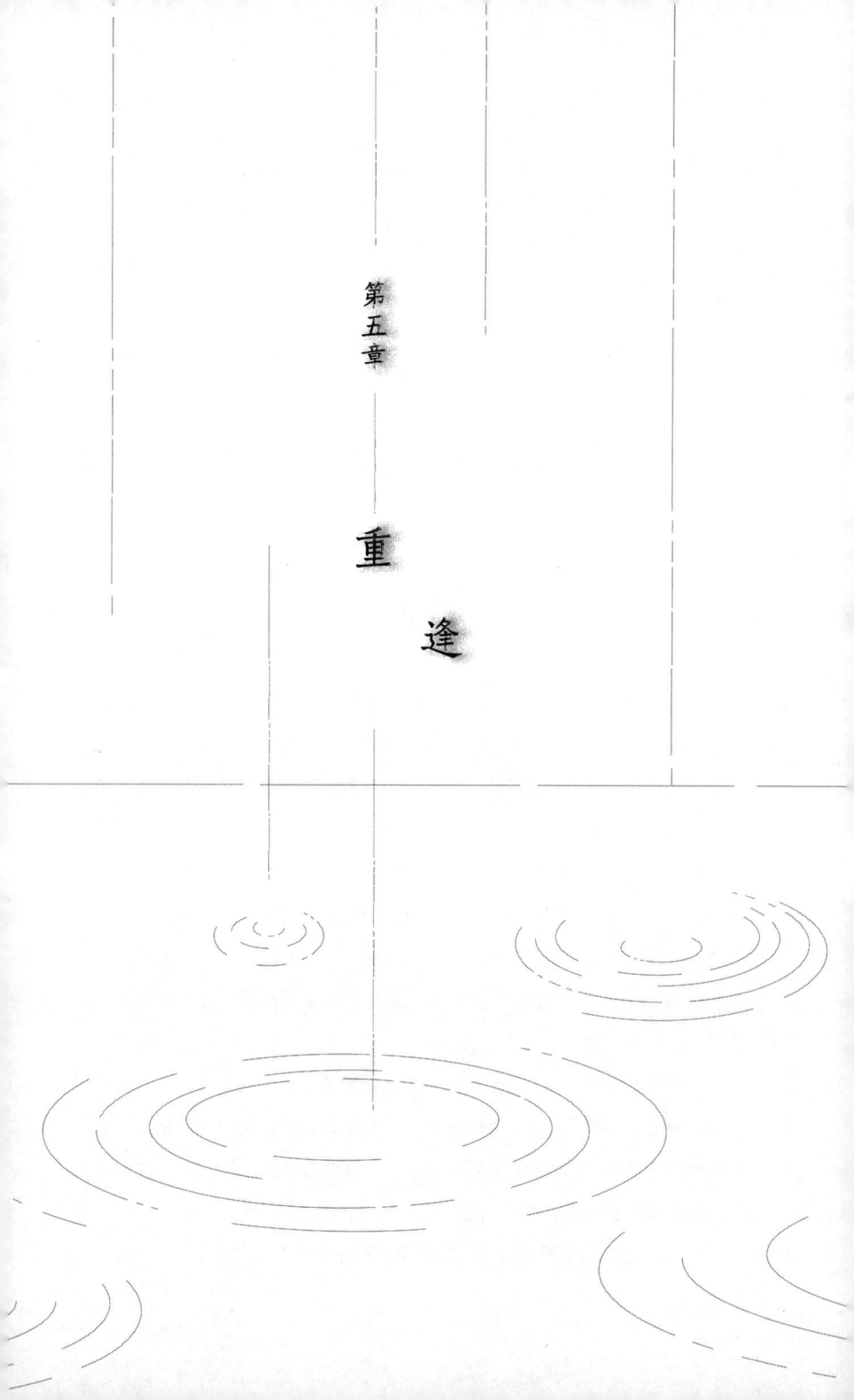

01

2016年12月6日，南珂和邱培源干劲十足地在厨房忙活着。老两口今天格外开心，因为万年单身的南启明终于谈恋爱了。

世上没有不透风的墙，南启明和孟晓璇刚确定关系，童晖就知道了。童晖一知晓，这个消息马上就在他们"相亲相爱一家人"家庭群炸开了。不巧，南启明的父母随单位外出旅游，还没回京州，可南珂作为姑妈，激动之情一点不比亲妈弱，说什么也要让他把女朋友带来家里吃饭。于是，便有了今晚这个饭局。

除了南启明和孟晓璇这两位当事人，饭局现场还有韩榷周和邱繁素，以及唯一的"单身狗"童晖。

韩榷周自从2018年跟南月恋爱，跟她的父母一直处得不错，即便是回到2016年，人与人之间的感情依旧是共通的，南珂和邱培源怎么看他怎么顺眼。如若不然，他们邀请侄子和未来侄媳妇吃饭，也不会特地叮嘱邱繁素带韩榷周回来了。而童晖，则是属于附带的。

南珂今晚做了她最拿手的几道菜，有鱼有肉有海鲜，异常丰盛。

邱繁素有些吃醋："妈你有点偏心了啊！你可从没为我做过这样的大餐，不知道的还以为南启明才是你亲儿子呢。"

"有的吃你就吃，胡说什么呢！"南珂瞥她一眼，"心心最近忙什么呢，她不是最喜欢吃我做的饭菜吗？让你叫她一起来，她怎么没来？"

"我跟你说过的啊，她进组了。忘了？"

"是吗？进组啊……进组好。我们心心人长得漂亮，演戏又好，以后肯定会红的。"

"我怎么觉得罗遇心都比我像你的亲生女儿。"邱繁素嘟囔了一句。她顺口跟其他人聊，说上高中的时候罗遇心就经常来家里蹭饭，一直蹭到大学毕业还是乐此不疲。末了，她对孟晓璇说："以后也欢迎你常来我家蹭饭啊，反正离得近。"

孟晓璇笑着点头："只要不麻烦阿姨就好。"

南珂抢着说："怎么会麻烦呢，求之不得！你们经常来，家里也能热闹些。"

邱培源附和："是啊，欢迎大家常来。"

童晖问："那我以后能带女朋友一起来吗？"

"你先考上大学再说。考不上别说女朋友了，你也别来了！"

童晖："……"

大家边吃饭边闲聊，饭后南珂还准备了水果。她对孟晓璇这个未来侄媳妇相当满意，今天分外热情，恨不能一口气把她喂成个胖子。

邱繁素怕孟晓璇拘束，一直找话题，聊得最多的不外乎高中生活。因为南启明和邱繁素是一个学校的，只不过邱繁素上高中时，南启明早就毕业了。南珂听到这些，让邱繁素把相册拿出来给大家看看，说其中有一本放的全是她高中三年的照片。

说实话要不是南珂提醒，邱繁素压根不记得还有这本相册。

"等会儿,我找找去。"

几分钟后,邱繁素兴冲冲抱着三本相册出来,一一给众人展示。

韩榷周看得很认真。邱繁素问他:"你以前没看过这些吗?"意思是,他跟南月在一起三年,难道没看过这些照片?

韩榷周说:"还真没有。"

童晖打岔:"姐你这话说得好笑,你们才在一起多久啊?你不拿出来,他上哪儿去看。"

"又没问你,小孩子别插嘴。"邱繁素拍了一把他的脑袋,"管好你自己,考不上大学就等着讨饭去吧。"

童晖:"……"

为什么受伤的总是他?

韩榷周翻到相册某一页,停住了。他指着一个穿校服的高个子男生,问邱繁素:"他也是你同班同学?"

邱繁素仔细一看,那是一张校运会期间拍的照片。韩榷周指着的那个男生是二班的体育委员,他跟尹朱照那帮人关系好,经常一起玩,入了他们的镜头也正常。

"不是我们班的,我是十二班,他是二班的,叫闻恺,体育很厉害。我记得高中校运会那会儿他总拿金牌,不少女生喜欢他呢。"邱繁素八卦兮兮地说,"是不是长得还挺帅?就连罗遇心都暗恋过他哦!哦对,你别跟罗遇心说,就当不知道吧。"

韩榷周眉头一皱,没有接话。邱繁素跟他相处这么久,知道他肯定有疑虑,只是眼下的场合不方便说出来。

回家路上,邱繁素第一时间问他:"你是不是认识闻恺?他有什么问题吗?前面我看你一副有话想说的样子。"

韩榷周车速不快,车里放着音乐,他的神色和音乐声一样平缓:

"我不认识闻恺,不过我知道,他好像是2018年还是2019年的滑雪世锦赛冠军。我看过相关体育新闻,有印象。"

"什么?我还认识个世界冠军呢?"邱繁素的第一反应很真实。然后她感慨:"我们学校出了个罗遇心这样的大明星也就算了,居然还出了个体育界扛把子。风水挺好啊。"

"你不知道闻恺是滑雪运动员?"

"跟他不熟。以前听罗遇心提过几次,说他是体育特长生。但我不知道他练的是滑雪项目,未来还滑出了个世界冠军!我只知道他成绩不咋样……不过,你怎么关注这个?"邱繁素觉得不可思议。滑雪不是热门体育项目,难为韩榷周还记得。

"你忘了我喜欢滑雪?在国外那几年,我跟周文博经常去滑雪场。"

邱繁素脸一热。她怎么可能会忘,她第一次确定自己对韩榷周的心思,就是在滑雪场。那时候她就想,她一定要努力练习滑雪,有朝一日能跟他比肩从高山滑下,不再拖他后腿。这不巧了嘛,她身边就有高手埋伏着,不用白不用。

"早知道当年对他小声点了。"

"闻恺吗?"

"是啊,他不是成绩一般嘛,我不太看得上他。罗遇心告诉我她暗恋闻恺的时候,我还质疑她的眼光呢。现在想想,是我肤浅了。"

然后,她给韩榷周说了罗遇心和闻恺之间的"感情"纠葛。

高二那年,罗遇心不知怎的和闻恺打了几次照面,逐渐被他吸引。她长得好看,在整个学校都是出了名的。因此她很有信心,只要她对闻恺表明心意,闻恺没理由拒绝她。

适逢校运会,罗遇心和邱繁素都是学校医疗后勤小组的成员,她们每天的任务就是在各个班级观赛区巡视,看有没有人受伤需要帮助。

罗遇心想了个天衣无缝的计划，她把对闻恺的心意写在了一张卡片上，准备巡视到二班的时候，找机会塞进他的书包。

邱繁素听说罗遇心这个计划，一开始挺紧张的，就怕被人发现。所幸过程很顺利，那天闻恺有接力赛，没出现在班级观赛区，她们找准了时机过去，趁着旁边没人，一气呵成。

韩榷周听完，问："所以，闻恺收到了罗遇心的表白信？后来呢？"

"你是想问他们为什么没有后续吧？后来，罗遇心后悔了。"

"后悔表白？"

"差不多吧。"

罗遇心的原话是："不行，我好歹是咱们学校的民选校花，成绩虽然没多好，好歹比闻恺强吧！我怎么可以主动向他表白？应该他来追我才对啊。繁素，赶紧的，去帮我把卡片取回来！"

邱繁素目瞪口呆："你自己非要放，我阻止过你你不听。现在后悔了，又让我去取？"

"拜托拜托，我紧张，腿软。还是你替我去一趟吧，趁着他没回来。"

邱繁素抓狂。行吧，谁让她是罗遇心的闺密呢，她不收拾烂摊子谁来收！

韩榷周听明白了，这就是一段无人在意的插曲。

"你确定闻恺没看过卡片上的内容？"

"应该没吧。我去取卡片的时候他没在座位上，卡片也好好地放在包里。"

"如果你们当时没取回卡片，未来的事估计要改写了。"

邱繁素脑补了一番："假如闻恺收到了卡片，跟罗遇心在一起，那应该就没有贺峥什么事了。毕竟闻恺长得不赖，将来又是世界冠军。帅哥配美女，冠军配明星，唔……我挑不出毛病。罗遇心的粉丝应该也会祝福的。"

到了家，邱繁素做的第一件事就是给尹朱照打电话，求证闻恺的情况。

尹朱照有点蒙："你突然联系我，就为这个？"

"你管那么多干吗？问你话呢。"

"就是你刚说的那样啊，他是省队的，每天都忙着训练呢，我最近跟他联系也不多。"尹朱照狐疑，"你怎么突然问起他来了，你该不会对他……"

"别瞎说啊，我有男朋友！"

"哦对，听说你跟你们大学学长……"

"别瞎说啊！我男朋友是牛津大学的，他爱吃醋，你以后可不许说我跟其他男生的绯闻了。"邱繁素一本正经纠正他，"言归正传。我最近对滑雪很感兴趣，闻恺不是滑雪运动员嘛，有空你组织组织滑雪局呗，班长你应该最擅长干这种事了，让闻恺这尊大神过来，带带我们这种战五渣。"

"我以为什么大事呢！没问题啊，我问问闻恺什么时候有空。下次我张罗个同学聚会，叫上你和罗遇心，咱们一起滑雪去。"

"还是班长靠谱。对了，曲春晓就别叫了啊。"

去过2021年的她知道，不管时隔多少年，曲春晓都会非常非常讨人厌！最好别让曲春晓在滑雪场出现了，不然她跟罗遇心可以从山顶撑到山脚。

尹朱照对半年前罗遇心和曲春晓的那次过节印象深刻，他笑出声："哈哈，知道了。我先联系闻恺，晚点给你信儿。"

挂了电话，尹朱照马上给闻恺拨了过去。闻恺很快接了："朱照？有事吗？"

"说了多少次了，别叫我朱照！叫阿照。"尹朱照尴尬。虽说他的名字还挺有学问，但他一直觉得哪里怪怪的，直到被罗遇心取了"尹猪叫"这个外号，他总算知道哪里怪了。

闻恺忍俊不禁："好的，阿照。找我有什么事？"

"邱繁素刚给我打电话，说她想学滑雪，问你什么时候有空，咱们聚聚啊。我组个滑雪局。"

"你这个滑雪局，都有谁啊？"

"除了我们，就邱繁素、罗遇心，再叫上赵磊他们，差不多了。邱繁素应该带男朋友，听说她男朋友是牛津大学毕业的呢。膜拜！"

闻恺假装无意地问了句："罗遇心呢，带男朋友吗？"

"罗遇心没男朋友，她现在游走在各个剧组之间，拼了命演戏呢。哪有时间谈恋爱。"

"知道了。我看看放假时间，回头给你准信儿。"

"得嘞！"

罗遇心，对闻恺来说是陌生却又熟悉的一个名字。高中他们不在一个班，见面次数一双手数得过来。如果不是校运会的那段插曲，他对罗遇心的印象恐怕这辈子都只会停留在"男生经常讨论的美女校花"上。

高二那年的校运会，他代表班级参加接力赛，不负众望拿了冠军。离颁奖仪式开始还有一段时间，他回观赛区找水喝，结果一打开书包，署名罗遇心的卡片就从里面滑了出来。上面的每一个字他都看了，每看一个字，他的嘴角便上扬一分。任何人都一样，对美好的事物会不由自主产生向往，他当然不例外。罗遇心的容貌浮现在他脑海中，那一刻，他心里是有东西化开了的。

他把卡片放回原处，匆匆喝了水，又去了趟洗手间。等他再次回到观赛区，他看见邱繁素蹑手蹑脚取走了卡片。邱繁素其人，同一届学生几乎无人不知，那可是老师眼中的大红人。他知道邱繁素和罗遇心是好闺密。

邱繁素这么快就来取走卡片，难道……

他不动声色地看着，想来想去只有一种可能，那就是罗遇心后悔了。也对，他们马上要迎来最紧张的高三，眼下不是说这些的时候。既然罗遇心后悔了，那他不该去打扰她，就当不知道吧。他们还小，时间还长，若是有缘，将来一定有机会相遇的。

多年后的现在，想起那些往事，闻恺心里还是暖暖的。

02

几天后，韩榷周陪邱繁素回了趟垰曲。

于邱繁素而言，这是一次意义特殊的旅程。她和韩榷周的缘分从这里开始，也在这里进入尾声——再过几天就是12月15日了，不出意外的话，他将在这一天从她的世界消失。

邱繁素挺伤感的，明明这是意料之中并且也是他们都期待的结局，一直到他们走进迷途客栈的大门，她的这种情绪还是没有散去。

"繁素，你怎么回来了？"一岚的一声惊呼把邱繁素拉回现实。

邱繁素笑笑："嗯，来看看大家。"

今天一岚在前台值白班，客栈这阵子生意一般，所以一有人进门，她马上打起了十二万分精神迎接，没想到是熟面孔。她先是愣了几秒，目光由上而下，落在了韩榷周揽着邱繁素肩膀的手上。她说话都不利索了："你们，你们俩……在一起了？"

邱繁素刚想开口，韩榷周先一步："是啊，第一次见繁素我就很喜欢她。追她可不容易呢，还好她答应我了，她父母也认可我们交往。这次来垟曲，一来是看看老朋友，二来是想感谢大家这半年来对繁素的照顾。"

已经见过家长了？一岚尴尬地向四处看了看，假装不是故意回避他们的眼神。要知道韩榷周刚来垟曲的时候，她还明确表露过对他的兴趣，万万没想到……哦，真是太尴尬了！

邱繁素一眼看穿了一岚的心思，装没发现。她眉目含笑："我们要在这里住两晚，有空房吧？"

"有的。"一岚点头，"一间大床房是吧？最好的房间给你们。"

"不不不，两间。"邱繁素尴尬。

一岚又是一愣，征求意见般看向韩榷周。韩榷周很自然地揭过："听繁素的。我最近感冒有点严重，分开住比较好。"

一岚恍然大悟："这样啊。来，身份证给我一下吧，我给你们办入住。"

"好的，谢谢啊。"

"跟我客气什么，大家老朋友了。"一岚很热情。

邱繁素和韩榷周一上楼，一岚马上拿出手机，打开"大垟曲吃喝玩乐我最棒"的群，发了一条消息：繁素回来了，跟她新男朋友一起！她新男朋友居然是韩榷周，太震惊了！

这个群的成员除了迷途客栈的人之外，还有袁姐、陆江申、叶新刚，以及附近其他门店的老板和员工们。很快，一岚一石激起千层浪，大家纷纷给出了反应。

珊珊来了：哈？

莲花客栈老赵：韩榷周是谁？

开餐厅的袁姐：哦哇！

叶新刚：@阳光酒吧 真的假的？那个韩榷周还挺帅，上次见过一面。

莲花客栈老赵：长啥样，有没有照片？我看看。

康哥：倒是不奇怪，我早就看出苗头了。

陆某人：没什么好奇怪的，他们是从结局倒推过来的关系。

开餐厅的袁姐：@陆某人 陆江申你这话怎么说？什么从结局过来的？

陆某人：没什么，我先去忙了。

莲花客栈老赵：有没有人能理一下我？

珊珊来了：散了散了。

一岚边看边笑。她点开珊珊的头像，私聊她："看陆江申这反应，肯定尴尬死了。"

只要有人比她更尴尬，她就不会尴尬了。

珊珊发来一长串语音："康哥生日的时候我就看出来了，他对繁素旧情难忘，还想着复合呢。要不是繁素撞见了他和安茹的事，他铁定不愿意分手！他对安茹能有多少感情啊，真有那么深的感情也不至于那么快分了。安茹这阵子还总是缠着他，他自己都说，对安茹已经越来越厌烦了，也是渣得够彻底的！现在邱繁素有新男朋友了，他估计心里不好受。唉，可恨之人必有可怜之处，心疼他一秒。"

一岚冷笑一声，心想，陆江申才不可怜呢，他正跟汤沐温泉酒店老板的女儿汤真真打得火热，同时还勾着莲花客栈的一个女客人。他这样的花心萝卜怎么可能有空窗期！

两人互发微信吐槽，没多久，又有人走进客栈。一岚刚要挤出标志性服务微笑，却见来人是个小女孩。

"冰冰啊，你放学了？"

"嗯。"冰冰一蹦一跳进来，"一岚姐姐，我来看看暖暖。"

暖暖是之前南月带回来的那只小灰猫。自从暖暖被送去宠物医院治好，南月给康哥转了一笔钱，让他在客栈布置一个猫舍，收养暖暖。冰冰平日里一有空就会来客栈看暖暖，跟一岚已经很熟了。

一岚说："繁素回来了，你知道吗？"

"繁素姐姐回来了啊？她在哪儿呢？"冰冰很激动。自从南月离开垾曲，她们就再也没见过了。

"刚回房。你帮我看一下前台，我去叫繁素。"

"好，谢谢姐姐。"

邱繁素回到房间，把行李箱一放，瘫在了沙发上。今天又是坐飞机又是坐高铁，她有些累，肚子也开始咕咕叫。好在韩榷周提前跟袁姐订了包间，让她准备了几道拿手菜。在邱繁素看来，袁姐的手艺垾曲无人能敌，她越想越饿。

韩榷周问她："要不要收拾一下，早点吃饭？"

"好啊，让我再躺几分钟。"她想了想，又对韩榷周说，"刚才谢谢你。我知道你是故意对一岚说那番话，想替我挽回之前的面子。"

"也不完全是故意的，是心里话。"

大冬天的，邱繁素心中却是暖意融融。她很难想象南月是怎么度过那段灰暗时光的，在南月的时空里，没有从天而降的韩榷周，她只能靠自己走出来。

"你给于媛媛打电话了吗?"

"嗯,她说会准时到。这个点她还在工作,我们就没多聊。"

"你跟这个时空的于媛媛,好几年没见了吧。"

"是啊,很久了。"

邱繁素仔细算了下,从高中毕业到现在,快五年了。幸好她在 2021 年的时空见过于媛媛,知道她的未来会很好。

"马上要见她了,我其实有点紧张。我经常想,如果不是……"

"都过去了,别想了。"韩榷周拍拍她的后脑勺,"我先回房,你休息好了来找我。"

"好,一会儿见。"

韩榷周刚走到门口,房门被敲响了,他开门就看见一岚非常标准的笑脸。

一岚说:"繁素在吗?冰冰来了,这会儿在楼下等她呢。"

"在呢。"邱繁素从沙发上起来,带着疑惑走到门口,"哪个冰冰?"

一岚意外:"你收养的那只小猫暖暖,它的原主人啊。就是那个长头发的小女孩,冰冰。你连这都忘了?"

"没有没有,怎么会忘呢。我太累了,大脑卡壳。你让她等我会儿,我马上下去。"

"好。"

关上门,邱繁素一脸求助地看着韩榷周。他们俩都猜到了,收养小猫、结识小女孩冰冰……这些都是南月经历的事。

韩榷周握住她的手,安抚她:"没事,你不认识她,她认识你就行。"

"万一我说错话呢……"

"那就少说话,把主动权交出去。你那么聪明,随机应变肯定没问题的。"

"行吧。你跟我一起?"

"嗯。见完冰冰我们直接去吃饭吧,你肯定饿坏了。"

"确实饿了。"邱繁素深呼吸一下,开门,"走吧。"

韩榷周说的没错,少说话,多附和,把主动权交出去。南月是她,她是南月。就算她说错话,也不会有人怀疑什么。

不过,楼下的情况和邱繁素预想的不太一样,她还没来得及跟冰冰说上话,安茹顶了张苦瓜脸进来了。她一副来者不善的样子,整个客栈的气压瞬间变低,所有人到嘴边的话都戛然而止。冰冰看出这场合不适合她出现,赶紧跑去了猫舍。

故事还要从十几分钟前说起。

安茹虽然不在那个吃喝玩乐群,但一岚发群消息的时候,她恰好跟叶新刚坐在一起刷剧,群里的聊天内容她全看到了。那一刻,她极度不爽。她身边人都以为,邱繁素是因为她才被迫跟陆江申分手的。为此叶新刚没少教育她,天天让她远离陆江申。没想到她之前的猜测是对的,邱繁素早就找好备胎了!谁先出轨还不一定呢!

她越想越气,想要讨回公道,洗刷她"小三"的污名。

"听说你有新男朋友了?"安茹看着邱繁素,皮笑肉不笑,"邱繁素你可以啊,亏得整个垟曲都以为是我怎么你了。这才多久没见,你官宣新恋情倒是很快嘛!上次在灵觉寺不是口口声声说你们之间没什么吗?当我们都是傻子呢?"

"安茹小姐,我想你弄错了。"韩榷周纠正她,"上次来垟曲是我第一次见繁素,我追了繁素很久,最近我们才在一起。凡事都有个先后顺序,你刚才说的不是事实,也请不要试图误导不知情的人。"

"女人说话男人别插嘴！我跟邱繁素说话有你什么事！"

"那不好意思了，恐怕不能如你意。繁素不仅是女朋友，也是我的未婚妻，她的事就是我的事。"

安茹惊了。

一旁吃瓜的一岚更吃惊，邱繁素和韩榷周已经订婚了？好事近了？她吃瓜不嫌事大，赶紧打开微信群，把这个劲爆的消息分享了出去。群里再次炸锅。

"你们……这么快的吗？"安茹有点蒙，一瞬间忘了自己来这儿的目的。

邱繁素被她这反应爽到了，趁热打铁继续演。她挽起韩榷周的胳膊，冲安茹笑："别这么大火气嘛，安茹，有话好好说。今天就算你不来，我也想去阳光酒吧找你道谢呢。要不是你，我可能现在还在泥潭里，更不会遇见榷周，谢谢你啊。"

"你少显摆，收回你的假惺惺，我为什么来找你难道你心里不明白吗？"

"明白什么？"

"装傻是吧？明明是你对不起陆江申在先，演什么柔弱白莲呢！陆江申瞎了眼才会对你念念不忘！"

"你这话说的，我怎么对不起他了？我一没出轨，二没当三，不像……"她瞟了安茹一眼，话说一半故意不再往下说。

安茹气得牙痒痒。

一岚不动声色看好戏，把眼前的情况飞速直播给了珊珊。珊珊吃完中饭就跟朋友去市里逛街了，她直呼后悔错过这么精彩的一幕。

邱繁素有男朋友帮着出头，安茹知道自己双拳难敌四手，她眼眶红红的："反正陆江申已经知道你们在一起了，他肯定看清你的真面目了。"

"陆江申怎么看我,你觉得我会在意吗?"邱繁素冷笑,叹气。她虽不喜欢安茹,但也实在看不下去安茹这么恋爱脑。她简略地把孟晓璇的事,以及"她"和孟晓璇撞见陆江申和别的女人偷欢的事都告诉了安茹。末了,她又加了句:"他当时至少脚踏四条船,你只是其中一条而已。还不明白吗?"

"你胡说!"安茹据理力争,"他帮过我,也帮过我哥,他是个很好的人。我相信他。"

"他人好不好跟他渣不渣有关系吗?我也没说他十恶不赦。"邱繁素头疼,"言尽于此,懒得再跟你说下去。你赶紧回去吧,我今天心情好,不想吵架。"

安茹还想说什么,刚张口,邱繁素把她的话堵了回去:"你再不走我报警了啊。上门寻衅滋事,情节严重的话也是要被拘的。"

安茹:"……"

一岚怕她俩真的闹起来,赶紧把安茹拉出客栈大门。她劝安茹:"行了,你一个人说不过他们俩的。有什么事你找陆江申当面说吧,邱繁素跟他已经没关系了,你找邱繁素闹也没用啊!"

"可是陆江申根本不见我,他心里还惦记着邱繁素。我只是想让他知道,邱繁素没他想的那么简单。只要他看清邱繁素,我们还是可以重归于好的。"

"好好好,你和陆江申肯定可以重归于好的。"一岚嘴上这么说,心里好笑。见鬼的重归于好!见过恋爱脑,没见过像安茹这么蠢的恋爱脑。

03

经过安茹这么一闹,邱繁素实在没兴致在垞曲待了。原计划在这儿住两天,她临时改主意了,今晚见了于媛媛明天一早就撤。谁知道安茹会不会突然发癫呢!万一安茹再来找麻烦,她真没法忍住不报警。

邱繁素和冰冰待了半个小时后,韩榷周提醒她,快到约定的晚饭时间了。

"这么快?"邱繁素看了眼韩榷周的手表,忍不住吐槽,"时间都浪费在跟安茹吵架上了,我真是闲的!"

韩榷周笑话她:"我看你吵架的功力提升了不少啊,本来以为全程都要我替你挡枪。"

邱繁素想起她刚认识韩榷周的时候,灵觉寺门口那尴尬的一幕……她再也不想去回忆,扭头,刮了一下冰冰的鼻子:"姐姐要去见朋友啦,你也早点回家,别让你爸爸妈妈担心。"

"这么快就要走啊。"冰冰依依不舍,"你什么时候再来?"

"我有这么多朋友在这儿,随时会回来的呀。"只是,下次一定要选个安茹不在的时候来,一秒钟都不想见到她。

"那好吧。"

小女孩的快乐和难过都写在脸上,一眼就能看出来。从刚才的聊天中,邱繁素大致套出了冰冰和南月之间发生了什么。她拍了拍冰冰的头,以示安慰。

韩榷周蹲下身子,一本正经地对冰冰说:"别难过,繁素姐姐还会回来看你的。但是你要答应我们,努力学习,让自己变强大,这样才能守护你想守护的东西。"

年纪还小的冰冰似懂非懂地点了点头。

"不是每次都会有繁素姐姐出现,像救助小猫一样帮你解决别的困难。你得学会自己解决问题啊。"

"我明白了,我会努力的。谢谢哥哥,谢谢繁素姐姐。"

"现在不叫叔叔了?"

冰冰尴尬,脸一红,像阵风一样跑出去了。

邱繁素心情总算恢复了些。她看了眼窗外即将落山的太阳:"我们也走吧,不然于媛媛该等急了。"说完这句话,她先出了客栈大门。

许久没来垾曲,这里的变化倒是不大。秋去冬来,古镇一如既往地安逸。邱繁素慢悠悠往前走着,不料,一个熟悉的身影闯入她的视线。

南月曾在剧本中写道:世间最不该相见的就是分手后的双方。邱繁素深以为然。而在她前方十几米处,陆江申正忘情地亲吻一个女孩。那个女孩她之前没见过,看打扮应该是游客。经历这么多事后,她对这样的场景见怪不怪了。早先她听珊珊八卦过一嘴,说陆江申和她分手后同时跟好几个女游客暧昧不清,而且这些事安茹都知道。

邱繁素转身避开,当自己是个路人。可她扭头才发现,韩榷周没跟上来。她有些蒙,明明韩榷周在她后面出客栈的。

不过韩榷周很快就跟上来了,他解释:"抱歉,刚接了一个重要电话,周文博打来的。"

"怎么了?"一听到是周文博打来的,邱繁素隐隐不安。

"没事,晚些跟你说。"

有些话不方便大庭广众之下说,何况他看见了陆江申,陆江申也看见他们了。

刚才韩榷周一说话,陆江申就意识到旁边有人,赶紧松开了怀中的女生。他回头一看,很不巧,来人是邱繁素和韩榷周。不过他早就知道他们来垟曲了,没觉得意外,只是气氛比较尴尬。他眼神从他们身上掠过,不知道该说啥,干脆装不认识。

陆江申不说话,邱繁素乐得自在,她本来就没想跟他打招呼。韩榷周怕她不舒服,拉起她的手往前走。四个人擦身而过时,陆江申却转身叫住了她。

"繁素,等一下。"

邱繁素和韩榷周双双回头。

陆江申表情不太自然,很多话都到嘴边了,想想还是算了:"没什么,你们忙吧。"

邱繁素心里骂了句"莫名其妙",拉着韩榷周走了。那个女生察觉到了不对劲,将半个身子倚在陆江申怀里:"他们谁啊?"

"普通朋友,不是很熟。"

"我还以为是你前女友呢。"女生说话语气酸酸的,"不是就好。我好饿哦,亲爱的,我们去吃烧烤吧。"

"好,我带你吃烧烤去。"

说话声渐渐远去。邱繁素听到了那句"普通朋友",很想翻白眼。如果她有机会回到五年前而不是五年后,她一定对那个时候的自己说:远离渣男,以免青春喂了狗!

韩榷周看她那咬牙切齿的样子,没忍住笑意:"生气了?"

"没有。只是感叹我曾经的愚蠢以及比我更愚蠢的安茹。"邱繁素加快步子,边走边说,"不过没关系,这次回垟曲也算是跟过去做个了断。而且我是专程来见于媛媛的,其他事不重要。你放心,我是不会放在心上的。"

"能想通就好。"

"我有什么想不通的,我早就翻篇了。对了,现在旁边没别人,你快跟我说说周文博电话里说什么吧,我好奇。"

"他去外省天文台交流考察,偶然发现那边陈列柜展示的陨石样本中,有一块跟我在2021年的那块很像。我之前给他看过照片,他有印象。"

邱繁素脚步停了:"很像?不会是一样的吧?"

"他去要了陨石的资料,邮件抄送我了。我刚看了下,跟我那块陨石是完全一样的成分。其实陨石本身很普通,从资料上根本看不出什么特别之处。在它打开联系两个世界的门之前,我一直当它是块样本石,随手放在办公室的柜子里了。"

韩榷周仔细看了陨石的成分分析数据,他很肯定,两块陨石来自一个星系。周文博发给他的资料上写着,这是不久前一次半人马座流星雨留下的陨石残片。周文博特地查了那次流星雨,农历时间正好是廿三。

"2021年,我在青海出差时采集到了那块陨石,也不知道它落在地球上多久了。现在我推测,它落下的时间应该是某个月的农历十二号。"

廿三号和十二号,是他们每次时空旅行对应的农历时间。

2016年的一场半人马座流星雨中,某块陨石落在了地球上。2021年,同一星系又有一块陨石落在了地球上。自此,两个时空的连接建立。

"竟然是这样……"邱繁素脑子里突然冒出来一个大胆假设,"也就是说,只要这两块陨石还在,两个世界的联系会一直在?"

"理论上是这样,但很多事情是没办法主观臆测的,谁都不能肯定这样的概率会存在多久。"

这话说得深奥,邱繁素似懂非懂,可她听在耳中觉得无比惆怅。

这些日子以来，她已经习惯身边有他了。可一旦他离开，她的生活也该回到正轨了吧。努力工作，努力实现已知的梦想。她还是要心怀期待的，毕竟，不久的将来他们还会相遇。

邱繁素心不在焉地跟在韩榷周身后，没走多久，袁姐餐厅近在咫尺。于媛媛已经在门口等他们了，她冲他们挥手："繁素！你们怎么才来呀，快点快点，袁姐已经把菜都上好了。"

"好的。"邱繁素努力挤出一个笑容。她脚步沉重，神情也有些恍惚，因为眼前的于媛媛跟她在2021年见到的判若两人。2021年的于媛媛面色红润，气质卓然，整个人都神采奕奕的。可现在的她瘦得面颊都凹陷了，像是饱经风霜之后还没喘过气。

邱繁素很清楚，于媛媛之所以是这个模样，是因为她好不容易才从那段泥泞的婚姻中抽身，算算时间，离现在不过一个多月。来这儿之前她猜到了于媛媛会很憔悴，但真见了面，她心里的某个点还是被触动了。她眼眶发热，却极力忍住，她不该在这个时候哭。

韩榷周见邱繁素失态，赶紧挡在她身前，对于媛媛说："抱歉啊媛媛，是我的问题。我刚接了个工作电话，耽搁了。"

"韩博士你还是那么客气。我能走到今天完全得益于你们的帮忙，等你们一会儿又算得了什么。"

"怕你等久了肚子饿。走吧，先进去吃饭。"

好在于媛媛没察觉到邱繁素的失态，笑着迎他们进门。

邱繁素走在韩榷周身后，悄悄擦掉了眼泪。她深呼吸一下，努力遮掩自己的状态。她试图安慰自己，于媛媛会越来越好的，既然如此，她还难过个什么劲儿？

进包间前，她一直紧紧攥着韩榷周的手，好不容易把起伏不定的心情按捺住了。

包间的桌上摆满了菜,有几道是她熟悉的菜式,分手前她经常跟陆江申过来吃。不到两个月而已,物换星移,物是人非,人生有时候就是这么让人意想不到。

"繁素,你愣着干吗呢,快坐下吃啊。"于媛媛依然像个局外人一样,笑呵呵招呼他们。

韩榷周拉邱繁素坐下。他们聊了十几分钟后,气氛才慢慢缓过来。他们都在努力接受这个时空的于媛媛,这才是她在这个时空本该有的样子,他们不该用五年后的标准来要求当下。

"能看到你真的很开心。"邱繁素给于媛媛夹了一块牛肉,"你得多吃点了,好好补补,重新找回那个漂亮自信的于媛媛。"

于媛媛点头:"这些话你说过好几次了,我都记在心里呢。你放心。"

"我知道,只是一跟你见面就激动了,你别嫌我啰唆啊。"

"怎么会,我一直记着你说的话呢!我在垟曲一切都好,袁敏、袁姐,还有康哥他们都很照顾我。多亏韩博士找朋友帮忙,我的离婚协议已经办完了,孩子的抚养权也在争取,律师说希望很大。一切都在慢慢变好,我很知足了。"

"那就好。我们明天就离开垟曲了,韩榷周还有些工作要忙。你如果有什么需要帮忙的,可以随时……"

"不用了,"于媛媛打断她的话,"繁素,我还是坚持我之前跟你说的,剩下的路交给我自己来走吧。你们已经帮了我很多,我真的不想再麻烦你们了。"

"媛媛,你我之间不需要说'麻烦'两个字。"

"我知道你是为我好,但是繁素你务必相信我一次,我一定会振作起来。等到哪一天我足够独立了,能够报答你们了,我再回来找你们。在此之前我们暂时不要见面了，不要让我太依赖你们的帮助，好吗？"

这句话，邱繁素觉得她好像在哪里听到过。

对，2021年，于媛媛跟她说过同样的话！所以这就是于媛媛五年来没有跟任何朋友联系的真实原因——她不想依赖别人，她想靠自己走出困境。

邱繁素顿时了然。所有事都朝着她已知的方向在发展。她不需要做任何事，顺其自然，不去干涉，不做那只在南美森林扇动翅膀的蝴蝶，这样才会迎来正确的结局。

"好。"她点头。

"谢谢你能理解我。"

"我是相信你。你迟早会大放异彩的，就像我坚信罗遇心有朝一日会成为大明星一样。"

"我也相信，罗遇心她很快会成功。"于媛媛说，"但我跟她不一样。我现在这个样子，不知道什么时候才有底气去找你们。"

"五年。"

于媛媛回头，诧异地看着突然插话的韩榷周。

韩榷周很坚定地告诉她："五年后，你们会再见的。"

于媛媛不知道他为什么这么肯定，但通过这段时间跟他的接触，她对他有种不需要理由的信任感。

"好，那就等五年。五年后我去见你们。"

那她就再等五年吧。五年而已，春去秋来，物换星移，五年其实很快的。

04

12月15日的京州市,白日里是个大晴天,到了晚上,月光几乎无任何遮挡,明亮、柔和,美得叫人沉醉。

夜晚的天文台格外安静。韩榷周、邱繁素和周文博都聚集在他的办公室内。确切地说,在2016年的现在,这里还没成为他的办公室。

韩榷周看了眼手表,8点半。顺利的话,接下来的一个小时他可能随时会从这里消失。

是时候告别了。他应该不会再回到这里了。他故作轻松,问邱繁素:"还有什么话想说吗?如果没有,那就正式道个别吧。"

邱繁素眼睛酸涩:"五年前的你,和五年后的你像吗?"

"应该不太像吧,人都是会变的。"韩榷周笑笑,"不过我说了不算。"

"你说了都不算的话,那谁说了算?"

"五年后的你。"

五年后的她?邱繁素顿时说不出话了。其实在问这个问题之前她没考虑过,五年后的她跟现在像不像,她说了也不算。她如何能判断,那时候的她是否跟现在的想法一样呢。

周文博适时打断他们:"繁素,或许我有必要提醒你们。就算五年后的韩榷周顺利回来,按照我们之前的约定,你们也不能再见面了。"

"我知道,我只是……"

她只是舍不得,舍不得韩榷周离开,舍不得跟韩榷周朝夕相处的日子。

她很想给韩榷周一个告别拥抱,可是她不敢,从月亮出来的那一刻起,他们就不能有任何肢体接触了。不然她很有可能再次被他带回

2021年,他们之前所做的一切都将功亏一篑。

"没事的,繁素,很快我们就会见面的。"

韩榷周走到窗边。办公室没有开灯,月光从他们预想中的角度透进来,明亮而柔和,室内的人影清晰可见。2021年的这一刻,应该也是个好天气吧。

他回头对邱繁素说:"你看外面的月亮。"

邱繁素抬头,望向窗外。

"今晚的月色……"话说到一半,戛然而止。

邱繁素错愕,周文博也怔住了。几乎就在0.1秒之内,韩榷周消失在月光中,消失在他们面前。他们都很清楚发生了什么:韩榷周回去了。

邱繁素再也绷不住,眼泪汹涌而出。这一次他是真的走了,再也不会回来了。

"怎么不开灯?"熟悉的声音从门口传来,然后是轻微的啪的一声,办公室亮如白昼。

邱繁素和周文博双双回头。"韩榷周"就站在那儿,身姿挺拔,一如往昔,仿佛刚才他并没有离开,只从窗边瞬间移动到了门口。但他们都知道,他是"他",却又不是"他"。

周文博露出笑容,走过去,拍了拍韩榷周的肩膀:"总算回来了。"

"师哥,这阵子辛苦你了,一直在为我忙碌。"

"跟我还说客气话呢?去了趟2021年,变得不像你了。"

韩榷周笑笑。然后他回头,目光落在邱繁素身上。

从韩榷周出现的那一刻起,邱繁素像尊雕像一样,忘了怎么说话。她一直在打量这个韩榷周,五年前的他跟五年后的他长得一样,但还是有些不一样的地方。2016年的他更年轻,更青涩,少了几分沉稳却多了几分朝气。

原来五年前的他是这个样子的啊。她忽然笑了，笑的同时，她眼中有温热的液体滑落。

韩榷周也笑了："你好，2016年的邱繁素。"

"你好，2016年的韩榷周。"邱繁素说话声音有些干涩，"初次相见，但未来可能要经常麻烦你了。"

"或许是互相麻烦吧。"

邱繁素点头，眼泪继续往外冒。她别过头，伸手擦掉了泪水："是，互相麻烦。"

"回来之前我一直在想，五年前的你会是什么样子。"

"让你失望了吗？"

韩榷周摇头："跟我想象中差不多。"

五年前的邱繁素有些稚嫩，脸上还有些没褪去的婴儿肥。而且跟已然是成功人士的南月相比，这个邱繁素眼神中多了一些东西，是那种没历经社会锤炼的单纯。确实不太一样，但又跟他想象的一样。

他们仿佛心有灵犀般，再次相视一笑。

他大步向她走去，握起她的手，将一样东西放在她的手心。她低头一看，是一张电影票的票根。

"他应该跟你提过吧，这才是我们本该遇见的时间和地点。你收好它，2018年10月17日去这个电影院，看这场电影。"

邱繁素端详着手中的电影票，那场电影的名字叫作《那就去梦里相遇吧》。

"好应景的名字。"她说，"今晚出了这扇门，我们是不是不能再见面了？"

"不仅不能见面，也不能再联系了。"

意料之中的答案，她听了却非常失落。

"但是繁素，没关系，很快我们会再见面的。"

"2021年的你，离开之前跟我说了同样的话。现在是2016年12月15日，离2018年10月17日还有不到两年时间。"她扬了扬手里的电影票根，眼神坚定，"等到了这一天，我一定准时赴约。你也一定要来啊，不见不散。"

"好。不见不散。"

"好了，我要说的都说完了，你们谁有空就送我回家吧。"邱繁素故作坚强，"我的生活也该回到正轨了。"

半小时后，韩榷周和周文博一起把邱繁素送回了她父母家中。今晚注定是个不眠之夜，于他们三人而言都一样。事情看似结束了，却又好像才刚开始。

回去的路上，周文博开车。车内很安静，两个人各有心事。

韩榷周挑了个合适的时机："师哥，你在前面靠边停一下车，我想跟你聊聊。"

"不用聊，我知道你小子想说什么。"周文博一副心知肚明的样子，"我跟你一起经历了这件事，其中规律我不比你陌生。现在你回到了这个时空，我们是时候回英国了，对吧？"

"还是师哥懂我。"

"我在那边的事也还没处理完。既然决定了，我们尽快订机票吧。"

"不忙。还有一件事，我得做完了才能走。"

"什么事？"

韩榷周没回答，他脑中浮现出了南月的样子。这个时候，她应该已经见到"他"了吧?

2021年12月15日,多云,月色朦胧。

京州市天文台,韩榷周办公室内,墙上的挂钟指向8点35分。

南月看着突然在她面前消失,又突然出现的韩榷周,极力保持住平和的神态。她告诉自己,她是见过世面的人,她也经历过时空穿梭,没什么大不了的。

对,就是这样,要冷静!

两人对视几秒后,韩榷周先开口了:"阿月,我回来了。这阵子让你担心了,对不起。"

听到他的声音,南月最终没忍住,扑进了他的怀中。她埋怨:"你真的很烦,下次再失踪,你就留在2016年别回来了。"

韩榷周紧紧揽住她:"好,你说了算。"

周文博看着这一幕,不动声色地开门出去了。

"你知不知道,这两个月我的心情像过山车一样。当我猜测你去了五年前,我觉得自己像个疯子,要不是罗遇心愿意相信我……"

"我知道。不会再有下次了。"

"你还想有下次!"

韩榷周笑了:"我道歉,是我不对。还有,以前的我太刻板、太严肃了,每天只知道跟你聊你不感兴趣的工作内容,给不了你想要的情绪价值,毕竟你是个天马行空的创作者。但是以后不会了,我会尽可能改变,也会多留一些时间给我们的生活。"

南月摇头:"不是你一个人的错,我也有我的问题,你不在的这两个月我反思了很多。是啊,事业固然重要,但也不该占用我的全部精力,我明明可以分出一些时间陪家人的。不只是你,还有我爸妈,他们也需要我。"

南珂和邱培源不止一次向她抱怨,说她成天只知道写剧本、加班……忙得连父母都不要了,钱是赚不完的,父母的寿数却是有限的。她以前从未往心里去,直到这次意外发生。想来也是好笑,2016 年的韩榷周来到 2021 年的这段时间,她见父母的次数比去年一整年加起来都多。

"明天我们早点回你爸妈家,陪他们好好吃顿饭。"

"好,那我们现在回家?"

"嗯。"

离开办公室前,不知出于什么心态,韩榷周回头看了一眼桌上的陨石,暗红色的石头中间多了一条缝。仔细一看,他们发现陨石已经裂成了两半。

"这是什么情况,怎么突然裂开了?"

"可能这次是真的结束了吧。"韩榷周拉过她的手,"走吧,先回家。我今晚没吃饭,肚子饿了。"

"吃什么?烛光晚餐吗?"

"不了吧,去楼下餐厅吃火锅去。"

"好主意。"

韩榷周回来的消息,罗遇心比当事人还激动,非要请韩榷周去旋转餐厅吃法餐。

听韩榷周说了陨石碎裂的事,罗遇心目瞪口呆:"这么说来,时空旅行彻底结束了,以后都不会发生了?"

"应该是吧。"

"虽说早就想到会是这样,但还是觉得,这事结束得有些突然。"

南月瞥了她一眼："不然呢，你在期待什么？"

"没什么没什么，这样最好啦。"罗遇心说，"闻恺想约你们下周去西山雪场，那边新开了个汤泉，可舒服了！"

"你下周不是有个电视节的活动吗？等等——"南月缓了好几秒，罗遇心刚才说谁？闻恺？她脑子里缓缓打出一个问号："你突然怎么跟闻恺这么熟了？"

"突然？我们大家不是一直很熟吗？"罗遇心狐疑。她也缓了好几秒，然后从包里掏出手机，翻出相册给南月看："你看，这不就是你嘛！我们以前经常一起滑雪，只不过去年闻恺伤退，滑的次数少了而已。"

南月把照片放大，越仔细看，眉头皱得越紧。照片上的每一个人她都认得，她、罗遇心、尹朱照、闻恺，还有她另外几个高中同学。

韩榷周从南月手里接过手机。看了这张照片，他想起一件原以为很不起眼的事，这件事对他来说就发生在几天前。他沉思道："阿月，这件事可能是因我而起的。"

2016年，他在邱繁素家的相册中认出了闻恺，点明了闻恺未来滑雪冠军的身份。又因为他，邱繁素在2021年接触了滑雪，对滑雪产生了兴趣。回到2016年的邱繁素得知闻恺是滑雪运动员，满怀期待地通过尹朱照找到闻恺约滑雪局。往后他们的每次聚会，罗遇心都在其中。所以在罗遇心的记忆中，他们这些年一直有联系，她甚至跟闻恺很熟。

南月听了韩榷周的解释，有种强烈的预感，她问罗遇心："你跟闻恺是什么关系？"

"他、他追我啊，我刚答应……"罗遇心意识到不对劲了，"所以，又变了？我以前跟他不熟吗？"

南月脑子很乱，她连着问了罗遇心几个问题。

好在情况不是太糟糕，除了罗遇心跟闻恺的关系变化，其他事都还在原来的轨道上：闻恺去过于媛媛店里，他和罗遇心因此传过绯闻，但是不了了之；贺峥在天文台的后山跟罗遇心做了告别；罗遇心依旧是风光无限的大明星……

"你对闻恺什么感觉？"南月追问。

罗遇心想了想，不是很确定："肯定是喜欢的吧，至于感情有多深，我现在还没法判断。多接触接触再说。"

"可是……"

"别可是了，现在不挺好的嘛。反正我觉得挺好的。"

南月无法否认，在罗遇心的认知中，现在的一切才是合理的。就像韩榷周曾经说的那样，或许这才是正确的未来。

尾声

2023年7月，罗遇心主演的《时间后面的世界》掀起了收视狂潮，她和南月的事业更上一层楼。邹梨作为这部剧的女二，成功积累人气，一下子接到了好几部戏的女主邀约。

在平台举办的庆功宴上，主持人问罗遇心，如今她已经有多部爆款作品，接下来有什么打算。

南月坐在电视机前，看罗遇心侃侃而谈："拍完即将杀青的这部电影我想休息一阵，也多陪陪身边的人。"

主持人问："是指家人和朋友吗？还是像网友猜测的那样，有感情动向了？"

"嗯，就是大家猜的那样，目前挺稳定的。"

不到五分钟,"罗遇心恋情"冲上热搜,引爆了服务器。虽说罗遇心马上就要过三十岁生日,有男朋友很正常,可她很少传绯闻。万万没想到,她今天竟然自曝恋情!

又过了几分钟,跟罗遇心合作过的男明星挨个上了热搜,连魏冲都被提到了。

南月稳如泰山,这样的事她在循环中经历了好几次,早就见怪不怪了。她觉得这届网友好像不聪明的样子,罗遇心以前就跟闻恺传过绯闻,怎么没人提闻恺?稍微深扒一下就能发现闻恺是罗遇心的正牌男友啊!

"看什么呢?"韩榷周从浴室出来,"我洗完了,你现在去洗澡吗?"

"嗯,要洗,我身上一股孜然味。"

他们今天去吃了烤肉,带了一身味回家。不仅要洗澡,还得点个香去去屋里的味道。

南月洗完澡出来,罗遇心的事又发生了变化。

韩榷周给她看了刚弹出的娱乐新闻。狗仔拍到罗遇心庆功宴后没有回家,而是跟男朋友约会去了,男方被拍到了背影和侧脸。

尽管图很糊,南月还是一眼就认出来了,那个男人不是闻恺,而是——

"贺峥?"

死去的记忆开始攻击她。这可真是一件相当炸裂的事!

南月要疯了。罗遇心怎么这么糊涂?她事业正在上升期,怎么能在关键时刻传出这种负面新闻!贺峥可是有妇之夫!

南月这几年跟贺峥没联系,但合理猜测,贺峥的孩子都能打酱油了。

"怎么办、怎么办……这事不对啊,我了解罗遇心,她不可能跟贺峥藕断丝连的。其中是不是有什么误会?"南月在客厅踱来踱去,"现在说这些也没用了,我都能认出是贺峥,网友应该很快就人肉出来了。贺峥的身份一曝光,对罗遇心是个致命的打击,这事可能拖不到明天!"

韩榷周点开最新推送,转述给了南月:"不用等到明天,贺峥已经上热搜了。"

南月紧绷的心弦断开了,完了!

韩榷周安慰她:"事情跟你想的不太一样,你先别急,过来看。"

南月从韩榷周手里接过手机,她一字一句看完了整条新闻,还有下面的评论。出乎她的意料,底下一片祝福声,甚至已经有粉丝开始喊贺峥"姐夫"了。

这事很诡异。贺峥是半个公众人物,他的婚姻状况不是秘密,网友怎么可能扒不出他的已婚身份?

南月急忙搜出贺峥的资料,意外的是,贺峥竟然是单身。她又搜索闻恺。她印象中2021年闻恺和罗遇心传的绯闻还在,只不过多了一条澄清新闻。事情发生当天罗遇心工作室就辟谣了,说只是普通的同学聚会。闻恺也在个人平台澄清,他跟罗遇心是高中同学,也是好朋友,希望大家不要胡乱揣测。

"不对,不应该啊。"南月完全蒙了,"我们的时空旅行在两年前就已经结束,为什么还会有蝴蝶效应?我去找罗遇心!"

"你问罗遇心也没用,她的记忆已经变了。"

南月停住了穿衣服出门的动作。韩榷周说的这点她相信,现在的罗遇心只有跟贺峥恋爱的记忆,问她也是白费功夫。

客厅内的空气像是凝固了一样。

韩榷周若有所思许久之后，淡淡开口："或许，这件事情我们应该问贺峥。"

对，问贺峥。

南月慢慢冷静了下来，思忖："贺峥现在跟罗遇心待在一起，蹲他们的记者肯定很多，这个时候找他是不是不合适？"

"不急，事情既然已经发生了，等等吧。"

第二天，南月一大早就被手机铃声吵醒了。她迷迷糊糊睁开眼睛，看到来电显示的名字是贺峥，瞬间没了睡意。

不用等她去找贺峥，贺峥主动找她了。

"邱繁素吗？是我，贺峥。"

南月声音干涩："你找我是为了罗遇心的事？"

"嗯。"贺峥声音平和，"我答应过韩榷周，我和心心的事情曝光后，要第一时间告诉你真相。但是昨晚我跟心心在一起，说话不太方便。"

"韩榷周？"南月纳闷。韩榷周半小时前刚起床去上班，这事跟他有关系？

贺峥纠正："准确地说，是2016年的韩榷周。"

南月心里咯噔一下。

贺峥详细地说完了整件事。他的叙述很平静，南月的反应也很平静。可挂了电话，南月心中漾起了一圈圈涟漪。

2016年12月16日，韩榷周找到贺峥，告诉了他时空穿梭的秘密，也告诉了他未来会发生什么。

这件事听起来很离奇，但是贺峥相信了。彼时，他刚被罗遇心拒绝，也正被家里张罗和佟家的联姻。说实话，要不是韩榷周告诉他这些，他已经做好了娶佟笑蕊的准备。

由于这次意外，贺峥跟佟笑蕊深谈了一番。他们二人达成一致，非常坚定地拒绝了联姻。两家父母没其他办法，又奈何不了他们，只好作罢。

韩榷周提醒他不能见罗遇心，不然会引发未来世界的蝴蝶效应。所以他没有直接去找她，而是给她发了一条消息，让她安心去做她想做的事，暂时不见面、不联系，等将来他们都成就一番事业，再给彼此一个机会，重新开始。

罗遇心答应了。她按照贺峥所说的，没有将此事告诉任何人，包括南月。

2018年，罗遇心从寂寂无名的小演员一跃成为当红女明星。贺峥遵守约定，在那个时候重新联系了罗遇心。至此，他们的感情又回到了第一轮改变发生之后的轨道上。

而中间这些事，罗遇心全然不知情。

南月缓缓放下手机，手指禁不住颤抖。当年她心里的遗憾，原来他都知道。所以回到2016年之后，他还是去找了贺峥。

按照现在的时间往前推，五年前的世界正好是2018年。在那个世界，贺峥和罗遇心相见，引起的相应变化是，这个世界的罗遇心跟闻恺再无瓜葛，而是跟贺峥在一起了。他们三人的历史改写，贺峥和佟笑蕊的婚姻也不复存在。

南月不知道佟笑蕊现在怎么样了，但是她结束了心心念念想挣脱的婚姻，重获自由，也是一种幸福吧。她的世界无限广阔，她有更好的选择，更好的未来。

南月脑中的画面像走马灯一样，从2016年到2021年，再到2023年，逐一播放了一遍。她忽然想起一件事，迅速下床，穿着拖鞋去了书房，丝绸睡袍的系带拖地也浑然未觉。

她打开保险柜，找到来自2016年的，原本属于那个世界的韩榷周的深蓝色笔记本。时空旅行结束后，她和韩榷周一致决定，将这本笔记本尘封在保险柜中，跟过去做个告别。自然，他们没有再打开过。

她翻到了笔记本最后一页，上面多了两行字，一看就是写给她的：

2018年12月16日，我将时空穿梭的秘密告诉了贺峥，未来看到这行字的你应该感受到变化了吧？这应该是最后一次蝴蝶效应了，也是我最后一次在这本笔记上留言。

愿阿月心中不再有憾事。

第六章 番外

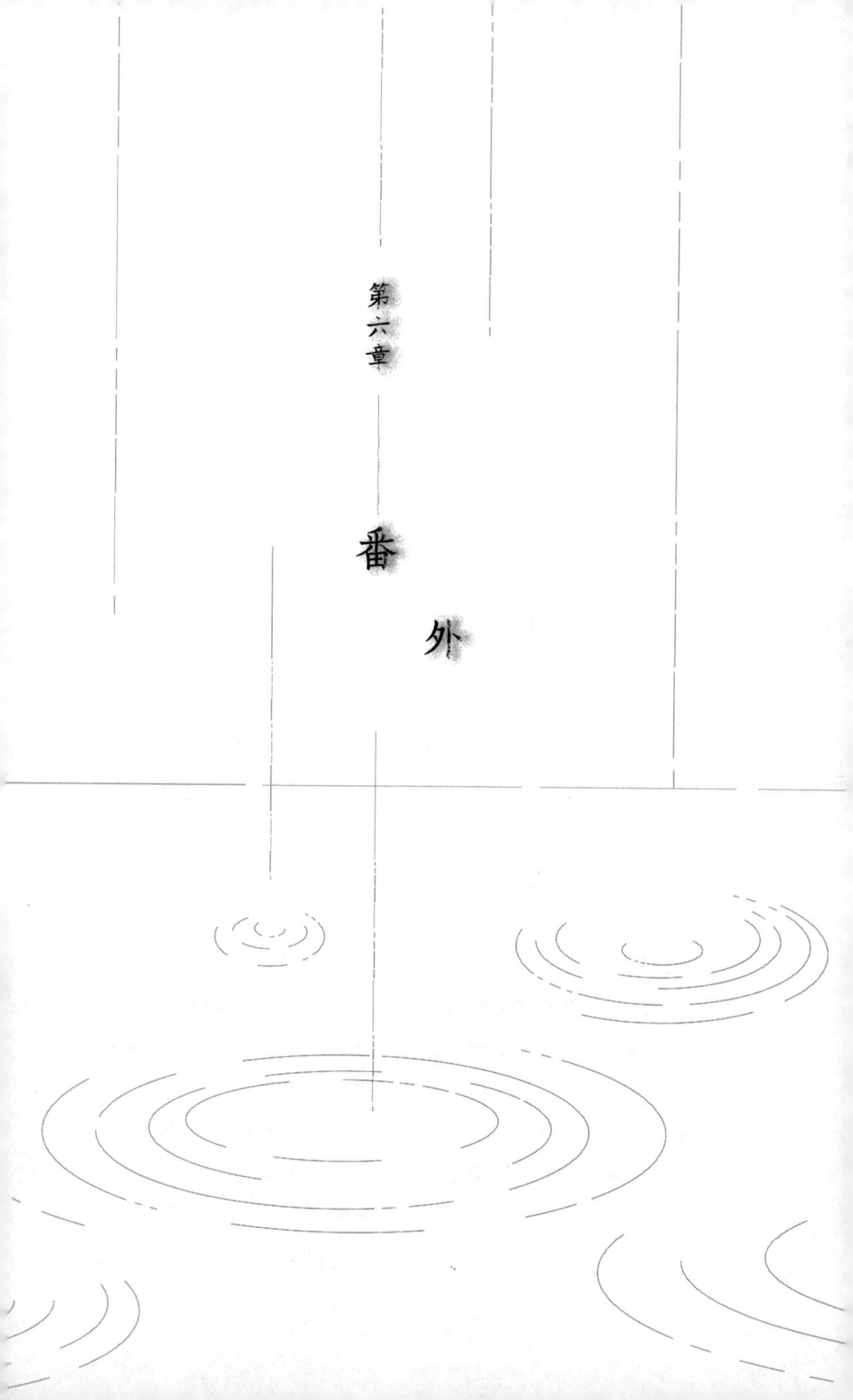

番外一：2018年的一场电影

2018年10月17日，"繁心文化"正式成立的第六天。

"繁"是邱繁素，"心"即罗遇心。她们各自功成名就之后，做的第一个重大决定就是合伙成立公司，在未来的事业道路上携手共进退。

原工作室的小伙伴们在10月12日这一天搬进了新公司，大家都很兴奋，尤其是老板之一的罗遇心。对于曾经只能在各大剧组跑龙套的她来说，能演主角已经是喜出望外的事，她无论如何都没想到，还能有成立自己公司的一天。

这几日，罗遇心的情绪一直处在激昂的状态，时不时给南月发表达兴奋的表情包。南月内心却是出奇地平静。毕竟早在两年前，她已经窥见了之后会发生的一切。并且，她曾短暂拥有过现在的一切。

此刻，南月正站在办公室的落地玻璃窗前，看着马路上涌动的车流，每隔几分钟就抬手看一眼腕表。

江昀好奇地问："南总，您有什么急事吗？"

她是南月的助理，前天刚入职。说来也很神奇，她不知道为什么南月一见她就直接录用了。为此她工作特别卖力，下午刚把南月未来一周的行程做了表格。按照计划，南月下班后要去参加电影《那就去梦里相遇吧》的首映礼，6点的场次。这是一部都市爱情片，制片人刘卉是南月的圈内好友，南月一早就答应要去捧场的。

见南月走神，江昀又喊了声："南总？"

"没什么。你去催催法务部的合同，签了字我要走。"南月很急。要不是合作公司催合同催得紧，她也不至于等到现在。今晚，她有一件很重要的事要去做。

江昀说："刚催过了，正在加急看呢。我再去问问。"

"好。"

"南总，看电影迟到一会儿没事。您开车得注意安全，不急于那几分钟。"

南月笑笑："不是因为电影。"

"啊？那南总你是着急去……"

"去约会啊。"

江昀瞠目结舌。她观察南月说这话的表情，又不太像开玩笑。

约二十分钟后，法务部审完了合同，说没什么问题。

江昀拿着合同和审批表去找南月，南月秒接过，手速如飞签完大名，叮嘱江昀尽快盖章寄出。江昀没来得及回答，南月迅速拿着包出门了。

"这么着急吗……"江昀愣在原地。她不由得想起南月刚才给她的答案：去约会。

她刚进公司就听同事提过，南月有一个"看不见的男朋友"。之所以说看不见，是因为南月一直声称自己不是单身，但从没有人见过她男朋友。她每天忙得像陀螺，也不像有空去约会的样子。因此有同事怀疑，这不过是南月拒绝别人追求的托词罢了。南月长得漂亮，事业有成，桃花运一直很旺。

江昀听过一个很隐晦的八卦，据说谢成洲追过南月，被她拒绝了。都说越是离谱的传言越可能是真的，但江昀不太信。谢成洲可是炙手可热的实力派男明星，三年拿了两个视帝，出身好，长得还帅，圈内不知道多少女演员对他想入非非。他若是追求南月，南月能忍心拒绝？

江昀一边胡思乱想，一边把盖章流程走完了。她回到工位，听见同事们也在聊南月的八卦。内容部的周莎是之前在工作室就跟着南月的，艺人部的刘坤曾经是罗遇心的执行经纪人，他们掌握的信息比较多。江昀竖起耳朵听。

刘坤说："我听罗遇心说过，南月有个在英国留学的白月光。"

"前男友？"

"没听说分手，不过也没听说在一起。唉，我不好意思多问。"

"你们怎么聊起这个了。"江昀不解。

周莎说："我喊南总看完电影一起唱歌去，她说没空，要去约会。所以我们在猜，她是要去跟谁约会。"

"该不会是……"刘坤干咳一声，"谢？"

刘坤这么猜不是没理由的。一来，本就有小道消息说谢成洲对南月有意思；二来，谢成洲是《那就去梦里相遇吧》的男主角，今晚首映礼他也在现场。

江昀听他们你一言我一语，不由得皱起眉头。这么说来，南月没开玩笑，她真约会去了。如果南月真跟谢成洲谈恋爱，传出去了可是爆炸性新闻！

江昀想象了一下谢成洲粉丝知道这事之后的反应，不寒而栗。心想，可千万别是他，她宁愿南月的交往对象是那个国外的白月光。人生最幸福的事之一，莫过于心有所求，而心想事成。

离电影开场不到十分钟，南月还堵在路上，她看着前面一排红色的汽车尾灯，心中焦急，却只能微笑面对，深呼吸：都行，可以，没关系。

同一时间，韩榷周已经抵达电影院。他昨天还对着从2021年带回的电影票根发愁，要怎么才能买到这一个场次的电影票。首映礼是片方包场，不对外售票。他很好奇，另一时空的"他"是怎么拿到这张票的。巧合来得很及时，昨天下班前，同事问他有没有兴趣看电影，说自己妹妹是这部电影出品方的工作人员，有内部票。

韩榷周到了电影院，同事妹妹给了他一张票。他一看，场次、座位，竟然跟他手里的票根一模一样。原来，"他"是这样遇见南月的。

时间一分一秒过去，转眼，电影开始了。

韩榷周坐在一旁的休息处，看着检票口的人一个个入场，没有发现南月。他和南月两年没见了，但如果她在现场，他一定一眼就能认出来。

6点5分，电影已经开场五分钟，南月还是没出现。韩榷周低头看着手里的电影票，默默朝检票口走去。他知道，她一定会来的。

影院内黑漆漆一片，韩榷周借着微弱的光找到了自己的座位，他在第九排，而他前面的座位空着。2021年，他拿到"南月"给的电影票根时，特地记下了她的座位，她坐在他前面。

6点10分，南月火急火燎赶到了电影院。下班高峰路上堵车，错过一个红绿灯，就耽搁到了现在。她一进场，出品方的工作人员就认出了她，领她进了影院。

10月中旬本该入秋，可最近气候反常，闷热难耐，加上刚才一路急走，南月浑身燥热。电影开场已经有一会儿了，她不敢打扰其他人，安静地寻找自己的座位。

一排，二排，三排……南月走到了第八排，借着并不清晰的光亮，看见了中间有一个空位。她猫着身子，轻手轻脚走过去，坐下。这时，后面有人拍了拍她的肩膀。

南月心一紧，深呼吸，回头。恰好，银幕画面切换到了白天的场景，场内一下子亮堂了。借着亮光，南月看清了韩榷周的脸。他眼含笑意，正安静地看着她。饶是她努力平复心情，但时隔两年的重逢，那种澎湃的感觉终究是抑制不住的。

南月莞尔，冲韩榷周微微一笑，眼眸如星。

韩榷周凑近前座，压低声音在她耳边说："好久不见，阿月。"

电影散场后，韩榷周带南月去吃火锅。这场电影的时间很尴尬，他们都没吃晚饭。

南月涮着菜，目光时不时从韩榷周脸上掠过，眼前的他已经无限接近于与她处在不同时空的那个"他"了。两年的时间，说长不长，却真的能让人改变很多。

韩榷周给南月涮了一片牛肉，放进她碗里。她有些欣慰："看来，我的口味你还是记得很清楚啊。"

"有那样的经历，忘记比记得难。"

"什么时候回国的？"

"有一阵了。这两年你还好吧？"

"这话不该是从你嘴里问出来的。你去过那一年，应该早就知道我会过得很好。"

"嗯。"韩榷周想了想,淡淡开口,"有件事情,我想应该跟你说一声。"

"什么?"南月狐疑。以她对韩榷周的了解,他很少会用这么正式的语气开场,除非他要说的事很重要。

"去英国之前,我去见过贺峥。"

"你去见他干吗?"说到这儿,南月突然想起什么,抬头看向他,眼中透着不可思议,"你该不会……"

韩榷周看她表情变化,知道她已经猜到了,点头:"嗯,都告诉他了。"

"他信吗?"

"信。"

贺峥居然信!

南月先是诧异,想想又觉得不算意外。贺峥是那么聪明的人,之前发生种种奇怪的事,他应该有察觉到不对劲吧?那一段经历属实离奇,若非她身边有共同分享过这个秘密的人,她或许会以为,那是她突发奇想的故事。

"罗遇心呢,她不知道吧?"从她和罗遇心这两年的相处来看,罗遇心应该是不知情的。

果然,韩榷周说:"罗遇心不知道。不过,算算时间,他们俩一定见过面了。"

嗯,是该见面了。

南月的记忆倒退回了两年前,2016 年 12 月 15 日的夜晚,韩榷周曾无意中说了一句,他还有一件没做完的事。原来,他指的是这件事。

番外二：2024 年的一场婚礼

2024年7月，罗遇心和贺峥的婚礼在意大利的阿马尔菲海岸举行。这是意大利南部的一段海岸线，典型的西西里风格，山与海在这里相融合，走在路上，四处可见柠檬树和五彩的房子。

2019年，罗遇心在这里拍过广告，因工作繁忙没来得及多住几天，事后一直心心念念，想抽空专程来度个假。可惜她工作太忙，时间由不得自己支配。她好几次对南月说，下次我们一起去。下次复下次，一晃多年，始终没有成行。

贺峥年前听南月提过这事，便在心里记下了，后来他把婚礼定在了这里。

一开始，罗遇心是想在敦煌办婚礼的，以纪念她跟贺峥对彼此心动的那个夜晚。不过她是公众人物，在国内办婚礼免不了引起围观和代拍。多方面考量之后，她听了贺峥的建议。总归是她喜欢的地方，也算是弥补了度假未成行的遗憾。

这场婚礼十分盛大，是罗遇心不曾想过的样子。这三十年间，她大部分时间都花在学习和演戏上。为数不多的期待过爱情的日子，是2016年的敦煌，经历过雅丹魔鬼城的"囧途"之后，然而这一念想很快就被她亲手掐灭。贺峥妈妈找了她之后，她果断做出了抉择，在懵懂的爱情和最爱的事业之间选了后者。她以为，她这辈子不会再遇到这样的悸动。

那以后发生的很多事情，罗遇心并不知情。或者说，她知情过，只因为2016年引起蝴蝶效应，那些记忆消失了。对南月来说，罗遇心不知情最好，她只需要当一个快乐的新娘。

婚礼仪式结束，罗遇心和伴娘们在休息室小憩。她们昨晚都没怎么休息，需要恢复一下精力，以准备晚上的派对。南月和韩榷周在2023年就结婚了，没法再当罗遇心的伴娘，她陪罗遇心在休息室待了没多久就出门了，她得去应酬一番——来参加婚礼的有不少人是繁心文化的合作方。

韩榷周独自在阳台抽烟。海风吹来，带着咸湿的味道，还有柠檬的香气。他听见身后的门开了，他以为是南月，回头发现，来人是贺峥。

贺峥端了两杯红酒，将其中一杯递给韩榷周："来点儿吗？"

韩榷周接过，和他轻轻碰了个杯："新婚快乐。"

"谢谢。"贺峥顿了顿，补充，"为2016年的事谢谢。"

韩榷周莞尔："当时，你应该跟那一时空的我道过谢了。"

"是。不过我跟心心能走到今天，想想还是像做梦一样，总觉得还是欠你一句感谢。"

2016年12月16日，贺峥跟那一时空的"韩榷周"见了面。彼时"韩榷周"正准备去英国，离开前跟他有过一次深谈。"韩榷周"说的事情很离奇，贺峥至今也想不通为什么他竟然会相信。

"当年我如果没有相信你说的那些……"贺峥脑中闪过一个个画面，那是"韩榷周"跟他描述过的，他和佟笑蕊的未来。他笑着摇摇头："不说了，现在这样很好。我跟心心能在一起，笑蕊也拥有了她理想的感情。"

韩榷周想起，下午他和南月在酒店碰见了佟笑蕊，她是跟男朋友一起来参加婚礼的。听她介绍，她男朋友跟南启明算半个同行，从事脑神经科医学研究的，家里三代都是医生。

韩榷周说："那位林先生看着气度不凡，跟佟笑蕊很般配。"

"找一个医学从业者作为伴侣，这显然不是笑蕊父母期望的。不过笑蕊这几年把公司打理得很好，她不需要依靠任何人，家里也没办法再干涉她的感情了。听她说，准备今年办婚礼。"

"这样挺好。佟小姐很优秀。"

贺峥心中赞同。比起强行跟他绑在一起，经年累月，相看两厌，现在的生活才配得上她的努力。她曾说，如果她能变得更强大，在佟家的事业上能多扛一些，将来在婚姻选择上的自主权也能大一些。如今，她做到了。

至于他和佟笑蕊那段荒谬的过往，就让它成为屈指可数的几个知情者的秘密吧。

南月在茶歇区跟几个相熟的合作方聊了一圈，回休息室的路上，她碰见了正和男朋友亲昵聊天的佟笑蕊。此情此景，她竟产生一种亲切感，下意识喊了一声："笑蕊。"

佟笑蕊回头，认出了南月。她知道南月是韩榷周的妻子，不过她们只是下午在酒店大堂有过一面之缘，并不熟悉。可眼前的南月笑容温和，仿佛她们是许久不见的老友。

"邱小姐，怎么一个人？韩博士呢？"

"他去阳台抽烟了。"

"之前只听贺峥提过你，今天见到本人，跟我想象中的不太一样呢。"

"你想象中，我是什么样的？"

"自然是很好的，不过本人比想象中的更好。"佟笑蕊笑容可掬，"我年底在保加利亚办婚礼，你和韩博士有空来啊。"

"嗯，一定。"南月点头，"我先去陪新娘子了，你们聊。"

"等一下，邱小姐。"

南月转身。佟笑蕊犹豫再三，还是问出了疑惑："我们之前是不是见过？我总觉得，你好像对我很熟悉。"

南月失笑："没有啊，之前只听贺峥提起过你，他说你很优秀，商圈女强人。我很羡慕你呢。"

"我又何尝不羡慕你，不过所幸我们都得到了自己想要的生活，这样就很完美。"

"是啊，很完美。"

和佟笑蕊闲聊完，南月回到休息室，发现罗遇心不在。伴娘之一的邹梨说，罗遇心去找贺峥了。

几分钟后，罗遇心回来了，她悄悄把南月喊到了一边。南月好奇："有什么事吗？这么神神秘秘。"

"刚才出门，恰好听到了你和佟笑蕊的谈话。"罗遇心说出了心中的疑惑，"我的感觉和佟笑蕊一样，你们之前认识吧？"

"哪有，我跟她今天是第一次见。"

"繁素，有件事我一直没跟你说，之前是不知道怎么开口，也觉得不用多此一举。但今天碰巧又勾起了陈年回忆。"罗遇心顿了顿，"去年贺峥给你打电话说的那些，我其实听到了。"

南月一愣，迅速回想了她跟贺峥那通电话的内容。罗遇心只是被覆盖了部分记忆，不是失忆，时空旅行的所有细节，她一清二楚。那么，既然她听到了贺峥电话里说的，她一定猜到了来龙去脉。

"你之所以对佟笑蕊不陌生，是因为我们现在的生活，是被蝴蝶效应影响之后的吧？韩榷周回到2016年，把这个时空发生的事告诉了贺峥，贺峥不希望看到那样的未来，所以给我发了那条消息，跟我做了约定。如果没有那个约定，贺峥的妻子是佟笑蕊，对吗？"

南月点头。既然罗遇心都猜到了,她也就没必要继续瞒着了。

"原来不只于媛媛的命运发生了翻天覆地的变化,我也发生了变化。"

"你记不记得陆江申妈妈临终前的梦?"

"陆江申从河中救起于媛媛的儿子?"

"嗯。我认同韩榷周说的,现在的一切才是事情原本该有的样子。我跟他在两个世界来回穿梭,阴错阳差做的那些事,不是不小心改变了未来,而是让一切回到了正轨。"南月说,"其实我也有一个秘密,是连这个时空的韩榷周都不知道的。"

南月给罗遇心讲了她的秘密。

她从2016年回来之前,对那个世界的"韩榷周"说过一句话:"我曾在对的时间遇见了错的人,却又在错的时间遇见了对的人。或许是因为这样,我的生活才会被掀起这么多波澜。"

"韩榷周"说:"没关系,既然是时间的错误,那我们一起修正时间,让一切回到正确的轨迹。"

罗遇心听完,沉默良久,她明白了南月的意思。南月是想告诉她,不是他们改变了未来,才成全了她和贺峥的缘分。而是今天这场婚礼本就是她和贺峥的正确未来,他们只不过修正了时间,修正了错误。

后记

《月光眼》可以说是我小说写作生涯中的一次转型吧。以前年纪小，免不了憧憬爱情，自然也就爱写男女主的感情戏。虽然，也许感情戏写得也就那么回事……

第一次尝试写这种逻辑性比较强的故事，也是第一次尝试把叙述的重点放在剧情上，很过瘾，就是写作过程比较坎坷，也比较慢，断断续续快三年才完成，难为读者们等我这么久，掩面惭愧。但真的不是因为偷懒才写得慢，其间我做了很多功课，看了不少关于宇宙和行星的纪录片，逐渐成了纪录片爱好者。然后，也对《流浪地球》系列爱不释手。

刚在网上发文时，有读者问过我，为什么邱繁素是学美术的？为什么南月是写剧本的？为什么韩榷周是学天体物理学的？……简而言之，就是主角团的人设由来。

其实很简单，邱繁素学美术是随机安排的，因为上大学时我羡慕过学美术的人，觉得那是很高雅的艺术。给南月安排了编剧的身份，是因为我自己就是文字创作者，虽然不是编剧，但文字是相通的，我对这个职业还算熟悉，相对好驾驭。

至于韩榷周天体物理学家的背景，那就更简单了，纯粹是因为我觉得这个职业很酷！宇宙中有无限奥秘，有能力研究宇宙的人多带劲！以及，这也是为什么我那么喜欢《流浪地球》，创作这一小说和电影的人，是真的很酷。

再就是，老读者可能对文中"垟曲古镇"这个地名有些熟悉。没错，就是照搬了我上一本小说《你看雨时很近》中的古镇设定。在《你看雨时很近》中，女主时雨是古建筑学博士，她出差"搬砖"就是在垟曲古镇，日常做古建筑维护工作。

不过，《月光眼》和《你看雨时很近》这两个故事没有任何关系，纯粹是因为作者比较懒，直接套用了地名而已。

说了那么多废话，是因为本人对这个故事的喜爱吧。我一向是个喜新厌旧的人，每次写完一个故事，总会潜意识更喜欢下一个故事，毕竟我的坑那么多。但《月光眼》会一直是我的白月光——每一次新的尝试都很宝贵，每一次新的开始都值得被珍惜，而我也想尝试更多不同的题材。

下一本书，应该会继续回到老本行，写历史科普类社科——这也是我这两年的主要工作。我喜欢历史，喜欢古代文学，而每次写社科都是一个学习的过程。

下下一本书，想写一个都市女性文，复仇题材故事，很带感的那种。

下下下一本，想写的太多了……

唯有笔耕不辍，在新的征程中整装待发。

感谢看完这本书的你，也感谢还愿意购买纸书的你。

云葭，于北京

2023年11月5日